KRUCYFIKS

Tego autora:

Krucyfiks
Egzekutor
Nocny prześladowca
Rzeźbiarz śmierci
Jeden za drugim
Geniusz zbrodni
Jestem śmiercią
Rozmówca

Chris
Carter

KRUCYFIKS

Z języka angielskiego przełożyła
Katarzyna Procner-Chlebowska

WYDAWNICTWO
SONIA DRAGA

Tytuł oryginału:
THE CRUCIFIX KILLER

Projekt okładki: © Marcin Słociński / Szara Sowa

Redakcja: Małgorzata Najder
Korekta: Joanna Rodkiewicz, Iwona Wyrwisz

ISBN: 978-83-8110-007-6

WYDAWNICTWO SONIA DRAGA Sp. z o. o.
ul. Fitelberga 1, 40-588 Katowice
tel. 32 782 64 77, fax 32 253 77 28
e-mail: info@soniadraga.pl
www.soniadraga.pl
www.facebook.com/wydawnictwoSoniaDraga

Skład i łamanie:
Wydawnictwo Sonia Draga

Katowice 2019. (4D219)

Dla Samanthy Johnson za to,
że jest dla mnie wszystkim

Podziękowania

Z reguły książkę uważa się za dzieło jednego człowieka. Ja tymczasem winien jestem gorące podziękowania całej masie osób, za ich wspaniałomyślnie poświęcony czas i pomoc, którą służyli mi na tak wielu polach.

Wyrazy miłości i wdzięczności kieruję do Samanthy, najbardziej oddanej i wyrozumiałej osoby, jaką znam. Wstępne szkice studiowała niestrudzenie tyle razy, że sam straciłem rachubę.

Dziękuję również Coral Chambers za zachętę i wskazanie właściwego kierunku oraz Andrei McPhilips za poprawki i miłe pogawędki.

Najszczersze podziękowania pragnę również przekazać niezwykłym ludziom z brytyjskiej agencji Simon & Schuster, którzy wykonali kawał dobrej roboty, oraz moim fenomenalnym redaktorom: Kate Lyall Grant z UK oraz Pii Götz z Niemiec. To dzięki ich pracy i nieocenionym uwagom powstali bohaterowie mojej powieści.

Brakuje mi słów, by wyrazić wdzięczność, jaką żywię wobec najbardziej oddanych, troskliwych, utalentowanych agentów, jakich tylko można sobie wymarzyć: Darleya Andersona i Camilli Bolton. Jestem szczęściarzem.

I wreszcie dziękuję niesamowicie zaangażowanym pracownikom Darley Anderson Literary Agency.

1

Los Angeles, piątek, 28 sierpnia 2009 roku, godz. 10.25

– Detektyw Hunter, słucham.

– *Witaj, Robercie. Mam dla ciebie niespodziankę.*

Hunter zamarł przy słuchawce, prawie upuszczając filiżankę z kawą. Doskonale znał ten metaliczny głos. I wiedział, że ów telefon oznaczać może tylko jedno – kolejne okaleczone ciało.

– *Kiedy rozmawiałeś ostatnio ze swoim partnerem?*

Hunter szybko omiótł wzrokiem pomieszczenie, usiłując dojrzeć gdzieś Carlosa Garcię. Bez powodzenia.

– Ktoś rozmawiał dzisiaj z Garcią? – krzyknął na całe biuro po wyciszeniu komórki.

Zdziwione spojrzenia detektywów wystarczyły mu za odpowiedź.

– Od wczoraj nie – potwierdził tylko jego obawy detektyw Maurice, kręcąc głową.

Robert wyłączył wyciszenie.

– Co mu zrobiłeś?

– *Czy teraz będziesz mnie słuchał uważnie?*

– Co mu zrobiłeś? – powtórzył stanowczym tonem.

– *Już mówiłem, Robercie, że to niespodzianka.* – W słuchawce rozległ się metaliczny śmiech. – *Ale daję ci szansę. Może tym razem lepiej się postarasz. Masz godzinę, aby dotrzeć do południowej Pasadeny. Pacific Alley, numer 122, pralnia w piwnicy budynku. Jeśli przyjedziesz ze wsparciem albo jeśli nie zdążysz w godzinę, twój partner zginie. I możesz mi wierzyć, Robercie, to będzie długa i bolesna śmierć.*

Połączenie zostało przerwane.

2

Hunter pędził w dół schodami starego budynku we wschodniej części Los Angeles, przeskakując po kilka stopni naraz. Im niżej zbiegał, tym robiło się ciemniej i cieplej. Koszula zdążyła nasiąknąć potem, przyciasne buty boleśnie raniły mu stopy.

– Gdzie może być ta cholerna pralnia? – powtarzał szeptem, dobiegając do piwnicy.

Zza zamkniętych drzwi na końcu ciemnego korytarza sączyło się przez szparę w progu delikatne światło. Pobiegł w tamtą stronę, wołając swojego partnera.

Żadnej odpowiedzi.

Wyciągnął wyposażony w mechanizm spustowy typu DAO pistolet Wildey Survivor i przylgnął do ściany po prawej stronie drzwi.

– Garcia...

Cisza.

– Stary, jesteś tam?

Z wnętrza dobiegał przytłumiony łoskot.

Hunter odbezpieczył broń i wziął głęboki oddech.

– Niech to szlag!

Plecami wciąż przywierając do ściany, prawą ręką pchnął drzwi, a następnie doskonale wyćwiczonym ruchem wśliznął się do środka, z wyciągniętą przed sobą bronią, szukając przeciwnika. Ciężki do zniesienia smród moczu i wymiocin kazał mu się od razu cofnąć.

– Garcia! – zawołał raz jeszcze zza progu.

Cisza.

Z zewnątrz niewiele było widać. Światło ze zwisającej na środku sufitu żarówki nie docierało zbyt daleko poza niewielki drewniany stolik. Wziął kolejny głęboki oddech i zrobił krok w przód. Dopiero wtedy żołądek podszedł mu do gardła. Garcia leżał w klatce z pleksiglasu, przybity do naturalnych rozmiarów krzyża. Przy jego podstawie krew sącząca się z ran zdążyła utworzyć sporą kałużę. Ubrany jedynie w bieliznę, z drutem kolczastym okalającym głowę, z kolcami raniącymi skórę, ze spływającymi po policzkach strużkami krwi – wyglądał na martwego.

Spóźniłem się, pomyślał Hunter.

Zbliżywszy się do klatki, ze zdumieniem odkrył monitor pracy serca. Wykres wskazywał wolny, ale miarowy rytm. Garcia żył – jeszcze.

– Carlos!

Żadnego ruchu.

– Stary! – krzyknął.

Garcia z ogromnym wysiłkiem odrobinę podniósł powieki.

– Trzymaj się.

Hunter rozejrzał się po pomieszczeniu. Miało jakieś szesnaście na trzynaście metrów. Po podłodze walały się brudne koce, zużyte strzykawki, lufki do palenia cracku i potłuczone szkło. W prawym rogu stał zardzewiały wózek inwalidzki. Na stole ktoś postawił magnetofon, a obok niego położył kartkę z wypisaną dużymi czerwonymi literami instrukcją: „Najpierw puść kasetę". Nacisnął przycisk „play" i w malutkich głośnikach rozległ się znajomy metaliczny głos.

– Witaj, Robercie. Widzę, że udało ci się dotrzeć na czas. – Pauza. *– I wiesz już, że twój przyjaciel naprawdę potrzebuje pomocy. Tylko żeby go uratować, będziesz musiał zagrać według określonych zasad, moich zasad. To będzie bardzo prosta gra, Robercie. Klatka, w której zamknięty jest twój partner, jest kuloodporna, więc strzelanie nic nie da. Na drzwiach znajdują się cztery kolorowe przyciski. Jeden z nich otwiera klatkę, pozostałe – nie. Twoje zadanie jest dość łatwe – wybrać przycisk. Jeśli trafisz, drzwi się otworzą, uwolnisz partnera i razem stąd wyjdziecie.*

Szansa jedna do czterech, żeby ocalić Garcię, pomyślał Robert. Niewielkie prawdopodobieństwo trafienia.

– *I tu zaczyna się zabawa* – kontynuował głos w magnetofonie. – *Jeżeli wybierzesz jeden z trzech niewłaściwych przycisków, nieprzerwany strumień prądu o wysokim napięciu popłynie wprost do korony z drutu kolczastego na głowie twojego przyjaciela. Widziałeś kiedyś, co się dzieje z człowiekiem rażonym prądem?* – spytał głos, wybuchając przyprawiającym o dreszcze diabelskim śmiechem. – *Oczy wychodzą na wierzch, skóra zaczyna skwierczeć niczym bekon na patelni, język wpada do gardła, odcinając dopływ powietrza, krew wrze w żyłach, rozrywając naczynia i tętnice. Dość dramatyczny widok, Robercie.*

Puls Garcii przyspieszył kilkakrotnie. Hunter obserwował szalejącą na monitorze linię.

– *I żeby było już naprawdę zabawnie...*

Nie wiedzieć czemu, Hunter czuł od początku, że nie skończy się na sztuczce z prądem.

– *Z tyłu klatki zostawiłem wystarczającą ilość materiałów wybuchowych, żeby puścić z dymem całe pomieszczenie. Są podłączone do monitora i jeśli serce przestanie bić...* – Tym razem przerwał na dłuższą chwilę. Hunter domyślał się, co będzie dalej. – *Bum i pokój wybuchnie. Tak więc widzisz, jeśli wybierzesz niewłaściwy przycisk, będziesz nie tylko przyglądał się śmierci swojego przyjaciela ze świadomością, że to ty go zabiłeś, ale sam zginiesz chwilę potem.*

Teraz to serce Huntera łomotało w piersiach, pot spływał z czoła, szczypiąc w oczy, lepkie dłonie dygotały.

– *Ale daję ci, Robercie, wybór. Nie musisz ratować partnera, możesz uratować tylko siebie. Wyjdź i pozwól, żeby tylko on tu umarł. Nikt się nie dowie. Tylko czy będziesz umiał z tym żyć? Zaryzykujesz dla niego własne życie? Wybierz kolor, masz sześćdziesiąt sekund.*

Z magnetofonu dobiegło jeszcze głośne piknięcie, a potem zaległa cisza. Hunter patrzył, jak na wyświetlaczu nad głową Garcii zaczęło się odliczanie: 59, 58, 57...

3

Pięć tygodni wcześniej

Wstając od zatłoczonego stolika w klubie Vanguard, Jenny przetarła oczy, mając cichą nadzieję, że nie widać po niej, jak bardzo jest zmęczona.

– Gdzie się wybierasz? – spytał D-King, upijając łyk szampana.

Do Bobby'ego Prestona, najsłynniejszego handlarza narkotyków w całym północno-zachodnim Los Angeles, nikt nie zwracał się po imieniu. W środowisku funkcjonował jako D-King. „D" jak diler, bo handlował niemal wszystkim: prochami, dziewczętami, samochodami, bronią – nie było rzeczy, której by nie potrafił załatwić, za odpowiednią kwotę oczywiście.

A Jenny była bez dwóch zdań najpiękniejszą z jego dziewcząt. Z idealnie wyrzeźbionym opalonym ciałem, perfekcyjnymi rysami twarzy i zniewalającym uśmiechem mogła podbić każde męskie serce, bez wyjątku. D-King nie miał co do tego wątpliwości.

– Idę tylko poprawić makijaż, zaraz wracam, kotku. – Posłała mu całusa i z kieliszkiem szampana w dłoni opuściła salę dla VIP-ów.

Nie mogła już przełknąć więcej alkoholu, choć wcale nie wypiła dużo. Po prostu piąta z rzędu noc imprezowania dawała się we znaki. Miała dość. Nigdy by nie pomyślała, że tak skończy. Do głowy by jej nie przyszło, że zostanie dziwką. D-King co prawda stale zapewniał ją, że nie jest prostytutką, a jedynie ekskluzywnym towarzystwem dla dżentelmenów z grubymi portfelami i wyrafinowanym gustem, ale skoro każdy wieczór kończył się ostatecznie seksem, jak tu nie myśleć o sobie jak o dziwce?

Większą część jej klienteli stanowili perwersyjni podstarzali milionerzy szukający wrażeń, których nie mogli znaleźć w domu.

Nie było więc szans na tradycyjny seks w pozycji misjonarskiej. Oni doskonale wiedzieli, za co płacą. Nieważne, czy chcieli ją związywać, czy mieli zapędy sadomasochistyczne, czy lubili klapsy, zabawę z wibratorem, a może życzyli sobie, by na nich nasikać – ona była od tego, by spełniać te zachcianki. Dzisiejszy dzień nie był jednak dniem roboczym. Nie obowiązywała stawka godzinowa. Nie była tu z żadnym ze swych skąpych klientów. Była z szefem, i dlatego musiała imprezować, dopóki nie będzie miał dość.

W klubie Vanguard bywali już wcześniej. Była to jedna z ulubionych knajp D-Kinga. Przepych i luksus aż biły tu po oczach. Ogromny parkiet spowity był w całości szalejącym światłem laserów, a olbrzymia antresola dawała doskonały widok na tańczących. Klub mógł pomieścić jakieś dwa tysiące ludzi, a dziś był wypełniony po brzegi.

Jenny podeszła do baru znajdującego się najbliżej toalet. Dwójka barmanów uwijała się za nim jak w ukropie. Klub pękał w szwach od tętniącego życiem tłumu atrakcyjnych ludzi, w większości dwudziesto-, góra trzydziestolatków. Nie zwróciła najmniejszej uwagi na śledzącą ją od wyjścia z sali dla VIP-ów parę oczu. Oczu, które przez cały wieczór ani na moment nie przestały jej obserwować. Oczu, które bacznie jej się przyglądały od czterech tygodni, które podążały za nią od klubu do klubu, od hotelu do hotelu, które obserwowały, jak udając, że świetnie się bawi, zaspokaja kolejno klienta po kliencie.

– Cześć, Jen, dobrze się czujesz? – spytał długowłosy barman Pietro.

W jego głosie wciąż było słychać lekki hiszpański akcent.

– W porządku. Jestem po prostu zmęczona – skwitowała bez entuzjazmu, przyglądając się własnemu odbiciu w jednym z barowych luster. Z hipnotycznego spojrzenia niebieskich oczu znikł gdzieś dzisiaj ich normalny blask.

– Superlaski nie dostają urlopów? – spytał z nieśmiałym uśmiechem.

– Nie dziś – odpowiedziała również uśmiechem.

– Podać ci coś?

– Nie, dzięki. Jeszcze z tym się męczę. – Z zalotnym uśmiechem uniosła kieliszek. – Chyba muszę po prostu odpocząć chwilę od tamtego towarzystwa.

Pietro i Jenny flirtowali ze sobą nieraz, ale on nigdy nie posunął się dalej. Wiedział, że dziewczyna jest własnością D-Kinga.

– Jak będziesz czegoś potrzebować, krzycz – dodał i wrócił do robienia koktajli i żonglowania butelkami.

Ciemnowłosa kobieta po drugiej stronie baru, od dłuższej chwili desperacko próbująca zwrócić na siebie jego uwagę, rzuciła Jenny groźne spojrzenie mówiące: „Odwal się, zdziro, pierwsza go wypatrzyłam".

Jenny przeczesała dłonią długie blond włosy, postawiła kieliszek na barze i odwróciła się w stronę parkietu. Lubiła atmosferę tego klubu. Widok ludzi, którzy bawili się, popijali drinki, tańczyli, szukali miłości. No, może niekoniecznie miłości, pomyślała, ale przynajmniej uprawiali seks dla przyjemności, a nie dla pieniędzy. Chciała być jak oni. Właśnie o takim życiu w Hollywood marzyła, opuszczając Idaho sześć lat temu.

Obsesja Jenny Farnborough na punkcie Hollywood zaczęła się, gdy dziewczyna miała dwanaście lat. Sala kinowa dała jej wówczas schronienie przed nieustannymi awanturami, jakie urządzali w domu nadmiernie uległa matka i niepanujący nad agresją ojczym. Filmy stały się jej ucieczką, pociągiem, który zabierał do miejsc, w których nigdy wcześniej nie była.

Wiedziała, że wielki hollywoodzki sen rzadko się spełnia, ale naczytała się romansów, naoglądała filmów o miłości i doszła do wniosku, że nie ma przecież nic złego w tym, że jest marzycielką. Może to właśnie jej się uda? Cóż miała do stracenia?

W wieku lat czternastu dostała pierwszą pracę. Sprzedawała popcorn w kinie, z każdym dniem coraz goręcej marząc o karierze filmowej. Odkładała każdy cent, by wreszcie w wieku lat szesnastu móc opuścić to zapomniane przez Boga miejsce. Przysięgła sobie wówczas, że nie wróci już do Idaho. Nigdy nie dowiedziała się, że jej matka przedawkowała środki nasenne zaledwie tydzień po jej wyjeździe.

Hollywood było dokładnie takie, jak sobie wyobrażała. Magiczne miejsce pełne pięknych ludzi, neonów i marzeń. Szybko brutalna rzeczywistość Miasta Aniołów okazała się daleka od iluzji, jaką sobie stworzyła. Oszczędności wkrótce stopniały, a brak profesjonalnego przygotowania szybko przełożył się na stos listów odmownych piętrzący się niczym sterta brudnego prania. Piękny sen zamienił się w koszmar.

D-Kinga poznała przez Wendy Loutrop, również niedoszłą aktorkę. Z początku konsekwentnie odrzucała każdą jego propozycję. Nasłuchała się historii o pięknych kobietach, które przyjeżdżały do Hollywood z głową pełną marzeń o zostaniu gwiazdą, a kończyły na ulicy lub jako aktorki w filmach porno. Jenny postanowiła zrobić wszystko, by nie podzielić ich losu, by jej historia nie była opowieścią o porażce. W końcu jednak instynkt przetrwania wziął górę nad dumą i po kilku miesiącach telefonów i drogich prezentów D-King zyskał nową dziewczynę.

Jenny nie zauważyła dłoni wlewającej bezbarwny płyn do jej kieliszka z szampanem. Wzrokiem śledziła poruszających się w rytm muzyki klubowiczów.

– Cześć, maleńka, mogę postawić ci drinka? – spytał z szerokim uśmiechem stojący po prawej stronie wysoki blondyn.

– Nie skończyłam jeszcze tego, ale dzięki za propozycję – odpowiedziała grzecznie, nawet nie patrząc na nieznajomego.

– Jesteś pewna? Moglibyśmy się napić cristala. Co ty na to, kotku?

Jenny odwróciła się, by przyjrzeć się blondynowi. Ubrany był w ciemnoszary garnitur od Versace, nieskazitelnie białą koszulę ze sztywnym kołnierzykiem i jedwabny krawat. Najbardziej uwagę zwracała jednak niesamowita zieleń jego oczu. Musiała przyznać, że był atrakcyjnym mężczyzną.

– Jak masz na imię? – spytała z wymuszonym uśmiechem.

– Carl. Bardzo miło mi cię poznać – odpowiedział, wyciągając dłoń.

Zignorowała ten gest, upijając łyk szampana.

– Słuchaj, Carl, przystojny z ciebie gość – zaczęła słodkim głosem – ale podryw na gruby portfel to nie do końca trafiony pomysł, zwłaszcza w miejscu takim jak to. Sprawia, że my, dziewczyny, czujemy się tanie. No chyba że szukasz prostytutki?

– O, nie! – zaprzeczył, nerwowo bawiąc się krawatem. – Przepraszam, nie chciałem, żebyś tak to odebrała.

– Czyli nie masz ochoty na sam na sam z dziwką, która pokaże ci, jak można się d o b r z e zabawić? – spytała, popijając szampana i nie spuszczając z niego wzroku.

– Nie, jasne, że nie, skarbie. Myślałem po prostu, że napijemy się czegoś, a jeśli coś między nami zaiskrzy... – Nie dokończył zdania, wzruszając nerwowo ramionami.

Jenny przejechała delikatnie palcami po jego krawacie i przyciągnęła go do siebie zdecydowanym ruchem.

– Szkoda, że nie szukasz dziwki – wyszeptała w jego lewe ucho.

Carl patrzył na nią zdezorientowany, tym razem bez cienia uśmiechu.

– Mogłabym dać ci numer mojego alfonsa. Siedzi tam. – Drwiąc, wskazała palcem na salę dla VIP-ów.

Carl otworzył szeroko usta, jakby chciał coś powiedzieć, jednak nie wydobył z siebie ani słowa.

Jenny dopiła szampana i rzuciła mu na pożegnanie zalotny uśmiech, odchodząc w stronę toalet.

Oczy nie przestawały jej śledzić. To już nie potrwa długo. Lada moment narkotyk zacznie działać.

Poczuła się słabo, kiedy nakładała szminkę. Od razu wiedziała, że coś jest nie tak. Pot na całym ciele, dreszcze. Ściany, które zbliżają się, jakby miały ją zgnieść. Nie mogąc zaczerpnąć oddechu, desperacko szukała drzwi. Musiała jak najszybciej wyjść.

Za progiem toalety cały klub zaczął jej wirować przed oczami. Chciała wrócić do stolika D-Kinga, ale nogi odmawiały jej posłuszeństwa. Przed upadkiem uratowały ją czyjeś ramiona.

– Dobrze się czujesz, mała? Kiepsko wyglądasz.

– Słabo. Chyba muszę...

– Pooddychać świeżym powietrzem. Strasznie tu duszno. Chodź ze mną, pomogę ci. Wyjdźmy na chwilę na zewnątrz.

– Ale ja... – z jej ust wydobywał się jedynie bełkot. – Muszę powiedzieć D... Muszę wracać do...

– Później, maleńka, na razie to musisz iść ze mną.

Nikt nie zwrócił uwagi na Jenny, gdy opuszczała klub w towarzystwie nieznajomego mężczyzny.

4

– Detektyw Hunter, słucham. – Hunter odebrał komórkę dopiero po szóstym sygnale. Niski ton głosu i wolno wypowiadane słowa od razu zdradzały, jak niewiele spał tej nocy.

– Robert, gdzie ty się do cholery podziewasz? Kapitan od dwóch godzin próbuje się z tobą skontaktować.

– To ty, stary? Która jest godzina?

Garcię przydzielono Robertowi zaledwie tydzień temu, gdy zmarł jego wcześniejszy wieloletni partner.

– Trzecia nad ranem.

– A jaki dzień?

– Cholera, stary... poniedziałek. Lepiej się zbieraj i przyjedź rzucić na to okiem. Mamy tu robotę prawdziwego popaprańca.

– Carlos, służymy w jednostce specjalnej wydziału zabójstw, dostajemy samych popaprańców.

– Tym razem jest naprawdę paskudnie i lepiej się pospiesz. Kapitan chce, żebyśmy szybko opanowali ten cyrk.

– Aha – rzucił obojętnym tonem. – Dawaj adres.

Odłożył komórkę i zaczął rozglądać się po małym, ciemnym, obco wyglądającym pokoju.

– Gdzie ja do cholery jestem? – spytał szeptem.

Bolesne pulsowanie w głowie i paskudny posmak w ustach przypomniały mu, że sporo wczoraj wypił. Wtulił głowę w poduszkę z nadzieją, że to uśmierzy trochę ból. Po drugiej stronie łóżka coś się nagle poruszyło.

– Czy ten telefon oznacza, że musisz już iść? – cicho spytał seksowny kobiecy głos z lekkim włoskim akcentem.

Hunter ze zdziwieniem spojrzał na półnagie ciało leżące obok. W słabym świetle ulicznej latarni widział jedynie zarys postaci.

W głowie zaczęły wirować wspomnienia zeszłej nocy. Knajpa, drinki, flirt, jazda taksówką do mieszkania nieznajomej i ciemnowłosa kobieta, której imienia nie umiał sobie przypomnieć. Trzecia, u boku której obudził się w ciągu ostatnich pięciu tygodni.

– Tak, muszę lecieć. Przykro mi.

Wstał i zaczął rozglądać się za spodniami, ból głowy przybierał na sile. Oczy przyzwyczaiły się do panującego półmroku i mógł się teraz przyjrzeć twarzy nieznajomej. Wyglądała na trzydzieści, może trzydzieści parę lat. Ciemne jedwabiste włosy sięgające trochę poniżej ramion okalały twarz w kształcie serca z delikatnie zarysowanymi liniami nosa i ust. Była atrakcyjna, choć nie w stylu hollywoodzkich piękności. Uroku dodawała jej postrzępiona grzywka i niezwykły, urzekający błysk zielononiebieskich oczu.

Pod drzwiami sypialni Hunter znalazł spodnie i majtki – te ze wzorem w misie. Doszedł do wniosku, że na wstyd chyba już trochę za późno.

– Mogę skorzystać z toalety? – spytał, zapinając spodnie.

– Jasne, jak wyjdziesz z pokoju, to pierwsze drzwi po prawej – odpowiedziała, siadając i opierając głowę o ramę łóżka.

Hunter zamknął za sobą drzwi łazienki. Opłukał twarz zimną wodą i przyjrzał się odbiciu w lustrze. Przekrwione oczy, blada cera, kilkudniowy zarost.

– No to super – rzucił w stronę lustra i wylał na zmęczoną twarz jeszcze trochę zimnej wody. – Kolejny raz nie pamiętam, jak poznałem kobietę, z którą spędziłem noc. Ani jak wylądowałem w jej mieszkaniu. Przypadkowy seks jest super. Jeszcze lepszy, jeśli coś pamiętasz. Muszę trochę przystopować z piciem.

Wycisnął trochę pasty i palcem rozprowadził ją po zębach. Nagle go olśniło. A co, jeśli to prostytutka? I jeśli winien jest jej pieniądze za coś, czego nawet nie pamięta? Szybko sprawdził portfel. Zostały mu jeszcze jakieś pieniądze.

Przeczesał palcami krótkie blond włosy i wrócił do sypialni. Nieznajoma wciąż siedziała oparta o ramę łóżka.

– Mówiłeś do siebie? – spytała z nieśmiałym uśmiechem.

– Co? O tak, zdarza mi się. Pomaga zachować zdrowy rozsądek. Słuchaj... – W końcu udało mu się na podłodze przy łóżku odnaleźć koszulę. – Czy ja ci jestem winien jakieś pieniądze? – Starał się, by zabrzmiało to swobodnie.

– Słucham? Myślisz, że jestem prostytutką? – oburzyła się.

Cholera, wszystko spieprzyłem, pomyślał.

– Nie... to nie tak... tylko widzisz... Już mi się zdarzały takie numery... Czasem za dużo wypiję... Nie chciałem cię urazić.

– Czy ja wyglądam na dziwkę? – spytała poirytowana.

– Absolutnie nie – zapewnił ją. – Głupio mi, że tak pomyślałem. Przepraszam. Jestem pewnie jeszcze trochę wstawiony – ratował się jak mógł.

Przyglądała mu się przez chwilę.

– Słuchaj, nie jestem dziewczyną, za jaką mnie bierzesz. Mam dużo stresów w pracy i kilka ciężkich miesięcy za sobą. Chciałam się trochę zrelaksować, wypić kilka drinków. Tak sobie rozmawialiśmy. Byłeś zabawny, miły, nawet bym powiedziała, że czarujący. Rzadko spotykam w knajpach facetów, z którymi można porozmawiać na przyzwoitym poziomie. Od drinka do drinka i tak wylądowaliśmy w łóżku. Mój błąd, jak widzę.

– Nie... słuchaj... – próbował znaleźć właściwe słowa. – Czasem palnę coś bez zastanowienia. A tak naprawdę... Niewiele pamiętam z zeszłej nocy. Przykro mi. Czuję się teraz jak skończony dupek.

– I powinieneś.

– Uwierz, że tak właśnie jest.

Przyglądała mu się przez chwilę. Sprawiał wrażenie szczerego.

– A nawet gdybym była prostytutką, to sądząc po twojej bieliźnie i ciuchach, nie byłoby cię na mnie stać.

– Ooo, to był cios poniżej pasa. I bez tego czułem się wystarczająco głupio.

Uśmiechnęła się.

Hunter ucieszył się, że udało mu się jakoś załagodzić sytuację.

– Mogę sobie zrobić przed wyjściem szybką kawę?

– Mam tylko herbatę, ale jeśli masz ochotę, częstuj się. Kuchnia jest na końcu korytarza.

– Herbata? Chyba podziękuję. Potrzebuję czegoś mocniejszego, żeby się obudzić.

Skończył zapinać koszulę.

– Na pewno musisz już iść? – spytała, odkrywając kołdrę i odsłaniając kształtne piersi i apetyczne zaokrąglenia sprężystego, w całości wydepilowanego ciała. – Może mógłbyś mi pokazać, jak bardzo jest ci przykro, że nazwałeś mnie dziwką?

Hunter przystanął, wahając się, co robić. Przygryzł dolną wargę, odganiając krążące przed oczami obrazy. Ból głowy skutecznie mu w tym pomógł.

– Daję słowo, że zostałbym, gdybym tylko mógł. – Był już całkowicie ubrany i gotowy do wyjścia.

– Rozumiem. Żona dzwoniła?

– Co? Skąd, nie jestem żonaty! To tylko praca, uwierz mi. – Ostatnie, czego chciał, to żeby wzięła go za niewiernego męża.

– W porządku.

Jeszcze raz obrzucił wzrokiem jej ciało i poczuł podniecające ciarki.

– Gdybyś dała mi swój numer, może moglibyśmy się jeszcze kiedyś spotkać?

Przyglądała mu się dłuższą chwilę bez słowa.

– Myślisz, że i tak nie zadzwonię? – spytał Hunter, czując, że mu nie wierzy.

– A więc potrafisz też czytać w myślach? Bardzo przydatna umiejętność.

– Gdybyś wiedziała, co potrafię zrobić z talią kart.

Uśmiechnęli się oboje.

– No i nic nie sprawia mi chyba większej frajdy niż udowadnianie ludziom, że się mylą.

Z pogardliwym uśmieszkiem na twarzy sięgnęła po leżący na stoliku notes.

Hunter wziął od niej kartkę i całując ją w prawy policzek, rzucił:

– Muszę lecieć.

– To będzie tysiąc dolarów, kochaniutki – odpowiedziała, delikatnie dotykając palcami konturów jego ust.

– Że jak? – spytał zupełnie zbity z tropu. – Ale...

Roześmiała się, nim zdążył dokończyć.

– Wybacz, nie mogłam się powstrzymać po tym, jak wziąłeś mnie za dziwkę.

Po wyjściu z mieszkania Hunter zerknął na karteczkę: Isabella. Seksowne imię, pomyślał. Rozejrzał się po ulicy w poszukiwaniu swojego starego buicka lesabre, ale nie znalazł go nigdzie w zasięgu wzroku. Cholera, byłem zbyt pijany, żeby prowadzić – przeklął sam siebie i zatrzymał pierwszą przejeżdżającą taksówkę.

Jadąc według wskazówek Garcii, wkrótce wylądował w samym środku głuszy. Droga przez kanion Little Tujunga w Santa Clarita liczy osiemnaście mil i ciągnie się od Bear Divide do Foothill Boulevard w dzielnicy Lakeview. Jej najdłuższy odcinek biegnie przez park narodowy Angeles National Forest, którego leśne i górskie widoki zapierają dech w piersiach. Wskazówki Garcii były bardzo precyzyjne i taksówka wkrótce zjechała na wąską, wyboistą, otoczoną wzgórzami i porośniętą po obu stronach gęstymi zaroślami drogę gruntową. Ciemność i pustka były przytłaczające. Dwadzieścia minut później dojechali w końcu do nierównej ścieżki, która prowadziła do starego drewnianego domu.

– Wygląda na to, że jesteśmy na miejscu – poinformował taksówkarza i wręczył mu wszystkie znalezione w kieszeni pieniądze.

Ścieżka była długa, ale szeroka tylko na tyle, by mógł nią przejechać standardowych rozmiarów samochód. Po obu stronach rosły gęste, trudne do pokonania zarośla. Radiowozy i samochody służbowe zajmowały całą wolną przestrzeń, co przypominało korek na środku pustyni.

Garcia stał przed drewnianą chałupą i rozmawiał z jednym z techników. Obaj trzymali w dłoniach latarki. Hunter musiał się przecisnąć przez całą kawalkadę samochodów, nim do nich dołączył.

– Jezu drogi, to już dalej się nie dało? Jeszcze kawałek, a bylibyśmy w Meksyku... Serwus, Peter! – przywitał się z technikiem.

– Co, Robercie, ciężka noc? Wyglądasz dokładnie tak, jak ja się czuję – odpowiedział z szyderczym uśmiechem.

– Dzięki, ty też świetnie się trzymasz. Na kiedy masz termin? – spytał, poklepując go po pokaźnych rozmiarów brzuszku piwnym. – No to co tu mamy? – Odwrócił się do Garcii.

– Lepiej, żebyś sam to zobaczył. Trudno to opisać. Kapitan jest w środku, chce z tobą porozmawiać, zanim chłopcy zaczną standardowe procedury. – Garcia był jakiś nieswój.

– Co u diabła robi tu kapitan? Nigdy nie przyjeżdża na miejsce zbrodni. Ofiara była kimś znajomym?

– Wiem niewiele więcej od ciebie, ale nie sądzę. Nie do końca da się ją rozpoznać. – Ostatnie zdanie naprawdę zaniepokoiło Huntera.

– A więc to ciało kobiety?

– Tak, z całą pewnością.

– Wszystko w porządku, stary? Niewyraźnie wyglądasz.

– Nic mi nie jest – zapewnił go Garcia.

– Rzygał kilka razy – pospieszył z wyjaśnieniami Peter, racząc ich kolejnym złośliwym uśmieszkiem.

Hunter przyjrzał się partnerowi. Wiedział, że to nie jest jego pierwsze miejsce zbrodni.

– Kto znalazł ciało? Kto do nas zadzwonił?

– Anonimowe zgłoszenie na 997 – odpowiedział Garcia.

– Świetnie, uwielbiamy anonimowe zgłoszenia.

– Masz. – Garcia wręczył Robertowi swoją latarkę.

– Torebkę na rzygi też potrzebujesz? – nie przestawał żartować Peter.

Hunter zignorował pytanie, przyglądając się uważnie drewnianej ruderze. Brakowało drzwi frontowych. Odpadła większość desek z przedniej ściany, resztki podłogi w pokoju porastała trawa, która sprawiała, że wyglądał on raczej na prywatny zagajnik aniżeli pomieszczenie mieszkalne. Po resztkach odchodzącej z parapetów farby wnioskował, że dom był kiedyś biały. Niewątpliwie nikt tu nie mieszkał od bardzo dawna, i to martwiło Huntera najbardziej. Mordercy popełniający zbrodnię po raz pierwszy nie zadawali sobie trudu poszukiwań takich odciętych od świata miejsc.

Na lewo od budynku trójka funkcjonariuszy z kubkami parującej kawy w dłoniach dyskutowała o wczorajszym meczu.

– Gdzie można coś takiego dostać? – spytał, wskazując na kawę.

– Przyniosę ci – zaoferował się Garcia. – Kapitan jest w środku. Do końca korytarza i w lewo. Zaraz do was dołączę.

– Nie przemęczacie się, chłopcy? – rzucił w stronę policjantów.

Ci obdarzyli go obojętnymi spojrzeniami i wrócili do omawiania meczu.

W środku unosił się specyficzny zapach, mieszanina przegniłego drewna i świeżych odchodów. W pierwszym z pomieszczeń nie dostrzegł niczego wartego uwagi. Włączył latarkę i wyszedł na korytarz. Przylegały do niego cztery pokoje, dwa po każdej stronie. Pod drzwiami ostatniego po lewej stał młody funkcjonariusz. Idąc w jego stronę, Hunter zaglądnął do środka każdego z pokoi. Nie było tam nic poza stertą gruzu i pajęczynami. Skrzypiące pod nogami deski potęgowały jeszcze panujący w całym domu nastrój grozy. Zbliżając się do ostatnich drzwi i stojącego przy nich policjanta, poczuł przejmujący chłód. Chłód, jaki zawsze towarzyszył mu na miejscu zbrodni. Chłód śmierci.

Funkcjonariusz pilnujący drzwi odsunął się na widok odznaki.

– Proszę bardzo, detektywie!

Na stole leżały przygotowane kombinezony, plastikowe ochraniacze na obuwie i przykrycia na głowę. Obok znajdowało się pudełko lateksowych rękawiczek. Ubrawszy się, stanął w progu, by stawić czoła kolejnemu koszmarowi.

Na widok, jaki zastał tuż po przekroczeniu progu pokoju, zabrakło mu powietrza w płucach.

– O mój Boże – z gardła zdołał wydobyć jedynie cichy szept.

5

Hunter stanął w progu ogromnego, składającego się z dwóch pokoi pomieszczenia. Jedynym źródłem światła były dwie latarki – kapitana Boltera i doktora Winstona. Ta część domu była, o dziwo, w dużo lepszym stanie niż reszta i dopiero to, co ujrzał po chwili, sprawiło, że żołądek podszedł mu do gardła.

Dokładnie naprzeciw drzwi do pokoju, który był kiedyś zapewne sypialnią, jakiś metr od tylnej ściany, przywiązane za nadgarstki do dwóch równolegle ustawionych drewnianych pali, zwisało nagie kobiece ciało. Z rozpostartymi ramionami i kolanami, które dotykały ziemi, jak podczas modlitwy, ułożyło się w kształt litery Y. Lina wrzynała się tak głęboko w nadgarstki, że całe ramiona pokrywały strużki zaschniętej krwi. Wzrok Huntera padł na twarz kobiety. Jego umysł starał się zrozumieć to, co rejestrowały oczy.

– Słodki Jezu!

Rój much krążył z głośnym bzyczeniem wokół ciała. Omijał jedynie twarz. Pozbawioną skóry twarz. Bezkształtną masę tkanki mięśniowej.

– Hunter! W końcu nas zaszczyciłeś swoją obecnością! – W głębi pokoju stał kapitan Bolter z doktorem Winstonem, szefem medyków sądowych.

Hunter jeszcze przez kilka sekund nie mógł odwrócić wzroku od kobiety. Dopiero po chwili spojrzał na kapitana.

– Ktoś obdarł ją ze skóry? – zapytał z progu pełnym niedowierzania tonem.

– Kiedy jeszcze żyła... ktoś obdarł ją żywcem ze skóry – uściślił doktor Wilson spokojnym głosem.

– Żartujecie sobie? – Przyjrzał się kobiecie bez twarzy. Przez brak skóry jej oczy nienaturalnie wystawały z oczodołów, co dawało nieodparte wrażenie, jakoby wpatrywały się właśnie w niego. Usta miała otwarte. Brakowało w nich zębów.

Hunter przypuszczał, że miała co najwyżej dwadzieścia kilka lat. Jej nogi, brzuch i ramiona były starannie wyrzeźbione, musiała bardzo dbać o siebie. Długie gładkie blond włosy w odcieniu złota sięgały połowy pleców. Hunter mógł się założyć, że była atrakcyjną kobietą.

– To nie koniec. Zerknij za drzwi – podpowiedział doktor Winston.

Hunter wszedł do środka, zamknął drzwi sypialni i stanął jak oniemiały.

– Lustro? – spytał zdziwiony, patrząc na własne odbicie. Dopiero gdy się odsunął, a w lustrze ukazała się sylwetka kobiety, zrozumiał:

– Boże! Zabójca chciał, by na siebie patrzyła. Ciało znajdowało się dokładnie naprzeciw drzwi.

– Na to wygląda – zgodził się doktor Winston. – Ostatnie chwile życia spędziła prawdopodobnie, przyglądając się w lustrze własnemu oszpeconemu ciału. Zafundował jej torturę nie tylko fizyczną, ale i psychiczną.

– To lustro nie jest chyba z tych drzwi – zauważył Hunter, rozglądając się wokół. – Chyba nawet nie z tego pokoju. Wygląda na zupełnie nowe.

– Dokładnie. Ktoś przyniósł je tu celowo razem z tymi palami, żeby zwiększyć jej cierpienie – zgodził się doktor Winston.

Drzwi sypialni otworzyły się, zasłaniając widok w lustrze. Do środka wszedł Garcia z kubkiem kawy w dłoni.

– Trzymaj – powiedział, podając ją Hunterowi.

– Chyba sobie daruję, mój żołądek nie miewa się najlepiej, a obudziłem się już na dobre – odpowiedział.

Kapitan Bolter i doktor Winston pokręcili odmownie głowami. Garcia otworzył drzwi.

– Trzymaj. – Podał kubek młodemu funkcjonariuszowi pilnującemu wejścia. – Dobrze ci zrobi.

– Dziękuję – odpowiedział zaskoczony.

– Nie ma za co.

Garcia zamknął drzwi i zbliżyli się z Hunterem do ofiary. Okropny smród zmusił Roberta do zasłonięcia dłonią nosa. Kobieta klęczała w kałuży moczu i odchodów.

– Była przywiązana do tych pali przez kilka godzin, może nawet cały dzień. To była jej toaleta – wyjaśnił doktor Winston, wskazując na podłogę.

Garcia skrzywił się z obrzydzeniem.

– Od kiedy nie żyje, doktorze? – spytał Hunter.

– Nie jestem w stanie powiedzieć dokładnie. Po śmierci temperatura ludzkiego ciała spada co godzinę o około półtora stopnia. Jej spadła jakieś dwanaście, co może oznaczać, że nie żyje od ośmiu godzin, ale to zależy od okoliczności. Letni upał może spowolnić proces, a w ciągu dnia musiało tu być jak w saunie. Będę wiedział coś więcej, jak tylko znajdzie się na stole.

– Nie ma żadnych ran ciętych, śladów po kulach czy duszeniu. Umarła od obrażeń twarzy? – spytał Hunter, odganiając chmary much, by przyjrzeć się klatce piersiowej.

– Tego też nie jestem w stanie stwierdzić bez autopsji, ale myślę, że serce nie wytrzymało bólu i wycieńczenia. Ktokolwiek jej to zrobił, trzymał ją tu przywiązaną i dopóki żyła, nie przestawał jej torturować. Morderca chciał, żeby cierpiała, i rzeczywiście cierpienia jej w tych ostatnich chwilach nie zabrakło.

Hunter zaczął się rozglądać po pokoju, najwyraźniej czegoś szukając.

– Wyczuwam jeszcze jakiś inny zapach, prawda? Coś jakby ocet.

– Masz niezły nos, Hunter – przytaknął doktor Winston, wskazując na róg pokoju. – Tamten słoik był pełen octu. Zresztą ona też nim śmierdzi, zwłaszcza górna część jej ciała. Wygląda na to, że morderca polewał nim co jakiś czas jej pozbawioną skóry twarz.

– Ocet odstrasza muchy – domyślił się Hunter.

– Zgadza się – potwierdził doktor Winston. – Wyobraź sobie teraz, przez co ona musiała przejść. Wszystkie nerwy twarzy miała zupełnie odsłonięte. Nawet lekki podmuch wiatru przyprawia wówczas o niewyobrażalny ból. Zemdlała zapewne kilka razy, a jeśli nie, z pewnością się o to modliła. Weź pod uwagę, że nie miała powiek, nie mogła więc zamknąć oczu, dać im na chwilę odpocząć. Ilekroć odzyskiwała przytomność, pierwsze, co widziała, to swoje okaleczone nagie ciało. Nie będę wchodził w szczegóły, jeśli chodzi o katusze, jakie powoduje wylany na otwarte rany ocet.

– Jezu! – Nie wytrzymał Garcia, cofając się kilka kroków. – Biedna kobieta!

– Była przytomna, kiedy ściągał skórę z jej twarzy? – spytał Hunter.

– Musiałaby być znieczulona. Przypuszczam raczej, że została odurzona, uśpiona na kilka godzin, podczas których ten psychol zajął się jej twarzą, a potem dopiero przywieziona tu, przywiązana do pali i torturowana, dopóki nie zmarła.

– Czyli uważa pan, doktorze, że to nie tu ściągnął jej skórę z twarzy? – spytał Garcia trochę zdezorientowany.

– Zgadza się. – Hunter uprzedził doktora Winstona. – Rozejrzyj się. Sprawdź pokój po pokoju. Ani kropelki krwi poza kałużą przy jej ciele. Jasne, morderca zapewne posprzątał po sobie, ale tak czy siak nie zrobił tego tutaj. Proszę mnie poprawić, doktorze, jeśli się mylę, ale obdarcie człowieka ze skóry to raczej skomplikowany zabieg...

Doktor Winston w milczeniu przytaknął.

– Morderca potrzebował narzędzi chirurgicznych, odpowiedniego oświetlenia, nie wspominając o czasie i ogromnej wiedzy – ciągnął Hunter. – Mamy tu do czynienia z wysoce wykwalifikowanym psychopatą. Z kimś posiadającym ogromną wiedzę medyczną. To nie tu ściągnął jej skórę. Tutaj jedynie torturował ją i zabił.

– Może jest myśliwym. Wiecie, ma praktykę w ściąganiu skóry ze zwierząt... – podsunął Garcia.

– Być może, ale ta niewiele by mu pomogła – odpowiedział Hunter. – Ludzka skóra reaguje w zupełnie inny sposób. Ma inną elastyczność.

– Skąd wiesz? Polujesz? – spytał Garcia wyraźnie zaintrygowany.

– Nie, ale dużo czytam – uciął krótko.

– Do tego zwierzęta obdziera się z skóry, kiedy są martwe – włączył się doktor Winston. – Nie trzeba się wówczas martwić, że się je niechcący zabije. Naszemu mordercy udało się utrzymać ją przy życiu, a to już samo w sobie jest nie lada wyczynem. Kimkolwiek jest, zna się na medycynie. Powiem więcej, byłby z niego doskonały chirurg plastyczny, jeśli nie brać pod uwagę tego, jak wyrwał jej zęby. W tym nie było żadnej finezji, chodziło jedynie o niewyobrażalny ból.

– Nie chciał, żebyśmy ją zidentyfikowali – kombinował Garcia.

– Tylko że palców nawet nie tknął. – Hunter sprawdził jej dłonie i czym prędzej się cofnął. – Po co wyrywać zęby, jeśli się zostawia odciski palców?

Garcia musiał przyznać mu rację.

Hunter obszedł pale, żeby obejrzeć plecy kobiety.

– To scena – wyszeptał. – Miejsce, gdzie jego okrucieństwo budzi się do życia. Dlatego ją tu przywiózł. Przyjrzyjcie się jej, pozycja ciała wskazuje na mord rytualny. – Odwrócił się do kapitana. – To nie jest jego pierwszy raz.

Kapitan nie wyglądał na zaskoczonego.

– Nikt nie byłby w stanie znieść takiego cierpienia w ciszy – dodał Garcia. – Znalazł więc idealne miejsce, odcięte od świata, bez sąsiadów i przypadkowych przechodniów, na których mógłby się natknąć. Mogła krzyczeć ile sił w płucach, a i tak nikt nie przyszedłby jej z pomocą.

– Coś o niej wiemy? Znamy nazwisko? – spytał Hunter, wciąż oglądając jej plecy.

– Jeszcze nic, ale nie zdążyliśmy nawet pobrać odcisków palców – odpowiedział Garcia. – Przeszukaliśmy cały dom, ale nic nie znaleźliśmy, nawet skrawka materiału. Najwidoczniej nie mieszkała tu, więc szukanie czegoś, co pomoże ustalić jej tożsamość, to zapewne strata czasu.

– Sprawdźcie budynek mimo to – upierał się Hunter. – Co z bazą osób zaginionych?

– Wprowadziłem już jej wstępny opis – odpowiedział Garcia. – Na razie nikt nie pasuje, tylko że bez twarzy... – Garcia pokręcił głową, dając do zrozumienia, że zadanie wydaje się niewykonalne.

Hunter rozglądał się chwilę po pokoju, jego wzrok padł na okno na południowej ścianie.

– Co ze śladami opon na zewnątrz? Ta wąska ścieżka to chyba jedyny dojazd? Morderca musiał nią przyjechać.

Kapitan Bolter lekko skinął głową.

– Masz rację. Przejechały nią też wszystkie nasze samochody. Jeśli coś tam było, dawno to zakopały. I komuś się za to dostanie po dupie.

– Pięknie.

W pokoju zapadła cisza. Nie pierwszy raz byli na miejscu zbrodni. Widywali już wcześniej ofiary niemające szans w nierównej walce z psychopatycznym przeciwnikiem – czarne płótna umazane jaskrawymi kolorami śmierci – jednak ta zbrodnia różniła się od pozostałych, wszyscy to czuli.

– Nie podoba mi się to. – Hunter przerwał milczenie. – Nie podoba mi się to ani trochę. To nie było morderstwo pod wpływem impulsu. Ktoś to starannie i kurewsko długo planował. Pomyślcie tylko, ile cierpliwości i determinacji potrzeba, żeby zaaranżować coś takiego.

Hunter potarł nos. Zapach śmierci siłą wdzierał się w jego nozdrza.

– Morderstwo z miłości? Może ktoś nie potrafił się pogodzić z odejściem ukochanej?

– Z całą pewnością nie. – Hunter pokręcił głową. – Nikt, kto ją kiedyś kochał, nie byłby w stanie zrobić czegoś podobnego. Bez względu na to, jak go zraniła. No chyba że spotykała się z samym diabłem. Tylko na nią popatrzcie, to wszystko wygląda dość groteskowo, i to mnie martwi. Na tej jednej się nie skończy.

Na słowa Huntera powiało w pokoju nowym chłodem. Ostatnią rzeczą, jakiej potrzebowało Los Angeles, był kolejny psychopatyczny morderca na wolności, ktoś marzący, by zostać następcą Kuby Rozpruwacza.

– Hunter ma rację, to nie była zbrodnia z miłości. Ani jego pierwsza – odezwał się w końcu kapitan, odchodząc od okna.

Wszyscy zamarli na moment.

– Czy wie pan, kapitanie, coś, czego my nie wiemy? – Garcia zadał pytanie, które cisnęło się wszystkim na usta.

– Za chwilę się dowiecie. Musicie zobaczyć jeszcze jedną rzecz, nim wpuszczę tu ekipę.

Hunter zastanawiał się nad tym od samego przyjazdu. Zazwyczaj to technicy pierwsi zabezpieczali miejsce zbrodni, żeby detektywi nie zniszczyli dowodów, ale dziś kapitanowi zależało, by to Hunter wszedł tu przed nimi, a kapitan Bolter rzadko łamał protokół.

– Na jej szyi, z tyłu, obejrzyj sobie – polecił, wskazując głową na ciało.

Hunter i Garcia wymienili pełne niepokoju spojrzenia i podeszli do ofiary.

– Podajcie mi coś, żeby odgarnąć jej włosy – poprosił Hunter.

Doktor Winston podał mu wysuwany metalowy wskaźnik.

Kiedy strumień światła latarki padł na jej odsłoniętą szyję, przez głowę Huntera przeleciało tornado znaków zapytania. Blady jak ściana, patrzył na jej kark z niedowierzaniem.

Garcia niewiele mógł dojrzeć z miejsca, w którym stał, ale przeraził go sam wyraz oczu Huntera. Nieważne, co zobaczył, ważne, że strach malujący się na jego twarzy przyprawiał o dreszcze.

6

Choć Robert Hunter skończył trzydzieści dziewięć lat, dzięki młodzieńczej twarzy i imponującej sylwetce nie wyglądał na więcej niż trzydziestkę. Był barczystym, krótko obciętym blondynem mającym jakiś metr osiemdziesiąt. Na co dzień nosił dżinsy, koszule i mocno już podniszczoną skórzaną kurtkę. Przy każdym ruchu biła od niego trudna do opisania wewnętrzna siła; nie to jednak najbardziej rzucało się w oczy. Najbardziej uwagę przykuwała jego twarz: wydatne kości policzkowe i nade wszystko oczy w bladoniebieskim odcieniu, które zdawały się zdradzać inteligencję i bezkompromisowość.

Hunter był jedynakiem z rodziny robotniczej. Dorastał w jednej z ubogich dzielnic południowej części Los Angeles. Matka przegrała walkę z rakiem, gdy miał zaledwie siedem lat. Po jej śmierci ojciec samotnie wychowywał syna, ciągnąc dwa etaty, by związać koniec z końcem.

Hunter już od wczesnych lat dziecięcych wyróżniał się z grona rówieśników. Pewne rzeczy przychodziły mu szybciej i łatwiej. Szkoła go nudziła i irytowała. Przerobił wszystkie podręczniki szóstoklasisty w dwa miesiące i z nudów zabrał się za książki z siódmej i ósmej klasy. Pan Fratelli, będący pod ogromnym wrażeniem młodego geniusza dyrektor szkoły, umówił go na testy kwalifikacyjne w szkole Mirman w Mulholland Drive w zachodnim Los Angeles, placówce, która kształciła dzieci wybitnie uzdolnione. Tamtejszy psycholog, doktor Tilby, poddał młodego Roberta całemu szeregowi testów. Ich wyniki były ponadprzeciętne, przyjęto więc go do Mirman zaledwie tydzień później, i to od razu do ósmej klasy. Miał wówczas dwanaście lat.

Nim skończył czternaście, zdążył przerobić cały przewidziany dla liceum materiał z angielskiego, biologii i chemii. Cztery lata edukacji skrócono mu więc do dwóch i w wieku lat piętnastu Hunter z wyróżnieniem ukończył szkołę średnią. Dzięki rekomendacjom wszystkich nauczycieli został „przy zaistniałych niecodziennych okolicznościach" przyjęty na Uniwersytet Stanforda, ówcześnie najlepszą, jeśli chodzi o psychologię, uczelnię wyższą.

Choć był już wówczas przystojnym młodzieńcem, dziewczętom jakoś nie przypadła do gustu jego drobna budowa, młody wiek i specyficzny sposób ubierania się. Chłopcy zaś szybko dostrzegli w nim łatwy cel szkolnych zaczepek, zwłaszcza że nie miał postury sportowca ani smykałki do sportu, a cały wolny czas przesiadywał w bibliotece. Czytał, a raczej połykał książki w nieprawdopodobnym tempie. Fascynował go świat kryminologii i tok myślenia jednostek, których społeczeństwo określa mianem zwyrodnialców. Utrzymanie średniej 4,0 przez kolejne lata studiów okazało się więc bułką z masłem. Z czasem znudziła mu się też rola ofiary i przydomek „chuderlak". Zaczął więc chodzić na siłownię, trenować sztuki walki i wkrótce ze zdziwieniem odkrył, jak wielką przyjemność sprawia mu fizyczny wycisk, który dostaje na treningach. Ćwiczył z pasją i na efekty nie trzeba było długo czekać. Już po roku mógł się poszczycić imponującą muskulaturą. Chuderlak przeistoczył się w świetnie zbudowanego przystojniaka, a zaledwie dwa lata później udało mu się zdobyć czarny pas w karate. Skończyły się zaczepki, a dziewczyny zaczęły lgnąć do niego jak muchy.

Nim skończył dziewiętnaście lat, miał już za sobą studia z psychologii, w wieku dwudziestu trzech uzyskał doktorat z analizy zachowań kryminalnych i biopsychologii, a jego pracę doktorską zatytułowaną *Szczegółowe studium zachowań kryminalnych* wydano drukiem i włączono do spisu lektur obowiązkowych w Centrum ds. Analizy Brutalnej Przestępczości FBI.

Los mu sprzyjał. Jednak dwa tygodnie po otrzymaniu tytułu doktora jego świat nagle się zawalił. Na oddział Bank of America przy Avalon Boulevard, w którym przez ostatnie trzy i pół roku jako ochroniarz pracował jego ojciec, napadli bandyci. Coś poszło nie tak i napad zmienił się we wściekłą strzelaninę. Jego ojciec oberwał w klatkę piersiową. Walczył, leżąc w śpiączce, przez dwanaście tygodni, podczas których Hunter nie odchodził od jego łóżka.

Te tygodnie siedzenia w ciszy i obserwowania, jak ojciec gaśnie z każdym kolejnym dniem, zmieniło Huntera. Myślał jedynie o zemście. To wtedy zaczął cierpieć na bezsenność. Kiedy policjanci poinformowali go, że nie mają żadnych podejrzanych, zdał sobie sprawę, że nigdy nie złapią zabójcy. Do szału doprowadzała go własna bezsilność. Po pogrzebie podjął więc decyzję: nie będzie się zajmował jedynie analizą toku myślenia kryminalistów, będzie ich ścigał.

Po wstąpieniu w szeregi policji szybko zyskał doskonałą reputację i w błyskawicznym tempie wspiął się po szczeblach kariery, by w wieku zaledwie dwudziestu sześciu lat zostać detektywem. Przydzielony do specjalnej jednostki wydziału kryminalnego otrzymał za partnera starszego detektywa – Scotta Wilsona. Od tej pory razem rozpracowywali seryjnych morderców. Zajmowali się profilowaniem, a trafiały do nich wszystkie te sprawy, których rozwikłanie wymagało ogromnego nakładu czasu.

Wilson miał wówczas trzydzieści dziewięć lat. Prawie metr dziewięćdziesiąt wzrostu i ponad sto trzydzieści kilo mięśni i tłuszczu. Przez lewą połowę jego ogolonej głowy dumnie biegła błyszcząca blizna. Groźne spojrzenie również było jego atutem, nikt przecież nie chciał zadzierać z detektywem, który wyglądał jak wkurzony Shrek.

Służył w policji dziewiętnaście lat, ostatnie dziewięć w Wydziale ds. Transportu Drogowego i Autostrad. Początkowo nie uśmiechała mu się praca w duecie z żółtodziobem, ale Hunter okazał się pojętnym uczniem o imponującej zdolności dedukcji i analizy. Z każdą kolejną sprawą rósł podziw Wilsona dla umiejętności młodszego kolegi. Wspólna praca przerodziła się wkrótce w przyjaźń i dwójka detektywów szybko stała się nierozłączna, w pracy i poza nią.

W Los Angeles nigdy nie brakowało makabrycznych morderstw, brakowało za to detektywów. Zdarzało się, że Wilson i Hunter pracowali nad sześcioma sprawami jednocześnie. Presja nie była dla nich problemem, raczej dodatkowo mobilizowała. Aż do feralnej sprawy morderstwa w Hollywood, sprawy Lindy i Johna Spencerów, która niemal kosztowała ich odznaki i przyjaźń.

John, sławny producent muzyczny, dorobił się fortuny, wydając trzy albumy rockowe, które szturmem zdobyły pierwsze miejsca na listach przebojów. Lindę poznał na imprezie po którymś z koncertów. Sprawy potoczyły się błyskawicznie. Po trwającym zaledwie trzy miesiące romansie stanęli na ślubnym kobiercu. John kupił luksusowy dom w Beverly Hills i wyglądało na to, że czeka ich bajkowa przyszłość. Wszystko wydawało się wprost idealne. Oboje uwielbiali się bawić, przynajmniej dwa razy w miesiącu wydawali więc ekstrawaganckie przyjęcia nad basenem w kształcie pianina. Ale bajka nie trwała długo...

Już pod koniec pierwszego roku małżeństwa imprezy zaczęły stopniowo umierać, podobnie jak ich miłość. A kiedy John na dobre uległ alkoholowi i narkotykom, awantury domowe stały się chlebem powszednim.

Pewnej sierpniowej nocy, po jednej z takich awantur, w domu znaleziono martwą Lindę, z kulą w tyle głowy, wystrzeloną z trzydziestki ósemki. Typowa egzekucja. Żadnych śladów walki, włamania, żadnych ran czy siniaków na rękach lub dłoniach ofiary. To wszystko plus fakt, że John Spencer zniknął tuż po awanturze, czyniło z niego głównego i jedynego podejrzanego. Sprawę przydzielono właśnie Hunterowi i Wilsonowi.

Spencer odnalazł się po kilku dniach, pijany i naćpany heroiną. Podczas przesłuchania nie zaprzeczał, że tamtej nocy pokłócił się z żoną. Przyznał też, że ich małżeństwo przechodziło trudny okres. Pamiętał samą awanturę i to, jak wściekły wyszedł z domu. Nie umiał sobie za to przypomnieć, co działo się z nim przez następnych kilka dni.

Nie miał alibi. Wciąż upierał się jednak, że nigdy nie potrafiłby skrzywdzić swojej żony. Przecież szaleńczo ją kochał.

Sprawy zabójstw, w które zamieszani są celebryci, zawsze wzbudzają ogromne zainteresowanie mediów, wkrótce rozpoczął się więc prawdziwy cyrk – „ZNANY, BAJECZNIE BOGATY PRODUCENT W SZALE ZAZDROŚCI MORDUJE ŻONĘ" – krzyczały nagłówki gazet. Sam burmistrz naciskał więc, by jak najszybciej zamknąć sprawę.

Prokuratura zdołała udowodnić, że John posiadał pistolet kaliber trzydzieści osiem, choć nie udało się go odnaleźć. Nie miała też problemu ze znalezieniem świadków awantur w domu Spencerów. Ci zeznali, że to John zazwyczaj krzyczał, a Linda jedynie płakała. Przedstawienie Spencera jako agresywnego i porywczego męża okazało się dziecinnie łatwe.

Wilson nie miał wątpliwości co do winy Spencera, Hunter wręcz przeciwnie – od początku czuł, że mają niewłaściwego człowieka. John był w jego oczach przerażonym dzieciakiem, który za szybko doszedł do pieniędzy i nie poradził sobie z narkotykami, które wkroczyły w jego życie wraz ze sławą i fortuną. Nie miał skłonności do przemocy. W szkole niczym się nie wyróżniał z grona nastoletnich ekscentryków – podarte niebieskie dżinsy, dziwna fryzura, wiecznie słuchający ukochanego heavy metalu.

Hunter wykładał swoje racje Wilsonowi wiele razy.

– No dobra, kłócił się z żoną, ale znajdź mi małżeństwo, które się nie kłóci – próbował go przekonywać. – Nigdy jej nie skrzywdził, nawet nie uderzył.

– Testy balistyczne potwierdziły, że kulę wystrzelono z takiej samej broni, jaką trzymał w szufladzie swojego biurka – upierał się Wilson.

– Co nie znaczy, że to on pociągnął za spust.

– Wszystkie włókna znalezione na ciele ofiary pochodziły z ubrania, które miał na sobie w noc, kiedy go znaleźliśmy. Popytaj ludzi, którzy ich znali. Miewał napady szału, ciągle na nią krzyczał. To ty jesteś psychologiem. Wiesz, jak takie rzeczy potrafią się nasilać.

– No właśnie, nasilają się. Stopniowo. A nie tak, że jednego dnia ostro się z kimś kłócisz, a kolejnego strzelasz mu w tył głowy.

– Słuchaj. Zawsze szanowałem twoje zdanie. Twój siódmy zmysł w wielu przypadkach naprowadził nas na właściwy trop, ale teraz to ja mam przeczucie. I ono mi mówi, że tym razem się mylisz.

– Facet zasługuje na to, by dać mu szansę. Nie powinniśmy zamykać sprawy. Może coś przeoczyliśmy.

– Nie mamy wyjścia – roześmiał się Wilson. – Nie my tu podejmujemy decyzje. Doskonale o tym wiesz. Zrobiliśmy swoje. Zbadaliśmy wszystkie dowody i ujęliśmy podejrzanego. Reszta w rękach sądu.

Hunter znał się na psychice morderców i John Spencer po prostu nie pasował do tego schematu. Cóż jednak znaczyło jego zdanie? Wilson miał rację, nic więcej nie mogli zrobić. W kolejce czekało pięć kolejnych śledztw i kapitan Bolter groził zawieszeniem, jeśli dalej będzie marnował czas na sprawę, która została oficjalnie zamknięta.

Ławie przysięgłych uzgodnienie wyroku zajęło zaledwie trzy godziny. Johna Spencera uznano za winnego i skazano na dożywocie. I zgodnie z wyrokiem nie opuścił już więziennych murów. Dwadzieścia osiem dni po zakończeniu procesu powiesił się w swojej celi na prześcieradle. Zostawił kartkę: „Linda, już wkrótce będę z tobą. Żadnych kłótni, obiecuję".

Dwadzieścia dwa dni po jego samobójstwie w stanie Utah został zatrzymany czyściciel basenu Spencerów. W jego samochodzie odnalazł się pistolet Johna wraz z biżuterią i bielizną Lindy. Testy potwierdziły, że była to broń, z której zastrzelono ofiarę. W końcu i sam zatrzymany przyznał się do zabójstwa Lindy Spencer.

Hunter i Wilson znaleźli się pod ostrzałem mediów i ataków ze strony komendanta policji i burmistrza. Oskarżono ich o zaniedbania i nieudolność. Gdyby nie interwencja kapitana Boltera, który wziął na siebie część winy, straciliby odznaki. Hunter do dziś żałował, że nie zrobił wtedy czegoś więcej. To wszystko siłą rzeczy odbiło się też w jakiś sposób na ich przyjaźni. Od tamtej pory minęło sześć lat.

7

– Co tam jest? Widzisz coś? – pytał Garcia, podchodząc do partnera, który w dalszym ciągu nie odezwał się słowem.

Hunter stał nieruchomo, szeroko otwartymi oczami wpatrując się w znak wycięty na szyi kobiety, ten, którego nigdy nie zdołał wymazać z pamięci.

Garcia wspiął się na palce, by dojrzeć coś zza jego ramion, ale nawet gdy dostrzegł kark kobiety, był tak samo zdezorientowany jak wcześniej. Zupełnie nie kojarzył wyciętego na skórze symbolu.

– To coś znaczy? – spytał z nadzieją, że ktoś w końcu udzieli mu odpowiedzi.

Cisza.

Podszedł jeszcze bliżej. Symbol wyglądał jak dwa krzyże w jednym, połączone ze sobą końcami podstaw: ‡. Kompletnie nic mu to nie mówiło.

– To jakiś chory żart, kapitanie? – Otrząsnął się nagle Hunter.

– Chory, zgadza się, ale to nie żart – poważnym tonem odpowiedział kapitan.

– Cholera – wyrwało się Hunterowi, kiedy zasłaniał szyję włosami.

– Halo! – Garcia zamachał rękami tuż przed oczami Huntera. – Nie zakładałem dzisiaj czapki niewidki, więc może ktoś mi raczy powiedzieć, co tu się do diabła dzieje? – wyrzucił z siebie, nie potrafiąc dłużej kryć irytacji.

Ale Hunter czuł tylko, że w pokoju robi się coraz ciemniej, a powietrze gęstnieje. Okropny ból głowy przeszkadzał mu w myśleniu, drażnił go piasek pod powiekami. Przetarł oczy z nadzieją, że to wszystko okaże się jednak złym snem.

– Lepiej wprowadź partnera w temat, Hunter – nakazał kapitan Bolter, boleśnie sprowadzając go na ziemię.

– Dziękuję – odpowiedział Garcia zadowolony, że znalazł sojusznika.

Hunter wciąż go jednak ignorował.

– Wie pan, kapitanie, co to oznacza?

– Tak. Zdaję sobie sprawę, co przypomina.

Hunter przeczesał palcami włosy.

– Media rzucą się na nas jak sępy, kiedy się tylko dowiedzą – ciągnął.

– Póki co, niczego się nie dowiedzą. Zajmę się tym – zapewnił go kapitan. – Ale ty lepiej dowiedz się, czy to nie jakiś naśladowca.

– Naśladowca czyj, czego?

– Nie wiem, co chcecie teraz robić, ale dobrze by było, gdybyście przenieśli się na zewnątrz. Trzeba wpuścić techników, żeby zajęli się miejscem zbrodni. Nie mam zamiaru tracić więcej czasu.

– Ile im to zajmie? Kiedy będzie coś wiadomo? – spytał Hunter.

– Nie wiem, ale szacując po rozmiarach domu, większość dnia, może do samej nocy.

Hunter doskonale znał procedury i wiedział, że nie pozostaje mu nic innego, jak czekać.

– Wychodząc, powiedzcie technikom, że mogą zaczynać – poprosił lekarz, wracając do ofiary.

– Dobrze – odpowiedział Hunter, kiwając na Garcię, który wciąż wyglądał jak zagubiony dzieciak.

– No i gówno mi powiedzieliście – protestował.

– No, chodź już, jeśli podrzucisz mnie po samochód, pogadamy w drodze.

Hunter zerknął po raz ostatni na okaleczone ciało. Trudno było sobie wyobrazić, że jeszcze niedawno należało do pięknej, pełnej życia kobiety. Otworzył drzwi i wyszedł z pokoju, Garcia zrobił to samo.

Kiedy doszli do samochodu, Hunter wciąż wyglądał na wytrąconego z równowagi.

– To gdzie zostawiłeś auto? – spytał Garcia, otwierając drzwi swojej hondy civic.

– Co? – Hunter był najwyraźniej myślami zupełnie gdzieś indziej.

– Samochód? Gdzie jest?

– Ach. W Santa Monica.

– Santa Monica? Psiakrew! Musimy przejechać przez całe miasto!

– A masz coś innego do roboty?

– W sumie to nie – odpowiedział zbity z tropu. – Gdzie dokładnie go zostawiłeś?

– Wiesz, gdzie jest bar Hideout?

– Wiem, ale co ty tam u diabła robiłeś?

– Żebym to ja pamiętał. – Pokiwał lekko głową.

– Droga do Santa Monica zajmie nam jakieś dwie godziny. Przynajmniej mamy mnóstwo czasu, żeby pogadać.

– Dwie godziny? – zdziwił się Hunter. – To co ty masz pod maską? Silnik ze skutera?

– Widziałeś te wyboje? To nowy samochód. Nie zamierzam zniszczyć sobie zawieszenia, więc dopóki nie wyjedziemy na coś, co będzie przypominać drogę, a nie krater, będziemy jechać baardzo wolno.

– Jak sobie chcesz. – Hunter wsiadł do samochodu i zapiął pasy. Rozejrzał się po wnętrzu.

Garcia był niewątpliwie jednym z tych kierowców, którzy pucują swoje cacka z nadmierną, niemal obsesyjną gorliwością. W środku było nieskazitelnie czysto. Żadnych opakowań po chipsach, żadnych plam z kawy na podłodze czy siedzeniach, żadnych śladów po pączkach, nic.

– Kurczę, stary, sprzątasz go codziennie?

– Lubię mieć porządek, to chyba lepsze niż jeżdżenie w totalnym syfie, prawda? – odparł z dumą.

– A co to za zapach, u diabła? Jakby jakieś... tutti frutti.

– Nazywają to odświeżaczem powietrza. Powinieneś sobie sprawić taki w swoim gruchocie.

– Hej, nie obrażaj mojego samochodu! Może i jest stary, ale solidny niczym skała. Nie jak te tanie importowane złomy.

– Mój wcale nie był tani.

– Zapewne – zaśmiał się Hunter. – Tak czy siak, jestem pod wrażeniem. Domy też sprzątasz? W Beverly Hills możesz na tym zrobić złoty interes, gdybyś chciał kiedyś rzucić robotę w policji.

Garcia zignorował komentarz, odpalił silnik i zaczął manewrować między zaparkowanymi przed chatą samochodami. Kombinował jak mógł, by nie zarysować maski porastającymi brzegi ścieżki gęstymi krzakami, a gdy do jego uszu doszedł zgrzyt drewna trącego karoserię, przeklął głośno. Do głównej drogi jechali w ciszy, Garcia był skupiony, by jak najłagodniej pokonać wyboje.

Hunter wiele razy jeździł drogą przez kanion Little Tujunga, która szukającym odprężenia oferowała fantastyczną wycieczkę, pełną zapierających dech w piersiach widoków.

– No dobra, a teraz zamieniam się w słuch – przerwał milczenie Garcia. – Tylko nie wciskaj mi kitu. Co u diabła znaczy symbol wycięty na szyi ofiary? Sądząc po twojej reakcji, już go wcześniej widziałeś.

Pozwalając powrócić obrazom z przeszłości, Hunter szukał właściwych słów, by otworzyć przed Garcią drogę do koszmaru – tego, o którym tak długo usiłował zapomnieć.

– Słyszałeś o mordercy zwanym Krucyfiksem?

Garcia zmarszczył brwi i zaciekawiony spojrzał na Huntera.

– Żartujesz sobie?

Hunter pokręcił głową.

– Jasne, że słyszałem. Chyba wszyscy w LA słyszeli. Cholera, chyba nie ma w Stanach osoby, która by o nim nie słyszała. Bardzo uważnie śledziłem tę sprawę. A czemu?

– Co o nim wiesz? Co wiesz w ogóle o sprawie?

– A co? Lubisz słuchać pochlebstw? – spytał, uśmiechając się niepewnie i czekając na próżno na reakcję Huntera. – Mówisz serio? Chcesz, żebym opowiedział ci o twojej sprawie?

– Połechtaj trochę moje ego.

– No dobra – poddał się Garcia z miną mówiącą „jak tam sobie chcesz". – To była chyba twoja największa sprawa. Siedem brutalnych zabójstw na przełomie dwóch lat. Niektóre wyglądały na dzieło szaleńca, fanatyka religijnego. Ty i twój partner złapaliście go jakiś rok czy półtora roku temu. Zwinęliście go, gdy próbował wyjechać z Los Angeles. Jeśli dobrze pamiętam, miał samochód po dach zapakowany dowodami: osobistymi rzeczami ofiar i takimi tam. Przesłuchanie też nie trwało jakoś długo, przyznał się od razu, prawda?

– Skąd wiesz o przesłuchaniu?

– W końcu jestem gliną. Mam dostęp do takich informacji. Tak czy inaczej, facet dostał karę śmierci. Zrobili mu zastrzyk jakiś rok temu, to chyba jedna z najszybciej wykonanych egzekucji w historii. Sam prezydent się zaangażował. Wszędzie było o tym głośno.

Hunter przyglądał się przez chwilę partnerowi, który znał najwyraźniej jedynie podaną przez prasę oficjalną wersję.

– I tylko tyle? A czemu prasa nazwała go Krucyfiksem?

Teraz to Garcia spojrzał na niego zdziwiony.

– Stary, piłeś?

– W ciągu ostatnich kilku godzin nie – odpowiedział, instynktownie zerkając na zegarek.

– Wszyscy wiedzą czemu. Był przecież fanatykiem religijnym. Wydawało mu się, że oczyszcza świat z grzeszników, czy jakoś tak. Wiesz, prostytutek, narkomanów i innych, których kazały mu usunąć głosy w jego chorej głowie. A nazywali go Krucyfiksem, bo na lewym ramieniu każdej ze swych ofiar zostawiał podpis – wycięty znak krzyża.

Hunter milczał.

– Poczekaj. Myślisz, że ktoś go naśladuje? Przez ten symbol na jej szyi? Jak się tak zastanowić, rzeczywiście wyglądał jak jakiś krucyfiks – Garcia szybko podchwycił wskazówkę.

Hunter nie odpowiedział. Jechali w ciszy przez kolejne dwie, trzy minuty. Kiedy drogą Sand Canyon dojechali do Santa Clarita, za oknami pojawiły się ogromne domy otoczone starannie przystrzyżonymi trawnikami. Hunter cieszył się z powrotu do cywilizacji. Ruch się nasilał, ludzie zaczynali wyjeżdżać do pracy. Na progach domów widział ubranych w garnitury mężczyzn i wystrojone w garsonki kobiety, szykujących się do kolejnego dnia w biurze. Niebo rozjaśniały pierwsze promienie słońca, zapowiadając kolejny piekielnie upalny dzień.

– Ale skoro już poruszyliśmy temat Krucyfiksa, mogę cię o coś zapytać? – Garcia przerwał w końcu milczenie.

– Jasne, wal śmiało – obojętnym tonem odpowiedział Hunter.

– Chodziły pogłoski, że ani ty, ani twój partner nigdy nie wierzyliście, że złapaliście właściwego faceta, pomimo tych wszystkich dowodów znalezionych w jego samochodzie i pomimo przyznania się do winy, to prawda?

Hunter wrócił pamięcią do przesłuchania domniemanego mordercy, znanego jako Krucyfiks.

Pstryk...

– Środa, piętnastego lutego, godzina 10.30 rano. Przesłuchanie Mike'a Farloe'a. Prowadzący: detektyw Robert Hunter. Sprawa 017632. Przesłuchiwany nie skorzystał z prawa do adwokata – recytował Hunter nad wiekowym dyktafonem w jednym z ośmiu pokojów przesłuchań wydziału zabójstw.

Naprzeciw siedział trzydziestoczteroletni mężczyzna o wyraźnie zarysowanej szczęce, odstającym, pokrytym trzydniowym zarostem podbródku i ciemnych, zimnych jak lód oczach. Tę niewielką ilość czarnych rzadkich włosów, której nie zdążył jeszcze stracić, zaczesaną miał do tyłu. Zakute w kajdanki dłonie położył wewnętrzną stroną na szerokim metalowym stole oddzielającym go od detektywa.

– Jest pan pewien, że nie potrzebuje adwokata?

– Pan jest moim pasterzem.

– No dobra. Nazywa się pan Mike Farloe, zgadza się?

Mężczyzna przeniósł wzrok ze swoich zakutych w kajdanki dłoni na Huntera i odpowiedział:

– Tak.

– I pana obecny adres to Sandoval Street 5 w Santa Fe.

Mike był zadziwiająco spokojny jak na kogoś, komu stawiano zarzuty morderstw ze szczególnym okrucieństwem.

– Tak, kiedyś tam mieszkałem.

– Kiedyś?

– No bo teraz przeniosę się do więzienia, mam rację, detektywie? Przynajmniej na jakiś czas – odpowiedział pozbawionym emocji głosem.

– Chce pan iść do więzienia?

Cisza.

Hunter nie miał sobie równych w prowadzeniu przesłuchań. Znajomość psychologii pozwalała mu wyciągać z podejrzanych wiele cennych informacji, czasem nawet skłonić ich do przyznania się do winy. Czytał z ich mowy ciała jak z otwartej księgi. Kapitanowi Bolterowi zależało na każdej nawet najdrobniejszej informacji, jaką uda mu się wyciągnąć z Mike'a Farloe'a, i to właśnie Hunter był jego tajną bronią.

– Czy pamięta pan, gdzie spędził noc piętnastego grudnia zeszłego roku? – Hunter pytał o noc poprzedzającą odkrycie ostatniego z ciał.

Mike nie spuszczał z niego wzroku.

– Tak.

– W takim razie gdzie?

– Pracowałem.

– A czym się pan zajmuje?

– Sprzątam miasto.

– Jest pan śmieciarzem?

– Tak, ale pracuję też dla naszego Pana Jezusa Chrystusa.

– I na czym ta praca polega?

– Oczyszczam miasto ze wszystkich brudnych grzeszników.

Hunter niemal czuł, jak po drugiej stronie umieszczonego na północnej ścianie weneckiego lustra, w pokoju obserwacyjnym, kapitan Bolter wierci się nerwowo na krześle.

Prawą dłonią rozmasował sobie kark.

– No dobra, a co z... – Przekartkował swoje notatki. – Nocą dwudziestego drugiego września, pamięta pan, co wówczas robił?

Scotta Wilsona, przyglądającego się przesłuchaniu w pokoju obserwacyjnym, zamurowało. Dwudziesty drugi września? A co się niby wtedy wydarzyło? Nie znaleziono przecież żadnego ciała, ani wtedy, ani w ogóle w tamtym okresie. Co Hunter wyprawia, do cholery?

Te siedem dat kolejnych morderstw wryło się Scottowi głęboko w pamięć. Hunter też znał je na pamięć, nie musiał sprawdzać w notatkach.

– Daj mu pracować, wie, co robi – odezwał się doktor Martin, policyjny psycholog obserwujący z nimi przesłuchanie.

– To samo, dokładnie to samo. – Odpowiedź Mike'a brzmiała przekonująco.

Wszyscy zgromadzeni w pokoju zdębieli.

– Co? – nie wierzył Scott. – Czyżby była jeszcze jedna ofiara, o której nie wiemy?

Kapitan Bolter wzruszył jedynie ramionami.

Hunter uważnie obserwował reakcje Mike'a Farloe'a, starając się odgadnąć jego myśli. Podręczniki psychologii mówiły, by zwrócić uwagę na ruch gałek ocznych – jeśli przesłuchiwany patrzył w górę, a następnie w lewo, znaczyło to, że używał w danym momencie półkuli odpowiedzialnej za tworzenie nieistniejących wcześniej obrazów, czyli najzwyczajniej w świecie kłamał, jeśli zaś uciekał spojrzeniem w górę, a następnie w prawo, przeszukiwał wspomnienia, by znaleźć zapamiętane obrazy, tym samym prawdopodobnie mówił prawdę. Jednak oczy Mike'a Farloe'a nie poruszały się wcale, pozostawały nieruchome jak u nieboszczyka.

– A co z rzeczami znalezionymi w pańskim samochodzie? Może mi pan coś o nich powiedzieć? Skąd się tam wzięły? – Hunter miał na myśli paszport, prawo jazdy i kartę ubezpieczenia społecznego, które znaleźli ukryte w papierowej torbie w miejscu zapasowego koła zardzewiałego custom cruisera. Każdy z dokumentów należał do innej z ofiar. W bagażniku policja znalazła też zakrwawione koce, a badania DNA potwierdziły zgodność próbek z krwią trójki ofiar.

– Należały do grzeszników.

– Grzeszników?

– No tak... Proszę nie zgrywać głupiego, detektywie, doskonale wie pan, o czym mówię.

– A może nie. Proszę mi wyjaśnić.

– Nie tak miał wyglądać świat. – Mike Farloe wreszcie okazał jakieś emocje: gniew. – Co sekundę każdego dnia popełniany jest kolejny grzech. Co sekundę każdego dnia łamiemy i podważamy prawa ustanowione przez moc najwyższą. Tak nie może być, nie wolno im lekceważyć naszego Pana i Jego nauk. Ktoś musi wymierzyć im karę.

– I to pan ją wymierza?

Cisza.

– Dla mnie ofiary były zwykłymi ludźmi, a nie grzesznikami.

– Bo źle pan widzi, detektywie. Oślepił pana brud tego miasta. Wszystkich was oślepił. Prostytutka sprzedaje swe ciało za pieniądze, siejąc wokół choroby. – Hunter wiedział, że mówi o drugiej z ofiar. – Adwokat za ciężkie pieniądze broni dilerów narkotyków, bo przecież życie playboya kosztuje. Są i tacy, którzy nie wyznają żadnych wartości. – Piąta z ofiar. – I karierowiczki, które pieprzą się jak norki, byle dotrzeć na szczyt, te to przejadą się na byle kutasie z nadzieją na mały awansik... – Szósta ofiara. – Musieli za to zapłacić. Musieli się nauczyć, że nie można tak po prostu lekceważyć praw danych przez Boga. Musieli dostać nauczkę.

– I to pan im dawał tę nauczkę?

– Tak... Służyłem naszemu Panu. – Gniew znikł, głos miał teraz śpiewny niczym śmiech dziecka.

– POPAPRANIEC – wyrwało się w pokoju obserwacyjnym Wilsonowi.

Hunter nalał sobie wody z aluminiowego dzbanka.

– Chce pan wody?

– Nie, dziękuję, detektywie.

– Coś panu przynieść... Kawę, papierosa?

W odpowiedzi pokręcił jedynie odmownie głową.

Hunter nadal nie potrafił rozgryźć Mike'a Farloe'a. Żadnych zmian w barwie głosu, żadnych gwałtowniejszych ruchów, zero mimiki twarzy. Jego oczy pozostawały śmiertelnie zimne, pozbawione jakichkolwiek uczuć. Dłonie nieruchome, bez śladów potu, podobnie jak czoło. Hunter potrzebował więcej czasu.

– Wierzy pan w Boga, detektywie? – spytał Mike spokojnym głosem. – Modli się pan, by odpokutować za swoje grzechy?

– W Boga tak, ale nie wierzę w morderstwo – odpowiedział równie spokojnie.

Mike Farloe przyglądał się bacznie Hunterowi, tak jakby role się teraz odwróciły i to on próbował rozszyfrować reakcje detektywa. Odezwał się, nim Hunter zdążył zadać kolejne pytanie.

– Może darujmy sobie, detektywie, tę zabawę w kotka i myszkę i przejdźmy do rzeczy. Proszę pytać, o co pan chce. Proszę pytać, a otrzyma pan odpowiedź.

– Niby o co?

– Chce pan przecież wiedzieć, czy to ja popełniłem te morderstwa. Chce pan wiedzieć, czy to ja jestem tym, którego nazwali Krucyfiksem.

– A jest pan?

Farloe po raz pierwszy odwrócił wzrok od Huntera. Spojrzał wprost na zawieszone na północnej ścianie lustro. Atmosfera wyczekiwania w pokoju obserwacyjnym sięgała zenitu. Kapitan Bolter mógł się założyć, że Farloe patrzy mu prosto w oczy.

– Nie ja wybrałem sobie ten przydomek, tak ochrzciły mnie media. – Znów patrzył Hunterowi w oczy. – Ale tak, uwolniłem ich dusze od życia pełnego grzechu.

– A niech to... Przyznał się. – Kapitan Bolter nie potrafił ukryć euforii.

– O cholera! Hunterowi wystarczyło dziesięć minut, żeby to z niego wyciągnąć. Dobry jest, skubany – roześmiał się Wilson.

– Jeśli to pan jest Krucyfiksem, to sam pan sobie wybrał przydomek – ciągnął Hunter. – Naznaczył pan ofiary. Sam pan wybrał swój podpis.

– Musieli odpokutować za grzechy. Symbol Pana zbawił ich dusze.

– Ale pan nie jest Bogiem. Nie ma pan mocy, by zbawiać kogokolwiek. „Nie zabijaj", to chyba jedno z przykazań. Czy mordując tych ludzi, sam nie stał się pan grzesznikiem?

– Nic, co robimy w imię Pana, nie jest grzechem. Czyniłem to, co Bóg sam by uczynił.

– A nie mógł, bo co? Wziął sobie urlop? Czemu Bóg miałby chcieć, by zabijał pan w jego imieniu? Nie jest przypadkiem miłosierny?

Farloe po raz pierwszy pozwolił sobie na lekki uśmiech, odsłaniając rząd pożółkłych od papierosów zębów. Biło od niego czyste zło. I coś jeszcze, coś dziwnego, niemal nieludzkiego.

– Facet przyprawia mnie o gęsią skórkę. Może już czas skończyć przesłuchanie. Przyznał się, zrobił to, koniec kropka. – Scott zaczynał się denerwować.

– Jeszcze nie. Daj mu jeszcze kilka minut – odpowiedział doktor Martin.

– Jak chcecie... Ja spadam, dość się już nasłuchałem. – Scott otworzył drzwi i wyszedł na wąski korytarz drugiego piętra budynku wydziału zabójstw.

Hunter chwycił kartkę papieru, coś na niej napisał i położył przed Farloe'em na stole.

– Wiesz, co to jest?

Farloe spojrzał na kartkę. Wpatrywał się w nią dobre pięć sekund. Ruch oczu i niemal niezauważalnie zmarszczone brwi mówiły Hunterowi, że facet nie ma pojęcia, na co patrzy. Nie odpowiedział.

– Dobra, to może mi pan powie...

– Wystarczy tych pytań – przerwał mu Farloe. – Wie pan, co zrobiłem, detektywie. Widział pan moje dzieła. Usłyszał pan to, co chciał pan usłyszeć. Nie widzę potrzeby dalszych pytań. Ja już swoje powiedziałem. – Wraz z ostatnim zdaniem zamknął oczy, złożył dłonie i po chwili rozpoczął cichą modlitwę.

– To prawda, nie wierzyłem, że to on jest mordercą – odpowiedział wreszcie Hunter, odsuwając na bok wspomnienia.

Choć było dopiero po szóstej, upał zaczynał się dawać we znaki. Hunter nacisnął przycisk i szyba gładko zjechała w dół. Kiedy wjechali na autostradę San Diego, zmieniły się widoki za oknem – luksusowe domy z Santa Clarita zastąpiły kawalkady samochodów.

– Mam włączyć klimatyzację? – spytał Garcia, majstrując przy pokrętłach na desce rozdzielczej.

Hunter jeździł starym buickiem, który nie był wyposażony w nowoczesne gadżety. Nie miał klimatyzacji, otwieranego dachu, elektrycznych szyb czy lusterek, ale mimo wszystko był to buick, czysta masa mięśniowa amerykańskiej motoryzacji, jak lubił go nazywać.

– Nie, wolę sobie powdychać naturalne, brudne powietrze Los Angeles, nie ma nic lepszego.

– No to czemu nie wierzyłeś, że ten facet był mordercą? Przecież w jego samochodzie znaleźliście wszystkie dowody, no i gość się przyznał. Czego jeszcze było ci trzeba? – Garcia wrócił do sprawy Krucyfiksa.

Hunter wychylił się za szybę, pozwalając, by wiatr rozwiał mu włosy.

– Wiesz, że na żadnym z siedmiu miejsc zbrodni nie znaleźliśmy ani grama dowodów?

– Takie właśnie krążyły pogłoski, ale myślałem, że po prostu nie chcecie odsłaniać wszystkich kart.

– Otóż naprawdę nie mieliśmy nic. Przeszukaliśmy ze Scottem każde z miejsc zbrodni centymetr po centymetrze. Nie znaleźliśmy nic – żadnych odcisków, najmniejszego włoska, włókna... Nic kompletnie. Sterylność godna najlepszego laboratorium. – Hunter przerwał na moment, pozwalając ponownie, by wiatr owiał mu twarz. – W ciągu dwóch lat morderca nie popełnił ani jednego błędu, żadnych śladów, żadnych potknięć... Był niczym duch. Nie mieliśmy żadnych tropów, pomysłów, zielonego pojęcia, kim naprawdę jest. I nagle facet daje się złapać z całym tym gównem w samochodzie? Jakoś mi się to nie klei. Jakim cudem najbardziej skrupulatny, być może w całej historii kryminologii, morderca staje się nagle najbardziej nierozważnym?

– No to jak go złapaliście?

– Dostaliśmy anonimowy telefon kilka tygodni po znalezieniu ciała siódmej ofiary. Ktoś widział podejrzanie wyglądający samochód z bagażnikiem umazanym krwią. Rozmówcy udało się zapamiętać numery tablic. Zatrzymaliśmy auto na przedmieściach LA.

– To był samochód Farloe'a?

– Tak, a w środku... prawdziwy Dzień Dziecka.

Garcia spojrzał na niego spod zmarszczonych brwi. Zaczynał rozumieć, o co chodzi Hunterowi.

– Ale przecież wielu przestępców wpada ot tak, przy okazji drobnych wykroczeń. Może skrupulatnie sprzątał jedynie miejsca zbrodni, a w domu był bałaganiarzem.

– Nie kupuję tego. – Hunter pokręcił głową. – Poza tym przez całe przesłuchanie zwracał się do mnie „detektywie".

– No i co z tego?

– Zabójca ochrzczony Krucyfiksem miał zwyczaj dzwonić do

mnie na komórkę, by wytłumaczyć, gdzie szukać kolejnego ciała. Tylko ja byłem z nim w kontakcie.

– Dlaczego właśnie ty?

– Tego nigdy nie odkryłem, ale ilekroć do mnie dzwonił, zawsze używał mojego imienia, zawsze zwracał się do mnie „Robercie", nigdy „detektywie". – Hunter przerwał na moment, szykując się, by wytoczyć najcięższe działa. – Ale momentem przełomowym była tak naprawdę chwila, kiedy spytałem go o znak krucyfiksu wycięty na dłoniach ofiar. Zaczął tłumaczyć coś o symbolu Boga, który miał ich niby zbawić.

– No bo był popaprańcem, więc o co ci chodzi?

– Pokazałem mu rysunek krzyża, którego używał nasz morderca, ale jestem pewien, że go nie rozpoznał.

– Jak to: nie rozpoznał? – Garcia otworzył szeroko oczy ze zdziwienia.

– Prawdziwy morderca nigdy nie wycinał krucyfiksu na lewej dłoni ofiary. To była bajeczka, którą sprzedaliśmy mediom, żeby uniknąć naśladowców i innych szukających rozgłosu świrów.

Garcia wstrzymał oddech w oczekiwaniu, poczuł biegnące wzdłuż kręgosłupa dreszcze.

– Prawdziwy morderca wycinał dziwny symbol będący połączeniem dwóch krzyży, jednego skierowanego ramionami w górę, drugiego w dół, i wycinał go na karku swoich ofiar. – Hunter wskazał miejsce z tyłu własnej szyi. – To był jego prawdziwy podpis.

Rewelacje Roberta zupełnie zbiły Garcię z tropu. Odtworzył w pamięci scenę w drewnianej chacie. Ciało kobiety. Jej pozbawioną skóry twarz. Wycięcie w tyle szyi – podpis Krucyfiksa.

– Co? Chyba sobie żartujesz. – Na moment odwrócił wzrok od drogi.

– Uważaj! – krzyknął Hunter, zauważywszy czerwone światło na skrzyżowaniu.

Garcia spojrzał przed siebie i gwałtownie nacisnął hamulec. Hunter wyskoczył w przód niczym torpeda i zatrzymany przez pasy opadł ciężko na siedzenie, uderzając głową o zagłówek.

– Cholera! I znów zaczyna mnie boleć głowa, piękne dzięki. – Obiema dłońmi potarł skronie.

Ból głowy partnera był teraz chyba ostatnią rzeczą, jaką przejmował się Garcia. W uszach wciąż brzmiały mu słowa Huntera.

– Czyli chcesz powiedzieć, że ktoś dowiedział się o prawdziwym podpisie Krucyfiksa i postanowił go używać?

– Wątpię. Wiedziało o tym zaledwie parę osób. Kilkoro detektywów z wydziału zabójstw i doktor Winston. To była informacja ściśle tajna, a symbol, który dzisiaj widzieliśmy, jest identyczny.

– Kurwa, sugerujesz, że powrócił z zaświatów?

– Mówię jedynie, że Mike Farloe nie był naszym Krucyfiksem, co zresztą od zawsze podejrzewałem. Prawdziwy morderca jest wciąż na wolności.

– Ale facet się przyznał. Po co by to u licha robił, wiedząc, że dostanie karę śmierci? – Garcia już prawie krzyczał.

– Może szukał rozgłosu, nie wiem. Słuchaj, nie mam wątpliwości, że Mike Farloe był popieprzonym fanatykiem religijnym, tylko nie tym, którego szukaliśmy.

– W takim razie skąd te wszystkie rzeczy znalazły się w jego samochodzie?

– Nie jestem pewien, może ktoś go wrobił?

– Wrobił? Ale jedyną osobą, która mogła go wrobić, jest sam Krucyfiks.

– Zgadza się.

– Ale czemu teraz? Czemu wrócił właśnie teraz?

Garcia siedział nieruchomo, wpatrując się w Huntera. Potrzebował czasu, żeby to sobie jakoś poukładać. Teraz rozumiał jego reakcję na wycięty na szyi symbol. Czy to możliwe, żeby prawdziwy Krucyfiks nigdy nie został złapany? Wciąż był na wolności? Uśmiercono niewinnego człowieka? Po wykonaniu wyroku skończyły się zabójstwa i wyglądało na to, że to rzeczywiście Farloe był słynnym Krucyfiksem. Nawet Hunter zaczął w to wierzyć.

Siedzieli w milczeniu. Hunter obserwował, jak Garcia usiłuje przyswoić sobie wszystkie nowe informacje, próbuje zrozumieć, dlaczego ktoś miałby się przyznawać do zbrodni, której nie popełnił.

– Jeśli to robota Krucyfiksa, wkrótce będziemy mieli pewność.

– Serio? Skąd?

– Po pierwsze, jeśli to on, ekipa techniczna niczego nie znajdzie, okaże się, że dokładnie po sobie posprzątał... Zielone światło.

– Co?

– Światło! Masz zielone.

Garcia wrzucił bieg i nacisnął gaz. Dalszą drogę do Santa Monica przejechali w milczeniu.

Bar o nazwie Hideout znajdował się przy West Channel Road, przy której rozciągała się plaża Santa Monica. To dzięki niej knajpa należała do najpopularniejszych w zachodniej części miasta. Garcia był tam tylko raz.

Udekorowany motywami marynarskimi bar oddzielały od holu głównego długie kotary. Z antresoli na piętrze rozciągał się widok na umieszczone na tyłach budynku patio, gdzie królowały krzesła z niskim oparciem.

Samochód Huntera stał zaparkowany zaledwie kilka metrów od głównego wejścia. Garcia podjechał i stanął zaraz za nim.

– Chcę jeszcze raz rzucić okiem na ten dom, kiedy ekipa techniczna już skończy, co ty na to? – spytał Hunter, wyciągając z kieszeni kluczyki.

Garcia błądził gdzieś spojrzeniem.

– Halo! Wszystko w porządku, stary?

– Tak, jasne – odpowiedział w końcu. – Dobry pomysł.

Hunter wysiadł z błyszczącej hondy i otworzył drzwi swojego starego poobijanego buicka. Odpalając silnik, myślał tylko o jednym.

To nie powinna być jego pierwsza sprawa.

8

D-King nie przyjmował za dobrze ucieczek swoich dziewcząt, a Jenny opuściła imprezę w klubie Vanguard trzy dni temu i od tej pory nie dała znaku życia. Poza tym, w przeciwieństwie do innych alfonsów w mieście, nie używał przemocy względem swoich podopiecznych. Jeśli którakolwiek decydowała, że ma dość i chce to rzucić, nie czynił przeszkód, oczywiście pod warunkiem że nie przechodziła do konkurencji albo nie uciekała z jego pieniędzmi.

W tym interesie znalezienie nowych dziewcząt nie stanowiło najmniejszego problemu. Codziennie setki pięknych kobiet z głowami pełnymi marzeń o karierze w Hollywood przyjeżdżało do Los Angeles. Codziennie setki tych marzeń umierały w zderzeniu z brutalną rzeczywistością. Wystarczyło podejść te odpowiednie. Te najbardziej zdesperowane i zupełnie spłukane, którym trzeba było pomóc stanąć na nogi, te, które pragnęły standardu życia, jaki mógł im zaoferować. Jeśli którakolwiek chciała zrezygnować, wystarczyło powiedzieć, za rogiem już czekała kolejka.

D-King wysłał swojego ochroniarza, Jerome'a, by dowiedział się, co stało się z Jenny. Dlaczego nie zadzwoniła? A co gorsza, dlaczego nie stawiła się wczoraj na umówione spotkanie z klientem? D-King nie pozwalał, by tak traktowano jego biznesowych partnerów. Nawet taki interes jak jego opierał się na rzetelności. Czuł, że coś jest nie w porządku. Jenny była najpewniejszą z jego dziewcząt i wiedział, że gdyby wpadła w jakieś kłopoty, na pewno by do niego zadzwoniła.

Tak naprawdę to miał do niej słabość. Była uroczą dziewczyną, zawsze uśmiechniętą i tryskającą poczuciem humoru, co w jej profesji zdarzało się niezwykle rzadko. Kiedy zaczęła dla niego pracować, zapowiedziała, że to tylko do czasu, aż trochę się odkuje.

Szanował jej determinację, choć była jedną z jego najbardziej dochodowych dziewcząt, najczęściej wybieraną przez bogatych i obleśnych dusigroszy, którzy stanowili jego klientelę.

Kiedy wrócił Jerome, D-King był właśnie w swoim o połowę mniejszym od olimpijskiego basenie, zajęty porannym treningiem – przepłynięciem dwudziestu pięciu długości.

– Szefie, obawiam się, że nie mam dobrych wieści.

Jerome, Afroamerykanin z krótko przystrzyżonym afro i krzywym nosem, złamanym tyle razy, że nie potrafił podać dokładnej liczby, budził strach swym wyglądem. Miał ponad metr osiemdziesiąt, jakieś sto czterdzieści kilogramów wagi, kwadratową szczękę i śnieżnobiałe zęby. Typowano go swego czasu na kolejnego mistrza świata wagi ciężkiej, dopóki na skutek wypadku samochodowego paraliż nie unieruchomił go od pasa w dół. Dopiero po czterech latach znowu stanął na własnych nogach. W tym czasie szansa na tytuł uciekła. Skończył jako ochroniarz w nocnym klubie w Hollywood. To tam wypatrzył go D-King pewnej nocy i zaproponował pracę za nieporównywalnie większe pieniądze, po tym jak na jego oczach Jerome jedną ręką poradził sobie z grupką siedmiu szukających kłopotów piłkarzy.

D-King wyszedł z basenu, chwycił biały szlafrok z wyszytym wielkimi złotymi literami słowem „King" na plecach i usiadł przy stojącym tuż nad basenem stoliku, na którym czekało śniadanie.

– Nie to chciałem usłyszeć, Jerome. Nie chcę zaczynać dnia od złych wiadomości. – Nalał sobie szklaneczkę soku pomarańczowego. – No dalej, wyrzuć to z siebie. – Głos miał spokojny, jak zawsze. Nie należał do osób, które łatwo traciły panowanie nad sobą.

– Prosił szef, żebym dowiedział się co z Jenny, sprawdził, dlaczego zniknęła.

– No i?

– Wygląda na to, że zniknęła nie tylko z klubu, ale w ogóle.

– Jak to, kurwa, w ogóle zniknęła?

– Nic nie wskazuje na to, żeby była w domu w ciągu tych ostatnich kilku dni. Dozorca też jej nie widział.

D-King odstawił szklankę z sokiem i przyjrzał się uważnie swojemu ochroniarzowi.

– Co z jej rzeczami? Były w mieszkaniu?

– Wszystko: sukienki, buty, torebki, nawet przybory do makijażu. Walizki stoją w szafie. Jeśli zwiała, kurewsko jej się musiało spieszyć, szefie.

– Jenny nie ma przed czym uciekać – odpowiedział, nalewając kawy do filiżanki.

– A ma chłopaka?

– Ma co? – prychnął z miną z serii „chyba sobie żartujesz". – Kto jak kto, ale ty powinieneś wiedzieć, że żadna z moich dziewcząt nie jest w stałym związku. To przeszkadza w interesach.

– Może poznała kogoś tamtej nocy w klubie?

– I co?

– Nie wiem. Może poszli do niego.

– Nie, Jenny nie robi takich numerów.

– Facet mógł jej się spodobać.

– Jerome, ona jest dziwką. Właśnie skończyła pięciodniowy tydzień roboczy. Seks był ostatnią rzeczą, na jaką miałaby ochotę.

– Jakiś prywatny klient?

– Że jak? Dziewczyny wiedzą, do czego jestem zdolny, jeśli odkryję, że kręcą coś na boku. Jenny nie była głupia.

– A nie zatrzymała się u jakichś znajomych? – kombinował dalej Jerome.

– Nie, to też nie w jej stylu. Pracuje już dla mnie, czekaj no, jakieś trzy lata. Nigdy nie przysparzała kłopotów, nigdy się nie spóźniała na spotkania. Nie, Jerome, coś mi tu śmierdzi, coś jest nie tak.

– Myśli szef o jakichś kłopotach finansowych, hazard czy coś takiego?

– Nie, wtedy na pewno przyszłaby do mnie. Nie uciekałaby.

– To co mam teraz robić?

D-King upił łyk kawy, zastanawiając się, jakie mają opcje.

– Najpierw zajmij się szpitalem – zdecydował po chwili. – Musimy sprawdzić, czy coś jej się nie stało.

– Myśli szef, że ktoś mógł ją skrzywdzić?

– Jeśli tak... skurwysyn jest już martwy.

Jerome zastanawiał się, któż mógłby być na tyle głupi, by zrobić krzywdę którejkolwiek z dziewcząt D-Kinga.

– Jeśli nic nie znajdziesz w szpitalach, będzie trzeba spróbować z policją.

– Mam zadzwonić do Cullhane'a?

Detektyw Mark Cullhane pracował w wydziale narkotyków policji Los Angeles i był jedną z płatnych wtyczek D-Kinga.

– Cóż, nie należy do najbardziej rozgarniętych, ale chyba nie będziemy mieli wyjścia. Tylko uprzedź go, żeby działał ostrożnie. Na razie to sprawa dla wtajemniczonych.

D-King wziął kęs omletu, ale całkiem stracił apetyt. Po dziesięciu latach w tym interesie miał nosa do kłopotów, a w tej sprawie coś ewidentnie śmierdziało. D-Kinga znali wszyscy w LA i nie tylko. Facet budził ogólny postrach. Kiedyś jeden z klientów popełnił błąd, uderzając jego dziewczynę w twarz. Znaleziono go sześć dni później w walizce – w sześciu kawałkach: głowa, tors, ręce i nogi.

9

Detektyw Carlos Garcia wspiął się po szczeblach policyjnej kariery równie szybko co Hunter. Był synem brazylijskiego agenta federalnego i Amerykanki, nauczycielki historii. Kiedy rozpadło się ich małżeństwo, wrócił z matką do Stanów i choć miał wówczas dziesięć lat, a zdecydowaną większość życia spędził w Ameryce, wciąż mówił po portugalsku niczym rodowity Brazylijczyk.

Po ojcu, atrakcyjnym brunecie o brązowych oczach i oliwkowej cerze, Garcia odziedziczył ciemną karnację i włosy, które według matki nosił stanowczo za długie. Oczy, choć nie były równie błękitne co matki, blondynki o jasnej, typowo europejskiej karnacji, pochodziły z pewnością ze strony jej rodziny. Choć skończył już trzydzieści jeden lat, zachował młodzieńczy wygląd, a dzięki wieloletniej pracy w terenie szczupłą sylwetkę. Ten brak masy mógł być jednak mylący. Tak naprawdę był dużo silniejszy, niż na to wyglądał.

Jego matka, Jennet Liams, próbowała wszystkiego, by wybić mu z głowy pracę w policji. Małżeństwo z agentem federalnym wiele ją nauczyło. Wiedziała, czym jest życie pełne niebezpieczeństw. Niewielu ludzi potrafi sobie poradzić z towarzyszącą temu presją. Przez pracę męża cierpiała cała rodzina, cierpiało też ich małżeństwo. Nie chciała, by przyszła rodzina syna musiała przechodzić to samo. Ale Garcia podjął decyzję, jeszcze nim skończył dziesięć lat. Chciał iść w ślady swego bohatera – ojca.

Od czasów liceum spotykał się z tą samą dziewczyną, którą poślubił tuż po maturze. Anna, rok młodsza od Garcii, była urocza. Jej urodę może trudno było nazwać klasyczną, ale ciemne orzechowe oczy i krótko ścięte czarne włosy przykuwały wzrok. Nie mieli dzieci, wspólnie podjęli decyzję, że w najbliższej przyszłości ich rodzina pozostanie dwuosobowa.

Garcia przepracował dwa lata jako detektyw w północnym Los Angeles, nim dano mu wybór: wydział narkotyków lub zabójstw. Zdecydował się na ten drugi.

W poranek pierwszego dnia pracy obudził się dużo wcześniej niż zazwyczaj. Starał się zachowywać cicho, ale i tak obudził Annę. Choć miał się zgłosić w biurze kapitana Boltera dopiero o ósmej trzydzieści, już o wpół do siódmej, kompletnie ubrany, piekielnie się nudził w swoim niewielkim mieszkanku w północnej części LA.

– Jak wyglądam? – spytał, dopijając drugą kawę.

– Pytasz po raz trzeci. – Anna się roześmiała. – Wyglądasz dobrze, kochanie. Mają szczęście. Dostaną najlepiej ubranego detektywa w Los Angeles – dodała, całując go delikatnie. – Denerwujesz się?

Garcia skinął potakująco głową, przygryzając dolną wargę.

– Trochę.

Choć Anna była niepoprawną optymistką, zawsze szukającą dobrych stron każdej sytuacji, i cieszyła się z awansu męża, bo wreszcie osiągnął to, o czym zawsze marzył, gdzieś w głębi jej duszy czaił się strach. Garcia już raz otarł się o śmierć. Oberwał w obojczyk z czterdziestki czwórki. Przeleżał tydzień w szpitalu, ona przepłakała całe siedem dni. Wiedziała więc, z czym wiąże się jego praca, zdawała sobie sprawę, że nie sposób uniknąć niebezpieczeństwa, i właśnie to przerażało ją najbardziej.

Dokładnie o ósmej trzydzieści Garcia zjawił się pod biurem kapitana Boltera. Rozbawiła go tabliczka z napisem „Kong" wisząca na drzwiach. Zapukał trzy razy.

– Wejść.

Garcia otworzył drzwi i wszedł do środka.

Kapitan Bolter musiał być już grubo po pięćdziesiątce, ale wyglądał przynajmniej dziesięć lat młodziej. Wysoki, silny jak byk, z czupryną posrebrzonych włosów i grubym wąsem, budził respekt. Jeśli wierzyć historiom krążącym po wydziale, został postrzelony ze dwanaście razy i wciąż był w doskonałej formie.

– A ty skąd się, cholera, urwałeś, z wewnętrznego? – Głos miał stanowczy, ale bez cienia agresji.

– Nie, kapitanie... – Garcia podszedł bliżej i podając swoją teczkę, przedstawił się. – Carlos Garcia, pański nowy detektyw.

Kapitan siedział za palisandrowym biurkiem w pokaźnych rozmiarów obrotowym fotelu. Przekartkował papiery z miną zdradzającą uznanie. Nie musiał ich uważnie studiować, by mieć pewność, że Garcia jest dobry. Żeby dostać się do wydziału zabójstw, trzeba się wykazać nie lada wiedzą i umiejętnościami, a jeśli wierzyć aktom Garcii, udowodnił je wielokrotnie.

– Imponujące... i jest pan punktualnie. Dobry początek – pochwalił, zerknąwszy na zegarek.

– Dziękuję.

Kapitan podszedł do znajdującego się w rogu ekspresu i nalał sobie filiżankę kawy, nie proponując tego samego Garcii.

– No dobra, to lecimy od początku. Po pierwsze, daruj sobie ten tani garnitur. To wydział zabójstw, a nie rewia mody. Chłopaki nie dadzą ci żyć. – Kiwnął głową w stronę biur detektywów.

Garcia zerknął na swój garnitur. Lubił go, to był jego najlepszy, ba, jego jedyny garnitur.

– Jak długo pracujesz jako detektyw?

– Dwa lata.

– Jestem pod wrażeniem. Dla wydziału zabójstw zazwyczaj pięć, sześć lat to minimum, nim w ogóle biorą kogoś pod uwagę. Więc albo umiesz włazić w dupę, albo jesteś naprawdę dobry. – Garcia nie skomentował uwagi, kapitan Bolter ciągnął więc dalej. – Może i jesteś dobrym detektywem, ale to jest wydział zabójstw. – Sącząc kawę, wrócił do biurka. – Skończyły się wakacje, synu. To będzie trudniejsze i bardziej niebezpiecznie od wszystkiego, co w życiu robiłeś.

– Mam tego świadomość, kapitanie.

– Naprawdę? – Przeszył Garcię przenikliwym spojrzeniem i złowrogim tonem dodał: – Ta praca namiesza ci w głowie, mały. Będąc tajniakiem, zyskasz więcej wrogów niż przyjaciół. Starzy kumple z policji pewnie już cię znienawidzili. Jesteś pewien, że tego właśnie chcesz? Że jesteś wystarczająco silny? I nie mówię tu o sile fizycznej, synu. Jesteś na to naprawdę gotowy?

Garcia spodziewał się pogadanki w stylu „to naprawdę niebezpieczna praca", każdy kapitan miał taką w zanadrzu. Nie odwracając wzroku, odpowiedział bez wahania pewnym głosem:

– Jestem, kapitanie.

Kapitan przyjrzał mu się, szukając jakichś śladów strachu, niepewności, ale wieloletnie doświadczenie w ocenianiu ludzi podpowiadało mu, że ten dzieciak naprawdę się nie bał, przynajmniej jeszcze nie.

– Dobra, temat zamknięty. Przedstawię ci teraz twojego partnera. – Otworzył drzwi i krzyknął: – Hunter, chodź no tu! – Jego donośny głos bez trudu przebił się przez gwar pracujących ludzi.

Hunter dopiero co wszedł do biura. Zdążył usiąść za biurkiem i zamieszać mocną czarną kawę. Po bezsennej nocy głos kapitana uderzył go w głowę z siłą nastawionej na maksimum heavymetalowej muzyki. Wolno upił łyk gorzkiego płynu, czując, jak parzy usta i język. W ciągu ostatnich kilku miesięcy bezsenność dokuczała mu coraz bardziej, podobnie jak śniące mu się koszmary. Przy odrobinie szczęścia udawało mu się przespać w ciągu nocy kilka godzin. Dni stały się ospałe – paskudny ból głowy, gorąca mocna kawa, poparzone usta i sterta papierów dotyczących jakichś mniej ważnych spraw.

Hunter nie zapukał, otworzył po prostu drzwi i wszedł do środka. Garcia stał obok palisandrowego biurka.

– Chwileczkę, kapitanie, tu chyba zaszła pomyłka. Ja nie mam kłopotów z wewnętrznym – tłumaczył się od progu, przygryzając poparzoną górną wargę.

Garcia znów spojrzał na swój garnitur.

– Siadaj, Hunter, on nie jest z wewnętrznego. – Kapitan przerwał i pozwolił, by napięcie rosło przez kilka sekund, nim wreszcie dodał: – Poznaj swojego nowego partnera.

W pierwszej chwili zupełnie to do Huntera nie dotarło.

Garcia zrobił dwa kroki w jego stronę i wyciągnął rękę.

– Carlos Garcia, miło pana poznać, detektywie Hunter.

Hunter stał nieruchomo, pozwalając, by ręka Garcii zawisła w powietrzu. Poruszały się tylko jego oczy. Garcia czuł, że mierzy go wzrokiem, ocenia. Wystarczyło mu dwadzieścia sekund, by podjąć decyzję co do nowego partnera:

– Nie, dziękuję, kapitanie. Świetnie radzę sobie sam.

– Jak cholera, Hunter – odpowiedział kapitan spokojnym głosem. – Od śmierci Wilsona co tak naprawdę robisz, papierki? Pomagasz przy drobnych kradzieżach? Daj spokój. I tak wiedziałeś, że prędzej czy później to nastąpi. Myślisz, że kim ty niby jesteś? Brudnym Harrym? Nie będę ci tu wciskał pierdół, opowiadając, jakim to jesteś świetnym detektywem i jak to marnujesz swój talent. Jesteś najlepszym detektywem, jaki dla mnie pracował. Potrafisz rozpracować sprawy, z którymi nie poradziłby sobie nikt inny. Nie wiem, czy to szósty zmysł, czy intuicja. Nazywaj to sobie, jak chcesz. Potrzebuję cię w wydziale zabójstw, ale potrzebuję cię w formie. Wiesz, że nie mogę puścić tajniaka w teren w pojedynkę, to wbrew przepisom. A z ciebie nie mam tu teraz żadnego pożytku.

– To znaczy? – spytał na wpół obrażonym tonem.

– To znaczy, zerknij w lustro, a będziesz wiedział, o czym mówię.

– I dlatego dostanę żółtodzioba do pomocy. – Odwrócił się do Garcii. – Bez urazy.

– W porządku.

– Wszyscy byliśmy kiedyś żółtodzióbami – odpowiedział kapitan, przygładzając swoje mikołajowe wąsy. – Scott zareagował tak samo, gdy powiedziałem mu, że dostanie partnera. Nie przepadał za tobą na początku, pamiętasz? Byłeś młody, niedoświadczony... a popatrz, co z ciebie wyrosło.

Garcia przygryzł wargę, żeby się nie roześmiać.

Hunter przyjrzał mu się ponownie.

– Bawi cię to?

Pokiwał lekko głową na znak, że odrobinę.

– Powiedz mi, jakie masz doświadczenie? – spytał Hunter.

– Pracowałem dwa lata jako detektyw w policji miejskiej.

– W policji miejskiej, powiadasz...

Garcia skinął potakująco.

– A czemu się denerwujesz?

– A kto powiedział, że się denerwuję? – obruszył się Garcia.

Hunter uśmiechnął się porozumiewawczo do kapitana.

– Masz za mocno zawiązany krawat, ale zamiast go poluzować, ciągle kręcisz szyją, z nadzieją, że nikt nie zauważy. Kiedy podawałeś mi wcześniej rękę, była cholernie spocona. W pokoju nie jest aż tak ciepło, więc obstawiam, że to z nerwów. A odkąd wszedłem do biura, przestępujesz z nogi na nogę, czyli albo masz problem z dolnym odcinkiem kręgosłupa, albo nie czujesz się zbyt pewnie. A skoro nikt nie zrobiłby z ciebie detektywa, gdybyś miał problem z kręgosłupem...

Garcia zmarszczył czoło i spojrzał na kapitana Boltera. Ten uśmiechnął się tajemniczo.

– Drobna rada – nie przerywał Hunter. – Jeśli jesteś zdenerwowany, lepiej usiądź, zamiast stać. To dużo wygodniejsza pozycja i łatwiej ukryć, co mówi twoje ciało.

– Niezły jest, prawda? – Roześmiał się kapitan Bolter. – Tak czy siak, Hunter, nie masz tu nic do gadania. Pamiętaj, wciąż jestem „king of this fucking jungle", więc albo się zgadzasz na partnera, albo wylatujesz.

Garcia zrozumiał wreszcie, skąd wzięła się tabliczka na drzwiach. Odczekał kilka sekund i raz jeszcze wyciągnął dłoń.

– Jak już mówiłem, nazywam się Carlos Garcia, miło mi.

– I powinno, strachopucie – odpowiedział Hunter, po raz kolejny pozwalając, by ręka przyszłego partnera zawisła w powietrzu. – Musisz wywalić ten tani garnitur. Myślisz, że gdzie trafiłeś, na rewię mody?

10

Kiedy nad Los Angeles zapadła noc, Hunter z Garcią wrócili do starej drewnianej chaty. Technicy musieli już skończyć robotę, bo wokół nie było żywej duszy. O tej godzinie brak światła i gęsta bujna roślinność zupełnie uniemożliwiały badanie terenu wokół domu, zresztą Hunter był pewien, że ekipa techniczna przeszukała go dokładnie centymetr po centymetrze. Zajęli się więc z Garcią wnętrzem budynku, jednak po kilku godzinach zmuszeni byli się poddać.

– Nic tu nie ma. Nawet jeśli coś było, musieli to zebrać technicy – stwierdził w końcu Garcia.

Hunter patrzył na rozsypany wokół domu drobny zielony fluorescencyjny proszek, używany, by za pomocą laserów i ultrafioletowych lamp o małej mocy wytropić niewidoczne gołym okiem odciski, które w przeciwnym razie pozostałyby niezauważone. Miał jednak przeczucie, że technikom też nie udało się niczego znaleźć.

– Módlmy się, by choć doktor Winston miał dla nas rano jakieś dobre wiadomości – powiedział, wyrywając Garcię z zamyślenia. – Nic tu dziś po nas.

Było już grubo po północy, gdy Hunter skręcał swym starym buickiem na Saturn Avenue, a stamtąd na Templeton Street w południowym Los Angeles. Ulica wyglądała koszmarnie. Podstarzałe budynki aż się prosiły o remont, a zaniedbane trawniki o odrobinę pielęgnacji. Hunter zaparkował przed swoim pięciopiętrowym blokiem i przyglądał mu się przez kilka sekund. Jego dawny kolor – żywa żółć – dawno wyblakł, zmieniając się w mało atrakcyjny pastelowy beż. Żarówka nad wejściem znów się przepaliła. Ściany klatki schodowej były brudne, dawno zeszła z nich farba i pokrywało je teraz głównie graffiti autorstwa lokalnych gangów, ale pomimo skandalicznego wnętrza Hunter odczuwał w tym budynku dziwny spokój.

Mieszkał sam, bez żony, dzieci, dziewczyny. Życie nauczyło go nie wiązać się na dłużej. Praca niszczyła sukcesywnie każdy kolejny związek. Niełatwo przyzwyczaić się do pełnego niebezpieczeństw stylu życia, jaki prowadzą policjanci wydziału zabójstw, no i każda następna dziewczyna chciała prędzej czy później wiedzieć więcej, niż miał ochotę jej powiedzieć. Samotność już mu nie przeszkadzała. To był jego mechanizm obronny. *Nie mają ci kogo zabrać, skoro nikogo nie masz.*

Hunter mieszkał na drugim piętrze, pod numerem 313. Salon o dziwacznym kształcie zagracały meble, które wyglądały, jakby dostał je od którejś z organizacji charytatywnych. Naprzeciw wejścia stało kilka krzeseł, każde z innego kompletu, i zniszczona kanapa obita czymś, co miało imitować skórę; po prawej zaś małe, niemiłosiernie porysowane drewniane biurko, a na nim laptop, wielofunkcyjna drukarka i niewielka lampka. Stylowy szklany barek po drugiej stronie pokoju wyglądał jak z innej bajki. Był jedynym nowym meblem, do tego kupionym w dobrym sklepie. Po brzegi zapełniony był jego ulubionym trunkiem – słodową szkocką whisky. Butelki zostały ułożone według jakiegoś przedziwnego klucza, który tylko on sam rozumiał.

Zamknął za sobą drzwi salonu, zapalił światło, a potem maksymalnie je przyciemnił. Nalał sobie podwójną porcję z dwudziestoletniej butelki taliskera, dorzucił kostkę lodu.

Nie potrafił wyrzucić z głowy obrazu kobiety bez twarzy. Ilekroć zamykał oczy, widział symbol na jej szyi, czuł cierpki zapach unoszący się w pokoju. Czy to możliwe, by wszystko zaczynało się od nowa? Czy to możliwe, że to ten sam morderca? A jeśli tak, czemu znów zaczął zabijać? Kolejne pytania, jedne po drugich, atakowały jego umysł. Wiedział, że odpowiedzi nie zjawią się równie szybko. Zamieszał palcem wskazującym w szklance i podniósł ją do ust. Kwaśny, pieprzny smak taliskera rozluźnił go.

Nie miał wątpliwości, że czeka go kolejna bezsenna noc, ale musiał odpocząć. Zapalił światło w sypialni, opróżnił kieszenie, rzucając wszystko na stolik nocny: kluczyki od samochodu, od mieszkania, drobniaki i małą karteczkę, ze słowami „Zadzwoń do mnie – Isabella". Uśmiechnął się na wspomnienie porannego incydentu.

Nie wierzę, że rzuciłem dziewczynie w twarz, że jest dziwką. Na tę myśl roześmiał się głośno. Podobało mu się jej poczucie humoru i cięte riposty. Była zupełnie inna niż nudne panienki, które zazwyczaj podrywał w barach. Zerknął na zegarek. Dochodziła pierwsza – za późno. Zadzwoni do niej innym razem.

Poszedł do kuchni, przypiął karteczkę do korkowej maty wiszącej koło lodówki, po czym wrócił do sypialni, gotów stawić czoła bezsenności.

Ukryta w cieniu parkingu ciemna postać uważnie obserwowała migotanie światła na trzecim piętrze.

11

Hunterowi udało się w nocy zdrzemnąć kilka razy, na więcej snu nie było szans. Wpół do szóstej był już na nogach, ale czuł się, jakby potrąciła go ciężarówka. Piasek pod powiekami, pustynia w ustach i uporczywy ból głowy, który miał mu towarzyszyć już do końca dnia – typowe objawy bezsennej nocy. Zrobił sobie kubek gorącej kawy, wahając się przez chwilę, czy nie wzmocnić jej kieliszkiem whisky, ale alkohol prawdopodobnie tylko pogorszyłby sprawę. Wpół do siódmej, kiedy był już ubrany i gotów do wyjścia, odezwała się jego komórka.

– Detektyw Hunter, słucham.

– Robert, to ja, Carlos.

– Stary, musisz do mnie wydzwaniać o takiej godzinie? Czy ty w ogóle sypiasz?

– Czasem, ale tej nocy było ciężko.

– Mnie nie musisz tego mówić. Co się stało?

– Właśnie rozmawiałem z doktorem Winstonem.

Hunter zerknął szybko na zegarek.

– Tak wcześnie? Jego też obudziłeś?

– Nie, pracował prawie całą noc. Tak czy siak, powiedział, że jego ekipa też niczego nie znalazła w chacie.

Hunter podrapał się po podbródku.

– Spodziewałem się tego – odpowiedział zawiedziony.

– Powiedział też, że chce nam coś pokazać, coś ważnego.

– To też mnie nie dziwi. Jest w biurze koronera?

– Tak.

– Dobra, to spotykamy się na miejscu za... pół godziny?

– Jasne. Powinienem się wyrobić. To widzimy się na miejscu.

***

Biuro koronera okręgu administracyjnego miasta Los Angeles znajduje się przy Mission Road i jako jedno z największych w całych Stanach może przyjąć nawet sto ciał dziennie.

Hunter zaparkował pod głównym budynkiem i dołączył do Garcii, który już czekał przy wejściu. Pracując dziesięć lat jako detektyw, naoglądał się nieboszczyków, jednak wciąż czuł się nieswojo, idąc korytarzami tego budynku. Pachniało jak w szpitalu, tylko z domieszką czegoś jeszcze, czegoś, co paliło mu nozdrza i drażniło gardło.

Wczorajszą sekcję przeprowadzono w niewielkim odseparowanym pomieszczeniu w piwnicach budynku. Doktor Winston pracował przy sprawie Krucyfiksa, więc jeśli ktoś miałby zidentyfikować ten sam *modus operandi*, to tylko on.

– Czemu idziemy na dół, przecież wszystkie sale sekcyjne są na pierwszym piętrze? – spytał zdziwiony Garcia, gdy doszli do schodów prowadzących w dół, do pustego, przyprawiającego o gęsią skórkę korytarza.

– Idziemy do tego samego pomieszczenia, którego używaliśmy przy sprawie Krucyfiksa. Kapitan mówił, że chce to na razie utrzymać w tajemnicy. Cholerni dziennikarze, przekupią każdego, również w tym miejscu. Nim upewnimy się, że koszmar nie zaczął się od nowa, kapitan poprosił starego poczciwego doktorka, żeby zachował takie same środki ostrożności jak przy pierwszej sprawie, a to oznacza, że dostęp do ciała ma tylko on i my.

Kiedy dotarli wąskim, kiepsko oświetlonym korytarzem do ostatniego pomieszczenia, Hunter nacisnął przycisk domofonu na ścianie i uśmiechnął się głupawo do zawieszonej nad drzwiami kamery. Kilka sekund później z niewielkiego głośnika dobył się głos doktora Winstona.

– Robert... już cię wpuszczam.

Rozległ się krótki buczący dźwięk, a po nim kliknięcie. Hunter pchnął ciężkie metalowe drzwi, po czym weszli z Garcią do środka.

W głębi stał lśniący stół ze stali nierdzewnej, z jednej strony zakończony zlewem. Zawieszona nad nim ogromna chirurgiczna lampa oświetlała całe pomieszczenie. Obok zlewu leżała taca na wyjęte z ciała organy. Rurka odprowadzająca z niej płyny pokryta była pomarańczowobrązowym nalotem. Drażniący zapach w tym pokoju czuć było znacznie bardziej niż na korytarzu. Na blacie pod zachodnią ścianą znajdowały się starannie ułożone piły chirurgiczne i ostrza o różnych kształtach i rozmiarach. Na stole leżało ciało kobiety bez twarzy.

– Wejdźcie – zaprosił ich do środka doktor Winston.

Garcia spojrzał w stronę nieruchomego ciała i poczuł przechodzące po plecach dreszcze.

– To co pan dla nas ma, doktorze? – spytał Hunter tak cicho, jakby bał się ją obudzić.

– Niestety niewiele – zmartwił ich doktor Winston, zakładając nową parę lateksowych rękawiczek. – Moim ludziom w całym domu nie udało się znaleźć ani jednego odcisku palca, co zresztą nie dziwi mnie specjalnie, jeśli wziąć pod uwagę nasze domysły.

– Tak, wiem. Carlos mi powiedział. – Hunter głośno westchnął. – A może włókna albo cokolwiek, co dałoby nam jakiś punkt zaczepienia?

– Przykro mi, Robercie, nie znaleźliśmy kompletnie nic.

– Jak to możliwe? – zdziwił się Garcia. – Zabójca prawdopodobnie torturował tę kobietę ładnych kilka godzin. Jakim cudem nic po sobie nie zostawił?

– Sam już wcześniej sobie na to odpowiedziałeś – wyjaśnił Hunter. – W domu na zupełnym odludziu mógł ją torturować, ile mu się żywnie podobało. A kiedy umarła, starannie posprzątał, upewniając się, że nie zostawił ani śladu. Czas działał na jego korzyść.

Doktor Winston skinął głową na znak, że zgadza się z Hunterem.

– A o niej może nam pan coś powiedzieć, doktorze? – spytał Hunter, odwracając się w stronę martwej kobiety.

– Wiek: między dwadzieścia trzy a dwadzieścia pięć lat. Bardzo zadbana. Tkanka tłuszczowa jakieś czternaście i pół procent – to wynik typowy dla sportowców. Jeśli dołożyć do tego poziom napięcia mięśniowego, można założyć, że regularnie bywała na siłowni. Nie przechodziła żadnych operacji, nie wszczepiono jej implantów, nie miała usuwanych migdałków, wyrostka, a jej piersi są naturalne. Skóra pozostała gładka, choć nastąpiło stężenie pośmiertne, a badania laboratoryjne potwierdziły sporą ilość antyperspirantów, emolientów i lubrykantów.

– Czego, przepraszam? – spytał Garcia, zmarszczywszy czoło.

– Środków nawilżających skórę – wyjaśnił mu Hunter.

– No i co z tego? Większość kobiet używa balsamów.

– Coś o tym wiem – prychnął doktor Winston. – Trisha wydaje fortunę na kremy, które nie dają żadnego rezultatu. Moim zdaniem to jeden wielki kit. Tylko że w przypadku naszej ofiary testy potwierdziły doskonałą jakość tych specyfików, innymi słowy, używała bardzo drogich kosmetyków... Tak jak Trisha. Dlatego zakładam, że nieźle jej się powodziło.

– Bo używała drogich balsamów?

– Czy ty wiesz, ile takie specyfiki kosztują?

Garcia najwyraźniej nie miał pojęcia.

– Cholernie dużo, zapewniam cię. Zwróćcie też uwagę na jej paznokcie, i na dłoniach, i na stopach.

Hunter z Garcią spojrzeli na kobietę, rzeczywiście paznokcie były bardzo zadbane.

– Musiałem zmyć lakier, taka jest procedura – ciągnął doktor Winston. – I tu również testy potwierdziły doskonałą jakość. Sądząc po precyzyjnym przycięciu i zadbanych skórkach, to robota profesjonalisty. W dzisiejszych czasach manicure czy pedicure nie są co prawda jakąś drogą imprezą, ale podkreślają, jak wielką wagę ofiara przywiązywała do swojego wyglądu. To samo z włosami – same najdroższe specyfiki i sądząc po ich stanie, odwiedzała fryzjera przynajmniej raz w miesiącu.

– To jej kolor czy farbowała? – spytał Garcia.

– Nie, była naturalną blondynką. Nie wiem, jak zarabiała na życie, ale na pewno potrzebny był do tego odpowiedni wygląd.

– A może miała bogatego męża? – kombinował Garcia.

– Nie ma obrączki ani śladu, że kiedykolwiek ją nosiła – pospieszył z wyjaśnieniami doktor Winston.

– Czyli sama zarabiała spore pieniądze?

– Na to wygląda.

– Zgwałcił ją? – spytał Hunter.

– Nie, nie odbyła stosunku w ciągu ostatnich czterdziestu ośmiu godzin, nie ma śladu lubrykantów w pochwie i odbycie, które miałyby zatuszować sprawę. Mordercy nie chodziło o seks.

– Jakieś znaki szczególne?

– Nic... żadnych tatuaży, znamion, blizn.

– Co z odciskami palców?

– Przefaksowałem je wczoraj kapitanowi, więc pewnie już je masz na biurku, ale mam stąd dostęp do centralnej bazy odcisków palców i wiem, że nic nie pasuje. Nie ma jej w systemie, a przecież nie jesteśmy w stanie jej zidentyfikować po uzębieniu. – Doktor Winston podszedł do biurka i szybko przekartkował luźno leżące papiery. – Tak jak podejrzewałem, podał jej narkotyk. Znalazłem w żołądku ślady gamma-hydroksymaślanu, w knajpach znanego bardziej jako GHB.

– Słyszałem o tym – wtrącił się Garcia. – To nowa odmiana tabletki gwałtu, prawda?

– Tak naprawdę wcale nie nowa. Smarkacze używają jej w niewielkich ilościach, by mieć odlot, ale przedawkowana ma działanie podobne do rohypnolu – wyjaśnił Garcia.

– Czyli zwala z nóg?

– Dokładnie – odpowiedział doktor Winston. – Kiedy ofiara odzyskuje przytomność, niczego nie pamięta.

– Możemy wyśledzić, skąd pochodził?

Hunter pokręcił głową.

– Wątpię. GHB to nic innego jak odtłuszczający rozpuszczalnik albo płyn do podłóg pomieszany z preparatem do udrożniania rur. Każdy może go sobie zrobić w domu, zwłaszcza że proporcje można bez problemu znaleźć w Internecie.

– Dzieciaki mieszają rozpuszczalnik do odtłuszczania ze środkiem udrażniającym rury i zażywają jako narkotyk? – Nie mógł uwierzyć Garcia.

– Wiele się zmieniło od czasów naszej młodości, detektywie – westchnął doktor Winston, delikatnie klepiąc Garcię po plecach.

– A co było bezpośrednią przyczyną zgonu? – spytał Hunter.

– Wysiadło serce, wątroba i nerki. Jej ciało już nie dało rady walczyć z okropnym bólem połączonym z odwodnieniem i głodem. Gdyby nie to, że była w tak doskonałej formie, pewnie nie wytrzymałaby więcej niż kilka godzin.

– A tak, ile to trwało?

– Od dziesięciu do szesnastu godzin. Zmarła gdzieś między ósmą wieczorem w niedzielę a pierwszą nad ranem w poniedziałek.

– Była torturowana prawie szesnaście godzin? Matko Boska! – wzdrygnął się Garcia.

W pokoju na chwilę zapadła cisza. Pierwszy odezwał się doktor Winston.

– Zbadaliśmy też linę, którą była przywiązana do pali.

– I?

– Tu też nie mamy nic specjalnego. To zwykła nylonowa lina, którą można kupić w każdym sklepie z narzędziami.

– A lustro na drzwiach sypialni? Wyglądało na nowe. Coś wam się udało ustalić?

– Nie bardzo. Znaleźliśmy tylko bardzo stare ślady substancji chemicznych, które wchodzą w skład środków do przyklejania luster.

– Co to może oznaczać? – spytał Garcia.

– Potwierdza, że morderca go nie kupił, tylko zdjął z jakichś innych drzwi. Ale ludzie raczej nie zgłaszają kradzieży luster, tak więc nie sądzę, żeby udało nam się ustalić jego pochodzenie – odpowiedział Hunter.

– A ocet w słoiku?

– Najbardziej popularny rodzaj octu, dostępny w każdym supermarkecie.

– Innymi słowy, nie mamy kompletnie nic – cierpkim głosem podsumował Hunter.

– Coś jednak mamy, ale wcale ci się to nie spodoba... Pokażę ci coś. – Doktor Winston podszedł do ustawionego pod wschodnią ścianą niewielkiego biurka, którego blat pokrywały porozrzucane fotografie. Hunter i Garcia podążyli za nim. – To symbol wycięty na szyi naszej ofiary. – Doktor wskazał na pierwszą fotografię od lewej. – Wszystkie pozostałe zdjęcia pochodzą ze sprawy Krucyfiksa. Są niemal identyczne. Można z dużym prawdopodobieństwem założyć, że zostały wycięte przez jedną osobę, prawdopodobnie tym samym ostrym narzędziem.

W jednym momencie wciąż tląca się w głowie Huntera nikła iskierka nadziei, że to jednak naśladowca, zgasła. Zdjęcia przywołały falę wspomnień.

Garcia po raz pierwszy widział fotografie ze starej sprawy, ale natychmiast dostrzegł podobieństwo.

– Może pan nam, doktorze, powiedzieć coś więcej o tym, co zrobił z jej twarzą? – poprosił Garcia.

– Tu pokazał nam swoje mistrzostwo, chirurgiczną wręcz precyzję w sposobie, w jaki usunął skórę, bez uszkadzania tkanki mięśniowej i wiązadeł. Fantastyczna robota. Musiał spędzić nad tym kilka ładnych godzin. Nie zdziwiłbym się, gdyby okazał się chirurgiem lub kimś podobnym. Ale to też wiedzieliśmy już przy sprawie Krucyfiksa.

– Jak to? – spytał Garcia.

– Zawsze odcinał coś swoim ofiarom – oko, palec, ucho, zbierał sobie trofea – wyjaśnił Hunter. – To jeden z jego podpisów, obok wycinania symbolu na plecach i rozbierania ofiar. Doktor Winston zawsze podkreślał ogromną dokładność, z jaką to robił, zwłaszcza że ofiary najprawdopodobniej jeszcze wtedy żyły.

– Wygląda na to, że jest coraz lepszy – dodał doktor Winston.

– Po co miałby zabierać jakąś część ciała? – spytał Garcia.

– By mu o nich przypominała – wyjaśnił Hunter. – To dość typowe dla seryjnych morderców. Oni czują pewnego rodzaju więź ze swoimi ofiarami. Niektórzy zabierają jakąś część garderoby, zazwyczaj bieliznę. Inni wolą część ciała.

Garcia studiował uważnie rozłożone zdjęcia.

– Zakładam, że przy poprzednim śledztwie szukaliście wśród lekarzy.

– I studentów medycyny, pielęgniarzy i tak dalej. Nic to nie dało – odpowiedział Hunter.

Garcia podszedł do ciała.

– Mówił pan, doktorze, że nie ma żadnych znamion czy tatuaży. A cokolwiek innego, co może nam pomóc ją zidentyfikować?

– Możemy spróbować z twarzą.

Garcia zdębiał.

– Żartuje pan sobie?

– Mamy dwudziesty pierwszy wiek, detektywie. – Lekarz nieznacznie się uśmiechnął. – Komputery potrafią zdziałać cuda. Chłopcy na górze pracują nad tym już od godziny i lada chwila będą mieli gotową komputerową symulację. Przy odrobinie szczęścia będziecie ją mogli zabrać, wychodząc.

– Biorąc pod uwagę, jak bardzo troszczyła się o swój wygląd, stawiałbym, że była albo modelką, albo niedoszłą aktorką – zgadywał Hunter.

– Albo luksusową prostytutką, może nawet aktorką porno. One też zarabiają niezłe pieniądze – dodał Garcia.

– Skąd wiesz? Umawiałeś się kiedyś z którąś?

– Ech... to ogólnie wiadomo.

– Jasne. A masz swoją ulubioną?

– Jestem żonaty.

– No tak. To zupełnie zmienia postać rzeczy. Zapomniałem. Żonaci faceci nie oglądają pornosów. Niech zgadnę, pewnie ci się podoba Briana Banks.

– Jest niezła – wyrwało się Garcii.

– Dałeś się podejść jak dziecko. – Doktor Winston poklepał go po plecach.

Dwójka detektywów jeszcze przez chwilę przyglądała się ciału. Skóra kobiety była teraz tak blada, że sprawiała wrażenie gumowej. Jej okaleczona twarz przypominała maskę doskonale ucharakteryzowanej aktorki horroru hollywoodzkiej produkcji – uosobienie czystego zła.

– To my lepiej sprawdzimy co z tą symulacją, doktorze, chyba że ma pan coś jeszcze dla nas?

– Nie, obawiam się, że to już wszystko.

– Zostawia pan ją w tym pokoju?

– Na życzenie waszego kapitana mamy tu osobną chłodnię. Miejmy nadzieję, że nie będziemy musieli jej zapełnić kolejnymi ciałami.

Hunter z Garcią wyszli z pomieszczenia i w ciszy skierowali się w stronę laboratorium komputerowego.

– Mogę cię o coś spytać? – powiedział po chwili Garcia.

– Wal.

– Jakim cudem nikt ci nie wierzył, kiedy upierałeś się, że to nie Mike Farloe był słynnym Krucyfiksem?

– Nigdy nie powiedziałem, że nikt mi nie wierzył. Kapitan

Bolter i mój były partner, Scott Wilson, szybko przyznali mi rację, ale przy wszystkich dowodach znalezionych w samochodzie Farloe'a i w świetle jego przyznania się do winy niewiele mogliśmy zrobić. Wszystko było w rękach tych z prokuratury, a oni nie chcieli słuchać żadnych argumentów. – Hunter spuścił wzrok, zastanawiając się, czy mówić dalej. – Może prawda jest taka, że wszyscy chcieliśmy zakończyć tę sprawę. Zbyt długo się ciągnęła. W głębi ducha pragnąłem, by to Farloe okazał się prawdziwym mordercą. Ale teraz wszystko zaczyna się od początku.

Dla Garcii to był dopiero początek koszmaru. Hunter był w gorszej sytuacji, boleśnie świadom, że koszmar powraca.

12

Jeśli pominąć szpital dziecięcy i psychiatryczny, w środkowej części Los Angeles znajdowało się jeszcze osiem szpitali, ale tylko w czterech z nich przyjęto w ostatnich dniach niezidentyfikowane pacjentki. Podając się za chłopaka lub znajomego z pracy, Jerome objechał wszystkie – bez rezultatu. Jeśli Jenny przyjęto do szpitala, to na pewno nie w centrum.

Zastanawiał się nawet, czy nie rozszerzyć obszaru poszukiwań o miejsca takie jak Santa Monica, San Diego, Long Beach czy Santa Ana, ale zajęłoby mu to kolejny tydzień, a nie miał tyle czasu. Postanowił spotkać się z detektywem Culhane'em.

Mark Culhane nie znosił bycia płatnym sługusem kryminalisty, bossa wśród handlarzy prochami, ale nie mógł zaprzeczyć, że pieniądze bardzo się przydawały, zwłaszcza że dwa razy przewyższały jego pensję w wydziale narkotyków. Musiał w zamian odwrócić czasem wzrok, gdy pod jego nosem dobijano targu, niekiedy zmylić trochę prowadzących śledztwo, a innym razem podzielić się wewnętrznymi informacjami. Świat jest skorumpowany i D-King nie miał większego problemu ze znalezieniem kogoś takiego jak Mark Culhane.

Jerome umówił się z Culhane'em w barze z hamburgerami przy Gayley Avenue, swojej ulubionej knajpie, i zanim zjawiła się jego wtyczka, zdążył pochłonąć dwa podwójne hamburgery w rozmiarze XXL.

Czterdziestodziewięcioletni łysiejący policjant miał około metra siedemdziesięciu wzrostu i przerażających rozmiarów brzuch piwny. Jerome zawsze zastanawiał się, co zrobiłby, gdyby przyszło mu ścigać podejrzanego na piechotę.

– Culhane, siadaj! – polecił, dojadając frytki.

Policjant usiadł posłusznie naprzeciw Jerome'a. Wyglądał starzej, niż Jerome go zapamiętał, a wory pod oczami zrobiły mu się jakby większe. Jerome nie miał czasu na wymianę uprzejmości, wyciągnął w stronę detektywa brązową kopertę. Culhane chwycił ją i przycisnął do piersi niczym karty skrywające pokera. Po chwili zerknął na fotografię.

– Zaginęła – wyjaśnił Jerome.

– I co? Pogadaj z tymi, co zajmują się zaginięciami. Ja jestem w wydziale narkotyków, zapomniałeś? – odpowiedział wyraźnie poirytowany.

– Taki z ciebie mądrala? – spytał Jerome, podnosząc do ust ogromny kufel piwa korzennego.

Culhane nie odezwał się.

– Powiedzmy, że D-King ma do niej szczególny stosunek. – Podsunął kolejną kopertę. – Tu jest mały bonus.

Tym razem Culhane nie musiał sprawdzać zawartości koperty. Schował ją natychmiast do kieszeni.

– Jak się nazywa? – spytał już bez śladu irytacji.

– Jenny Farnborough.

– Myślisz, że dała nogę czy może chodzi o coś innego?

– Nie mamy pewności, ale raczej nie uciekła. Nie miała przed czym. Poza tym w jej mieszkaniu zostały wszystkie rzeczy.

– Ćpunka? Może włóczy się gdzieś na haju?

– Nie wydaje mi się. Bierze kokę od czasu do czasu, żeby się wyłączyć, ale nie jest uzależniona. Nie pracowałaby dla szefa, gdyby była.

– Jakiś chłopak? Rodzina?

– Nie ma chłopaka, jej rodzina mieszka na jakimś zadupiu w Idaho czy Wyoming, zresztą i tak nie utrzymuje z nimi żadnych kontaktów.

– Kiedy widziałeś ją po raz ostatni?

– W zeszły piątek wieczorem. Imprezowała z szefem i paroma innymi dziewczętami, wyszła do kibla poprawić makijaż i tyleśmy ją widzieli.

– Może ją zwinęli i dochodzi do siebie w areszcie.

– Gdyby tak było, zadzwoniłaby, ale pewnie lepiej, żebyś to też sprawdził.

– Podać coś? – zapytała ciemnowłosa kelnerka, która podeszła właśnie do ich stolika.

– Nie, dziękuję. – Culhane odprawił ją ruchem ręki i poczekał, aż odejdzie wystarczająco daleko, by nie słyszeć ich rozmowy. – Coś jeszcze powinienem wiedzieć? – spytał, wpatrując się w Jerome'a.

– Nie, to chyba wszystko.

– Zwinęła jakieś pieniądze albo cokolwiek, co zmusiłoby ją do ucieczki?

– Nam nie.

– Długi hazardowe?

– Nic mi o nich nie wiadomo.

– Spotykała się z kimś, może z konkurencji?

– Nieee. – Pokręcił głową. – Nie sprawiała problemów, to chyba najlepsza z dziewczyn D-Kinga. Nie miała powodów do ucieczki – dodał, upijając kolejny łyk piwa.

– Z tymi najlepszymi to zazwyczaj są największe kłopoty – rzucił Culhane, szczerząc zęby, zdziwiony, że nie udało mu się rozbawić Jerome'a. – Jak długo pracuje u D-Kinga?

– Prawie trzy lata.

– Może miała dość?

– Wiesz, że szef nie robi im problemów, jeśli chcą odejść. Jeśli któraś chce to rzucić w trzy diabły, wystarczy powiedzieć. No i mówiłem już, że nie zabrała żadnych rzeczy.

– Dobra, daj mi dwadzieścia cztery godziny i zobaczę, co da się zrobić. – Policjant wstał, gotów do wyjścia.

– Culhane – krzyknął za nim Jerome.

– No? – Odwrócił się.

– D-King chce to na razie załatwić po cichu. Więc nie świeć tą fotografią na prawo i lewo jak parą cycków.

Culhane skinął głową i poszedł w stronę wyjścia, a Jerome otworzył menu na stronie z deserami.

Policjant rozsiadł się w samochodzie i raz jeszcze spojrzał na fotografię. Uroda dziewczyny była oszałamiająca, za noc z taką musiałby zapłacić fortunę. Poklepał kieszeń, do której schował drugą kopertę. Witaj, nowa bryko, pomyślał, uśmiechając się od ucha do ucha.

Culhane podejrzewał, że dziewczyna była w tarapatach. D-King dobrze traktował swoje podopieczne: luksusowe mieszkania, drogie ciuchy, styl życia prawdziwych gwiazd filmowych. Nigdy nie słyszał, by którakolwiek od niego uciekła.

Mógł zacząć od szpitali, ale to byłoby dość pracochłonne. Po chwili namysłu sięgnął po telefon i wykręcił numer Petera Talepa, dobrego znajomego z wydziału poszukiwań i identyfikacji osób zaginionych.

– Pete, tu Mark z narkotyków, co słychać? Mógłbyś wyświadczyć mi małą przysługę...

Wydział poszukiwań i identyfikacji osób zaginionych policji w Los Angeles powstał w 1972 roku. Obecnie pracowało tam dwudziestu pięciu detektywów zajmujących się zaginięciami pełnoletnich obywateli z terenu całego miasta. Jednym z nich był Peter Talep.

Culhane spotkał się z nim w holu posterunku przy Siedemdziesiątej Siódmej. Potrzebował dobrej bajeczki, by bez odpowiedniego podania skłonić Petera do przeszukania bazy osób zaginionych, nie wzbudzając przy tym niczyich podejrzeń. Wymyślił więc, że Jenny była jedną z jego informatorek, która w ciągu ostatnich siedemdziesięciu dwóch godzin nie dała znaku życia. Miał też nadzieję wykorzystać dostęp Petera do szpitalnych kartotek.

– Masz jakieś zdjęcie tej dziewczyny? – spytał Peter.

– Niestety nie. Dlatego muszę z tobą przejrzeć bazę, przechowywanie zdjęć informatorów nie jest bezpieczne – skłamał Culhane. Jeśli D-King chciał utrzymać całą sprawę w tajemnicy, lepiej było nie pokazywać fotografii Peterowi.

– No dobra, to czego mam szukać?

– Białej kobiety w wieku dwudziestu trzech, czterech lat, blondynki, niebieskookiej, cholernie atrakcyjnej. Jak zobaczysz zdjęcie, na pewno będziesz wiedział – dodał ze złośliwym uśmieszkiem.

– Kiedy ostatnio miałeś z nią kontakt?

– W zeszły piątek.

– Ma jakąś rodzinę w pobliżu, kogoś, kto mógłby zgłosić zaginięcie?

– Nie sądzę, mieszkała sama. Nie ma żadnej rodziny w mieście.

– Chłopaka? Męża?

– Nie.

– Czyli raczej nikt nie zgłosił zaginięcia? Ty możesz być pierwszy?

– Zgadza się – potwierdził Culhane.

– No to jeśli zniknęła w piątek, może być jeszcze za wcześnie. – Peter pokręcił głową.

– Za wcześnie na co?

Peter odjechał krzesłem od komputera.

– Wszystkie kartoteki osób zaginionych w naszej bazie zakładane są po konkretnych zgłoszeniach – ktoś musi nas zawiadomić: rodzina, chłopak, ktokolwiek. To oni przynoszą zazwyczaj zdjęcia, wypełniają papiery, wiesz, cały protokół, który potem dodajemy do bazy danych osób zaginionych i niezidentyfikowanych. Jeśli nikt nie zgłosił zaginięcia, nie będzie kartoteki.

– Rozumiem, a co ze szpitalami? Wiesz, jakieś niezidentyfikowane pacjentki?

– Takie przypadki zdarzają się bardzo rzadko.

– Ale zdarzają się?

– Tak, ale musiałaby być albo nieprzytomna, albo stracić pamięć. A wtedy szpital i tak czekałby jakieś siedem do piętnastu dni, zanimby nam to zgłosił. Potem porównalibyśmy jej zdjęcie z fotografiami w naszej bazie i dopiero w sytuacji gdy nic by nie pasowało, zostałaby dodana do bazy jako niezidentyfikowana. Skoro zniknęła w piątek i nikt w tej sprawie nie zainterweniował, oznacza to, że jest jeszcze za wcześnie. Jeśli leży gdzieś w szpitalu nieprzytomna albo straciła pamięć, masz kilka opcji: poczekać, aż się obudzi, sprawdzać szpital po szpitalu albo przypomnieć się za dwa tygodnie.

– Cholera.

– Przykro mi, Mark, niewiele mogę ci pomóc.

– W porządku, tak czy inaczej wielkie dzięki.

Po wyjściu z budynku Culhane rozsiadł się w samochodzie, zastanawiając się, co dalej. Za cholerę nie będzie przecież urządzał sobie wycieczek po miejscowych szpitalach tylko po to, by znaleźć jakąś dziwkę D-Kinga. Faks w jego samochodzie zaczął właśnie drukować raport z weekendowych aresztowań. Sześć dziewcząt mogłoby pasować. Trzy już wypuszczono za kaucją. Miał przeczucie, że żadna z pozostałej trójki nie jest tą, której szuka.

Minęło dobre pięć minut, nim wydrukowały się zdjęcia. Tak jak przypuszczał, nie było na nich Jenny. Zostało mu jedno – założyć, że nie żyje, i zacząć szukać ciała.

Mógł spróbować dowiedzieć się czegoś w wydziale zabójstw, ale na linii wydział zabójstw – wydział narkotyków od zawsze były zgrzyty. Ich dochodzenia dość często się łączyły. W Los Angeles narkotyki i morderstwa chodziły parami.

Pieprzyć wydział zabójstw, zdecydował. Jeśli Jenny nie żyje, może być tylko w jednym miejscu – w kostnicy.

13

Technicy z biura koronera użyli specjalnego programu komputerowego, który na podstawie fragmentów obrazu rekonstruuje jego całość. Z podobnego sprzętu korzystają studia przy pracy nad filmami animowanymi. Zasada ich działania jest prosta: podczas procesu tworzenia animacji grafik najpierw tworzy elektroniczny szkielet danego bohatera, który potem pokrywa warstwą „skóry". Praca techników wyglądała podobnie, z tym że nie potrzebowali elektronicznego szkieletu, bo w tym wypadku była nim pozbawiona skóry twarz.

Zazwyczaj odtwarzali obraz na podstawie szkieletu kostnego, zwłaszcza gdy ciała znajdowały się w zaawansowanym stadium rozkładu. Sprawa z ofiarą, która zginęła zaledwie dzień wcześniej, była prostsza, bo tkanka mięśniowa jej twarzy pozostała prawie nietknięta. Komputer nie musiał wyliczać grubości jej policzków, kształtu podbródka czy nosa. Musiał jedynie pokryć je warstwą skóry, oszacować wiek, odcień, i Hunter z Garcią mieli gotową twarz.

Hunter się nie pomylił, była przepiękną kobietą i choć na komputerowej symulacji przypominała trochę bohaterkę gier komputerowych serii *Final fantasy*, w dalszym ciągu dostrzec można było delikatne niczym u modelki rysy twarzy.

W drodze z biura koronera Hunter zadzwonił do kapitana Boltera.

– Hunter, mów, że masz dla mnie jakieś dobre wieści.

– Informatykom z biura koronera udało się za pomocą bardzo wymyślnego programu odtworzyć twarz ofiary. To może nam pomóc w identyfikacji.

– To rzeczywiście dobra wiadomość. Coś jeszcze?

– Na tym się kończą dobre wieści – przerwał, by wziąć głęboki oddech. – Według doktora Winstona mamy najprawdopodobniej do czynienia z tym samym mordercą co wtedy.

Zapadła cisza. Kapitan Bolter spodziewał się tego, odkąd zobaczył symbol na szyi ofiary.

– Kapitanie?

– Tak, jestem. Kurwa, prawie jak epizod *Strefy mroku*.

Hunter miał dokładnie te same odczucia, ale nie odezwał się.

– Przenoszę ciebie i Garcię do innego biura, z dala od reszty. Nawet nasi mają się w to nie mieszać.

– Jasne.

– Ostatnią rzeczą, jakiej mi teraz trzeba, jest wybuch paniki w mieście, gdy jakiś cholerny pismak dorwie się do tej historii.

– Prędzej czy później znajdzie się taki, kapitanie.

– Więc postarajmy się chociaż, by było to raczej później niż prędzej, dobra?

– Wie pan, kapitanie, że zrobimy co w naszej mocy.

– Tym razem oczekuję od was więcej, Hunter. Chcę go złapać i ma to być PRAWDZIWY morderca – dodał już wyraźnie rozzłoszczony.

14

Kapitan przeniósł Garcię i Huntera do biura na ostatnim piętrze wydziału. Na środku niewielkiego pokoju o wymiarach niecały metr na metr kazał ustawić równolegle do siebie dwa biurka. Na każdym stał teraz komputer, telefon i faks. Dwa okna na wschodniej ścianie i piętnastowatowe dichroiczne żarówki halogenowe zwisające z sufitu zapewniały dobre oświetlenie. Hunter z Garcią z zaskoczeniem odkryli, że zostały już przyniesione wszystkie akta ze sprawy Krucyfiksa, które piętrzyły się na biurkach w dwóch ogromnych stertach. Na południowej ścianie wisiała też tablica korkowa, a na niej przypięte stare zdjęcia wszystkich siedmiu ofiar, plus jedno nowe, kobiety bez twarzy.

– Nie ma klimatyzacji? – spytał Hunter.

Kapitan Bolter zignorował jego sarkastyczny ton.

– Wprowadzili cię już w sprawę? – spytał Garcię.

– Tak, kapitanie.

– Czyli zdajesz sobie sprawę, z czym możemy mieć do czynienia?

– Tak. – W głosie Garcii dało się wyczuć cień strachu.

– Dobra, na biurkach macie całą dokumentację ze starej sprawy – ciągnął kapitan. – Hunter, nie ma tam nic nowego ponad to, co już wiesz. Wasze komputery mają dostęp do Internetu, a wasze telefony i faksy osobne linie – dodał, podchodząc do tablicy korkowej. – Nie wolno wam rozmawiać o sprawie z nikim z wydziału ani spoza. Musimy spróbować utrzymać to jak najdłużej w tajemnicy – przerwał, obrzucając obu detektywów ostrym jak brzytwa spojrzeniem. – Kiedy sprawa trafi do mediów, nikt nie może jej kojarzyć z psychopatą, który odpowiada za to. – Wskazał na zdjęcia ofiar. – Więc nie chcę słyszeć o „sprawie Krucyfiksa". Trzymamy się wersji, że Krucyfiks nie żyje, został stracony jakiś rok temu. A to jest zupełnie nowa sprawa, jasne?

Dwójka detektywów, niczym karceni przez belfra uczniowie, kiwała posłusznie głowami, wbijając wzrok w podłogę.

– Od teraz nie zajmujecie się niczym innym. Lepiej zacznijcie żyć, oddychać i srać tą sprawą. Od jutra do momentu, aż złapiemy zabójcę, chcę codziennie przed 10 rano mieć na biurku raport z dnia poprzedniego – dodał, kierując się w stronę drzwi. – Chcę wiedzieć wszystko bez względu na to, czy będą to dobre czy złe wieści. I zróbcie mi przyjemność. Pilnujcie, żeby zamykać za sobą te cholerne drzwi, nie chcę żadnych przecieków. – Huk zatrzaskujących się drzwi rozniósł się po całym pokoju.

Garcia podszedł do zdjęć i przyglądał im się w niemym przerażeniu. Po raz pierwszy miał styczność z dowodami ze sprawy Krucyfiksa. Po raz pierwszy miał przed oczami całe wyrządzone przez mordercę zło. Studiował fotografie, czując, jak ogarnia go fala mdłości. Jego oczy wyławiały wszystkie najdrobniejsze szczegóły, mózg zaś próbował je odrzucać. Jak można być zdolnym do czegoś takiego?

Jednej z ofiar, dwudziestopięcioletniemu mężczyźnie, oczy niemal wyskoczyły z oczodołów, po tym jak morderca próbował wcisnąć je głęboko w czaszkę. Połamał mu też kości obu rąk, a właściwie pokruszył prawie na miazgę. Kolejna ofiara, czterdziestoletnia kobieta, miała rozcięty żołądek i wyciągnięte na wierzch wszystkie wnętrzności. Na całej długości szyi czarnego pięćdziesięciolatka biegła rana szarpana, a jego dłonie zbite były ze sobą gwoździami i ułożone niczym do modlitwy. Kolejne zdjęcia były jeszcze bardziej makabryczne. A zabójca zrobił im to wszystko, kiedy jeszcze żyli.

Garcia pamiętał, kiedy pierwszy raz usłyszał o ofiarach Krucyfiksa. To było jakieś trzy lata temu, kiedy nie był jeszcze nawet detektywem. Według statystyk na terenie Stanów Zjednoczonych w dowolnym momencie na wolności pozostaje około pięciuset seryjnych morderców. Niewielu z nich udaje się zyskać rozgłos, a już na pewno nie taki jak Krucyfiksowi. Garcia zastanawiał się wtedy, jak by to było pracować przy sprawie, która jest tak nagłośniona w mediach. Szukać dowodów, sprawdzać tropy, przesłuchiwać podejrzanych, a potem, składając to wszystko w całość, rozwiązać sprawę. Gdyby tylko to było takie proste.

Garcia został detektywem krótko po tym, jak znaleziono pierwszą ofiarę, i od tamtej pory starał się być ze sprawą na bieżąco. Kiedy aresztowano Mike'a Farloe'a i podano ten fakt do publicznej wiadomości, zastanawiał się, jak komuś, kto nie wydawał się grzeszyć inteligencją, udało się tak długo uciekać przed wymiarem sprawiedliwości. Pamiętał, jak pomyślał sobie wtedy, że być może wina leżała po stronie kiepskich policjantów.

Teraz, patrząc na przypięte do korkowej tablicy zdjęcia, czuł mieszaninę strachu i podniecenia. Sam prowadził teraz sprawę o morderstwo, i to samego Krucyfiksa. Co za ironia losu, pomyślał.

Hunter włączył komputer i wpatrywał się w pojawiające się na ekranie ikonki.

– Wszystko gra, stary? – spytał, wyczuwając niepokój partnera, intensywnie wpatrującego się w zdjęcia.

– Co? Tak, wszystko w porządku – odpowiedział, odwracając się do Huntera. – To zupełnie inny rodzaj zła.

– Można tak powiedzieć.

– Co popycha człowieka do czegoś takiego?

– W podręcznikach znajdziesz różne powody: zazdrość, zemstę, chęć zysku, nienawiść, strach, współczucie, rozpacz, próbę zatuszowania innej zbrodni albo uniknięcia wstydu i hańby lub dążenie do władzy – wyrecytował, a po chwili dodał jeszcze: – za zbrodnie seryjnych morderców odpowiadają też: potrzeba manipulacji, dominacji, kontroli, seksualnego zaspokojenia lub czysta mordercza obsesja.

– Jemu to chyba sprawia przyjemność.

– Tak. Zaspokaja go, choć nie seksualnie. On uwielbia przyglądać się cierpieniu innych.

– On?

– Biorąc pod uwagę charakter zbrodni, to musi być facet.

– A niby dlaczego?

– Po pierwsze, przeważająca większość seryjnych morderców to mężczyźni – wyjaśnił Hunter. – Kobiety zabijają raczej dla korzyści finansowych. Faceci niby też, ale rzadziej. U nich numerem jeden jest żądza seksualna. Badania potwierdzają też, że kobiety zabijają raczej ludzi z najbliższego otoczenia: mężów, członków rodziny albo osoby od nich zależne. Nieznajomych zabijają zdecydowanie częściej mężczyźni. Do tego kobiety załatwiają sprawę po cichu, trucizną lub innymi, mniej agresywnymi metodami, na przykład uduszeniem, za to zbrodniom popełnionym przez mężczyzn często towarzyszą tortury i okaleczenia. Jeśli któraś kobieta uwikłana jest w sadystyczne morderstwo, prawie zawsze okazuje się, że działała we współpracy z facetem.

– Nasz facet działa sam – stwierdził Garcia.

– Nic nie wskazuje na to, by było inaczej.

Obaj detektywi zamilkli na moment. Garcia odwrócił się i raz jeszcze spojrzał na fotografie.

– Co wiemy o ofiarach? Co je łączyło? – spytał, z zapałem biorąc się do pracy.

– Nie udało nam się ustalić żadnego związku.

– Co? Niemożliwe. – Nie mógł uwierzyć Garcia. – Chyba mi nie powiesz, że pracowaliście nad sprawą dwa lata i nie udało wam się ustalić, co łączyło ofiary?

– Nie chcesz, to nie wierz. – Hunter wstał i podszedł do korkowej tablicy. – Popatrz na nie i powiedz mi, co sądzisz o przedziale wiekowym?

Garcia przeleciał wzrokiem wszystkie fotografie, przy każdej zatrzymując wzrok na kilka sekund.

– Gdzieś tak od dwudziestu do sześćdziesięciu pięciu lat.

– Dosyć szeroki, prawda?

– No niby tak.

– Jak myślisz, na co zwracał uwagę morderca, wybierając ofiarę? Szukał mężczyzny, kobiety, starej, młodej, czarnej, białej, blondynki, brunetki?

Oczy Garcii nie przestawały śledzić zdjęć.

– Patrząc na zdjęcia, chyba każdorazowo kogoś innego.

– Czyli tu też nic.

Garcia wzruszył ramionami.

– Jest jeszcze coś, czego nie wyczytasz ze zdjęć: ich klasa społeczna. Otóż ubiegnę cię, pochodzili z kompletnie różnych środowisk: byli wśród nich biedni, bogaci, przedstawiciele klasy średniej, religijni, niewierzący, pracujący i bezrobotni...

– Do czego zmierzasz?

– Chodzi o to, że nasz morderca nie szuka konkretnego typu ofiary. Po znalezieniu każdych zwłok całymi dniami, tygodniami, a nawet miesiącami próbowaliśmy znaleźć jakiś związek z poprzednimi ofiarami. Wspólne miejsce pracy, ulubioną knajpę, klub nocny, bar, uniwersytet, szkołę podstawową, średnią, miejsce urodzenia, znajomych, zainteresowania, prześledziliśmy nawet drzewa genealogiczne. I gówno, nic nie znaleźliśmy. Jak już udało nam się odkryć związek między dwiema ofiarami, reszta za nic nam nie pasowała. Łańcuch zależności urywał się za każdym razem przy trzeciej, góra czwartej ofierze i wracaliśmy do punktu wyjścia. Wygląda więc póki co na to, że zostały wybrane przypadkowo. Zabójca mógł równie dobrze na chybił trafił otworzyć książkę telefoniczną. W zasadzie to gdyby nie podpisał ich wyciętym symbolem, można by te morderstwa potraktować jak dzieła siedmiu, a w zasadzie już teraz ośmiu, kompletnie różnych szaleńców. Nic tych zbrodni nie łączy poza torturami i okropnym bólem, jaki zadano ofiarom. To jakiś nowy szczep seryjnego mordercy. Inny od całej reszty.

– O jakie związki chodzi? Mówiłeś, że niektóre ofiary coś łączyło, ale nie można było tych powiązań odnieść do wszystkich.

– Dwie osoby mieszkały w środkowo-południowej części LA w odległości zaledwie kilku bloków, ale reszta rozrzucona była po całym mieście. Dwie kolejne, numer cztery i sześć – Hunter wskazał fotografie – skończyły tę samą szkołę średnią, ale nie w tym samym czasie. Te powiązania wydawały się przypadkowe i żadne nie okazało się punktem zwrotnym w śledztwie. Nie znaleźliśmy nic konkretnego.

– Czy odstępy między kolejnymi zbrodniami były jednakowe?

– Znów różnie – westchnął Hunter. – Od kilku dni między trzecią a czwartą zbrodnią do kilku miesięcy. A od momentu ostatniego morderstwa minął rok.

– A miejsca odkrycia zwłok? – drążył Garcia.

– Mamy tu mapkę. Pokażę ci. – Hunter rozwinął pokaźnych rozmiarów mapę Los Angeles, na której czerwonymi ponumerowanymi kropkami o średnicy dziesięciocentówki zaznaczono wszystkie siedem miejsc.

– Tak to wygląda w kolejności, w jakiej zostały znalezione ciała.

Garcia długo przyglądał się mapce. Pierwsze ciało zostało znalezione w Santa Clarita, drugie w centrum Los Angeles, a kolejnych pięć w różnych częściach miasta. Musiał przyznać, że na pierwszy rzut oka nie widział żadnego związku między nimi.

– Tu też próbowaliśmy doszukać się jakiegoś porządku, jakiegoś schematu. Sprowadziliśmy nawet matematyka i kartografa. Problem w tym, że gdy patrzysz długo na przypadkowy układ punktów na kartce papieru, prędzej czy później, tak jak w przypadku chmur na niebie, zaczniesz dostrzegać jakieś wzory, kształty i obrazy, których wcale tam nie ma, bo są jedynie wytworem twojej płatającej figle wyobraźni. Jedynym konkretem jest fakt, że wszystkie ofiary znaleziono w okolicach Los Angels. To jego cmentarzysko. – Hunter usiadł za biurkiem, Garcia zaś w dalszym ciągu przyglądał się mapce.

– Musi działać według jakiegoś schematu. Wszyscy tak robią.

Hunter wcisnął się głębiej w fotel.

– Masz rację, zazwyczaj tak jest. Ale mówiłem ci już przecież, że ten facet jest inny. Nigdy nie zabił dwóch ofiar w ten sam sposób, tak jakby eksperymentował. – Hunter przetarł zmęczone oczy. – Zabicie człowieka nie jest łatwym zadaniem i nieważne, jakie ma się doświadczenia, w dziewięćdziesięciu pięciu procentach przypadków morderca jest bardziej zdenerwowany od swojej ofiary. Niektórzy wolą więc trzymać się sprawdzonego *modus operandi*, bo czują się bezpieczniej ze świadomością, że ten sposób działania sprawdził się wcześniej. Inni się rozwijają, zmieniają więc schemat przy każdej kolejnej zbrodni. Czasami odkrywają, że niedokładnie o to im chodziło, że nie tego szukali. Dochodzą do wniosku, że potrzebują mniej hałasu, mniej bałaganu, większej kontroli czy czegokolwiek innego. Wtedy próbują nowych metod, żeby sprawdzić, czy będą lepsze. W końcu wypracowują *modus operandi* dostosowany idealnie do własnych potrzeb.

– I trzymają się go? – spytał Garcia.

– W większości wypadków tak, ale nie zawsze – wyjaśnił Hunter, kręcąc głową, a widząc zdziwienie na twarzy Garcii, dodał: –

Seryjnym mordercom chodzi o zaspokojenie... chorej żądzy, zgadza się, ale jednak zaspokojenie. Nie musi to być żądza seksualna, mogą szukać poczucia władzy albo chcieć zabawić się w Boga. Ale to tylko połowa satysfakcji.

– Mówisz o samym morderstwie? – spytał Garcia grobowym tonem.

– Tak. To tak jak z narkotykami. Kiedy zaczynasz je brać, potrzebujesz niewielkiej ilości, by być na haju, ale ta odrobinka nie wystarczy na długo, z czasem będziesz chciał więcej i więcej. Z morderstwami jest podobnie, ofiary muszą cierpieć coraz bardziej, by morderca osiągnął zaspokojenie. Tu, podobnie jak w przypadku narkotyków, następuje pewna progresja.

Wzrok Garcii ponownie powędrował w stronę zdjęć.

– Tylko gdzie w naszym przypadku progresja? Wszystkie są równie potworne i pełne przemocy.

Hunter pokiwał głową potakująco.

– Tak jakby od razu wskoczył na głęboką wodę. Co każe nam założyć, że progresja miała u niego miejsce wcześniej – podsunął Garcia.

– Zgadza się. Szybko łapiesz, ale to wszystko można wyczytać z akt sprawy. – Hunter kiwnął głową w stronę sterty papierów na biurku.

– Każdą ofiarę zabijał powoli. – Garcia znów skupił się na zdjęciach.

– Zgadza się. Facet lubi się długo pastwić. Bawi go przyglądanie się ich cierpieniom, rozkoszuje się ich bólem. Osiąga swoje zaspokojenie. Nie spieszy się, nie panikuje, i to jego największa przewaga.

– Kiedy panikujesz, popełniasz błędy, zostawiasz ślady – dodał Garcia.

– Zgadza się.

– Ale nasz gość nie miał takiego problemu.

– Jak do tej pory nie.

– A symbol? Coś o nim wiemy? – Garcia wskazał na szyję jednej z ofiar.

– Tu dopiero mamy kłopot. – Hunter zacisnął usta. – Przy pierwszej ofierze ściągnęliśmy specjalistę od symboli.

– I co powiedział?

– Że wydaje się nawiązywać do pierwszego podwójnego krzyża, znanego też jako krzyż lotaryński.

– Pierwszego?

– Podwójny krzyż w swej pierwotnej wersji składał się z pionowej linii przeciętej dwiema krótszymi poziomymi liniami tej samej długości, równo od siebie oddalonymi. Odległości między końcami pionowej linii a liniami poziomymi też były równe.

– Czemu mówisz w czasie przeszłym?

– Bo zmienił przez lata swój kształt. Niższa pozioma linia została wydłużona w stosunku do wyższej, obie też przesunięto w górę.

Garcia przyglądał się przez chwilę fotografiom.

– Czyli tu mamy starą wersję?

Hunter przytaknął.

– Uważa się, że pochodzi z czasów pogańskich. A przynajmniej historycy wierzą, że właśnie wtedy go używano. Znany był też wówczas jako miecz z dwoma końcami.

– No dobra, a pomijając aspekt historyczny, co to oznacza? – Garcia pokiwał ręką, pokazując Hunterowi, by przeszedł do rzeczy.

– Patrząc na to od strony psychologicznej, ma reprezentować osobę, która prowadzi podwójne życie. Miecz zakończony ostrzem po obu stronach tnie w obu kierunkach, no nie? I właśnie o to tu chodzi, o dwoistość, dobro i zło, czarne i białe, wszystko w jednym. Kogoś, kto to wszystko w sobie łączy.

– Mówisz o kimś, kto za dnia jest przykładnym obywatelem, a nocą psychopatycznym mordercą?

– Właśnie. Może to jakiś wpływowy polityk, a nawet ksiądz, który dziś czyni dobro, a jutro podcina komuś gardło.

– Ale to książkowa definicja schizofrenii.

– Nieprawda – zaprotestował Hunter. – To podstawowy, najczęściej popełniany błąd. Wszyscy myślą, że schizofrenia oznacza rozszczepienie osobowości, ale tak nie jest. Schizofrenicy cierpią z powodu problemów z przetwarzaniem myśli. A to prowadzi do halucynacji, urojeń, zaburzeń myślenia, dziwnych zachowań czy wypowiedzi. Ale ci ludzie nie są niebezpieczni. Tobie zaś chodzi o rozdwojenie jaźni, znane też jako osobowość naprzemienna. Polega na występowaniu przynajmniej dwóch osobowości u jednej osoby.

– Pięknie dziękuję, profesorze Hunter – odpowiedział Garcia, naśladując głos małego dziecka.

– Ale nie sądzę, żeby nasz morderca miał rozdwojenie jaźni.

– Dlaczego nie? – zaciekawił się Garcia.

– Osoby, które na to cierpią, nie mają kontroli nad tym, która z osobowości dochodzi w danym momencie do głosu. A on jest w pełni świadom tego, co robi. Sprawia mu to przyjemność. On ze sobą nie walczy.

Garcia zamilkł na moment, zastanawiając się nad słowami Huntera.

– A co z religijnym znaczeniem? Mnie to wygląda na symbol religijny.

– Tu sprawa dopiero się gmatwa – odpowiedział Hunter, masując zamknięte powieki. – Specjaliści mają dwie teorie. Jedni uważają, że podwójny krucyfiks był pierwszym w dziejach historii symbolem Antychrysta.

– Co? Myślałem, że jest nim odwrócony krzyż?

– W takiej postaci znamy go dzisiaj. Ale wierzy się, że podwójnego krucyfiksu użyli po raz pierwszy prorocy zwiastujący pojawienie się istoty na wskroś złej, zdolnej zakończyć ziemską egzystencję i doprowadzić do końca świata.

Garcia rzucił Hunterowi pełne niedowierzania spojrzenie.

– Poczekaj no, nie zaczniesz mi tu chyba zaraz opowiadać o jakimś potworze z rogami i cyframi 666 wytatuowanymi na głowie?

– Nie zdziwiłbym się, gdyby tak właśnie go sobie wyobrażali – odpowiedział Hunter, z powrotem skupiając wzrok na fotografiach. – Tak czy siak, przepowiadając nadejście kogoś tak na wskroś złego, twierdzili, że przyniesie ze sobą symbol czystego zła. Symbol, który przedstawiać będzie odwróconego Boga.

Garcia przeniósł wzrok na fotografie i dopiero po chwili otworzył szeroko oczy ze zdziwienia.

– A niech to! Dwa dotykające się krzyże – wykrzyknął, zrozumiawszy wreszcie. – Jeden normalny i drugi odwrócony.

– Bingo. Symbol Jezusa przekreślony tym samym symbolem Jezusa. Antychryst.

– Czyli naprawdę możemy mieć do czynienia z fanatykiem religijnym?

– Raczej antyreligijnym – uściślił Hunter.

Po kilku sekundach ciszy Garcia spytał:

– A druga?

– Co?

– Mówiłeś, że są dwie teorie, to jaka jest druga?

– No to teraz uważaj. Morderca może wierzyć, że jest powracającym na ziemię Chrystusem.

– Żartujesz sobie?

– Chciałbym. Inni specjaliści uważają, że podwójny krucyfiks nie jest połączeniem dwóch przeciwstawnych krzyży, ale nałożeniem jednego na drugi, co ma oznaczać kolejnego Syna Bożego.

– Ale to przecież dwie kompletnie różne teorie. Według jednej jest Antychrystem, a według drugiej kolejnym Chrystusem.

– Prawda, ale pamiętaj: to tylko teorie oparte na domysłach historyków. Wcale nie muszą w jakikolwiek sposób wiązać się z naszym mordercą. Równie dobrze mógł sobie wybrać ten symbol, bo mu się spodobał od strony graficznej.

– Używają go jakieś religijne organizacje albo sekty?

– Tego drugiego z liniami poziomymi bliżej góry przez lata używały różne grupy, nie tylko religijne, a Amerykańskie Stowarzyszenie do Walki z Chorobami Płuc wykorzystało go nawet w swoim logo.

– A ten stary? Ten, którego używa nasz morderca?

– Trzeba by się cofnąć o ponad sto lat, żeby cokolwiek znaleźć. Zresztą i tak nie będzie to nic mającego związek z naszą sprawą.

– A masz jakieś przeczucia?

– Przekonałem się już, że w tej sprawie nie ma co polegać na przeczuciach.

– Stary, zrób mi tę przyjemność. Z tego co słyszałem, twój siódmy zmysł wymiata – poprosił Garcia.

– Tak naprawdę to sam nie wiem. Niektóre jego zaburzenia pasują jak ulał do seryjnego mordercy. Czasami działa niemal podręcznikowo, zbyt podręcznikowo, jakby chciał, byśmy uwierzyli, że jest typowym seryjnym mordercą. – Hunter ścisnął czubek nosa i zamknął oczy. – Momentami mam wrażenie, że mamy do czynienia z jakimś religijnym popaprańcem, innym razem myślę, że to morderca geniusz, który sobie z nami pogrywa, pociągając za odpowiednie sznurki, by zbijać nas z tropu, prowadząc chorą grę, której zasady tylko on zna i w dodatku zmienia je sobie do woli. – Hunter wziął głęboki oddech, zatrzymując na moment powietrze w płucach. – Kimkolwiek jest, to cholernie inteligentny, cholernie sprytny, zimny jak głaz morderca, który działa bardzo, bardzo metodycznie. Nigdy nie wpada w panikę. Ale teraz powinniśmy się skoncentrować na ostatniej ofierze, może to ona okaże się tropem, który nas do niego doprowadzi.

Garcia pokiwał głową.

– Musimy przefaksować jej zdjęcie do jak największej liczby agencji modelek i aktorek. Zidentyfikowanie jej byłoby niezłym punktem wyjścia... – podsunął.

– Jasne, zajmiemy się tym, ale najpierw musimy sprawdzić coś innego.

– Co?

– Pamiętasz, co powiedział o ofierze doktor Winston?

– Co dokładnie?

– Że pewnie chodziła na siłownię.

Garcia uniósł brwi.

– Dobrze kombinujesz.

– Problem w tym, że w mieście jest ponad tysiąc siłowni.

– Serio? – zdziwił się Garcia.

– Serio, to Los Angeles. Tu liczy się wygląd, nawet jeśli chcesz zostać kelnerem. Kluby fitness to niezły biznes.

– I to w kraju, gdzie problem otyłości bije światowe rekordy.

– Mówiłem już, to Los Angeles, miasto pięknych i zgrabnych. – Hunter uśmiechnął się, sugestywnie zerkając na swój sflaczały biceps.

– Tak, chyba w marzeniach.

– Powinniśmy sprawdzić te większe i bardziej popularne. – Hunter przerwał na moment. – Doktor mówił, że lubiła ekskluzywne kosmetyki? Czyli wydawała na siebie sporo pieniędzy.

– I założę się, że z takim ciałem lubiła zwracać na siebie uwagę – wtrącił się Garcia.

– Zgadza się.

– No to jakbyś chciał się pochwalić swoim ciałem, którą siłownię byś wybrał? Skoro już jesteś ekspertem – spytał Garcia z wyraźną ironią w głosie.

– Numerem jeden jest Gold's Gym. Mają dwa lokale w Hollywood, popularne wśród gwiazd i ludzi z show-biznesu, i jeden w Venice Beach, którego właścicielem jest Arnold Schwarzenegger.

– No to musimy je sprawdzić.

– Weź tę komputerową symulację i jedziemy odwiedzić mięśniaków.

Kiedy Hunter chwytał za klamkę, zadzwoniła jego komórka.

– Detektyw Hunter, słucham.

– *Witaj, Robercie, stęskniłeś się za mną?* – spytał metaliczny głos.

15

Garcia dochodził już do schodów, kiedy zorientował się, że Hunter nie idzie za nim. Przystanął i odwrócił się. Jego partner stał wciąż w progu ich nowego biura z telefonem przyciśniętym do prawego ucha. Samo spojrzenie na jego twarz wystarczyło, by się zorientować, że coś jest nie tak.

– Robercie, coś się stało?

Hunter nie odpowiedział. Instynktownie pokręcił głową, był to ruch ledwo zauważalny, ale wystarczył, by Garcia zdał sobie sprawę z tego, co się dzieje.

– Cholera! – wyszeptał, nachylając się nad słuchawką i próbując wyłowić dobiegające z niej słowa.

– Rozumiem, że widziałeś moje ostatnie dzieło?

Hunter miał w głowie pustkę, serce kołatało mu w piersi z prędkością samochodu wyścigowego.

– Nie chcesz ze mną rozmawiać, Robercie?

Prawie dwa lata minęły, odkąd Hunter słyszał po raz ostatni ten metaliczny głos.

– A za czym tu tęsknić? – odpowiedział spokojnym głosem.

Śmiech.

– Może za dreszczykiem emocji, przygodą? Nadaję sens twojej pracy.

– Jak mam być szczery, miałem nadzieję, że nie żyjesz.

Kolejny wybuch śmiechu.

– No coś ty, Robercie! Nie uwierzyłeś chyba, że facet, którego złapaliście, był mną?

Hunter wszedł z powrotem do biura, Garcia za nim.

– Czyli był tylko kolejną twoją ofiarą?

– Nie zabiłem go.

– Wrobiłeś go, więc wychodzi na to samo.

– Prawdę mówiąc, wyświadczyłem wam przysługę. Był tylko kolejną kupą gówna... pedofilem.

Nieważne, jak bardzo Hunter nienawidził mordercy, wiedział, że im dłużej przetrzyma go na linii, tym większa szansa, że facet popełni jakiś błąd, że coś mu się wyrwie.

– Czyli zdecydowałeś się przerwać emeryturę?

Roześmiał się jeszcze głośniej.

– Chyba można tak powiedzieć.

– Czemu właśnie teraz?

– Cierpliwości. Wszystko wyjaśni się we właściwym czasie, Robercie. Zresztą chętnie bym sobie z tobą pogawędził, ale wiesz, że nie mogę. Chciałem tylko sprawdzić, czy jesteś świadom tego, że gra zaczyna się na nowo. Ale nie martw się, niedługo znów zadzwonię.

Po czym wyłączył się, nim Hunter zdążył cokolwiek odpowiedzieć.

– Co powiedział? – zaczął od razu dopytywać Garcia.

– Niewiele.

– Czyli nie ma już żadnych wątpliwości, że to on, Krucyfiks?

Wściekły Hunter skinął lekko głową.

– Lepiej dajmy znać kapitanowi. – Garcia był wyraźnie podekscytowany.

– Zadzwonimy z samochodu, musimy jechać sprawdzić te siłownie. Ty poprowadzisz – odpowiedział.

Rozmowa Huntera z kapitanem Bolterem była krótka. Hunter powiedział mu o pomyśle sprawdzenia kilku siłowni i o telefonie. Kapitan rozważał chwilę założenie podsłuchu w aparacie Huntera, ale próbowali już wcześniej, bez rezultatu. Morderca używał urządzenia kodującego, które odbijało sygnał w dwudziestu różnych lokalizacjach rozrzuconych po całym świecie. Póki co nikt nie mógł nic zrobić.

Wizyta w siłowniach też nic nie dała. Ani recepcjonistki, ani pozostali pracownicy nie kojarzyli kobiety z komputerowej symulacji. Detektywi potrzebowaliby nakazu i kupy ludzi, żeby przejrzeć bazę wszystkich członków, a było to przecież błądzenie po omacku.

Oddział Gold's Gym w Venice Beach, najsłynniejsza chyba siłownia na świecie, zyskał sławę po tym, jak w 1977 roku wszedł na ekrany *Pumping iron* z Arnoldem Schwarzeneggerem. Odwiedzana przez celebrytów i zawodowych kulturystów, stała się rajem dla wszystkich pragnących pochwalić się swą nienaganną sylwetką. Ale tu też im się nie poszczęściło. Nikt nie rozpoznał kobiety ze zdjęcia.

– Nie będziemy chyba jeździć po całym LA i sprawdzać każdej siłowni? – spytał Garcia, kiedy wrócili do samochodu.

– Nie obiecywałem sobie zbyt wiele, ale musieliśmy przynajmniej spróbować – odpowiedział Hunter, trąc zmęczone oczy. Bezsenna noc zaczynała dawać się we znaki.

– To co dalej? Agencje modelek i aktorek?

– Jeszcze nie. – Hunter zamyślił się na moment. – Doktor Winston był pewien, że nasza ofiara miała pieniądze i nie oszczędzała na kosmetykach, pamiętasz?

– I co z tego?

– Jeśli próbowała zaistnieć jako modelka albo aktorka...

– To właśnie pieniędzy powinno jej najbardziej brakować – dokończył Garcia.

– Wyrabiasz się. Myślałeś kiedyś, żeby zostać detektywem? – zadrwił Hunter.

Garcia uniósł prawą rękę i pokazał mu środkowy palec.

– Jest jeszcze ktoś, komu chciałbym złożyć wizytę.

– Kto? – spytał Garcia.

– Jeśli była początkującą aktorką albo modelką, mogła dorabiać sobie inaczej. Sam zresztą na to wpadłeś.

Garcia zmarszczył czoło. Po kilku sekundach namysłu wymownie strzelił palcami w stronę Huntera.

– Dziwka – powiedział pełnym triumfu głosem.

Hunter uśmiechnął się z aprobatą.

– A ja znam gościa, z którym powinniśmy o tym pogadać.

– No to jedziemy. – W Garcii na nowo obudziła się chęć do działania.

– Nie teraz, można go złapać tylko w nocy. Masz jakieś plany na dzisiejszy wieczór? – Zmrużył oczy.

– A co, zapraszasz mnie na randkę?

Teraz to Hunter pokazał mu środkowy palec.

16

George Slater wyszedł ze słynnej kancelarii prawniczej Tale & Josh, w której pracował, jak zawsze wpół do siódmej. Jego żona, Catherine, wiedziała, że dziś nie zjedzą razem kolacji, bo wtorkowy wieczór mąż miał zarezerwowany na pokera.

George Slater był przeciętnie wyglądającym gościem, typem, który samą aparycją nie wyróżnia się z tłumu, a jednak uważany jest za czarującego. Miał jakiś metr siedemdziesiąt wzrostu, ciemne oczy i włosy, a także drobną posturę, którą tuszował odpowiednio dopasowanymi ubraniami.

Po wyjściu z biura wsiadł do swojego terenowego mercedesa klasy M, włączył radio, odpalił silnik i skierował się w stronę niewielkiego mieszkania, które wynajmował w Bell Gardens. Znalazł je w Internecie i dogadał się bezpośrednio z właścicielem, unikając pośredników z biur nieruchomości. W zamian za dyskrecję płacił za wynajem za rok z góry.

Jedynymi śladami po transakcji były ręcznie spisana umowa i rachunek potwierdzający odbiór pieniędzy. Żadnych dodatkowych papierków, które mogłyby naprowadzić na jego trop. Nawet nazwisko na umowie było fikcyjne: Wayne Rogers. George nie ryzykował. Chciał mieć pewność, że nie da się go powiązać z tym mieszkaniem.

Lokal znajdował się przy spokojnej ulicy na obrzeżach Bell Gardens, co idealnie mu pasowało, minimalizowało bowiem liczbę potencjalnych świadków, którzy mogli widzieć go wchodzącego lub opuszczającego budynek. Dodatkowe schronienie przed wścibskimi spojrzeniami zapewniał też podziemny garaż.

Mieszkanie, choć nie było duże, a jego wystrój trudno by nazwać luksusowym, spełniało swoją rolę. Drzwi wejściowe prowadziły do niewielkiego salonu o białych ścianach, na środku którego stała czarna skórzana trzyosobowa kanapa. Brakowało telewizora, obrazów, dywanów czy chodników. Tak w zasadzie to jedynym oprócz kanapy meblem był stojak na gazety. W małej, nieskazitelnie czystej kuchni stała nigdy nieużywana kuchenka. W lodówce nie było nic poza dwunastoma butelkami piwa, kartonem soku pomarańczowego i kilkoma tabliczkami czekolady. Cóż, lokal nie służył ostatecznie do celów mieszkaniowych.

Sypialnia z przylegającą do niej łazienką znajdowała się na końcu korytarza. W niej pod ścianą naprzeciw drzwi stało ekstrawaganckie łoże z żelazną ramą, a po lewej stronie była szafa z oszklonymi drzwiami. Włącznik światła miał regulację natężenia. George lubił ją nazywać regulacją nastroju. Sypialnia była w końcu najważniejszym pokojem w mieszkaniu.

George zamknął za sobą drzwi, położył torbę obok kanapy i poszedł do kuchni. Z otwartą butelką piwa wrócił do salonu. Zimny niczym lód napój pomógł mu się rozluźnić po morderczo upalnym dniu. Wypił pół butelki, nim opadł na sofę i sięgnął do torby po komórkę. Niewiele osób wiedziało, że ma dwa telefony. Żona George'a na przykład nie miała bladego pojęcia. Upił jeszcze jeden łyk piwa i przeczytał ostatni SMS: *Będę o 9.15. Nie mogę się doczekać.*

Wiadomość nie była podpisana, ale też nie było takiej potrzeby. George, a raczej Wayne, jak się przedstawiał, doskonale wiedział, kto ją wysłał – Rafael, mający ponad metr osiemdziesiąt Portorykańczyk, którego George poznał przez męską agencję towarzyską. Początkowo ich znajomość ograniczała się do płatnych usług, ale szybko przerodziła się w zakazany romans. George zdawał sobie sprawę, że Rafael się w nim zakochał, ale on sam, choć jego uczucia były bardzo silne, jakoś nie mógł nazwać tego miłością – przynajmniej jeszcze nie teraz.

George sprawdził czas: 8.10. Miał jeszcze godzinę do przyjazdu kochanka. Dokończył piwo i postanowił wziąć prysznic.

Kiedy woda masowała jego zmęczone ciało, odezwały się wyrzuty sumienia. Kochał Catherine i uwielbiał się z nią kochać, choć rzadko mu na to pozwalała. Może gdyby zostali w Alabamie, sprawy potoczyłyby się inaczej. Los Angeles otworzyło drzwi do czegoś zupełnie nowego. W dzisiejszych czasach wiele osób traktowało biseksualizm jako coś zupełnie normalnego, ale Catherine z pewnością do nich nie należała.

Catherine Slater urodziła się jako Catherine Harris w Theodore w Alabamie. Od obsesyjnie religijnych rodziców otrzymała bardzo surowe wychowanie. Gorliwie uczęszczała do kościoła, czasem nawet pięć, sześć razy w tygodniu. Uparcie wierzyła w przedmałżeński celibat, przekonana, że również po ślubie seks nie powinien stanowić źródła cielesnych rozkoszy.

George'a poznała na pierwszym roku studiów prawniczych na Uniwersytecie Alabama. Przyjaźń dwójki piątkowych studentów szybko przerodziła się w nieskonsumowany romans. George zaślepiony pragnieniem, by wreszcie ją posiąść, oświadczył się zaraz po obronie dyplomu.

Krótko po ślubie dostał ofertę pracy w Tale & Josh, firmie prawniczej z siedzibą w Los Angeles. Catherine trudno było sobie wyobrazić miejsce bardziej zepsute i ogarnięte przemocą, seksem i chciwością, jednak po dwóch miesiącach żarliwych dyskusji i obietnic zgodziła się, że oferta jest zbyt atrakcyjna, by przeszła im koło nosa.

Nie przejęła się przy tym faktem, że plan przeprowadzki do Los Angeles nie przewidywał jej własnego rozwoju zawodowego. Nie była typem karierowiczki. Została wychowana tak, by być dobrą żoną, zajmować się domem, dziećmi, mężem, i to właśnie zamierzała robić. Wierzyła też, że George nie zadomowi się w Los Angeles i po roku, może dwóch, zmęczy go życie w blasku neonów ogromnego miasta. Myliła się.

Po wygraniu drugiej sprawy jeden z klientów zaprosił George'a na prywatne przyjęcie, aby uczcić sukces. *Żonę zostaw w domu. Sam będziesz się bawił znacznie lepiej, jeśli wiesz, o czym mówię.*

George'a zaintrygowało tajemnicze zaproszenie. Sprzedał Catherine typową wymówkę: „Muszę zostać dłużej w pracy", i pognał do rezydencji w Beverly Hills. To, czego tam doświadczył, na zawsze zmieniło jego życie.

Kontakt George'a z pornografią ograniczał się wcześniej do weekendu w domu kumpla, którego rodzice wyjechali, kiedy to udało im się zdobyć jedną kasetę VHS i kilka kolorowych magazynów. To było jeszcze w szkole średniej, ale doskonale pamiętał szczegóły. Tyle że tu, w rezydencji w Beverly Hills, wszystko działo się nie na ekranie telewizora, ale na jego oczach. Za jednym zamachem George poznał co to BDSM, do czego mogą służyć dziury w ścianie. Oniemiały obserwował, jak ludzie zmieniają partnerów, chłostają się, sikają na siebie – nigdy nawet nie śniły mu się podobne ekscesy. Odkrył świat, który w jego wcześniejszym pojęciu istniał jedynie w książkach dla dorosłych i filmach. Wolny seks, łatwo dostępne narkotyki – miejsce, gdzie mógł spełnić najskrytsze fantazje, gdzie bez poczucia winy dawał upust najmroczniejszym ze swych pragnień. To właśnie tam, w luksusowej rezydencji, w pokoju przystosowanym do odgrywania wymyślnych scenek, George po raz pierwszy uprawiał seks z mężczyzną. I strasznie mu się to spodobało. Od tamtej pory miał obsesję na punkcie swego drugiego, tajemnego życia. Uwielbiał przyjęcia, ludzi i atmosferę tajemnicy, która je otaczała.

Wytarł się dokładnie i owinął biodra ręcznikiem. Myśl, że niedługo zobaczy Rafaela, przyprawiała go o dreszcze. Wziął z kuchni kolejne piwo i sprawdził godzinę: 8.45, już niedługo. Zastanawiał się, czy się nie ubrać, ale podniecała go myśl, że powita kochanka w samym ręczniku.

Obaj uwielbiali odgrywanie scenek, a George miał już gotowy scenariusz na dzisiejszy wieczór. Otworzył szafę w sypialni, gdzie chował wszystkie rekwizyty – pejcz, łańcuch, liny, kneble, paski skórzane, kajdanki i, co tylko mógł sobie wymarzyć.

Wybrał te, których potrzebował do zaplanowanej zabawy, i położył je na łóżku. Jego podniecenie zaczynało być widoczne pod wybrzuszonym ręcznikiem. Zadzwonił dzwonek u drzwi. Zerknął na zegarek: 8.53. Jest wcześnie, może też nie mógł się doczekać.

Otwierał drzwi, nie potrafiąc ukryć zadowolenia.

– Kim jesteś? – Uśmiech szybko ustąpił miejsca zdziwieniu.

Zamiast odpowiedzi dostał cios w brzuch, silny i precyzyjnie wymierzony. Zgiął się z bólu, z oczami szeroko otwartymi z przerażenia, czując, jak powietrze ucieka mu z płuc. Łapczywie próbując zaczerpnąć oddechu, cofnął się o krok, ale to nie wystarczyło, by uniknąć kolejnego razu. Dostał kopniaka między nogi. W chwili gdy stopa intruza dosięgła jego genitaliów, upadł do tyłu. Ręcznik zsunął się z bioder. Chciał coś powiedzieć, walczyć, ale nie miał już siły.

Intruz spokojnie zamknął drzwi mieszkania i podszedł do skulonego na podłodze George'a. Ten zupełnie nie rozumiał, co się dzieje. Charczał, próbując złapać powietrze, a gdy zobaczył strzykawkę, serce na moment przestało mu bić. Napastnik szybkim ruchem wbił igłę w jego szyję i nagle ustąpił ból, a George'a zalała ciemność.

17

Chris Melrose pracował w biurze koronera od trzech lat. Fascynacja śmiercią pojawiła się u niego, gdy był jeszcze nastolatkiem, ale kiepskie oceny nie pozwoliły mu zrealizować ambitnego planu skończenia studiów z medycyny sądowej.

Zaczął więc jako pomocnik w kostnicy. Zajmował się wszystkim, od organizacji pogrzebów do wyściełania trumien i przygotowania ciał, ale to mu nie wystarczało. Chciał czegoś więcej. Zakrwawionych prześcieradeł, stołów z nierdzewnej stali, ostrego i odurzającego zapachu śmierci. Pracy z ciałami, które nie zostały jeszcze oczyszczone i przygotowane do pogrzebu. Starał się więc o każdą możliwą posadę w biurze koronera i w końcu przyjęto go jako portiera. Do jego nowych obowiązków należało sprzątanie pomieszczeń sekcyjnych, przewożenie ciał z i do komór chłodniczych oraz dbanie, by sprzęt był zawsze czysty i gotów do użytku. Żaden z lekarzy nie widział wcześniej, by ktokolwiek z podobną dumą podchodził do swojej pracy. Chris szybko zaskarbił sobie ich sympatię. Nikt nie oponował, gdy szczęśliwy przesiadywał w salach, obserwując przeprowadzane sekcje.

Dwunastogodzinną nocną zmianę zaczynał o 7.30 wieczorem. Około północy robił sobie przerwę, by zapalić papierosa i zjeść banana oraz kanapkę z miodem i masłem orzechowym.

Zaciągnął się ostatni raz papierosem i pstryknął petem w powietrze, wzrokiem odprowadzając żółty rozświetlony łuk, który zatoczył, upadając na ziemię. Wstał z niewielkiej ławki, zamknął pojemnik na śniadanie i gdy miał już wracać do środka, poczuł na lewym ramieniu czyjąś zimną dłoń.

– Cześć, Chris!

– Dobry Jezu! – krzyknął, odskakując na bok i odwracając się, by spojrzeć na intruza. Serce podeszło mu niemal do gardła. – Odbiło ci? Kurewsko mnie wystraszyłeś.

Mark Culhane odpowiedział wyćwiczonym żółtym uśmiechem.

– Gdybym miał ze sobą spluwę, mógłbyś już nie żyć. Bawi cię takie czajenie się? – spytał Chris, przykładając dłoń do klatki piersiowej, w której serce wciąż kołatało szalonym rytmem.

– Jestem detektywem. Lubię się czaić – odpowiedział Culhane, znów się uśmiechając. – Zresztą po co do cholery miałbyś nosić przy sobie broń? Przecież masz do czynienia jedynie z umarlakami.

– Wszyscy noszą spluwy. Takie czasy. Zresztą dawno cię nie widziałem, czego u diabła chcesz?

Chris miał trzydzieści kilka lat, kilka kilogramów nadwagi i krótkie, proste włosy w odcieniu ciemnego brązu. Do tego brązowe kocie oczy, czerwoną skórę i wyraźnie zarysowany nos.

– No co ty, Chris. To tak witasz starego przyjaciela?

Chris nie odpowiedział. Uniósł nieznacznie brwi w oczekiwaniu, aż Culhane powie, czego chce.

– Muszę sprawdzić wykaz z ostatnich kilku dni – wyjaśnił w końcu powód swojej wizyty.

– Chodzi ci o wykaz przyjętych ciał?

– A o cóż innego, bystrzaku?

– To czemu nie napiszesz podania. Przecież jesteś gliną, no nie?

– To nie sprawa służbowa, tylko przysługa wyświadczana przyjacielowi.

– Przyjacielowi? – spytał Chris z nutką powątpiewania w głosie.

– A ty co tak się dopytujesz? Bawisz się w policjanta? Pokaż mi lepiej ciała, dobra?

– A gdybym ci powiedział, że nie mogę, że przepisy zabraniają?

Culhane prawą ręką chwycił go za szyję i przyciągnął do siebie.

– Z pewnością bardzo by mnie to wkurzyło, a chyba tego nie chcesz, prawda? – odpowiedział, zaciskając mocniej dłoń.

– Już dobrze... dobrze, i tak wracałem do środka – poddał się Chris, podnosząc obie ręce w górę.

– Grzeczny chłopiec. – Culhane zwolnił uścisk.

W ciszy poszli w stronę budynku. Plusem wizyty o tak późnej porze była możliwość wejścia tylnymi drzwiami, bez konieczności legitymowania się i wzbudzania niepotrzebnych podejrzeń.

Doszli do wejścia dla pracowników w południowej części budynku. Chris wstukał sześciocyfrowy kod i otworzył ciężkie metalowe drzwi.

– Zaczekaj tu, zaraz wrócę – nakazał, zostawiając zdziwionego Culhane'a na zewnątrz i znikając w środku.

Pojawił się po niecałej minucie z białym kitlem w dłoni.

– Załóż, powinien być dobry. Największy, jaki znalazłem.

– To miał być dowcip?

Ostatnią rzeczą, jakiej pragnął Chris było to, by ktoś się dowiedział, że wpuścił do środka obcą osobę, nawet jeśli jest ona gliną. Poprowadził Culhane'a pustym korytarzem do ciężkich wahadłowych drzwi wiodących na klatkę schodową. Weszli na piętro. Culhane nie pamiętał już, ile razy przemierzał te korytarze, ale jego żołądek wciąż się buntował. Choć nigdy by się do tego nie przyznał, cieszył się, że nie jest sam. Doszli do ostatniej sali.

Po każdej sekcji ciała przewożono do komory chłodniczej, czyli „dużej lodówy", jak wszyscy w biurze koronera zwykli o niej mówić. Lodówki umieszczone na zachodniej ścianie mogły pomieścić ponad pięćdziesiąt ciał. Culhane i pozostali detektywi z wydziału narkotyków mieli swoją nazwę na to pomieszczenie – trupia szuflandia.

Chris zamknął drzwi, by nikt ich nie zobaczył, i podszedł do stojącego w głębi komputera.

– No dobra, to zacznijmy szukać... Facet, kobieta? – spytał od razu, nie chcąc tracić czasu. Im szybciej pozbędzie się Culhane'a, tym lepiej.

– Kobieta.

– Biała, czarna...?

– Biała, blondynka, niebieskie oczy, szczupła i bardzo atrakcyjna.

Chris uśmiechnął się pod nosem.

– Od kiedy mam szukać?

– Spróbujmy od zeszłego piątku.

Chris instynktownie zerknął na zegarek.

– Czyli od... pierwszego lipca.

– Zgadza się.

– OK. – Chris wstukał dane i kliknął „Enter". Po niecałych pięciu sekundach komputer miał już odpowiedź.

– Mamy szesnaście wyników. Wiesz, jak się nazywa?

– Tak. Jenny Farnborough. Ale nie sądzę, że będziesz tam miał nazwisko.

Chris szybko przeleciał wzrokiem listę.

– Masz rację. Nie ma jej na liście.

– Jakieś niezidentyfikowane ciała kobiet?

Chris raz jeszcze przejrzał listę.

– Mamy cztery.

– Sprawdźmy je.

Kilka kliknięć myszką i mieli wydruk.

– Dobra, sprawdzamy – odpowiedział Chris, podchodząc do lodówek.

Zatrzymali się przed numerem C11, pierwszym na liście.

W pięć minut sprawdzili wszystkie cztery ciała. Nie było wśród nich Jenny Farnborough.

– To już wszystkie? Chodzi mi o to, czy jest tu jeszcze jakaś inna chłodnia?

– Tak, jest jeszcze jedna w piwnicy, ale nie mam do niej dostępu – odpowiedział Chris.

– Jak to? Czemu?

– To zaplombowany teren.

– Po co w biurze koronera zaplombowany teren?

Chris cieszył się, że wie o czymś, o czym nie wie detektyw.

– Niektóre przypadki mogą nieść ze sobą pewne ryzyko: promieniowania, zanieczyszczenia, zatrucia. Wówczas sekcję przeprowadza szef w zaplombowanym pomieszczeniu.

– A wiesz, czy teraz mają tam jakieś ciało?

– Doktor Winston pracował tam wczoraj do późna. Ciało jeszcze do nas nie trafiło, więc jestem raczej pewien, że wciąż tam jest.

– Ale musi w końcu przyjechać do trupiej szuflandii?

– Szuflandii? – zdziwił się Chris.

– No tutaj, do chłodni – wyjaśnił poirytowany.

– Nie, ma swoją chłodnię, więc mogą je tam trzymać, ile chcą.

– Jesteś pewien, że nie możesz mnie tam przemycić?

– Bez szans. Klucz ma tylko doktor Winston i trzyma go zawsze przy sobie.

– Nie da się jakoś inaczej?

– Nie bardzo. Mają tam alarm i kamerę na ścianie. Jeśli nie jesteś mile widziany, nie wejdziesz.

– Ile ciał tam jest?

– Ja wiem tylko o jednym.

– Masz zdjęcie albo jakiekolwiek inne dane w komputerze?

– Nie, wszystkie dane dotyczące sekcji doktor Winston trzyma u siebie. Sam decyduje, kiedy dodać je do bazy głównej. Zresztą nawet gdybym miał zdjęcie, chyba niewiele by to pomogło.

– Niby czemu?

– Chodzą słuchy, że ciała nie da się zidentyfikować, że coś jest nie tak z twarzą.

– Co? Serio?

– Tak słyszałem.

– Może nie ma głowy?

– Nie wiem, mówili tylko, że nie ma twarzy. Może ofiara dostała kulkę w twarz. To się często zdarza.

Mark Culhane zastanowił się chwilę, na czym stoi. Szansa, że to jedno ciało w zaplombowanym pomieszczeniu to Jenny Farnborough, była w jego przekonaniu znikoma. Nie widział powodu, by drążyć temat.

– Dzięki, Chris. Wyświadcz mi przysługę i wypatruj ciała zgodnego z tym opisem, a jeśli coś znajdziesz, daj mi znać, to ważne. – Culhane podał Chrisowi jedną z wizytówek.

Chris przyglądał się jej przez chwilę.

– Jasne, dla policji Los Angeles wszystko.

– To ja lecę. Mogę wyjść tymi samymi drzwiami, którymi weszliśmy?

– Nie ma problemu. Muszę pójść z tobą, żeby wbić kod.

Wyszli z chłodni i w milczeniu ruszyli w stronę wyjścia. Kiedy doszli do drzwi, Culhane oddał kitel Chrisowi, a ten wstukał kod. Policjant cieszył się, że wraca do świata żywych.

W samochodzie zapalił papierosa. W Los Angeles były jeszcze dwie kostnice, w Santa Clarita i West Lancaster, ale nie był przekonany, czy warto robić kolejną wycieczkę. Dopalił papierosa przekonany, że zrobił wszystko co mógł, żeby znaleźć tę całą Jenny Farnborough. Na Boga, to tylko jakaś dziwka. Z rana zadzwoni do Jerome'a i powie o wszystkim, czego się dowiedział. W tej chwili miał przecież dużo ważniejsze rzeczy do zrobienia.

18

Bulwar Zachodzącego Słońca to jedna z najsłynniejszych ulic Los Angeles. Najbardziej znany jest mierzący półtorej mili odcinek pomiędzy Hollywood a Beverly Hills, nazywany Sunset Strip. To tam znajdują się wszystkie najlepsze rockowe knajpy, restauracje, butiki i kluby nocne, które począwszy od wczesnych lat siedemdziesiątych, stanowią jedną z największych atrakcji Los Angeles. Kiedy zapada zmrok, a ulicę zalewa fala jaskrawych neonów, patrząc na ogromną liczbę samochodów próbujących się przebić przez zatłoczony bulwar, ma się wrażenie, jakby ruch uliczny zastygał na zakorkowanych ulicach. Schodzą się wszyscy pragnący być w centrum wydarzeń Miasta Aniołów: celebryci i ci, którzy marzą, by nimi zostać, turyści, obserwatorzy i handlarze narkotyków.

– Jeszcze raz, z kim mamy się tu spotkać? – spytał Garcia Huntera, który parkował właśnie na Hilldale Avenue, tuż za rogiem słynnej ulicy.

– Z taką jedną kanalią, nazywa się JJ – odpowiedział Hunter, biorąc marynarkę z tylnego siedzenia i wysiadając z samochodu.

Juan Jimenez, typ spod ciemnej gwiazdy, znany raczej jako JJ, był alfonsem, który kręcił interes w okolicach bulwaru. Swoje panienki, całą piątkę, faszerował narkotykami klasy A, a że miał skłonność do przemocy, któraś wiecznie lądowała w szpitalu z ranami ciętymi, siniakami albo ze złamaną ręką. „Potknęłam się i upadłam" – wymówka była zawsze ta sama.

JJ wielokrotnie trafiał do aresztu, ale żadna z dziewczyn nie odważyła się wnieść oskarżenia. Cóż, jego najmocniejszą bronią był strach. „Postaw się, a potnę cię tak, że popamiętasz".

– On może nam pomóc? – spytał Garcia.

– Nikt nie zna lepiej tutejszych ulic i dziewczyn, które na nich pracują. Jeśli nasza ofiara była prostytutką, powinien ją znać. Tylko żeby coś z niego wyciągnąć, będziemy musieli użyć „siły perswazji".

Zaczęli się przedzierać przez nieskończenie długie kolejki ludzi próbujących wejść do i tak przepełnionych już barów i klubów.

– Gdzie idziemy? – spytał Garcia, rozglądając się zachłannie wokół, niczym dzieciak na placu zabaw.

– Tam. – Hunter wskazał na kolorową tabliczkę wiszącą nad numerem 9015.

Knajpa The Rainbow Bar and Grill już w latach siedemdziesiątych przyciągała tabuny fanów rocka i niewiele się od tamtego czasu zmieniło. Ściany zdobiły złote płyty, gitary, zdjęcia i autografy przeróżnych artystów i zespołów. Z głośników płynęły rockowe kawałki, a stoliki okupowały tłumy długowłosych kolesiów i półnagich farbowanych blondynek.

– Ten JJ jest fanem rocka? – spytał Garcia.

– Żebyś wiedział.

– Myślałem, że pochodzi z Kuby albo tamtych rejonów?

– Puerto Rico.

– To nie powinna go raczej kręcić salsa albo merengue?

– Nie JJ-a.

Garcia rozejrzał się wokół. Choć wyróżniali się z tłumu, nikt nie zwracał na nich większej uwagi.

– Widzisz go gdzieś?

Hunter omiótł wzrokiem bar i stoliki.

– Jeszcze nie, ale to jego ulubiona knajpa, na pewno przyjdzie. Napijmy się czegoś i poczekajmy.

Hunter zamówił sok pomarańczowy, Garcia colę.

– Jeśli jesteś głodny, podają tu znakomity stek – zaproponował Hunter, unosząc szklankę, jakby wznosił toast.

– Często tu bywasz? – spytał z nutką pogardy w głosie.

– Bywałem.

– No proszę, Hideout w Santa Monica, Rainbow na Bulwarze Zachodzącego Słońca. Niezły z ciebie imprezowicz.

Hunter nie odpowiedział, skupiony na obserwowaniu drzwi wejściowych. Nie widział JJ-a od jakichś pięciu lat, ale stawiał, że wysoki, szczupły ciemnoskóry Portorykańczyk z oczami w kolorze czarnej perły, olbrzymimi odstającymi uszami i krzywymi zębami niewiele się zmienił od tamtego czasu.

Do baru podeszła wysoka blondynka w obcisłych skórzanych spodniach i przykrótkim podkoszulku z napisem „Rock bitch". Stanęła po prawej stronie Huntera i zamawiając drinka o nazwie „Nieśpieszny, spokojny numerek przy ścianie", posłała mu zmysłowy uśmiech, który ten odwzajemnił, na sekundę zatrzymując wzrok na jej dekolcie.

– Podobają ci się? – spytała słodko.

– Czy... co mi się podoba? – Hunter próbował zgrywać głupka.

Spojrzała na swoje piersi. Wyglądały, jakby miały za moment eksplodować spod obcisłego podkoszulka.

– Moje cycki, głuptasie... Widziałam, jak na nie patrzyłeś.

– No i masz za swoje – roześmiał się Garcia.

Trochę za późno na skruchę, pomyślał Hunter, po czym powiedział:

– Bardzo ładne.

– Nowiusieńkie – pochwaliła się z dumą.

Kiedy barman podał jej drinka, nie spuszczając wzroku z Huntera, objęła czerwonymi ustami obie słomki i zaczęła powoli sączyć napój.

– Dobry? – spytał Hunter.

– Nieśpieszny numerek nigdy nie jest zły – odpowiedziała, upijając kolejny łyk i przysuwając się bliżej. – Mogę ci kiedyś pokazać – wyszeptała, ręką pieszcząc jego prawy biceps.

Potem wszystko potoczyło się zbyt szybko. JJ wszedł do środka, napotkał spojrzenie Huntera i wybiegł jak oparzony, przebierając nogami niczym rozgrywający szykujący się do przyłożenia w meczu finałowym ligi Super Bowl. Hunter natychmiast ruszył w pościg. Nie miał czasu, by dać sygnał zahipnotyzowanemu nowymi piersiami nieznajomej partnerowi. W ułamku sekundy znalazł się na zewnątrz, pędząc Bulwarem Zachodzącego Słońca za JJ-em.

Mimo znacznej wagi i muskularnej sylwetki był dość szybki, ale JJ był szczuplejszy, lżejszy i poruszał się ze zwinnością szczura. Hunter postanowił więc spróbować to rozegrać inaczej.

– JJ, chcę tylko pogadać, zwolnij, do cholery!

Ale ten nie zwracał uwagi na jego wołanie, podejmując niemal samobójczą próbę przebiegnięcia na drugą stronę ulicy. Nie zważając na nadjeżdżające samochody, kierował się w stronę pizzerii Frankie and Johnnie's NY Pizza Place.

Hunter biegł tuż za nim, ale spowalniały go tłumy przemieszczających się w różnych kierunkach ludzi. By uniknąć zderzenia z kolejkowiczami, szaleńczo przeskakiwał z nogi na nogę, co wyglądało jak jakiś przedziwny taniec.

Po przebiegnięciu dwóch przecznic JJ wcale nie zwalniał, a nawet przyspieszył, kierując się w stronę czerwonego budynku Whisky A Go Go. Hunter był tuż za nim, ale biegnąc slalomem pomiędzy stłoczonymi przed knajpami klubowiczami, w pewnym momencie niefortunnie postawił stopę na nierównej powierzchni chodnika. Poczuł przeszywający ból skręconej lewej kostki, który momentalnie rozprzestrzenił się na całą nogę. Utykając, próbował jeszcze gonić JJ-a.

– Cholera! – Skapitulował w końcu, odprowadzając wzrokiem znikającą sylwetkę zbiega.

Wtedy kątem oka dojrzał mijająccgo go Garcię, który pędził z prędkością godną olimpijczyka. Kilkoma susami minął Huntera i w mgnieniu oka doganiał JJ-a, który skręcał właśnie w wąską alejkę przy ogromnych magazynach. Hunter pokuśtykał w ich kierunku.

Garcia już po chwili miał wysokiego Portorykańczyka na wyciągnięcie ręki. Udało mu się chwycić go za kołnierz kurtki.

– Dobra, dobra, poddaję się – zdążył krzyknąć JJ, zakładając obie ręce za głowę.

Było już jednak za późno. Garcia obrócił nim, przypierając go do muru i wykręcając mu prawe ramię. JJ zawył z bólu.

– Uciekać przed uzbrojonymi policjantami? Zawsze byłeś taki głupi czy na starość ci odbija? – spytał Garcia, ciężko dysząc.

– Puść mnie, ziomalu, nic nie zrobiłem.

Hunter dokuśtykał do nich z półminutowym opóźnieniem.

– Wszystko w porządku? – spytał Garcia, wciąż przyciskając JJ-a do muru.

– Tak, skręciłem kostkę.
– Puść moją rękę.
– Zamknij się, do cholery – Garcia uderzył nim mocniej o mur.
Hunter zbliżył się do JJ-a.
– Co ty do cholery wyprawiasz? Czemu uciekasz?
– Odruch bezwarunkowy, stary. O co wam chodzi? Puść mnie, człowieku.
Zaczął się wić, próbując się wyrwać z uścisku Garcii.
Hunter dał znak partnerowi, żeby go puścił.
– Nie macie prawa. Jestem teraz legalnym obywatelem – zaprotestował, masując prawą dłonią lewy nadgarstek i odsuwając się od muru.
– Czy my wyglądamy na urząd imigracyjny? Cholera, jesteś aż tak głupi, na jakiego wyglądasz? – warknął Garcia.
– Legalny obywatel? Jesteś alfonsem, JJ, a o ile wiem, prostytucja nie została zalegalizowana w Kalifornii, czyli możemy cię w tej chwili wsadzić za kratki – Hunter przcisnął go na powrót do muru.
– Dajcie już spokój z tym murem – zaczął protestować.
– Jeśli moja noga spuchnie, to ten sam los czeka twoją twarz – zagroził Hunter.
– Nie moja wina, ziomalu.
– Oczywiście, że to twoja wina, ZIOMALU. Gdybym nie musiał kicać za tobą jak jakiś pieprzony królik, nie skręciłbym kostki.
– To po co mnie goniłeś, stary? Nic nie zrobiłem.
– No właśnie. Chcemy tylko zadać kilka pytań.
– To czemu nic nie powiedzieliście?
Hunter rzucił mu groźne spojrzenie i wyjął z kieszeni komputerową symulację.
– Musimy się dowiedzieć, kim jest ta kobieta. Jest prostytutką?
JJ wpatrywał się w zdjęcie kilka sekund.
– Mam taką grę komputerową w domu... – odpowiedział z głupawym uśmieszkiem.
Tym razem zarobił w tył głowy od Huntera.
– Wydaje ci się, że my się tu bawimy? Patrz na zdjęcie, znasz ją? – Hunter ponowił pytanie dużo ostrzejszym tonem.
JJ uważniej przyjrzał się fotografii.

– Może... Nie jestem pewien – odpowiedział po kilku sekundach.

– Próbuj.

– A ma być prostytutką?

– Jest taka możliwość. Chyba nie przyszlibyśmy do ciebie, gdybyśmy podejrzewali, że jest prawniczką?

– No proszę, niezłe poczucie humoru. – JJ wziął od Huntera zdjęcie. – Jest za ładna, żeby pracować na ulicy. Co nie znaczy, że moim dziewczynom czegoś brakuje.

– Skup się. – Hunter trzykrotnie stuknął palcem w fotografię, zmuszając JJ-a, by znów na nią spojrzał.

– Jeśli jest dziwką, to pracuje dla jakiejś grubej ryby. Pierwsza klasa.

– Jak możemy się dowiedzieć dla kogo? – spytał Garcia.

– Taka laska może pracować tylko dla jednego gościa: D-Kinga.

– Martin Luther wstał z grobu i został alfonsem? – spytał Garcia, mrużąc oczy.

– Nie Kinga, tylko D-Kinga, ziomalu.

– D-King? Co to za kretyńskie imię? – skrzywił się Garcia.

– Imię gościa, z którym lepiej nie zadzierać.

– Jeden z bardziej znanych alfonsów w branży, handlarz prochami – wyjaśnił Hunter. – Chodzi plotka, że handluje też bronią, ale dobrze się zabezpiecza. Wszystko w podziemiu. Dlatego pewnie o nim nie słyszałeś. Preferuje zdalną kontrolę, tylko dziewczęta woli mieć pod ręką.

– Gdzie możemy go znaleźć? – spytał Garcia.

– Nie na ulicy. On obsługuje klientów z wyższej półki. – JJ podrapał niewielką bliznę nad lewym okiem. – A co ja będę z tego miał?

– Zostawimy ci wszystkie twoje brzydkie zęby i nie pozwolimy, by tani garnitur przesiąknął krwią. Jak dla mnie, interes życia.

– Co to za gość? – spytał JJ, odsuwając się o krok od Garcii.

– Gość, z którym lepiej nie zadzierać – odpowiedział Garcia, ponownie się do niego zbliżając.

– To mój nowy partner, i chyba cię nie polubił. Ostatni koleś, do którego nie zapałał sympatią, dalej nie może pogryźć niczego twardszego od pączka.

– Nie możesz go trzymać na smyczy?

– Jasne, że mogę, ale zostawiłem smycz w samochodzie. Pójdę po nią. Zajmiecie się sobą przez te kilka minut?

– Czekaj, czekaj, stary. Nie zostawiaj mnie tu z tym potworem. D-King lubi spędzać piątkowe i sobotnie wieczory w klubie Vanguard w Hollywood. Znajdziecie go w sali dla VIP-ów.

– A dzisiaj, teraz, gdzie możemy go znaleźć?

– Skąd mam u diabła wiedzieć, ziomalu? I tak wyświadczam wam przysługę. Klub Vanguard w piątki i soboty – tyle wiem.

– Lepiej, żebyś nie robił nas w konia – zagroził Garcia.

– Po co do cholery miałbym to robić? Żebyście mnie potem znaleźli?

Hunter położył dłoń na lewym ramieniu JJ-a i ścisnął z całych sił. JJ zwinął się z bólu.

– Naprawdę mam nadzieję, że nie będziemy przez ciebie szukać wiatru w polu, ZIOMALU.

JJ na próżno usiłował wyswobodzić się z uścisku.

– Mówię prawdę, stary. Serio.

Hunter puścił go w końcu. JJ zaczął się otrzepywać.

– I co zrobiliście z moim garniturem? Takie rzeczy kosztują.

Garcia sprawdził kieszenie. Wyjął drobne.

– Dolar dziewięćdziesiąt pięć. Kup sobie nowy.

– Powinieneś mu załatwić jakiegoś specjalistę od kontrolowania agresji. Nie macie tam psychiatrów w policji?

– Nikogo tak dobrego, by go wyleczyć – roześmiał się Hunter.

JJ burknął coś pod nosem po hiszpańsku i odszedł. Garcia schował drobniaki do kieszeni i czekał, aż JJ odejdzie wystarczająco daleko.

– I jak?

– Niezły jesteś w odgrywaniu złego gliny. Co za przemiana. Nawet ja dałem się nabrać.

– Ostatni gość, „do którego nie zapałałem sympatią, nadal nie jest w stanie pogryźć niczego twardszego od pączka”?

– Chciałem, by zabrzmiało to przekonująco – uśmiechnął się Hunter.

– Co dalej?

– Chyba wybierzemy się w piątek na imprezę – odpowiedział Hunter, sięgając po kluczyki.

19

Hunter nadepnął na pedał gazu cztery razy, potem przekręcił kluczyk w stacyjce. Silnik zarzęził, zastukał, diody na desce rozdzielczej zamigotały, ale samochód nie odpalił. Powtórzył manewr kilka razy i znów spróbował przekręcić kluczyk. Tym razem poczekał jakieś dwanaście sekund, łagodnie pieszcząc pedał gazu. Silnik znów zarzęził i zaświszczał niczym lokomotywa.

– Żartujesz? – spytał Garcia, wpatrując się w słabe światło diod na desce rozdzielczej.

– Wyluzuj. Wszystko jest pod kontrolą. Silnik miewa swoje humory – odpowiedział Hunter, uciekając wzrokiem.

– Mówiąc: „miewa swoje humory", chcesz powiedzieć: „ma już swoje lata"? Zresztą nie silnik jest problemem. Mnie to wygląda na rozładowany akumulator.

– Zaufaj mi. Znam ten samochód, odpali. – Hunter powtórzył procedurę raz jeszcze, ale tym razem silnik zamilkł zupełnie. Deska rozdzielcza podświetliła się tylko raz, a potem...

– Chyba czas wezwać pomoc drogową.

– Nie mam w ubezpieczeniu takiej opcji.

– Co? Powiedz, że robisz sobie jaja – odpowiedział Garcia, przesuwając się w stronę drzwi.

– Nie robię sobie jaj.

– Odbiło ci? Masz samochód, który... ile ma lat?

Hunter skrzywił się, próbując sobie przypomnieć dokładny rok produkcji.

– Jakieś czternaście.

– Masz czternastoletni samochód i nie wykupiłeś pomocy drogowej? Albo jesteś niepoprawnym optymistą, albo mechanikiem z zamiłowania, a nie widzę na twoich rękach żadnych śladów smaru.

– Mówię ci, znam swoje auto. Musimy dać mu chwilę, ale odpali. Zawsze odpala. To kawa czy piwo?

– Słucham?

– Musimy się czymś zająć przez te... mniej więcej dwadzieścia minut. Możemy sobie tu posiedzieć i uciąć miłą pogawędkę, ale skoro już jesteśmy na Bulwarze Zachodzącego Słońca, proponuję się w tym czasie czegoś napić. To co wolisz, kawę czy piwo?

Garcia wpatrywał się w Huntera z niedowierzaniem.

– Jakoś nie chce mi się wierzyć, że jakakolwiek przerwa jest w stanie podładować akumulator, ale niech ci będzie, napiję się kawy.

– Czyli piwa – skwitował Hunter, otwierając drzwi i wysiadając z samochodu.

– Wracamy do Rainbow? Będziesz mógł dokończyć szalenie interesującą pogawędkę z blondynką w podkoszulku „Rock bitch".

– Nie ma takiej potrzeby, mam jej numer telefonu – odgryzł się Hunter.

Znaleźli małą spokojną knajpkę na Hammond Street. Było już po pierwszej w nocy i większość klientów zbierała się do domów. Hunter zamówił dwa piwa i worek z lodem, po czym usiadł przy stoliku w głębi baru.

– Jak stopa? – spytał Garcia.

– W porządku. To tylko skręcenie – stwierdził, rzuciwszy na nią okiem. – Lód zmniejszy opuchliznę. – Oparł nogę na wolnym krześle i przyłożył lód. – Nie pobiegam przez kilka następnych dni, ale poza tym nic mi nie będzie.

Garcia skinął głową.

– Nigdy nie widziałem, żeby ktoś tak zasuwał. Startowałeś na olimpiadzie?

Garcia uśmiechnął się, odsłaniając rząd równiusieńkich śnieżnobiałych zębów.

– Na studiach byłem w drużynie lekkoatletycznej.

– Musiałeś być niezły.

– Zdobyło się kilka medali. – W głosie Garcii więcej było zażenowania niż dumy. – A ty? Gdyby nie kostka, z łatwością byś go dogonił. A był o połowę lżejszy.

– Do ciebie mi daleko, uwierz mi – odpowiedział Hunter, kiwając głową.

– Może to kiedyś sprawdzimy – Garcia z uśmiechem rzucił wyzwanie.

Ich uwagę przykuł nagle rumor dochodzący od strony baru. Ktoś spadł z barowego stołka, tłukąc przy tym butelkę piwa i lądując na podłodze.

– Czas iść do domu, Joe – powiedziała kelnerka, niska brunetka, pomagając mężczyźnie wstać.

– Jedna rzecz w naszej sprawie nie daje mi spokoju – zamyślił się Garcia, odprowadzając wzrokiem wychodzącego mężczyznę.

– Mnie nawet więcej niż jedna, ale mów pierwszy. – Hunter upił łyk piwa.

– Jak to możliwe w obecnych czasach, że zabójca nie zostawił żadnych śladów? Rozumiem, że miał mnóstwo czasu, żeby posprzątać po sobie, ale przecież dysponujemy specjalnymi lampami, środkami chemicznymi i tysiącem innych gadżetów, dzięki którym jesteśmy w stanie znaleźć drobinkę kurzu na podłodze. Są testy DNA. Można wsadzić kogoś za kratki na podstawie badania śliny. Kurde, gdyby facet się spierdział, ekipa techniczna pewnie znalazłaby jakiś sprzęt, żeby pobrać próbkę. Jakim cudem miejsce zbrodni pozostało tak nieskazitelnie czyste?

– Proste, zabójca nigdy nie torturuje ofiary w miejscu, gdzie porzuca ciało.

Garcia musiał przyznać mu rację.

– Weźmy na przykład ostatnią ofiarę. Skóry z jej twarzy nie usunięto w starej chacie. Morderca ma gdzieś z pewnością bezpieczną kryjówkę, miejsce, gdzie zabija, gdzie czuje się pewnie, gdzie nie musi się spieszyć, gdzie wie, że nikt mu nie przeszkodzi. Czyli cały bałagan, krew, hałas i włókna zostają właśnie tam. Później przewozi ofiarę w miejsce, gdzie mamy ją znaleźć, zazwyczaj na odludziu, gdzie istnieje niewielkie ryzyko, że ktoś go zauważy. Wystarczy, że założy jakiś kombinezon, który nie zostawia żadnych włókien.

– Plastikowy?

– Albo gumowy czy piankę do nurkowania, coś tego typu. Coś, co sam może zrobić w domu, czego nie da się wytropić.

– A co z transportem ofiar?

– Pewnie przewozi je jakąś furgonetką, czymś dość popularnym, co nie budzi podejrzeń, ale wystarczająco dużym, żeby pomieścić na pace ciało lub dwa. I założę się, że środek wyścielany jest plastikowymi workami albo czymś w tym rodzaju, co można łatwo zdjąć i spalić, by w razie gdyby samochód został znaleziony, nie było w nim żadnych śladów.

Hunter pokiwał głową i upił kolejny łyk piwa. Oboje zamilkli, Hunter zaczął się bawić kluczykami.

– Myślałeś kiedyś, żeby zmienić samochód na nowszy? – ostrożnie podjął temat Garcia.

– Wiesz, mówisz jak Scott. Lubię ten samochód, to klasyka.

– Chyba klasyczna kupa złomu.

– To prawdziwie amerykański samochód starej daty. A nie jakiś tam japoński czy amerykański cherlak.

– Japońskie samochody są nie do zdarcia, mają niesamowite silniki.

– No teraz to jakbym naprawdę słyszał Scotta. Jeździł toyotą.

– Mądry facet.

Garcia przygryzł wargę. Nie wiedział, jak Hunter zareaguje na kolejne pytanie, ale i tak zamierzał je zadać.

– Co się stało ze Scottem? Nikt mi nic nie powiedział. – Starał się, by pytanie zabrzmiało jak rzucone mimochodem.

Hunter odłożył na bok piwo i spojrzał na partnera. Wiedział, że to pytanie padnie prędzej czy później.

– Chcesz jeszcze jedno piwo? – spytał.

Garcia spojrzał na swoją do połowy jeszcze pełną butelkę. Hunter najwyraźniej unikał odpowiedzi. Nie chciał naciskać.

– Nie, nie przepadam za piwem, wolę whisky.

– Serio? – Hunter szczerze się zdziwił.

– Tak, mam słabość do szkockiej słodowej.

– No, to mi się podoba – kiwnął głową Hunter. – Myślisz, że mają w tej spelunie jakąś przyzwoitą?

Garcia zorientował się, że Hunter już wstaje, by pójść do baru.

– Pewnie nie, ale czekaj, to nie najlepszy czas na whisky. – Zatrzymał go, zerkając na zegarek. – Wystarczy mi piwo. I tak chciałem tylko kawę, pamiętasz?

Hunter uśmiechnął się i jednym haustem dopił piwo.

– Wypadek na łodzi.

– Co?

– Scott i jego żona zginęli w wypadku na łodzi, krótko po tym jak skazano Mike'a Farloe'a. – Hunter kompletnie zaskoczył Garcię, który nie wiedząc, czy powinien to jakoś skomentować czy nie, uniósł do ust butelkę z piwem.

– Obaj mieliśmy zaległy urlop – ciągnął Hunter. – Zbyt długo pracowaliśmy nad tą sprawą. Zaczynałała się odbijać na naszym życiu prywatnym i powoli traciliśmy rozum. Nieustanna presja towarzyszyła wszystkim. Przestawaliśmy logicznie myśleć. Zaczynaliśmy wątpić we własne umiejętności i powoli dopadała nas depresja. Kiedy Mike przyznał się do popełnienia morderstw, wysłali nas na urlop. W trosce o nasze zdrowie psychiczne. – Hunter zaczął się bawić pustą butelką i zdrapywać etykietę.

– Chyba jednak napiję się tej szkockiej, chcesz? – spytał Garcia, głową wskazując na bar.

– Jasne, czemu nie, jeśli mają.

Garcia wrócił po kilku minutach z dwoma szklankami.

– Ośmioletnia arran, nie mieli nic lepszego, a ceny zwalają z nóg. – Postawił szklankę przed Hunterem i usiadł.

– Dzięki, na zdrowie. – Hunter wzniósł toast i pociągnął łyk brązowego napoju, zatrzymując go na moment w ustach, tak by fala mocnego trunku dokładnie je wypełniła. – Nie ma porównania z piwem.

Garcia uśmiechnął się.

– Ja jestem sam, zawsze byłem, ale Scott miał żonę... Amandę. Byli zaledwie trzy i pół roku po ślubie. – Hunter wbił wzrok w szklankę.

Garcia widział, że nie jest mu łatwo o tym mówić.

– Ta sprawa odbiła się na ich małżeństwie. Czasem całe dnie nie wracał do domu. Zaczęli się strasznie kłócić. Scott powoli zaczynał żyć tą sprawą. Zresztą ja też – dodał, upijając kolejny łyk szkockiej. – Byliśmy pewni, że musi istnieć jakiś związek między ofiarami, coś, co je wszystkie łączy. Czekaliśmy, aż mordercy powinie się noga. Wszyscy prędzej czy później popełniają błąd, nikt nie może być przecież aż tak ostrożny.

– Konsultowaliście się z FBI?

– Tak, dali nam dostęp do swojej bazy danych i biblioteki. Całymi dniami... tygodniami szukaliśmy czegokolwiek, co mogłoby nam pomóc. – Hunter przerwał na moment. – Przecież zawsze o coś chodzi. Nieważne, czy jesteś szalony, czy na wskroś zły, musisz mieć powód, by zabijać. Nie zawsze pozostaje on w zgodzie z logiką, ale jednak istnieje. Ogarniało nas szaleństwo, sprawdzaliśmy nawet najbardziej absurdalne możliwości.

– Na przykład? – dopytywał Garcia.

– Czy w dzieciństwie przechodzili te same choroby, czy jeździli w te same miejsca na wakacje, czy mieli podobne alergie, wszystko, a wtedy...

– Okazało się, że możecie odpuścić.

– Tak. Aresztowaliśmy Mike'a Farloe'a. Dla Scotta to było prawdziwe zrządzenie losu.

– Rozumiem czemu.

– Jestem pewien, że gdyby sprawa ciągnęła się jeszcze kilka miesięcy, Amanda by go zostawiła, a Scott wylądowałby w psychiatryku.

– A po aresztowaniu?

– Kazali nam jechać na urlop. Nie żebyśmy potrzebowali zachęty – uśmiechnął się.

– Nie wątpię.

– Scott miał fioła na punkcie swojej łajby. Całymi latami oszczędzał, by móc ją sobie kupić. – Kolejny łyk. – Chciał pobyć trochę z Amandą, wiesz, spróbować to jakoś posklejać. Wakacje na łódce wydawały się doskonałym pomysłem.

– Na łódce?

– Tak, jakiejś... catarinie 30.

– Chyba catalinie 30.

– Tak, skąd wiesz? – zdziwił się Hunter.

– W dzieciństwie mnóstwo się o nich nasłuchałem. Ojciec miał na ich punkcie obsesję.

– No proszę! A wracając do tematu, na pokładzie doszło do wycieku paliwa. Zaprószony ogień wysadził łódź w powietrze. Zmarli we śnie.

– Wyciek paliwa? – oniemiał Garcia.

– No właśnie – rzucił Hunter, widząc pełne niedowierzania spojrzenie Garcii. – Wiem, co sobie myślisz.

Garcia uniósł brwi.

– Na łódkach nie ma tyle paliwa. Bo i po co? To w końcu łódki. A wyciek musiał być ogromny, skoro spowodował eksplozję.

Garcia skinął głową.

– Coś mi w tym nie pasowało, więc próbowałem prowadzić śledztwo na własną rękę. Nie chce mi się wierzyć, że ktoś tak skrupulatny jak Scott mógł przeoczyć jakikolwiek, nieważne jak mało istotny, problem na swojej najcenniejszej własności. – Hunter upił kolejny łyk. – Pożar nie zaczął się od silnika, ale od kanistrów z benzyną.

– Kanistrów z benzyną?

– Z jakichś powodów, których już nigdy nie dane mi będzie poznać, Scott wziął ze sobą na pokład więcej paliwa niż zazwyczaj. Kilka kanistrów.

– Planował dłuższą podróż?

– Nie wiem, mówiłem już, że nigdy się nie dowiemy.

Garcia zamyślił się na moment, obserwując, jak Hunter dopija whisky.

– Scott palił?

– Tak, oboje palili, ale mnie to nie przekonuje. W oficjalnym raporcie przyjęto właśnie taką hipotezę. – Hunter pokręcił głową. – Nie ma szans, by ktokolwiek mnie przekonał, że głupi niedopałek mógł spowodować taką eksplozję. Scott nie popełniłby takiego błędu.

Przyglądali się sobie przez chwilę w milczeniu.

– Dowiedziałem się dopiero po dwóch tygodniach, kiedy wróciłem z urlopu.

Garcia wyczuwał, jak bardzo go to boli.

– Rozumiem, że sprawę zamknięto.

Hunter skinął potakująco.

– Przykro mi.

– Gdybym stracił partnera podczas akcji, wtedy może... – Zamilkł na moment, palcem wskazującym pieszcząc brzeg pustej szklanki. – Ale tu coś nie gra, głupi wypadek i nagle tracę dwie bardzo bliskie mi osoby.

– Dwie?

Hunter zaczął trzeć oczy, odpowiedział dopiero po chwili.

– Amanda była moją jedyną kuzynką. To ja ich ze sobą poznałem – wyjaśnił ze smutkiem.

Widać było, że walczy z emocjami. Pierwszy raz rozmawiał z kimkolwiek o tamtych wydarzeniach i co dziwne, czuł się trochę lepiej. Widział, że Garcia chce coś powiedzieć. Może chciał go pocieszyć, ale zdawał sobie sprawę, że żadne słowa nic nie zmienią. Zagryzł wargi i siedział w milczeniu.

Pozbierał się w kilka sekund.

– Idziemy – oznajmił w końcu, wstając.

– Jasne. – Garcia jednym haustem dopił whisky.

Na zewnątrz zalała ich fala nieprzyjemnego gorącego powietrza.

– Może wezwiemy policyjną pomoc drogową? – zaproponował Garcia, kiedy doszli do wozu Huntera.

– Nie ma takiej potrzeby. – Hunter przekręcił kluczyk w stacyjce i silnik od razu odpalił.

– A niech to!

– Mówiłem, że to świetny samochód, tylko miewa humory – odpowiedział Hunter, odjeżdżając z pełnym dumy uśmiechem na twarzy.

20

O piątej nad ranem Hunter obudził się z kolejnego niezwykle realnego koszmaru zlany potem.

Usiadł na łóżku, ciężko dysząc. Czoło zalewał mu pot, całym ciałem wstrząsały dreszcze. Kiedy wreszcie skończą się te sny? Od śmierci Scotta stanowiły stały element nocnego scenariusza. Wiedział, że już nie zaśnie. Poszedł do łazienki i chlusnął sobie w twarz lodowatą wodą. Oddech powoli uspokajał się, ale ręce w dalszym ciągu drżały. Widok w lustrze wcale nie pomagał. Worki pod oczami jeszcze się powiększyły, cera była blada.

Przeniósł się do kuchni i siedząc po ciemku, próbował zdusić w sobie niepokój. Jego wzrok prześlizgnął się po korkowej tablicy, na której wisiała przypięta karteczka z numerem telefonu Isabelli.

Zdążył już o niej zapomnieć. Odpiął karteczkę i przyglądał się jej przez chwilę, uśmiechając się bezwiednie. Na moment zapomniał o sprawie Krucyfiksa, rozpamiętując, jak Isabella potrafiła go rozśmieszyć. Jak musiał ze sobą walczyć, by nie wskoczyć z powrotem do łóżka, kiedy go zapraszała.

Wyciągnął z kieszeni kurtki komórkę, wstukał jej numer i ustawił przypomnienie na 12.30 po południu.

Kiedy dotarł do biura, Garcia już siedział za biurkiem. Wysyłał faksem zdjęcie do agencji modelek i aktorek i próbował zebrać wszystko, co mieli na temat D-Kinga. Hunter wiedział, że nie ma nic gorszego od przesłuchiwania kogoś bez uprzedniego przygotowania się, zwłaszcza gdy ten ktoś był samozwańczym królem półświatka LA.

– No tak, będziemy chyba mieli do czynienia z niezłym skurwysynem, to twarda sztuka – odezwał się, odbierając nadchodzący faks.

– To wiem, co jeszcze masz?

– Tak jak mówiłeś, wygląda na to, że gość handluje wszystkim: prochami, bronią, laskami, kradzionym towarem. – W powietrzu zakręcił palcem, pokazując, że lista jest długa. – I miałeś rację, mówiąc, że jest przebiegły. Miał kilka rozpraw...

– Niech zgadnę, wszystko uszło mu na sucho?

– Sucho, suchusieńko.

– Jakoś mnie to nie dziwi. Skąd masz te informacje?

– Z prokuratury okręgowej.

– I tylko tyle nam przysłali? – Hunter zmarszczył czoło.

– No.

– Sprawdź, czy mogą nam udostępnić wszystkie akta. Zazwyczaj mają szczegółowe kartoteki osób, którymi się interesują.

– Się robi – odpowiedział, szukając na biurku numeru telefonu. Miał go tu gdzieś niespełna minutę temu.

Hunter poczuł wibracje jeszcze nim włączył się alarm w telefonie – „12.30: zadzwonić do Isabelli".

– Zaraz wracam. Muszę gdzieś zadzwonić w prywatnej sprawie. – Zostawiwszy Garcię wciąż szukającego numeru do prokuratury, wyszedł na korytarz, zamykając za sobą drzwi.

Wybrał numer z książki kontaktowej i odczekał trzy sygnały.

– Tak, słucham?

– Cześć... Isabella?

– Tak, przy telefonie.

– Cześć, tu Robert Hunter. – Nie umiał sobie przypomnieć, czy przedstawiał się jej czy nie. – Poznaliśmy się w weekend w barze Hideout.

– W ostatni weekend? – zawahała się.

– Tak, wylądowaliśmy w twoim mieszkaniu. Musiałem nagle wyjść o trzeciej nad ranem, pamiętasz?

Roześmiała się.

– Tak. Pamiętam. Koleś od majtek w misie, który myślał, że jestem dziwką, zgadza się?

Hunter skrzywił się, jakby ktoś dał mu w twarz.

– Dzwonisz, żeby mnie jeszcze raz przeprosić? – zapytała ze śmiechem.

– Tak właściwie to dzwonię, żeby zapytać, czy nie miałabyś ochoty gdzieś się ze mną wybrać, na lunch albo… kolację? – Wolał od razu przejść do rzeczy.

– No proszę, jaki postęp. Od brania mnie za prostytutkę i wymykania się w środku nocy do zaproszenia na randkę. Zaskakujące.

– Umiem zaskakiwać.

– Czyżby?

– Słuchaj, zachowałem się jak kretyn i przykro mi z tego powodu. Byłem pijany, śpiący, a ty wyglądałaś zbyt pięknie, bym uwierzył, że to nie sen. – Zagryzł wargę i modlił się, by komplement podziałał.

– To był komplement czy próbujesz mi powiedzieć, że jedyne kobiety, z którymi chodzisz do łóżka, to prostytutki?

– Nie… Nie tak miała wyglądać ta rozmowa. – Hunter usłyszał śmiech po drugiej stronie słuchawki. – Co ty na to, żeby zapomnieć o tej pierwszej nocy?

Kilka sekund ciszy.

– Dobrze – zgodziła się w końcu. – Daj mi chwilkę. – Usłyszał cichy szmer przewracanych kartek. – Jestem trochę zajęta, ale możemy się spotkać jutro na szybki lunch, jeśli ci to pasuje.

– Pasuje – rzucił swobodnym tonem. – O pierwszej?

– Świetnie.

– Skoro masz tyle spraw na głowie, może umówimy się gdzieś w pobliżu twojej pracy?

– Jasne. Pracuję na uniwersytecie. Lubisz włoską kuchnię?

– Wszystko włoskie smakuje znakomicie.

– Odnoszę wrażenie, że nie chodzi ci tylko o jedzenie. – Zachichotała. – Przy Weyburn Avenue jest świetna maleńka włoska knajpa Pancetta. Może spotkamy się tam o pierwszej?

– Nie mogę się doczekać.

Schował telefon do kieszeni. „Wszystko włoskie smakuje znakomicie”. Ale palnąłem…

21

– Mają kartotekę D-Kinga i chętnie się nią z nami podzielą, ale pod jednym warunkiem – poinformował go Gracia, kiedy wrócił do biura.

– Jakim?

– Oczekują od nas tego samego. Mamy przekazać im wszystko, czego się dowiemy.

– Żaden problem.

– Też tak pomyślałem, więc zgodziłem się i mamy wpaść po nią po południu.

– W porządku.

Hunter poczuł wibracje, a po chwili usłyszał również dzwonek.

– Słucham, detektyw Hunter przy telefonie.

– *Witaj, Robercie.*

Hunter poczuł ścisk w gardle. Pstryknął szybko palcami, przywołując Garcię, który od razu zorientował się, kogo ma na linii.

– *Dzisiaj dam ci okazję, by zmienić bieg wydarzeń.*

– Słucham.

– *No ba! Pewnie, że słuchasz. Lubisz hazard, Robercie?*

– Nie, nie przepadam. – Wciąż zachowywał spokój.

– *No cóż, na pewno znajdziesz kogoś, kto ci pomoże. Może twój nowy partner*?

Hunter zmarszczył czoło.

– Skąd wiesz, że mam...

Metaliczny głos nie pozwolił mu dokończyć.

– *Za jakieś cztery minuty w klubie kynologicznym Jeffersona rozpocznie się wyścig chartów. Chcę, żebyś wytypował dla mnie zwycięzcę.*

– Charty?

– Zgadza się, Robercie. Składam czyjeś życie w twoje ręce. Jeśli wybierzesz złego psa, ta osoba zginie.

Hunter spojrzał na Garcię zbity z tropu.

– Zadzwonię do ciebie na dwadzieścia sekund przed startem, żebyś podał mi swój typ... Przygotuj się.

– Zaczekaj! – Rozmówca zdążył się już jednak rozłączyć.

– Co powiedział? – spytał Garcia.

– Znasz się na wyścigach psów? – W głosie Huntera słychać było panikę.

– Co?

– Wyścigi psów... Masz jakieś pojęcie, obstawiałeś kiedyś?

– Nigdy.

– Cholera. – Hunter podrapał się w czoło. – Musimy lecieć na dół. – Skoczył do drzwi, Garcia za nim.

W rekordowym tempie pokonali sześć kondygnacji schodów, które dzieliły ich od biur pozostałych detektywów. Na piętrze nie było prawie nikogo, przy biurkach siedzieli tylko detektywi Lucas i Maurice.

– Znacie się na wyścigach psów? – krzyknął Hunter już od progu.

Obaj byli jednakowo zdziwieni. Żaden nie odpowiedział.

– Czy ktoś obstawia wyścigi psów? – Panika w jego głosie stawała się alarmująca.

– Są nielegalne w Kalifornii – odpowiedział ze stoickim spokojem detektyw Lucas.

– Mam to w dupie. Chcę wiedzieć, czy któryś z was się na tym zna? Czy któryś obstawia?

– Co tu się u diabła dzieje, Hunter? – spytał zwabiony krzykami kapitan Bolter.

– Nie ma teraz czasu na wyjaśnienia, kapitanie. Muszę wiedzieć, czy ktoś tu obstawia wyścigi psów – wyjaśnił i dostrzegając niepokój na twarzy detektywa Lucasa, krzyknął: – Lucas, gadaj, do cholery.

– Obstawiam od czasu do czasu – przyznał nieśmiało.

Wszystkie spojrzenia skierowały się w jego stronę. Hunter sprawdził czas.

– Za dwie minuty w klubie kynologicznym Jeffersona rozpocznie się wyścig chartów. Wytypuj mi zwycięzcę.

Zdziwieni jeszcze przed chwilą detektywi wybuchnęli śmiechem.

– Gdyby to było takie proste, to myślisz, że jeszcze bym tu pracował? – parsknął Lucas.

– Daj z siebie wszystko, od tego zależy ludzkie życie. – Panika w głosie Huntera przyprawiła wszystkich o gęsią skórkę.

Kapitan Bolter zorientował się w końcu, skąd ta niecierpliwość.

– Jak można obstawiać? – natychmiast spytał Lucasa.

– Przez Internet.

– To dawaj – rozkazał, podchodząc do jego biurka.

Lucas włączył komputer i uruchomił przeglądarkę. Lubił hazard, zwłaszcza wyścigi psów i koni, w zakładce „ulubione" miał zapisanych kilka adresów. Hunter, Garcia i kapitan Bolter już nad nim stali, ostatni dołączył do nich detektyw Maurice.

– Sprawdźmy. Mówiłeś klub kynologiczny Jeffersona, tak?

– Tak.

– Jest na Florydzie.

– Czy wyglądam, jakby mnie to, kurwa, interesowało? Dawaj listę psów! – Kapitan Bolter nie potrafił już dłużej kryć zdenerwowania.

– Dobra, już macie – odpowiedział detektyw Lucas, kliknąwszy kilka razy myszką.

– Co znaczą te wszystkie numerki? – Garcia nie miał pojęcia o wyścigach psów.

– Tu masz pozycje startowe, tu imiona, a tu przewidywane szanse na wygraną – wyjaśnił, pokazując palcem, detektyw Lucas.

– A te wszystkie pozostałe liczby? – zapytał Hunter.

– Czasy i liczba zwycięstw, ale to zbyt skomplikowane, by teraz wyjaśniać.

– Dobra, na podstawie czego zazwyczaj typujesz?

– Analizuję formę psów, ale teraz nie ma na to czasu.

– Czyli co nam zostaje?

– Nie wiem, może pójść za rynkiem?

– To znaczy? – kapitan Bolter był już wyraźnie wkurzony.

– W skrócie, postawić na faworyta. To się często sprawdza.

– To nie może być takie proste – zaprotestował Hunter przekonany, że morderca nie przygotowałby dla niego tak oczywistej zagadki.

– Zgadzam się. To wcale nie jest proste, patrzcie na szanse wygranej. – Detektyw Lucas pokazał na ekran. – Mamy tu czwórkę faworytów, z pozycji startowych jeden, dwa, cztery i pięć. Mają dokładnie te same notowania, trzy do jednego, a reszta nie pozostaje daleko w tyle. To strasznie trudny do przewidzenia wyścig. Gdyby to ode mnie zależało, w ogóle bym nie obstawiał.

– Ale nie masz wyboru – odpowiedział Garcia.

– To będzie czysty strzał. Równie dobrze sam możesz wybrać.

– To ty tu jesteś hazardzistą! – Zaczynali powoli na siebie krzyczeć. Do wszystkich dotarła już powaga sytuacji i trudno było zapanować nad nerwami.

– Zamknąć mi się tu, kurwa, wszyscy! – wrzasnął Hunter. – Lucas, postaraj się.

Lucas znów skupił się na monitorze.

– Na pierwszy rzut oka czasy piątki wyglądają lepiej od siódemki, ale nie mam stuprocentowej pewności.

– Siódemka fajnie się nazywa – wtrącił się detektyw Maurice, ale zganiony spojrzeniem kapitana Boltera natychmiast zamilkł.

– Co robimy? – spytał podenerwowany Garcia.

– To może powinniśmy postawić na piątkę? – zaproponował Hunter, pokrótce analizując wszystkie słupki.

– Czasy dwójki też wyglądają nieźle.

– Nie wiem, o czym wy do cholery gadacie, wybierzcie po prostu psa! – irytował się kapitan.

– Kapitanie, na tym polega hazard. Gdyby to było takie łatwe, wszyscy byśmy z tego żyli.

– Czas nam się kończy – przypomniał Hunter.

– Wybierzcie tego, który ma najwyższe szanse na wygraną – podpowiedział Garcia.

Na dźwięk komórki Huntera wszyscy podskoczyli. Hunter spojrzał na ekran: numer prywatny.

– To on!

– Jaki on? – spytał detektyw Lucas.

Garcia przystawił palec do ust, uciszając wszystkich.

– Detektyw Hunter przy telefonie.

– *I którego wybierasz?*

Hunter spojrzał na detektywa Lucasa, unosząc lekko brwi z niemym pytaniem: „który?".

Ten zastanowił się jeszcze chwilę, po czym uniósł prawą rękę z rozpostartymi wszystkimi pięcioma palcami, ale w jego spojrzeniu brakowało pewności.

– *Trzy sekundy, Robercie.*

– Pięć, piąta pozycja startowa.

Morderca rozłączył się. W pokoju zapanowała cisza. Hunter nie znał się na wyścigach psów i mógł się założyć, że morderca doskonale o tym wiedział.

– Co z wynikiem? Skąd będziemy wiedzieć, który pies wygrał? Można jakoś obejrzeć wyścig? – przerwał ciszę Garcia.

– To zależy, czy dany tor ma swoją stronę internetową i czy nadają na żywo.

– Możemy to sprawdzić?

Lucas wrócił do komputera i zaczął szukać strony klubu Jeffersona. Znalazł ją w kilka sekund, przeleciał szybko wzrokiem i kliknął na zakładkę „program i wyniki".

– Cholera!

– O co chodzi? – spytał kapitan Bolter.

– Nie obejrzymy wyścigu. Nie nadają na żywo. Podadzą wynik jakąś minutę po zakończeniu.

– A ile trwa wyścig?

– Jakieś trzydzieści, może czterdzieści sekund.

– I co? Mamy tak czekać jak kretyni?

– Nie mamy wyjścia – odpowiedział Hunter, robiąc głęboki wdech.

22

Lucas odświeżył stronę.

– Zaczęło się. Ruszyły.

– Skąd wiesz?

Lucas wskazał na górę strony. Widniała tam informacja: „Status wyścigu: trwa". Wszyscy stali nieruchomo ze wzrokiem utkwionym w monitorze Lucasa, tak jakby na ekranie rzeczywiście wyświetlała się gonitwa. Przez chwilę wydawało się, że wstrzymali oddech. Garcia przeniósł ciężar ciała na lewą nogę, ale nie potrafił znaleźć sobie wygodnej pozycji. Napięcie w biurze stawało się niemal namacalne.

Hunter zaczynał się niecierpliwić. Nie podobało mu się to. Dlaczego morderca znów zaczął z nimi pogrywać? Czyżby wiedział, że jeden z nich jest hazardzistą?

Ciszę przerwał detektyw Maurice.

– Odśwież – poprosił podekscytowany.

– Minęło dopiero jakieś dziesięć sekund.

– Odśwież tak czy siak.

– Dobra, dobra. – Lucas kliknął myszką i po niecałej sekundzie strona się odświeżyła. „Status wyścigu: trwa".

– Widzicie? Nie ma jeszcze wyniku.

Niepokój sprawiał, że wszyscy zaczynali się czuć niezręcznie. Wiercili się, ale nie spuszczali wzroku z monitora. Sekundy wydawały się godzinami. Garcia zaczął masować sobie czoło i skronie. Maurice obgryzł już paznokieć u jednego kciuka i zajął się drugim. Hunter nie odezwał się słowem od momentu rozpoczęcia wyścigu.

– Nie możemy zadzwonić na tor i wyjaśnić, że ktoś zginie, jeśli pies z piątej pozycji startowej przegra? – zaproponował detektyw Maurice.

Garcia roześmiał się.

– Jasne, proszę bardzo. Z całą pewnością nie wezmą cię za jakiegoś pomylonego hazardzistę, który postawił na wyścig oszczędności życia. Zastanów się.

Maurice musiał przyznać, że pomysł był głupi.

– Długo to trwa, nie? Minęły już jakieś dwie minuty – odezwał się zmartwiony Garcia.

– Wiem, i wcale mi się to nie podoba.

– Czemu? – Maurice nie potrafił ukryć zdenerwowania.

– Zazwyczaj gdy trwa to tak długo, są jakieś kwestie sporne i o wyniku najprawdopodobniej decydują sędziowie.

– Jakie kwestie sporne, u diabła?

– Najprawdopodobniej dwa lub więcej psów przekroczyło metę w tym samym czasie, więc muszą sprawdzić na zdjęciach i ustalić, który wygrał. Jeśli nie będą w stanie, mogą zdecydować, że wyścig pozostaje nierozstrzygnięty.

– I co wtedy? – Garcia spytał Huntera, ale ten nie wiedział.

W pokoju znów zapadła cisza i wszyscy z powrotem skupili wzrok na monitorze. Maurice przestał obgryzać paznokcie i włożył ręce do kieszeni, by powstrzymać ich drżenie.

– Spróbujmy teraz. – Lucas kliknął myszką i czekał. Po chwili strona się odświeżyła i zobaczyli wynik.

23

Ciemność – tylko ona otaczała George'a Slatera, kiedy odzyskał przytomność. Z pachwin eksplodował trudny do wytrzymania ból. Skronie pulsowały, przyprawiając o zawroty głowy. Nie miał kontroli ani nad nogami, ani nad pozostałymi częściami ciała, ani nad własną pamięcią. Próbował sobie przypomnieć, co się wydarzyło, ale mózg odmawiał współpracy.

Gdzie ja u diabła jestem?

Jak długo byłem nieprzytomny?

Jak się tu znalazłem?

W pamięci powoli wracały obrazy. Pukanie do drzwi. Podekscytowanie przybyciem Rafaela. Intruz na progu wynajmowanego mieszkania. Nierówna walka, zdziwienie, ból, a potem – strzykawka.

Był słaby, głodny, spragniony, przerażony i kręciło mu się w głowie. Dłonie miał złożone na klatce piersiowej, nie były związane. Spróbował nimi poruszyć, ale nie miał wystarczająco miejsca. Zahaczały o coś, co w dotyku przypominało nieoheblowane deski, palcami wyczuwał wystające drzazgi. Chciał krzyknąć, ale knebel w ustach stłumił wszystkie dźwięki.

Spróbował ruszyć nogami, ale zdołał je przesunąć zaledwie trzy centymetry, nim uderzyły o kolejną ścianę.

Skrzynia. Jestem zamknięty w drewnianej skrzyni, uświadomił sobie, czując, jak ogarnia go panika.

Muszę się stąd wydostać.

Rzucał się to w jedną, to w drugą stronę, wściekle kopiąc nogami i drapiąc rękoma deski, dopóki nie połamał wszystkich paznokci, ale jego wysiłki na nic się zdały. Czuł, że ogarnia go klaustrofobia i coraz większa desperacja.

Wiedział, że panika nic tu nie da. Musi skoncentrować się na tym, by ocenić sytuację. Zaczął się uspokajać. Skupiwszy się na rytmie serca, wziął kilka głębokich wdechów. Po minucie pomogło. Zmusił mózg do myślenia. Zaczął zbierać do kupy to, co już wie. Został zaatakowany, odurzony, porwany i umieszczony w jakiejś drewnianej skrzyni. Krew krążyła po ciele normalnie, dlatego wiedział, że skrzynia stoi, a nie leży. Było to jakieś pocieszenie. Przynajmniej wiedział, że nie zakopano go żywcem w trumnie. Sama myśl o tym była przerażająca. George od dzieciństwa bał się zamkniętych przestrzeni. Miał zaledwie dziesięć lat, kiedy matka stłukła go na kwaśne jabłko i zamknęła w szafie bez jedzenia i wody na dwanaście godzin. Za karę, że upadł z roweru i rozdarł na kolanie nowe dżinsy.

Raz jeszcze kopnął nogami w drewniane ściany. Trzymały mocno, pewnie zabito je gwoździami.

– Przestaniesz hałasować?

George zamarł. Ktoś tam był. Serce zaczęło bić szybciej. Znów spróbował krzyknąć, ale knebel przepuścił jedynie stłumione charczenie.

– Już niedługo.

Panika powróciła. Już niedługo co? Zostanie uwolniony czy zabity? Musi się jakoś pozbyć knebla. Wiedział, że jeśli będzie mógł mówić, dogada się z każdym. W tym akurat był niezły – umiał rozmawiać z ludźmi. Jako prawnik negocjował wielomilionowe kontrakty. Przekonywał sędziów i ławników do swojego punktu widzenia. Jeśli dostanie taką szansę, wierzył, że jakoś się dogada ze swoim porywaczem. Gdyby tylko mógł mówić.

Rzucił się ponownie, robiąc jeszcze większy hałas.

– To ci nie pomoże.

Zmroziło go na te słowa. Znał ten głos, był pewien, że gdzieś już go słyszał, tylko gdzie? Pohałasował jeszcze trochę.

– Rób, jak chcesz, hałasuj sobie, proszę bardzo.

Nie miał już wątpliwości. Znał tę osobę. Zamknął oczy, przeszukując zakamarki pamięci. Gdzie to mogło być? W pracy? W sądzie? Gdzie? Rozpaczliwie błagał swą pamięć o pomoc.

– Jezu. – Otworzył nagle oczy i poczuł, jak ciałem wstrząsają dreszcze. To było na imprezie, sadomasochistycznej imprezie. Nagle wszystko wróciło. Miał już przed oczami twarz tej osoby.

– Znam cię... Wiem, kim jesteś.

24

Lucas wpatrywał się w wyświetlony na monitorze wynik wyścigu. Garcia próbował coś dojrzeć ponad ramionami pozostałych. Hunter bał się otworzyć oczy.

– Przegraliśmy – wychrypiał Lucas. – Wygrała dwójka, numer pięć był drugi. – Musiał się zmusić, by spojrzeć Hunterowi w oczy.

– Nie... – wyszeptał Garcia. Czując podchodzące do gardła śniadanie, starał się zwalczyć odruch wymiotny.

Kapitan Bolter odsunął Lucasa, żeby lepiej widzieć monitor.

– Cholera! Miałem wybrać dwójkę, wahałem się między piątką a dwójką, powinienem był postawić na dwójkę – wkurzał się Lucas, ciężko opadając na fotel.

Kapitan Bolter wciąż wpatrywał się w wyświetlony na monitorze wynik: „pierwsze miejsce: pozycja startowa numer dwa, drugie miejsce: pozycja startowa numer pięć, trzecie miejsce: pozycja startowa numer osiem".

– To nie twoja wina – odezwał się wreszcie, przyjacielskim gestem kładąc dłoń na ramieniu Lucasa.

Hunter stał jeszcze przez kilka sekund w milczeniu, z zamkniętymi oczyma i rękoma w kieszeniach.

– Nie wierzę – powiedział w końcu do Garcii.

Wszyscy stali nieruchomo. Nie wiedzieli, co powiedzieć. Hunter miał ochotę krzyknąć i walnąć pięścią w monitor Lucasa, ale stłumił w sobie gniew.

Dzwoniący telefon postawił wszystkich na nogi. Hunter wyciągnął aparat z kieszeni, zerknął na wyświetlacz. Skinął lekko głową, dając znak kapitanowi Bolterowi, że dzwoni osoba, której telefonu się spodziewają.

– Słucham. – W jego głosie słychać było porażkę.

– *Nie miałeś szczęścia.*

– Zaczekaj... – zdążył jeszcze poprosić Hunter, ale połączenie zostało przerwane.

– Wyłącz to! – rozkazał kapitan Bolter, pokazując na monitor Lucasa. – Na dziś już wystarczy psich wyścigów.

Lucas zamknął stronę i zerknął na Huntera.

– Przykro mi, stary, gdybym miał trochę więcej czasu...

Hunter wiedział, że Lucas zrobił co w jego mocy. Przecież uprzedził go, że gdyby to było takie proste, wszyscy żyliby z hazardu.

– Hunter, Garcia, musimy pogadać – stanowczo zażądał kapitan Bolter i ciężkim krokiem skierował się w stronę swego biura. Takich akcji nie było w planach, a przynajmniej w jego planach. Hunter i Garcia podążyli za nim w milczeniu.

– O co tu chodzi, do cholery? – krzyknął, jeszcze nim Garcia na dobre zamknął za nimi drzwi.

– A jak pan myśli, kapitanie? Morderca znów zaczął, tylko że tym razem to mnie kazał wybierać. Ofiara miała przeżyć, pod warunkiem że wybiorę właściwego psa.

– A kiedy dzwonił po wyścigu, powiedział, gdzie szukać ciała?

– Nie, jeszcze nie.

– Znowu prowadzi te swoje gierki?

– Wszystko na to wskazuje.

Kapitan Bolter odwrócił się do okna. Minęło dobrych piętnaście sekund, nim się odezwał.

– Dlaczego? Nigdy wcześniej tego nie robił. Nie dawał ci szansy, byś kogoś ocalił. Czemu teraz? Czemu wyścigi psów?

– Nie odpowiem panu dlaczego teraz ani dlaczego wyścigi psów, ale logicznym wyjaśnieniem podobnych zagrywek jest chęć podzielenia się winą.

– Co? Serio?

– Tak, to taka psychologiczna gra, kapitanie. Chce się z kimś podzielić winą, w tym wypadku ze mną. Chce, żebym czuł, że przyłożyłem się do śmierci ofiary, wybierając niewłaściwego psa i stając się tym samym współwinnym.

Kapitan Bolter spojrzał na obu detektywów.

– Chcesz mi wmówić, że gościa ni stąd, ni zowąd dopadł ciężar winy. Ma wyrzuty sumienia? – spytał poirytowany.

– Nie jestem pewien.

– Hej, to ty tu jesteś mózgiem.

– Istnieje taka możliwość, kto wie – odpowiedział po chwili. – W przypadku poprzednich morderstw była ich zawsze dwójka, morderca kontra ofiara. Nikt nie mógł nic zrobić. To była tylko jego decyzja. Każąc mi wybierać psa, wciągnął mnie w tę rozgrywkę. Teraz wierzy, że decyzja o zabijaniu nie należy już do niego, ale do mnie.

– To tak jakbyś kazał mu zabić? – spytał Garcia.

– Tak – zgodził się Hunter. – A skoro uważa, że to nie on podejmuje odtąd decyzje...

– Nie czuje się winny – dokończył kapitan Bolter.

– Może też chcieć pogłębić jeszcze naszą frustrację, spowalniając w ten sposób tok śledztwa – dodał Hunter.

– Moją frustrację skutecznie pogłębił – pieklił się kapitan Bolter.

– Albo po prostu traktuje to jak rozrywkę.

Kapitan Bolter pokręcił głową.

– Wiecie, co robi? Leci sobie z nami w chuja.

– I wygląda na to, że już od jakiegoś czasu, kapitanie – odezwał się Garcia, natychmiast żałując tych słów.

Kapitan rzucił mu spojrzenie wygłodniałego, gotowego do ataku rottweilera.

– Zidentyfikowaliście już pierwszą ofiarę?

– Jeszcze nie, kapitanie, ale mamy w piątek spotkanie, które może nam w tym pomóc.

– Tempo trudno nazwać zawrotnym?

– Robimy co w naszej mocy. – Tym razem to Hunter zaczynał się irytować.

– Miejmy nadzieję, że w końcu znajdziecie coś konkretnego. Ta sprawa zaczyna się zmieniać w jakiś cholerny cyrk. A ja nie cierpię cyrku.

Hunter rozumiał jego gniew, dokładnie taki sam tłumił w sobie. Wiedzieli, że morderca już czyha na kolejną ofiarę, nie wiedzieli tylko, kiedy uderzy, gdzie i kogo wybierze. Stali na straconej pozycji. Poza czekaniem na kolejny telefon nie mogli nic zrobić.

25

Hunter dotarł na Weyburn Avenue dokładnie o pierwszej. W godzinie lunchu tłumy studentów zaczynały właśnie polowanie na najtańsze przekąski. Największą popularnością cieszyły się bary z hamburgerami i pizzerie. Bez problemu znalazł restaurację Pancetta, wciśniętą między Pizza Hut Express a sklep z artykułami papierniczymi.

Wejście zdobiła dekoracja z kwiatów w odcieniach czerwieni, zieleni i bieli. Lokal był malutki i przypominał typową włoską kantynę, z kwadratowymi drewnianymi stołami nakrytymi czerwono-białymi kraciastymi obrusami. Gości witał od progu intensywny, ale przyjemny zapach sera provolone pomieszanego z braseolą i salami.

Hunter stanął na moment w wejściu, obserwując krzątające się kelnerki. Omiótł wzrokiem cały lokal. Isabelli jeszcze nie było. Kierownik sali zaprowadził go do narożnego stolika przy otwartym oknie. Po drodze zauważył że dwie młode, około dwudziestopięcioletnie kobiety, odprowadzają go wzrokiem. Nie mógł udać, że tego nie widzi, więc uśmiechnął się w odpowiedzi. Ciemnowłosa dziewczyna zachichotała i puściła mu oczko.

Powiesił marynarkę na oparciu krzesła i usiadł tak, by widzieć wejście. Z przyzwyczajenia sprawdził komórkę, ale nie było nowych wiadomości ani nieodebranych połączeń. Zamówił dietetyczną colę i zaczął przeglądać menu. Zastanawiał się, czy w ogóle pozna Isabellę. Jego weekendowe wspomnienia były dość mgliste.

Po głowie wciąż chodziły mu wydarzenia poprzedniego dnia. Dlaczego wyścigi chartów? A nie konie albo ruletka? Czy wybór był przypadkowy? Kapitan też się zastanawiał, czemu morderca znów zaczął grać w te swoje chore gierki. Poczucie winy? Wyrzuty sumienia? Hunterowi jakoś nie chciało się w to wierzyć. Z zamyślenia wyrwał go kelner, który skończył nalewać colę do szklanki. Zdążył upić łyk, nim w drzwiach pojawiła się Isabella.

Ubrana na sportowo, w cienką białą bawełnianą bluzkę wetkniętą w obcisłe wypłowiałe dżinsy, w kowbojkach i pasku do kompletu, wyglądała jeszcze piękniej, niż ją zapamiętał. Rozpuszczone długie ciemne włosy luźno opadały na ramiona. W oczach igrały intrygujące iskierki.

Uniósł do góry rękę, żeby zwrócić na siebie jej uwagę, ale ona już zmierzała w jego kierunku. Z uśmiechem na ustach podeszła do stolika. Wstał i wyciągnął dłoń, spodziewając się tradycyjnego uścisku, ale ona nachyliła się i pocałowała go w oba policzki. Omiotła go subtelna woń cytrynowych perfum. Odsunął krzesło naprzeciw, dżentelmeńskim, zupełnie nie w jego stylu gestem, i poczekał, aż usiądzie, nim sam się usadowił.

– Widzę, że trafiłeś bez problemu? – spytała pogodnym głosem.

– Najmniejszego. Fajna knajpka – dodał, rozglądając się dookoła.

– O tak, uwierz mi. – Znów się uśmiechnęła. – Jedzenie jest bardzo smaczne.

Touché, pomyślał.

– Przepraszam za tamto. Nie tak chciałem sformułować zdanie. Czasem moje usta pracują szybciej niż mózg i słowa układają się nie do końca tak, jak bym chciał.

– W porządku. Rozśmieszyłeś mnie.

– Więc pracujesz na uniwersytecie? – zmienił temat.

– Tak.

– Wydział Medyczny czy biologia?

Zaskoczył ją tym pytaniem.

– Tak w zasadzie to Instytut Badań Biomedycznych. Ale chwileczkę, skąd wiedziałeś? Tylko nie mów, że dalej śmierdzę formaliną? – Przytknęła rękę do nosa.

Hunter roześmiał się.

– Nie. Pachniesz cudownie, jeśli mam być szczery.

– Dziękuję. Miło słyszeć. No więc, skąd wiedziałeś?

– Obserwacja, nic więcej – rzucił krótko w odpowiedzi.

– Obserwacja? A co dokładnie?

– Po prostu zwracam uwagę na drobne szczegóły, których inni nie zauważają.

– Na przykład jakie?

– Tuż nad twoimi nadgarstkami widać odciśnięcia – odpowiedział, wskazując głową na jej dłonie – jakby od gumowych opasek. Skórki wokół paznokci wciąż noszą ślady skrobi kukurydzianej, którą jak wiesz, pudruje się rękawiczki chirurgiczne. Stawiam więc, że cały dzień w nich pracowałaś.

– No, no. Zaimponowałeś mi. – Przez moment przyglądała się swoim dłoniom. – Ale proszek na palcach mógł zostać po kredzie. Czyli mogłabym być wykładowcą na uniwersytecie. I uczyć jakiegokolwiek przedmiotu, niekoniecznie medycyny czy biologii – próbowała go podpuszczać.

– To nie kreda. – Nie dał się zbić z tropu. – Ma niższą gramaturę i trudniej go zmyć, dlatego został ci tylko przy skórkach, a nie na palcach. No i na obu dłoniach. Więc jeśli nie jesteś oburęcznym wykładowcą, obstaję przy swojej teorii o rękawiczkach chirurgicznych.

Wpatrywała się w niego w milczeniu szeroko otwartymi oczyma. Po twarzy błądził nerwowy uśmiech.

– Pomogło mi też to, że Wydział Medyczny Uniwersytetu Kalifornijskiego jest tuż za rogiem – dodał, kiwając głową.

Isabella zawahała się na moment.

– Rany, naprawdę jesteś dobry. Cały dzień pracowałam w rękawiczkach – potwierdziła po chwili.

– Mówiłem, że wystarczy obserwacja. – Uśmiechnął się szczęśliwy, że udało mu się zrobić na niej wrażenie. – Mówiłaś, że uczysz? Nie wyglądasz mi na profesora.

– Powiedziałam, że m o g ł a b y m być wykładowcą, ale teraz to mnie zaintrygowałeś. Jak powinien wyglądać według ciebie wykładowca?

– No wiesz... – ostrożnie dobierał słowa – starszy, łysy, grube okulary...

Isabella roześmiała się i przeczesała ręką włosy, układając je na jednym boku i pozwalając grzywce opaść nieco na lewo oko.

– U nas, na Uniwersytecie Kalifornijskim, znajdziesz nawet wykładowcę w typie surfera – długie włosy, tatuaże, kolczyki. Są też tacy, co przychodzą na zajęcia w kąpielówkach i płetwach.

Hunter roześmiał się, bo właśnie wrócił kelner, by przyjąć zamówienie.

– *Signora* Isabella*, come sta?*

– *Va bene, grazie,* Luigi.

– Co państwu podać? – spytał z silnym włoskim akcentem.

Isabella wiedziała, co zamówić, bez zaglądania do menu.

– Co byś poleciła? – spytał Hunter, nie potrafiąc wybrać.

– A lubisz oliwki, pepperoni i orzeszki piniowe?

– Tak, nawet bardzo.

– To weź *penne Pazze*, pychota – odpowiedziała, wskazując palcem na odpowiednią pozycję w menu.

Hunter poszedł za jej radą, dodając do tego małą sałatkę z rukoli i parmezanu. Zastanawiał się chwilę nad pieczywem czosnkowym, ale zdecydował, że to niekoniecznie dobry pomysł na randce. Oboje zrezygnowali też z wina, gdyż wracali po lunchu do pracy.

– A co u ciebie? Jak leci w pracy? – spytała.

– Codziennie to samo, zmienia się tylko data – odpowiedział, bawiąc się nożem.

– Założę się, że praca detektywa w Los Angeles nie należy do łatwych.

Hunter podniósł wzrok i spojrzał na nią zdziwiony.

– Skąd wiesz, że jestem detektywem?

Isabella wbiła w niego wzrok, wyraźnie zaskoczona.

– Hmm? – Przeczesała palcami grzywkę. – Podpuszczasz mnie?

Po minie poznała, że raczej nie.

– Zeszły weekend? W moim mieszkaniu?

Zero reakcji.

– Pamiętasz cokolwiek z tamtej nocy? Po wyjściu z baru pojechaliśmy do mnie, zdjąłeś marynarkę i wtedy zauważyłam broń. Spanikowałam, ale pokazałeś mi odznakę i uspokoiłeś, że wszystko jest w porządku, że jesteś detektywem.

Hunter uciekł wzrokiem speszony.

– Przepraszam... Właściwie niewiele pamiętam z tamtej nocy...

Mam kilka przebłysków, ale to w zasadzie wszystko. Musiałem dużo wypić?

– Sporo – zachichotała.

– Piłem szkocką?

Przytaknęła.

– Czyli generalnie nie pamiętasz prawie nic?

– Bardzo niewiele.

– Pamiętasz, jak się kochaliśmy?

Zażenowanie Huntera sięgnęło zenitu. Zdobył się jedynie na lekkie pokręcenie głową.

– O Boże! Czyli nie byłam warta zapamiętania?

– O nie! To nie tak. Jestem pewien, że jesteś niesamowita w łóżku... – Zorientował się, że ostatnie słowa wypowiedział znacznie głośniej, niż zamierzał, przyciągając uwagę gości przy sąsiednim stoliku. – Cholera, nie tak zamierzałem to ująć... – dodał już znacznie ciszej.

Isabella uśmiechnęła się.

– Twoje usta znów pracują szybciej niż mózg? – zaczęła się z nim drażnić.

Wrócił Luigi z butelką niegazowanej wody mineralnej i nalał ją do kieliszka na wino, stojącego przed Isabellą.

– *Grazie,* Luigi – podziękowała cicho.

– *Si figuri, signora.* – Uśmiechnął się pogodnie.

Isabella poczekała, aż odejdzie.

– Muszę przyznać, że zaskoczyłeś mnie wczorajszym telefonem.

– Zaskakiwanie ludzi to jedna z rzeczy, które wychodzą mi najlepiej – odpowiedział, opierając się na krześle.

– Nie wiedziałam, co o tym myśleć. Zastanawiałam się, czy naprawdę chcesz się ze mną spotkać, czy tylko znów dobrać się do moich majtek.

Hunter uśmiechnął się. Podobało mu się, że mówi, co myśli, bez owijania w bawełnę.

– I dlatego wolałaś się umówić na szybki lunch. Kolacja częściej prowadzi do czegoś więcej.

– Randki lunchowe są bezpieczniejsze – przyznała.

– No i chciałaś mnie wybadać.

– To znaczy? – próbowała zgrywać głupią.

– Tamtej nocy oboje za dużo wypiliśmy. Nasze postrzeganie rzeczywistości musiało być zaburzone. Nie byłaś pewna, jak wyglądam i czy warto umówić się ze mną na drugą randkę. Szybki lunch miał wszystko wyjaśnić.

Isabella zagryzła wargę. Hunter wiedział, że ma rację.

– Jestem pewna, że pamiętam więcej od ciebie. – Znów zaczęła bawić się włosami.

– Prawda – zgodził się Hunter. – Ale ta noc była nietypowa. Normalnie nie piję tyle, żeby odlecieć i nic potem nie pamiętać. – Upił łyk swojej dietetycznej coli. – To jak, zdałem egzamin?

Isabella skinęła potakująco głową.

– Na piątkę, prawda? – Zmarszczył brwi.

– Hej! Ty też chciałeś mnie sprawdzić. Sam przyznałeś, że niewiele pamiętasz.

Hunter dobrze czuł się w jej towarzystwie. Bez dwóch zdań różniła się od większości kobiet, które spotkał na swojej drodze. Odpowiadało mu jej poczucie humoru, cięte riposty i bezpośredniość. Przyglądali się sobie jeszcze przez chwilę. Milcząc, Hunter czuł się równie swobodnie jak podczas rozmowy.

Luigi przyniósł im makaron i Hunter przyglądał się jak Isabella, niczym rodowita Włoszka, zatyka za bluzkę serwetkę.

Poszedł w jej ślady.

– Rany, naprawdę wspaniałe – odezwał się już po pierwszym kęsie.

– Mówiłam ci, że podają tu prawdziwe włoskie jedzenie, dlatego nie narzekają na brak klientów.

– Założę się, że jesteś stałą bywalczynią. Na twoim miejscu też bym tu często przychodził.

– Nie mogę przesadzać. Muszę dbać o figurę. – Zerknęła na swoją talię.

– Cokolwiek robisz w tym kierunku, działa cuda – odpowiedział z uśmiechem.

Nim zdążyła podziękować mu za komplement, zadzwonił jego telefon. Wiedział, że wypadało go na czas randki wyłączyć, ale nie miał wyboru.

– Wybacz – przeprosił zakłopotany, przykładając słuchawkę do ucha.

Na szczęście nie wyglądała na urażoną.

– Detektyw Hunter przy telefonie.

– *Pojedź Camp Road przez park Griffitha. Kiedy zauważysz ostry zakręt w prawo, pojedź wąską ścieżką w lewo, dopóki nie zobaczysz wysokich drzew. Tam znajdziesz mercedesa klasy M. W środku zostawiłem efekt wczorajszych zakładów.*

Nim Hunter zdążył cokolwiek odpowiedzieć, metaliczny głos rozłączył się.

Napotkał wzrok Isabelli. Nie trzeba było nadprzyrodzonych zdolności, by wyczuć, że coś jest nie tak.

– Co się stało? – spytała z troską w głosie.

Wziął głęboki oddech.

– Muszę lecieć... przykro mi.

Isabella przyglądała się bez słowa, jak wstaje i ściąga z oparcia marynarkę.

– Przepraszam, że znów cię muszę zostawić.

– Nie ma problemu, uwierz, rozumiem. – Wstała, podeszła do niego i pocałowała go w oba policzki.

Hunter wyciągnął z portfela banknot dwudziestodolarowy i zostawił go na stoliku.

– Mogę jeszcze kiedyś do ciebie zadzwonić?

– Jasne. – Isabella z niepewnym uśmiechem przyglądała się, jak Hunter w pośpiechu wychodzi z restauracji.

26

W drodze do parku Griffitha Hunter zadzwonił do Garcii, prosząc, by zawiadomił ekipę techniczną i jednostkę specjalną. Doskonale wiedział, że mordercy dawno już nie ma na miejscu zbrodni, ale musiał działać zgodnie z protokołem, a ten wymagał, by to jednostka specjalna sprawdziła teren pierwsza.

Leżący na obszarze ponad czterech tysięcy stu siedmiu akrów park Griffitha to największy naturalny park miejski, niemal w całości porośnięty dębami kalifornijskimi, dziką szałwią i chróściną jagodną. Z jego słynnego wzgórza Mount Lee wita podróżnych słynny napis „Hollywood".

Jednostka specjalna bez problemu odnalazła porzuconego mercedesa, choć ukryty był z dala od ścieżek, którymi uczęszczają turyści. Wysokie gęste dęby rosnące wokół zatrzymywały promienie padającego na niego popołudniowego słońca. Powietrze było ciepłe i wilgotne, koszule wszystkich przesiąknięte potem. Mogło być gorzej, pomyślał Hunter, cieszmy się, że nie pada. Garcia zdążył już wysłać do biura faks z danymi samochodu.

Na aucie nie było żadnych widocznych śladów. Pod wpływem lejącego się z nieba żaru dach zdawał się skrzyć niczym tafla wody, ale przez przyciemniane szyby nie dało się zajrzeć do środka. Strefę działań ograniczono do kilku metrów wokół samochodu. Po krótkiej naradzie czwórka policjantów z jednostki specjalnej, z uniesionymi na wysokość oczu pistoletami maszynowymi MP 5, zaczęła się zbliżać do pojazdu. Szli parami z dwóch stron. Przymocowane do lufy broni latarki rzucały pierścienie światła na porzucony samochód.

Przy każdym ostrożnie stawianym kroku pod ich stopami szeleściły liście i patyki.

Sprawnie badali teren wokół, podchodząc coraz bliżej samochodu i szukając linek uruchamiających bomby albo pułapek minowych.

– Mamy kogoś na siedzeniu kierowcy – zakomunikował ten, który pierwszy podszedł do pojazdu.

Wszystkie latarki skierowano na leżącego bezwładnie na przednim siedzeniu mężczyznę. Oczy miał zamknięte, głowę wciśniętą w zagłówek, na wpół otwarte usta i wargi w kolorze ciemnej purpury. Z oczu, niczym łzy, płynęły po policzkach krople krwi. Nie miał koszuli, a całe jego ciało pokrywały krwiaki.

– Jak tył? – krzyknął Tim Horton.

Drugi z policjantów podszedł do tylnego prawego okna i oświetlił wnętrze silnym strumieniem światła z latarki. Ale ani na tylnym siedzeniu, ani na podłodze nie było nic.

– Tył czysty.

– Pokaż ręce – krzyknął Tim z bronią wycelowaną w głowę mężczyzny.

Ten nie poruszył się.

– Wygląda na martwego, Tim – odezwał się jeden z kolegów.

Tim podszedł do drzwi kierowcy. Pozostali ubezpieczali go, nie spuszczając wzroku i broni z mężczyzny. Tim ukląkł ostrożnie, sprawdzając, czy pod samochodem nie ma ładunków wybuchowych albo jakichś przewodów. Wyglądało na to, że nie. Wstał i powoli chwycił za klamkę. Kierowca w dalszym ciągu leżał bez ruchu.

Czuł spływający po czole pot. Wziął głęboki oddech, próbując powstrzymać drżenie rąk. Wiedział, co robić. Jednym płynnym ruchem otworzył drzwi. Ułamek sekundy później znowu celował w głowę kierowcy.

– O mój Boże! – Z trudem zaczął łapać powietrze. Odwrócił się natychmiast od samochodu i zaczął się wycofywać, zasłaniając lewą dłonią nos.

– Mów, Tim, o co chodzi? – Troy, jego zastępca, krzyczał, podchodząc do drzwi.

– Smród, psiakrew, jakby gnijącego mięsa. – Przerwał na moment, walcząc z odruchem wymiotnym i wściekle kaszląc.

Okropny odór buchnął z otwartego samochodu, zatruwając

powietrze wokół. Tim potrzebował kilku sekund, żeby się pozbierać. Trzeba przecież sprawdzić, czy mężczyzna żyje.

Hunter, Garcia, kapitan Bolter i doktor Winston niecierpliwie wyczekiwali poza taśmą ograniczającą strefę działań. Dzięki słuchawkom słyszeli porozumiewających się ze sobą policjantów jednostki specjalnej. Tuż za nimi czekała karetka i sanitariusze.

Tim spojrzał ponownie na ofiarę. Ubrany jedynie w prążkowane, przesiąknięte krwią bokserki mężczyzna miał ręce przywiązane do kierownicy. Całe ciało pokrywały ogromne, ciemne, przypominające poparzenia pęcherze i wysypka podobna do tej, jaka pojawia się po zbyt długim leżeniu na słońcu. Niektóre pęcherze pękły i wyciekał z nich gęsty żółty śluz.

– To ropa? – pytanie Troya wywołało niepokój na twarzy doktora Winstona.

– Skąd mam do cholery wiedzieć? Nie jestem lekarzem – rzucił Tim i drżącymi dłońmi sięgnął szyi ofiary, próbując wyczuć tętno.

– Brak pulsu – krzyknął po kilku sekundach.

Kaszel... Głowa ofiary bez ostrzeżenia runęła nagle w przód, zalewając krwią kierownicę, deskę rozdzielczą i przednią szybę. Tim zaczął się pospiesznie wycofywać, potknął się jednak i upadł na ziemię.

– Kurwa jego mać. On żyje! – krzyknął przerażony.

Troy, który prawie wystrzelił w kierowcę po jego niespodziewanym zmartwychwstaniu, natychmiast do niego podbiegł.

– Lekarza!

Na twarzach wszystkich malował się szok. Hunter i Garcia biegiem ruszyli w stronę samochodu, kapitan Bolter i doktor Winston tuż za nimi.

– Potrzebujemy karetki! Natychmiast! – Tim zdążył już wstać i dołączyć do stojącego przy drzwiach kierowcy Troya. Wciąż głośno dyszał.

– Trzeba go uwolnić – zdecydował, wyciągając swój nóż przetrwania. – Słyszy mnie pan? – krzyknął, ale pasażer samochodu znowu stracił przytomność. – Proszę ze mną zostać.

Tim ostrożnie przeciął zakrwawioną linę obwiązaną wokół lewej ręki ofiary. Opadła mu na kolana bez życia. To samo zrobił z prawą ręką. Kilka sekund później kierowca był wolny.

Troy wypatrywał sanitariuszy. Niespodziewanie mężczyzna znów kaszlnął, plując krwią tym razem wprost na mundur Tima.

– Gdzie jest, do kurwy, karetka? – policjant krzyknął z wściekłością.

– Idziemy. – Jeden z sanitariuszy torował już sobie drogę do drzwi. W kilka sekund dołączyła do niego reszta ekipy.

Hunter, Garcia, kapitan Bolter i doktor Winston obserwowali w milczeniu, jak przenoszą ofiarę z samochodu na nosze, a później pakują do karetki. Smród dobywający się z samochodu sprawiał, że zbierało im się na wymioty.

– Gdzie go zabieracie? – spytał Hunter sanitariusza stojącego najbliżej.

– Do Szpitala Dobrego Samarytanina. Jest najbliżej.

– Ofiara żyje...? – zdziwił się kapitan Bolter. – Najpierw gra z nami w chore gierki, a potem daje nam żywą ofiarę? Co on u diabła knuje? Nagle stał się nieostrożny?

Hunter pokręcił głową.

– Nie wiem, ale na pewno nie ma to nic wspólnego z ostrożnością. Być może to kolejny element jego gry.

– Myślisz, że ktoś mu przeszkodził? Zaskoczył go? – dopytywał kapitan, rozglądając się wokół, jakby czegoś albo kogoś szukał.

– Nie – stanowczo zaprzeczył Hunter. – Nie dzwoniłby, gdyby nie chciał, żebyśmy to właśnie zastali. To nie był żaden błąd z jego strony.

– Nie mów mi, że po wczorajszej akcji ma nagle jakieś dziwne jazdy pod tytułem „wyrzuty sumienia" i zdecydował, że temu jednemu pozwoli ujść z życiem.

– Nie wiem, kapitanie – odpowiedział poirytowany. – Ale wkrótce się dowiemy. – Odwrócił się do Garcii. – Wiemy już coś o samochodzie?

– Należy do... George'a Slatera, trzydziestotrzyletniego prawnika z kancelarii Tale & Josh w środkowym LA. – Garcia odczytał otrzymany faks. – Jego zaginięcie zgłosiła żona, Amanda Slater. Wygląda na to, że nie wrócił do domu po wtorkowej partyjce pokera.

– Mamy zdjęcie?

– Tak, dostarczone przez żonę przy zgłoszeniu o zaginięciu. – Garcia pokazał czarno-biały wydruk.

– Daj mi.

Mężczyzna ze zdjęcia miał gładko zaczesane do tyłu włosy i ubrany był w drogo wyglądający garnitur. Bez trudu można było dostrzec podobieństwo do na wpół martwego człowieka, którego przed chwilą zapakowano do karetki.

– To on – oznajmił Hunter, przyjrzawszy się zdjęciu. – Te same rysy twarzy.

– Też tak myślę – zgodził się Garcia.

– Pojadę za karetką. Jeśli istnieje jakakolwiek szansa, że facet przeżyje, chcę tam być.

– Jadę z tobą – zdecydował Garcia.

– Każę ekipie technicznej zacząć badać teren, choć po wydarzeniach z ostatnich pięciu minut wszystko zostało niemiłosiernie zanieczyszczone – martwił się doktor Winston. – A jeszcze biorąc pod uwagę roślinność wokół, zajmie im to cholernie dużo czasu. – Pokazał na gęste zarośla i wysoką trawę.

– Poproś chłopaków, żeby zrobili, co się da.

– Tak jakby trzeba ich było o to prosić.

Odeszli, pozwalając ekipie technicznej zabrać się do pracy.

27

Gmach Szpitala Dobrego Samarytanina wznosi się dumnie przy Wilshire Boulevard, w śródmieściu LA. Główne wejście, do którego prowadzi okrągły podjazd, znajduje się po wschodniej stronie Witmer Street. W normalnych warunkach dostanie się tam zajęłoby Hunterowi jakieś pół godziny, tym razem pokonał trasę w niecałe dwadzieścia minut, niemal przyprawiając Garcię o zawał serca.

Wparowali przez wypucowane na błysk szklane drzwi na izbę przyjęć i podbiegli do dwóch pielęgniarek zajętych odbieraniem telefonów, przerzucaniem papierów i poskramianiem zgromadzonego wokół tłumu poirytowanych pacjentów. Hunter minął kolejkę i podszedł od razu do jednej z pielęgniarek.

– Gdzie jest oddział ratunkowy? – spytał, machając odznaką.

Kobieta podniosła wzrok znad grubych szkieł okularów, ledwo trzymających się na końcu nosa, po czym kompletnie ich zignorowała.

– Ślepi jesteście? Tu jest kolejka – odpowiedziała spokojnym tonem osoby, której absolutnie się nigdzie nie spieszy.

– No właśnie, my też czekamy, proszę się ustawić w kolejce – zaczął starszy pan z ręką w gipsie, a w ślad za nim poszli kolejni pacjenci.

– Jesteśmy tu służbowo – krzyknął Hunter. – Gdzie jest oddział ratunkowy?

Ton jego głosu nie pozostawiał wątpliwości, że jest to sprawa niecierpiąca zwłoki, co wreszcie skłoniło pielęgniarkę do ponownego podniesienia wzroku. Tym razem przyjrzała się uważnie obu odznakom.

– Do końcu korytarza i w lewo – odpowiedziała z ociąganiem. – Cholerne gliny, nawet słowa dziękuję – burknęła pod nosem, kiedy się oddalali.

Na oddziale ratunkowym panowała gorączkowa atmosfera. Lekarze, pielęgniarki, salowe i pacjenci uwijali się, jakby jutro miał nastąpić koniec świata. Przestrzeń była duża, ale chaotyczny ruch ludzi i noszy dawał wrażenie tłoku.

– Jak można pracować w takim miejscu? Przecież to prawie karnawał w Brazylii – dziwił się Garcia.

Hunter rozglądał się wokół, szukając kogoś, kto mógłby im udzielić jakiejkolwiek informacji. Pod północną ścianą dojrzał małe półokrągłe biurko i pracującą przy nim z wypiekami na twarzy pielęgniarkę. Nie tracąc czasu, skierował się w jej stronę.

– Jakieś pięć do dziesięciu minut temu przywieźli wam pacjenta w stanie bezpośredniego zagrożenia życia. Musimy wiedzieć, dokąd go zabrali – zażądał zdenerwowany, zbliżając się do pulchnej kobiety.

– To oddział ratunkowy, kochaniutki, wszyscy pacjenci znajdują się w stanie bezpośredniego zagrożenia życia – odpowiedziała miękko z wyraźnym południowym akcentem.

– Ofiara zbrodni znaleziona w parku Griffitha, około trzydziestki, z pęcherzami na ciele. – Zaczynał się irytować.

Wyciągnęła świeżą chusteczkę Kleenex z opakowania rozmiaru XXL, wytarła spocone czoło i spojrzała na detektywów oczami w kolorze czarnej perły. Widząc zniecierpliwienie na twarzy Huntera, szybko przewertowała kilka leżących na stole dokumentów.

– Pamiętam, został przywieziony całkiem niedawno – wzięła głęboki oddech – ale jeśli dobrze pamiętam... – był martwy w chwili przybycia.

– Co?

– Zgon nastąpił, jeszcze zanim do nas dojechał – wyjaśniła.

– Rozumiemy, co znaczy martwy w chwili przybycia. Jest pani pewna? – nie dowierzał Garcia.

– Nie na sto procent, ale przyjmował go doktor Philips. On będzie mógł potwierdzić.

– A gdzie możemy go znaleźć?

Wstała, by się rozejrzeć.

– Tam! Doktorze Philips... – Pomachała w kierunku niskiego łysego mężczyzny w pomiętym białym fartuchu, z przewieszonym przez szyję stetoskopem i podkrążonymi oczami, które sugerowały, że nie spał od jakichś trzydziestu sześciu godzin.

Zajęty był rozmową z sanitariuszem, który o ile Hunter dobrze kojarzył, pierwszy dotarł do ofiary.

Detektywi natychmiast do nich podeszli i po krótkiej wymianie uprzejmości przeszli do rzeczy.

– Gdzie jest ofiara z parku? Co się z nią stało? – spytał Hunter.

Sanitariusz uciekł spojrzeniem, wbijając wzrok w podłogę. Niski lekarz spoglądał to na Huntera, to na Garcię.

– Nie przeżył. Wyłączyli syrenę na pięć minut przed przyjazdem do szpitala. Martwy w chwili przybycia. To znaczy zgon nastąpił, nim do nas dojechał.

– Wiemy, co to znaczy – wkurzał się Hunter.

Kłopotliwą ciszę przerwał po chwili Garcia.

– Cholera! Wiedziałem, że to zbyt piękne, by było prawdziwe.

– Przykro mi. – Sanitariusz wyglądał na zdenerwowanego. – Próbowaliśmy wszystkiego. Nie mógł oddychać. Dusił się własną krwią. Mieliśmy mu zrobić tracheotomię, ale nie zdążyliśmy... – nie dokończył, bo głos zabrał lekarz:

– Kiedy dojechali do szpitala, nic już nie dało się zrobić. Zgon stwierdzono o piętnastej osiemnaście.

– Co było przyczyną śmierci?

Doktor Philips roześmiał się nerwowo.

– Organizm się poddał, wybierzcie sobie: uduszenie, zawał serca, niewydolność wszystkich organów, krwotok wewnętrzny. Wiem tyle co i wy. Będziecie musieli poczekać na wynik autopsji.

Przez głośniki podawano właśnie komunikat i doktor Philips zaczekał, aż dobiegnie końca.

– Ciało znajduje się teraz w odosobnieniu.

– W odosobnieniu? Dlaczego?

– Widzieliście je? Jest całe w pęcherzach i wrzodach.

– Tak, ale myśleliśmy, że to poparzenia lub coś tego typu.

Doktor Philips pokręcił głową.

– Bez biopsji nie jestem w stanie stwierdzić co to, ale z całą pewnością nie są to poparzenia.

– Na pewno nie – zgodził się sanitariusz.

– Wirus? – zgadywał Hunter.

Doktor Philips odpowiedział zamyślony:

– Na pierwszy rzut oka, tak. Jakieś zmiany chorobowe.

– Chorobowe? – zdziwił się Garcia. – To chyba pomyłka, doktorze, ten człowiek został zamordowany.

– Zamordowany? – Lekarz wyglądał na zbitego z tropu. – Przecież nikt mu nie zrobił tych pęcherzy. To jego ciało w odpowiedzi na jakąś chorobę czy alergię samo je wytworzyło. Proszę mi wierzyć, tego faceta zabiła jakaś okropna choroba.

Hunter domyślał się już, co zrobił morderca – zakaził ofiarę jakimś śmiercionośnym wirusem. Ale od wyścigu upłynął zaledwie dzień. Co sprawiło, że reakcja była natychmiastowa? Jaka choroba zabija w dwadzieścia cztery godziny? Miał nadzieję, że przeprowadzona przez doktora Winstona sekcja przyniesie jakieś odpowiedzi.

– Musimy ustalić, co to za choroba, jeśli to rzeczywiście choroba, i upewnić się, czy nie jest zaraźliwa. – Doktor przeniósł wzrok na sanitariusza. – Właśnie o tym rozmawialiśmy, o bliskim kontakcie z pacjentem. Czy któryś z was...

– Nie – odpowiedzieli chórem.

– Czy ktoś jeszcze miał z nim kontakt?

– Dwóch policjantów z jednostki specjalnej – odpowiedział Hunter.

– Pewnie będą się musieli zgłosić na badania, ale to zależy od wyników biopsji.

– A kiedy będziecie je mieli?

– Jak już mówiłem, dopiero go przywieźli. Wyślę próbkę tkanki do laboratorium z prośbą o jak najszybsze przeprowadzenie badań. Przy odrobinie szczęścia jeszcze dziś możemy mieć wynik.

– A co z ciałem i z sekcją?

– Do wieczora zostanie wysłane do biura koronera, ale jego stan i konieczność odseparowania go trochę komplikują sprawę, więc nie powiem wam dokładnie kiedy. Słuchajcie, panowie, nie mam zamiaru was okłamywać, ale to nie wygląda najlepiej. Cokolwiek zabiło tego mężczyznę, uczyniło to w błyskawicznym tempie, przysparzając mu ogromnego bólu. Jeśli choroba jest zaraźliwa, a sądząc po stanie, w jakim dojechało do nas ciało, może tak być, czeka nas straszna epidemia. Zagrożone może być całe miasto.

28

Dalsza część dnia upłynęła w stanie zawieszenia. Hunterowi i Garcii nie pozostawało nic innego, jak czekać. Czekać, aż ekipa techniczna zbada miejsce zbrodni, aż ciało dotrze do doktora Winstona, czekać na jego raport i wyniki biopsji.

Dwójka detektywów wróciła więc po zmroku do parku Griffith. Jeśli technicy mieli coś znaleźć, choćby mało istotnego, chcieli o tym wiedzieć. Prace prowadzone były jednak w ślimaczym tempie. Sprawę utrudniały wysoka trawa, duchota oraz wilgoć i w rezultacie do pierwszej w nocy nie udało się nic znaleźć.

W mieszkaniu Huntera samotność wyzierała z każdego kąta. Otwierając drzwi i zapalając światło, zastanawiał się, jak by to było wracać do kogoś, komu by na nim zależało, kogoś, kto pozwoliłby uwierzyć, że świat nie zmierza w piekielną otchłań.

Próbował walczyć z wyniszczającym poczuciem winy, które nie opuszczało go od wyścigu, ale nawet jego doświadczenie i wiedza nie wystarczyły, by odgonić uporczywą myśl: „Gdybym tylko wybrał dwójkę". Na tym etapie potyczkę psychologiczną również wygrywał morderca.

Nalał sobie szklaneczkę dwunastoletniej whisky Laphroaig, dorzucił jak zawsze kostkę lodu, przyciemnił światło i opadł na swoją starą, niewygodną kanapę. Czuł fizyczne i psychiczne wycieńczenie, ale wiedział, że i tak nie zdoła zasnąć. Jego umysł na nowo analizował wydarzenia ostatnich kilku godzin, co dodatkowo potęgowało i tak silny ból głowy.

– Czemu nie wybrałem mniej skomplikowanej roboty? Czemu nie zostałem kucharzem albo stolarzem? – zastanawiał się na głos.

Odpowiedź była prosta. Banalna bo banalna, ale prawdziwa –

chciał zmieniać świat i ilekroć udawało mu się złapać kolejnego mordercę, wierzył, że tak się właśnie dzieje. Tej euforii nie dało się porównać z żadną inną – tej satysfakcji, radości i świadomości, jak wiele istnień ludzkich udało mu się uratować, składając do kupy elementy układanek, które początkowo wydawały się niemożliwe do ułożenia. Był dobry w tym, co robił, i doskonale o tym wiedział.

Upił kolejny łyk szkockiej. Przytrzymał alkohol przez chwilę w ustach, odwlekając moment połknięcia i palącej eksplozji w przełyku. Zamknął oczy i oparł głowę, ze wszystkich sił próbując oczyścić umysł z wydarzeń dnia, ale one z siłą huraganu szturmowały jego pamięć.

Podskoczył na dźwięk telefonu. Sprawdził w kieszeniach, ale były puste.

– Cholera!

Aparat leżał na szklanym blacie barku. Położył go tam razem z kluczami i portfelem.

Odstawiwszy szklankę na ziemię, powoli wstał i zerknął na zegarek.

Kto do cholery wysyła SMS-y o tak chorej godzinie? Sprawdził telefon.

Mam nadzieję, że wszystko u ciebie w porządku. Miło było znów cię widzieć, nawet przez te kilka minut. Isabella.

Zdążył już zapomnieć o ich szybkim popołudniowym lunchu. Uśmiechnął się od ucha do ucha, czując jednocześnie wyrzuty sumienia, że znów ją musiał zostawić. Szybko odpisał:

Mogę zadzwonić?

Telefon odezwał się po minucie.

Tak.

Hunter upił jeszcze jeden łyk szkockiej i wybrał numer.

– Cześć... myślałam, że śpisz już o tej porze – odezwała się cicho.

– A ty nie? Nie za późno dla naukowca? Nie musisz być wcześnie rano w laboratorium? – Uśmiechnął się pod nosem.

– Nie sypiam wiele. Maksymalnie pięć, sześć godzin w nocy. Mój mózg nie przestaje pracować. Naukowcy już tak mają.

– Tylko pięć, sześć godzin? To rzeczywiście niewiele.

– I kto to mówi? A ty czemu nie śpisz?

– Bezsenność dostajesz w pakiecie z odznaką.

– Musisz nauczyć się relaksować.

– Wiem. Pracuję nad tym – skłamał.

– À propos pracy, wszystko w porządku? Po wczorajszym telefonie wyglądałeś na zdenerwowanego.

Hunter zamilkł na moment, potarł zmęczone powieki. Pomyślał, w jakiej błogiej nieświadomości pozostaje większość społeczeństwa, nie zdając sobie sprawy z czyhającego za rogiem zła. Jego praca po części polega też na tym, by w tej nieświadomości pozostali.

– W porządku. To tylko praca. Zawsze wiąże się z pewną presją.

– Zapewne z większą, niż mogę sobie wyobrazić. Tak czy inaczej, cieszę się, że zadzwoniłeś.

– Przepraszam, że znów musiałem lecieć w takim pośpiechu. Może mógłbym ci to jakoś wynagrodzić? – Mógł się założyć, że się uśmiecha.

– No właśnie... Też o tym pomyślałam. Co powiesz na kolację u mnie w sobotę wieczorem?

– Randka z kolacją? – droczył się Hunter.

– No, skoro testową randkę przy lunchu mamy za sobą, pomyślałam, że możemy się umówić na kolację. Jesteś zajęty w sobotę?

– Nie, nie. Nie mam nic w planach. Sobota pasuje. O której mam być?

– O szóstej?

– Świetnie. Przyniosę wino.

– Fantastycznie. Pamiętasz adres?

– Podaj mi raz jeszcze, tak na wszelki wypadek. Byłem tamtej nocy bardzo pijany.

– Co ty powiesz.

Roześmiali się oboje.

29

Nazajutrz rano Hunter z Garcią wrócili do biura koronera. Około dziesiątej doktor Winston skończył sekcję nowej ofiary i natychmiast po nich zadzwonił. Chciał, by pierwsi poznali jej wyniki.

Ciało George'a Slatera spoczywało na metalowym stole sekcyjnym przy najdalszej ścianie. Od pasa w dół przykryte było białym prześcieradłem. Większość usuniętych organów została już zważona i leżała na specjalnej tacy nieopodal. Doktor Winston wpuścił ich do środka, ale kazał zaczekać przy drzwiach, dopóki nie skończy badać fragmentu tkanki.

– Cóż, jedno jest pewne, nasz morderca jest niezwykle pomysłowy – odezwał się, odrywając oczy od mikroskopu.

Dopiero wtedy Hunter zauważył, jak bardzo jest zmęczony – rzadkie włosy w nieładzie, ziemista cera i przekrwione oczy.

– Czyli to jednak było morderstwo? – spytał Hunter, wskazując na upiornie wyglądające ciało.

– Bez dwóch zdań.

– Robota naszego gościa?

– O tak, chyba że ktoś jeszcze wie o tym... – Doktor podszedł do ciała, obaj detektywi za nim. Uniósł głowę ofiary na jakieś dziesięć centymetrów ponad stół sekcyjny. Hunter i Garcia nachylili się w tym samym momencie, niemal zderzając się z głową ofiary. Ich oczy napotkały symbol, który nie pozostawiał żadnych wątpliwości.

– No dobra, to ten sam morderca. – Garcia wyprostował się. – Więc o co chodzi ze ściemą, że zmarł z powodu jakiejś dziwnej choroby?

– To nie ściema. Jego naprawdę zabiła choroba. – Garcia wydawał się jeszcze bardziej skołowany. – Słyszałeś kiedyś o *Streptococcus pyogenes*?

– Że co?

– Czyli nie. A *Staphylocuccus aureus*?

– Tak, doktorze, detektywi biegle posługują się łaciną. – Hunter uśmiechnął się, słysząc sarkastyczny ton Garcii. – O czym pan mówi, u diabła?

– Brzmi jak nazwa bakterii – zgadywał Hunter.

– Masz stuprocentową rację, Robercie. Podejdźcie, pokażę wam coś. – Doktor Winston znalazł odpowiednie szkiełko w małym podręcznym archiwum i wrócił do mikroskopu. – Popatrzcie – poprosił po ułożeniu go na stoliku przedmiotowym.

Hunter zbliżył się do mikroskopu, po czym pochylił się i spojrzał w okular. Ustawił ostrość i stał chwilę nieruchomo.

– Czego u diabła mam szukać, doktorze? Widzę jedynie zgraję... małych robaczków, które zapieprzają jak kurczaki bez głów.

– Mogę spojrzeć? – poprosił Garcia tonem podekscytowanego studenta, odganiając Huntera od mikroskopu. – No, widzę dokładnie to samo – oznajmił po chwili.

– Te małe, przypominające robaki stworzonka to właśnie *Streptococcus pyogenes,* drodzy uczniowie – wyjaśnił doktor Winston profesorskim tonem. – A teraz popatrzcie na to. – Podmienił szkiełko.

Tym razem zobaczyli zielone okrągłe organizmy, które poruszały się znacznie wolniej.

– I co? Tym razem zielone i okrągłe – powiedział Garcia.

– To *staphylocuccus aureus.*

– Czy my wyglądamy na studentów biologii? Niech pan mówi do nas po ludzku. – Garcia nie był w nastroju do przekomarzania się.

Doktor Winston przetarł oczy grzbietem prawej dłoni. Przyciągnął sobie krzesło i usiadł na nim, opierając łokieć na stoliku.

– *Streptococcus pyogenes,* czyli robaczki, które widzieliście na pierwszym szkiełku, po wniknięciu do ludzkiego organizmu wydzielają szereg niszczycielskich toksyn. Jedna z nich wywołuje szkarlatynę.

– To nie szkarlatyna go zabiła. Objawy się nie zgadzają – zaprotestował Hunter.

– Cierpliwości, Robercie.

Hunter uniósł obie ręce ponad głowę w geście „poddaję się".

– Inna z uwalnianych toksyn powoduje martwicze zapalenie powięzi.

– A co to takiego? – spytał Garcia.

– To choroba z piekła rodem – odpowiedział Hunter wyraźnie zmartwiony – zjadająca skórę.

– Właśnie pod tą nazwą jest znana – potwierdził doktor Winston.

– Czekajcie, czekajcie, czekajcie – przerwał im Garcia. – Dobrze słyszałem? Powiedzieliście „choroba zjadająca skórę"?

Doktor Winston jedynie skinął potakująco głową, w wyjaśnieniach ubiegł go Hunter.

– Pod taką nazwą funkcjonuje, choć nie jest do końca prawdą, że „zjada skórę". To rzadka infekcja jej głębszych warstw oraz tkanki podskórnej, których rozkład powodują uwalniane toksyny. W efekcie wygląda to tak, jakby ofiarę coś zżerało od środka.

Garcia poczuł przebiegający wzdłuż kręgosłupa dreszcz i odsunął się od mikroskopu.

– Skąd wiesz? – spytał Huntera.

– Dużo czytam – odpowiedział, wzruszając ramionami.

– Piątka z plusem, Robercie – pochwalił go doktor Winston i zaczął wyjaśniać dalej. – Zakażona osoba początkowo ma objawy typowo grypowe. Szybko dołącza do nich ból głowy, spadek ciśnienia krwi i tachykardia. Na skórze pojawiają się olbrzymie, cholernie bolesne, wypełnione śluzem pęcherze i wysypka przypominająca tę, której dostajemy czasem po intensywnym opalaniu. U ofiary występuje zespół wstrząsu toksycznego, na zmianę traci i odzyskuje przytomność. Jej stan pogarsza się w błyskawicznym tempie, prowadząc do... śmierci.

Garcia i Hunter spojrzeli na ofiarę. Pęcherze na ciele pękły, odsłaniając wysuszone, pokryte strupami rany.

– W 2004 roku ze zwiększoną częstotliwością zaczęła występować nawet gorsza jej odmiana, a większość zakażeń odnotowano tu, w Kalifornii – ciągnął lekarz. – Odkryto, że wywołał ją znacznie silniejszy szczep *Staphylococcus aureus*.

– Mówi pan o drugim szkiełku, o tym czymś zielonym i okrągłym?

Doktor Winston przytaknął.

– Pamiętam – potwierdził Hunter. – Media jakoś się specjalnie tym nie zainteresowały, pojawiły się tylko krótkie wzmianki.

Doktor Winston wstał i podszedł do stołu sekcyjnego. Hunter i Garcia odprowadzili go wzrokiem.

– Wygląda to mniej więcej tak: bakteria wnika do ludzkiego organizmu i zaczyna się rozmnażać. Im więcej bakterii, tym więcej wydzielanych toksyn. Im więcej toksyn, tym szybsza i boleśniejsza śmierć. Na nieszczęście dla naszej ofiary te małe skurwysyny mnożą się jak króliki. Mogą podwoić swoją liczbę w ciągu kilku godzin.

– Da się to leczyć? – spytał Garcia.

– Tak, przy błyskawicznie postawionej diagnozie, ale rozmnażają się tak szybko, że zdarza się to bardzo rzadko.

– A jak można się zakazić? W jaki sposób bakteria wnika w ciało?

– To zabawne, ale często żyje na skórze i w nosie zdrowych osób.

Garcia odruchowo przytknął dłonie do nosa, jakby chciał go wydmuchać. Hunter nie mógł się powstrzymać od śmiechu.

– Znajduje się wówczas w stanie uśpienia – wyjaśnił z uśmiechem lekarz – ale z łatwością wnika w otwarte rany. Czasem dochodzi do zakażenia podczas zabiegów operacyjnych.

– Bardzo pocieszające – rzucił Garcia.

– Martwicze zapalenie powięzi to jedna z najszybciej postępujących infekcji, jakie zna medycyna. W standardowych przypadkach pacjent umiera w ciągu trzech do pięciu dni od wystąpienia pierwszych objawów. Co do naszej ofiary, to chyba domyśliliście się, że morderca wstrzyknął mu *Staphylococcus aureus*.

W pokoju zapanowała pełna niemego przerażenia cisza. Co jeszcze szykuje dla nich morderca?

– Ale wyścig psów miał miejsce zaledwie dwa dni temu. Dlaczego choroba postąpiła tak szybko? – spytał Garcia.

– Wyścig psów? – doktor Winston zmarszczył czoło.

Garcia machnął ręką.

– Za dużo by opowiadać, doktorze, nie ma na to czasu.

– Tak czy inaczej, jak już mówiłem, bakteria rozmnaża się szybko, a im jej więcej, tym większe sieje spustoszenie. Naszej ofierze podano ogromną ilość, i to prosto do krwiobiegu. Dwanaście godzin później facet pukał do bram niebios.

Doktor Winston podszedł do tacy z organami.

– Wątroba i nerki były w trzydziestu pięciu procentach zniszczone. Uszkodzone były też serce, jelita i przełyk, co wyjaśnia plucie krwią. Kiedy dotarliśmy do parku, miał już krwotok wewnętrzny.

Garcia skrzywił się na wspomnienie tamtych wydarzeń.

– Jest jeszcze coś – zaczął doktor Winston.

– To znaczy?

– Facet ma połamane paznokcie u obu rąk, tak jakby był zamknięty i drapał, próbując się wydostać. Przypuszczalnie z drewnianej skrzyni.

– Miał drzazgi pod paznokciami? – domyślił się Hunter.

– Raczej pod tym, co z nich zostało, i na opuszkach palców.

– Zbadał pan drewno? – ożywił się Garcia.

– Popularne drzewo sosnowe. Łatwo dostępne. Mogła to być równie dobrze zwykła szafa.

– Po co morderca miałby go zamykać, jeśli wstrzyknął mu wcześniej bakterię i śmierć była tylko kwestią czasu?

– Żeby maksymalnie przyspieszyć proces. – Hunter był pierwszy.

Garcia skrzywił się.

– Serce przyspiesza, kiedy wpadamy w panikę. Krew jest pompowana szybciej, więc i bakteria szybciej się rozprzestrzenia.

– Zgadza się – potwierdził doktor Winston.

– A jak szybciej wywołać panikę, nie zamykając kogoś w drewnianej trumnie?

– Facet zna się na zabijaniu lepiej niż ktokolwiek, z kim miałem do czynienia – dodał lekarz, patrząc na ofiarę.

– Więc nawet gdybyśmy dotarli do parku szybciej...

– Nic by to nie zmieniło. Los ofiary był przesądzony w chwili, gdy morderca wstrzyknął jej bakterię – odpowiedział Hunter. – Wszystko było częścią jego planu. Niczego nie zostawił przypadkowi.

– Jak można zdobyć taką bakterię? Skąd mógł ją wziąć?

Doktor Winston i Hunter doskonale wiedzieli, w jakim kierunku zmierza Garcia. Morderca musiał mieć dostęp do szpitala, laboratorium bądź innego miejsca. Mogliby sprawdzić listę wchodzących tam osób, akta pracowników i być może trafić na jakiś ślad.

– Nasz problem polega na tym, że każdy szpital i każde laboratorium mają swoją próbkę – wyjaśnił lekarz. – Tak jak mówiłem, szybko się rozmnaża. Morderca potrzebował zaledwie kilku kropel zakażonej krwi. Nikt nie zauważy takiej kradzieży. Nikt jej nie zgłosi. Hodowla i namnożenie śmiertelnej dawki, jaką podano naszej ofierze, też nie stanowi większego problemu. To była bardzo sprytnie pomyślana śmierć. Niezbyt kłopotliwa, jeśli wiesz, jak się do tego zabrać, a jednocześnie łatwa w kwestii zatarcia śladów.

– Czyli to szukanie igły w stogu siana?

Doktor Winston skinął potakująco głową.

– I tak będziemy to sprawdzać – odpowiedział Hunter. – Na tym etapie niczego nie wykluczamy.

– Dlaczego morderca tym razem nie poczekał, aż ofiara umrze?

– Dla spotęgowania wrażenia – spokojnym głosem wyjaśnił Hunter. – Obraz osoby umierającej w wyniku choroby, która zjada skórę, na długo zostaje w pamięci. Pękające pęcherze, z których leje się ropa i śluz, krwawiące oczy, nos, uszy, dziąsła... Smród zepsutego mięsa zwiastujący pewną, nieuniknioną śmierć. To jego widowisko. Popisuje się. Chce zwiększyć moje poczucie winy. Chce mi pokazać, jaki jest efekt tego, że wytypowałem niewłaściwego psa.

– O co chodzi z tym psami? – dalej nie rozumiał doktor Winston.

Hunter opowiedział pokrótce wydarzenia poprzedniego dnia, wyjaśniając, jak blisko byli uratowania ofiary.

– Myślisz, że naprawdę by go wypuścił, gdybyś wytypował zwycięzcę?

– Nie wiem – westchnął Hunter, kręcąc głową.

Zapadła kłopotliwa cisza.

– Co zabrał tym razem? – spytał Garcia, trąc podbródek.

– To znaczy? – Doktor Winston nie do końca zrozumiał pytanie.

– Mówiliście, że morderca zawsze bierze jakąś część ciała ofiary jako swoje trofeum.

– Ach tak.

Odkrył prześcieradło, odsłaniając okolice pachwin.

– O Boże! – Garcia obiema dłońmi zakrył usta. Wiedział, że ofiara jeszcze wtedy żyła.

Upłynęło dobre pół minuty, nim odezwał się Hunter:

– Niech zgadnę, ekipa techniczna nic nie znalazła w samochodzie?

– A tu cię zaskoczę – odpowiedział lekarz, unosząc w górę wskazujący palec z uśmiechem na ustach. – Znaleźli włos. I nie jest to włos ofiary.

30

Kiedy w piątkowy wieczór znaleźli się pod klubem Vanguard, Garcię zdziwiła długa kolejka do wejścia.

– Nie wierzę, że nie ma już miejsc, to przecież ogromna knajpa.

– Miejsca są – odparł Hunter z przekonaniem.

– Skąd wiesz?

– To taki trik psychologiczny – wyjaśnił. – Jeśli musisz trochę postać, wyobrażasz sobie, że w środku jest Bóg wie co. Tym bardziej chcesz wejść. Kluby z najdłuższymi kolejkami to przecież najlepsze kluby.

– To prawda.

– Cała filozofia polega na tym, by wyczuć, jak długo można kazać ludziom czekać. Jeśli przesadzisz, tylko się wkurzą. Nikt nie lubi czekać zbyt długo.

– Też prawda.

Minęli stłoczonych kolejkowiczów, podchodząc od razu do pilnujących wejścia umięśnionych bramkarzy.

– Przykro mi, panowie, musicie postać, jak cała reszta. – Zatrzymał ich jeden z nich, kładąc rękę na ramieniu Garcii.

– Raczej nie, mamy VIP-owskie wejściówki – zaśmiał się Hunter, wyciągając odznakę.

Ochroniarz przyjrzał się jej dokładnie i zdjął rękę z ramienia Garcii.

– Jakiś problem, detektywie Hunter?

– Nie, po prostu kogoś szukamy.

Ochroniarze spojrzeli po sobie zaniepokojeni.

– Nie chcemy kłopotów.

– My też nie, więc na dobry początek zejdźcie nam, panowie,

z drogi – Hunter wbił wzrok w mężczyznę. Ten, nie odwracając spojrzenia, zrobił krok w prawo i otworzył przed nimi drzwi.

– Miłego wieczoru, panowie.

Detektywi weszli do urządzonego z przepychem holu. Od progu uderzyła ich dudniąca muzyka. Głośna, bardzo głośna. Kilkoro ludzi gawędziło, inni tańczyli. Garcia przepchał się przez niewielki tłum i wszedł na główny parkiet.

Tu muzyka była dwa razy głośniejsza i Hunter instynktownie zatkał palcami uszy.

– O co chodzi, dziadku? Nie możesz znieść muzyki młodego pokolenia? – Garcia uśmiechnął się cynicznie.

– Muzyki? Jedne i te same głośne grzmoty, które lecą w kółko, nazywasz muzyką? Heavy metal można nazwać muzyką, ale to?

– Klub jest ogromny – zauważył Garcia, stając przed imponujących rozmiarów parkietem knajpy, której powierzchnia sięgała niemal dwóch tysięcy metrów kwadratowych.

Hunter otworzył szerzej oczy, próbując ogarnąć spojrzeniem całe wnętrze. Kolorowy, tętniący życiem tłum szalał w rytmie najnowszych kawałków drum and bassu i dirty funku. Światła i lasery ślizgały się po sylwetkach tańczących, przybierając przeróżne kształty. Atmosfera w klubie Vanguard była zaraźliwa. Widać było, że ludzie przychodzą tu, by się wyszaleć. Ale oni nie mieli zamiaru podziwiać wystroju ani przyłączać się do zabawy, musieli znaleźć D-Kinga.

Na lewo znajdowały się otoczone kordonem schody prowadzące na wyższy poziom.

– Tam – wskazał Hunter w ich stronę – jest pewnie sala dla VIP-ów.

Garcia skinął głową i skrzywił się lekko na widok dwóch pilnujących schodów bramkarzy, zapewne byłych zapaśników. Hunter próbował dojrzeć gdzieś D-Kinga. W aktach, które dostali z biura prokuratora, było wszystko, czego potrzebowali, w tym kilka fotografii. Rozpoznał go niemal natychmiast. Siedział w towarzystwie czwórki dziewcząt.

– Mam go. Ostatni stolik po prawej – pokazał Hunter.

Zaczęli się przepychać przez tańczący tłum w stronę schodów, tu i ówdzie obrywając kuksańce i popchnięcia. Atrakcyjna brunetka, którą mijali, zarzuciła ręce na szyję Huntera.

– Hmm, lubię umięśnionych facetów – przyciągnęła go do siebie. – Do tego masz piękne niebieskie oczy. Zatańcz ze mną, przystojniaku. – Obkręcając go o sto osiemdziesiąt stopni, namiętnie go pocałowała.

Kilka ładnych sekund minęło, nim zdołał uwolnić się od jej ust. Nawet w świetle laserów dostrzegał jej rozszerzone źrenice.

– Za sekundę, maleńka. Muszę iść do toalety – sprzedał jej pierwszą wymówkę, jaka przyszła mu do głowy.

– Toaleta? Może potrzebujesz towarzystwa? – spojrzała wymownie na jego rozporek.

Uśmiechnął się.

– Może innym razem, kotku.

– Ciota – wysyczała, kiedy odchodził, i wróciła do polowania na kolejną ofiarę.

– Niezła laska – skomentował Garcia. – Może wrócisz tu potem na „nieśpieszny, spokojny numerek przy ścianie”?

Hunter zignorował sarkazm kolegi, bo doszli właśnie do pilnujących schodów bramkarzy.

– Przykro mi, panowie, to sala dla VIP-ów, dalej nie wejdziecie – poinformował ich jeden z nich.

– W porządku. Jesteśmy VIP-ami. – Garcia zaświecił odznaką i czekał, aż Hunter pójdzie w jego ślady.

– Panowie, nie możecie wykorzystywać swoich odznak, żeby się dostać do środka. – Wyższy z ochroniarzy nie spuszczał oczu z Garcii.

– Czy wyglądamy, jakbyśmy przyszli się zabawić? – wtrącił Hunter.

Dwójka bramkarzy przeniosła na niego spojrzenie.

– Przyszliśmy się z kimś zobaczyć – wyjaśnił.

– Z kim?

– Z gościem o przezwisku „nie-twój-zasrany-interes”. A teraz zejdźcie nam z drogi, bo aresztuję was za utrudnianie śledztwa. – Nie czekając, aż się odsuną, przecisnął się pomiędzy nimi. Garcia poszedł w jego ślady.

Jerome obserwował całe zajście ze stolika tuż przy schodach. Zagrodził im drogę, gdy tylko weszli na górę.

– W czym mogę pomóc?

– O co kurwa chodzi? Facet ma więcej ochroniarzy niż prezydent USA – rzucił Hunter do Garcii, nim spojrzał na Jerome'a. – W niczym, olbrzymie, musimy pogadać z twoim szefem – wskazał na D-Kinga.

Stojąc nieruchomo, Jerome lustrował wzrokiem obu mężczyzn.

– Dobra, możemy to załatwić tu, w zaciszu sali dla VIP-ów, albo przenosimy imprezę na posterunek. Wybieraj, dryblasie.

Jerome przyglądał im się jeszcze kilka kolejnych sekund, a potem spojrzał w stronę D-Kinga. Jego szef zdążył już zauważyć niespodziewanych gości. Skinął lekko głową w jego stronę.

– Przeproszę was na chwilę, dziewczęta. Muszę pozałatwiać pewne sprawy. Może pójdziecie potańczyć? – odezwał się do czterech oszałamiająco pięknych kobiet siedzących obok.

Wstały, puszczając oczko w stronę Huntera i Garcii, i uśmiechając się zalotnie, minęły policjantów. Garcia rozpromienił się, odprowadzając je wzrokiem.

– Jak ci się któraś podoba, może mógłbym ci co nieco załatwić? – D-King uśmiechnął się szeroko, pokazując śnieżnobiałe zęby.

Hunter dojrzał diament w lewym górnym kle.

– Co? Nie, nie, nie. Nie o to chodzi – odpowiedział zakłopotany Garcia.

– No jasne, że nie. Usiądźcie, proszę. Szampana? – zaproponował, wskazując na chłodzącą się butelkę.

– Raczej podziękujemy.

– W porządku. To w czym mogę wam pomóc?

D-King był niezwykle przystojnym mężczyzną. Trzydziestojednoletni Afroamerykanin miał prawie metr osiemdziesiąt wzrostu, gładko ogoloną głowę, urzekające orzechowe oczy i wyraźne regularne rysy twarzy. Ubrany był w ciemny garnitur z wiskozy i odpiętą białą jedwabną koszulę odsłaniającą splot grubych złotych łańcuchów.

– Nazywam się Hunter, a to jest detektyw Garcia – przedstawił siebie i partnera, pokazując odznakę.

D-King nie ruszył się z miejsca ani nie podał im ręki.

Jerome przysunął się do szefa.

Hunter z Garcią usiedli naprzeciw D-Kinga, tyłem do parkietu. Nie było sensu owijać w bawełnę. Hunter wyciągnął z kieszeni komputerową symulację i położył ją na stole.

– Znasz tę kobietę?

D-King spojrzał na fotografię i przyglądał jej się przez chwilę, nie podnosząc ze stolika.

– Przechodzi pan od razu do rzeczy, detektywie Hunter. To mi się podoba.

Hunter nie zareagował. Czekał z grobową miną.

– To komputerowa symulacja – zdziwił się D-King po chwili.

– Tak.

– Dlaczego?

– Obawiam się, że nie mogę ujawniać takich szczegółów.

– Obawiam się, że nie mogę wam pomóc – skwitował D-King.

Detektywi zerknęli na siebie ukradkiem.

– Niech pan posłucha, panie Preston, to szalenie ważne...

– Ostatnio zwracała się tak do mnie siostra, Joan, w szkole średniej. – D-King uniósł rękę, nie dając Hunterowi dokończyć. – Mówcie mi D-King.

Hunter nie lubił, gdy ktoś mu przerywał.

– Jak już mówiłem, to szalenie ważna sprawa.

– Z pewnością, ale pozwólcie, że powiem wam, na czym stoicie. Jeśli chcecie, żebym wam pomógł, musicie zaoferować coś w zamian. Jestem biznesmenem. Nie mam czasu na bzdety i niczego nie daję za darmo.

Hunter nie lubił negocjować, zwłaszcza z ludźmi pokroju D-Kinga, ale zdawał sobie sprawę, że nie ma wyboru. Widział reakcję D-Kinga i Jerome'a, kiedy położył na stole fotografię. Wiedział, że rozpoznali kobietę. Jeśli chciał, by mu pomogli, musiał zgodzić się na ich reguły gry.

– Nie żyje. Zamordowano ją w okrutny sposób, a jej twarz... – Hunter szukał odpowiednich słów – jest nie do rozpoznania.

Musieliśmy użyć specjalnego programu komputerowego, by ją odtworzyć.

D-King nie spuszczał ani na chwilę wzroku z Huntera. W końcu sięgnął po zdjęcie. Hunter nie miał wątpliwości, że rozpoznał kobietę, ale zauważył coś jeszcze. Jakieś skrywane emocje.

– Dlaczego myślicie, że mogę ją znać?

Hunter wiedział, do czego zmierza.

– Słuchaj, P-Diddy...

– D-King.

– Nieważne. Mam gdzieś, kim jesteś i co robisz. Nie interesują mnie twoje brudne interesy. Prawo dopadnie cię prędzej czy później, chociaż jeszcze nie dzisiaj. Możesz mi wierzyć lub nie, ale nie jesteś podejrzanym w sprawie. Facet, który zamordował tę dziewczynę, wczoraj zabił kolejną ofiarę i nie przestanie, dopóki go nie powstrzymamy. Jej nazwisko może nam pomóc złapać tego potwora. Jeśli była jedną z twoich dziewcząt...

– Jedną z moich dziewcząt? – D-King znów przerwał Hunterowi. Nie zamierzał przyznawać się do bycia alfonsem.

– Chcesz zgrywać idiotę, proszę bardzo, ale na chwilę obecną mam głęboko w dupie, czy jesteś alfonsem czy nie. Nie o ciebie mi chodzi. Jesteśmy z wydziału zabójstw, a nie narkotyków.

Hunter wziął głęboki oddech. Nie spuszczał wzroku z siedzącego naprzeciw mężczyzny.

D-King szybko dostrzegł nadarzającą się okazję.

– Jeśli potrzebujecie mojej pomocy, może moglibyśmy się jakoś dogadać?

– Dogadać? – Hunter zaczynał się domyślać, o co mu chodzi.

– Od czasu do czasu przydałaby mi się pomoc facetów w niebieskich mundurach. Ja wam wyświadczam przysługę, wy mi wyświadczacie przysługę i wszyscy są zadowoleni. To może być bardzo opłacalna współpraca dla obu stron.

Garcia dopiero wtedy zorientował się, o co chodzi, i w przeciwieństwie do Huntera nie potrafił nad sobą zapanować.

– Pierdol się. Ktoś torturował i zabił jedną z twoich dziewcząt, a ciebie chuj to obchodzi! Myślałem, że je chronisz, że jesteś ich opiekunem. To chyba od tego są alfonsi? – Twarz Garcii poczerwieniała z wściekłości. Głośny, pełen złości ton zwrócił uwagę gości przy stolikach obok. – A teraz wykorzystujesz jej śmierć, żeby nas podkupić? Jaki z ciebie król? Może czas zmienić pseudonim na D-Frajer.

Garcia wstał i czekał, aż Hunter pójdzie w jego ślady. Ale ten nie podnosił się z miejsca.

D-King roześmiał się w odpowiedzi.

– Chyba nie będziecie tu odstawiać przedstawienia z serii „dobry glina – zły glina". Bierzecie mnie za kretyna? To działa jedynie na filmach.

– Nie zamierzamy się w nic bawić – odpowiedział Hunter spokojnym głosem. – W przeciwieństwie do mordercy. Detektyw Garcia ma rację. Morderca wziął sobie jedną z twoich dziewcząt i zostawił ci wielkie „pieprz się" na pamiątkę. – Nachylił się, opierając oba łokcie na stole. – Nie uważamy cię za frajera, ale morderca z całą pewnością tak. Śmieje ci się prosto w twarz, i wcale mnie to nie dziwi. Wszedł na twój teren, wziął sobie jedną z dziewcząt, a ty nawet tego nie zauważyłeś. Myślałeś, że pojechała na urlop? A co, jeśli zechce wziąć sobie kolejną? Może którąś z tych czterech ślicznotek, które towarzyszyły ci, kiedy przyszliśmy?

D-King uparcie wpatrywał się w niego bez słowa.

– Więc co – ciągnął Hunter – zamierzasz tak siedzieć i udawać, że masz wszystko pod kontrolą, że jesteś królem? Chcemy tylko jej nazwiska, chociażby po to, żeby zawiadomić rodzinę o tym, co się stało.

Hunter czekał na jakąś reakcję, ale D-King pozostawał niewzruszony. Samo to, że rozpoznał dziewczynę z fotografii, było ogromnym krokiem naprzód. Teraz, gdy Hunter wiedział, gdzie szukać, nie powinien mieć problemów z ustaleniem jej tożsamości. Nie potrzebował już pomocy D-Kinga. Wstał.

– Detektywie! – krzyknął D-King, gdy byli już przy schodach.

Hunter odwrócił się. D-King dał znak Jerome'owi, by wyciągnął z kieszeni zdjęcie. Ten położył je na stole obok komputerowej symulacji. Podobieństwo było uderzające.

– Ma na imię Jenny Farnborough. Szukam jej od zeszłego piątku.

Hunter poczuł, jak krew zaczyna szybciej pulsować mu w żyłach.

– Kiedy widziałeś ją po raz ostatni?

– W zeszły piątek. Tutaj.

– Tu? – ożywił się Garcia.

– Tak, siedzieliśmy przy tym samym stoliku. Powiedziała, że idzie do toalety poprawić makijaż, czy coś takiego. I już nie wróciła.

– Która to była godzina?

D-King spojrzał na Jerome'a.

– Późno. Druga, może druga piętnaście nad ranem – odpowiedział Jerome.

– Czyli myślicie, że porwano ją stąd? – spytał Hunter.

– Na to wygląda.

– Może znała porywacza, może spotykali się wcześniej?

D-King pokręcił głową.

– Nawet gdyby wpadła na kogoś znajomego, nie wyszłaby tak po prostu z klubu. Najpierw przyszłaby pogadać ze mną. Była posłuszna.

Hunter zamilkł na moment, zastanawiając się, ile może ujawnić.

– Została odurzona. Słyszałeś kiedyś o GHB?

D-King rzucił w strone Huntera uśmiech sprzedawcy samochodów. Wiedział, że detektyw nie jest naiwny.

– Tak. Wiem, co to jest. Dostała GHB?

– Tak.

– Mówiliście, że była torturowana.

– Tak.

– Co dokładnie macie na myśli?

Hunter zerknął na leżącą na stole fotografię. W głowie wciąż siedział mu obraz nagiego zmasakrowanego ciała przywiązanego do drewnianych pali.

– Ktokolwiek ją zabił, chciał, żeby cierpiała. Nie okazał litości. Zapomnij o strzale w głowę czy nożu w serce. Chciał, by umierała powoli. – Hunter nie widział sensu w ukrywaniu prawdy. – Obdarł ją żywcem ze skóry i zostawił na pewną śmierć.

– Co zrobił? – wyrzucił z siebie Jerome głosem prawie o oktawę wyższym niż jeszcze przed chwilą.

Obaj detektywi milczeli.

D-King usiłował ukryć swoją wściekłość, ale jego oczy płonęły. Umysł podsuwał wizję samotnej Jenny, torturowanej, błagającej o litość, wzywającej pomocy. Bezskutecznie próbował skierować myśli na inny tor. Kiedy się odezwał, prawie kipiał ze złości.

– Jest pan religijnym człowiekiem, detektywie Hunter?

Pytanie zaskoczyło obu detektywów.

– A czemu?

– Bo jeśli tak, radzę pomodlić się do Boga, żebym to ja pierwszy nie dostał go w swoje ręce.

Hunter doskonale rozumiał jego furię. I wiedział, że w przeciwieństwie do niego, D-Kinga nie ograniczały żadne procedury. Myśl, że mógłby dorwać mordercę pierwszy, była na swój sposób... krzepiąca.

– Musielibyśmy dostać listę wszystkich jej... klientów, wszystkich, z którymi była przez ostatnie sześć miesięcy. Morderca może być kimś, kogo znała.

D-King rzucił w stronę Huntera kolejny wymuszony uśmiech.

– Lubię pana, detektywie Hunter, potrafi mnie pan rozśmieszyć. – A po chwili dodał: – Nie mam pojęcia, o czym pan mówi. Klienci?

Hunter wiedział, że żadnym sposobem nie uda mu się wyciągnąć od D-Kinga jakichkolwiek nazwisk.

– Mówił pan, że potrzebuje nazwiska. Właśnie je pan dostał. Obawiam się, że nic więcej nie mogę zrobić – dodał, wymownie zerkając w stronę schodów.

Obaj detektywi wstali bez słowa. Hunter zabrał ze stołu oba zdjęcia.

– Jeszcze jedno – zwrócił się do D-Kinga, wyciągając z kieszeni zwitek papieru.

D-King spojrzał na niego, teraz już poirytowany.

– Widzieliście kiedyś ten symbol?

D-King i Jerome wpatrywali się przez chwilę w dziwny rysunek.

Jerome pokręcił głową.

– Nie. Nigdy – potwierdził D-King. – Jaki to ma związek ze śmiercią Jenny?

– Znaleźliśmy to w pobliżu ofiary – skłamał Hunter.

– I jeszcze ostatnia sprawa... – wtrącił się Garcia. – Wiecie, skąd Jenny pochodziła? Będziemy musieli powiadomić jej rodziców.

D-King zerknął na Jerome'a, który wzruszył ramionami.

– Nie sprawdzam ich papierów, ale chyba wspominała, że pochodzi z Idaho czy Utah, tamte rejony.

Garcia skinął głową i dołączył do Huntera. Kiedy byli już przy schodach, Hunter odwrócił się raz jeszcze do D-Kinga.

– Jeśli znajdziesz go pierwszy... – ich spojrzenia się spotkały – niech cierpi.

D-King nie odpowiedział. Odprowadził wzrokiem detektywów, aż zniknęli w tłumie tańczących.

31

– Co ten idiota, Culhane, powiedział ci przez telefon? – spytał D-King Jerome'a, gdy tylko detektywi zniknęli z zasięgu wzroku.

– Twierdzi, że sprawdził kostnice, szpitale i listę osób zaginionych, ale niczego nie znalazł.

– Co za bezużyteczna kupa gówna. A my mu za to zapłaciliśmy?

Jerome przytaknął.

– Powiedz dziewczynom, że za chwilę się zbieramy, ale najpierw przyprowadź mi tu tego barmana, z którym Jenny czasem rozmawiała, tego długowłosego.

– Jasne – odpowiedział Jerome, przyglądając się, jak D-King wypija jednym haustem połowę butelki szampana.

– Dobrze się czujesz, szefie?

D-King rzucił butelkę na zastawiony szklankami stolik. Brzęk tłuczonego szkła zwrócił uwagę pozostałych gości.

– Na co się, do kurwy, gapicie? – krzyknął do ludzi przy sąsiednim stoliku, którzy natychmiast się odwrócili. – Nie, nie czuję się dobrze – zwrócił się do Jerome'a. – Powiem więcej, daleko mi do tego, by czuć się dobrze. Ktoś porwał mi sprzed nosa jedną z dziewcząt. Jeśli detektywi mówili prawdę, torturował ją i zabił, do tego obdarł ze skóry – dodał z obrzydzeniem. – A teraz powiedz mi, jaki skurwysyn byłby na tyle szalony, by zrobić coś takiego jednej z m o i c h dziewcząt?

Jerome wzruszył tylko ramionami w odpowiedzi.

– Powiem ci... skurwysyn, który już jest martwy. Chcę go dorwać, rozumiesz? I to żywego. Pokażę mu, jak wyglądają prawdziwe tortury.

Położył rękę na szyi Jerome'a i przyciągnął jego twarz do swojej na odległość zaledwie kilku centymetrów.

– Bez względu na wszystko, rozumiesz? Bez względu na wszystko.

32

Odkrycie, że morderca gościł w klubie Vanguard zaledwie kilka dni wcześniej, wlało w Huntera nowe pokłady energii. Zdecydował, że powinni się tam jeszcze chwilę pokręcić. Morderca mógł przecież czegoś dotknąć, mógł się komuś rzucić w oczy, mógł z kimś nawet rozmawiać. Jakimś sposobem między salą VIP-ów a toaletą udało mu się podać jej narkotyk, a potem wyciągnąć na zewnątrz, nie wzbudzając niczyich podejrzeń, choć co do tego ostatniego nie mieli przecież pewności.

Hunter klepnął Garcię po ramieniu i pokazał na sufit.

– Widzisz to co ja?

Garcia podążył wzrokiem za jego palcem wskazującym.

– Mają tu monitoring?

– Bingo.

– Przepraszam – Hunter zaczepił bramkarza pilnującego wyjścia awaryjnego. – Gdzie macie centrum monitoringu? – spytał, pokazując mięśniakowi odznakę.

– Na górze. Obok pokoju kierownika.

– Możesz nas tam zaprowadzić? Musimy przejrzeć parę taśm.

Bramkarz poprowadził ich do zachodniej części budynku. Znów musieli się przeciskać przez tańczące na parkiecie tłumy. Wąską klatką schodową weszli na piętro. Równie wąskim korytarzem dotarli do drugich drzwi po prawej, na których wisiała tabliczka „CENTRUM MONITORINGU". W środku, zewsząd otoczony małymi monitorami, siedział strażnik. Na kolanach trzymał złożoną na czworo gazetę otwartą na stronie z krzyżówkami. Hunter zauważył, że zostało mu do wpisania tylko jedno słowo.

– Cześć, Stu – przywitał się bramkarz.

Strażnik nie podniósł wzroku.

– Szok emocjonalny, sześć liter, pierwsza „t". Wiesz może?

Końcówka długopisu, który trzymał w prawej dłoni, była kompletnie pogryziona.

– Trauma – podpowiedział Hunter.

Strażnik podniósł w końcu wzrok i ze zdziwieniem odkrył, że Tarik nie jest sam. Odłożył gazetę i wyprostował się. Hunter przedstawił siebie i Garcię.

Kiedy wyjaśnił powód ich niezapowiedzianego najścia, Stu sięgnął po telefon:

– Muszę najpierw poprosić kierownika o pozwolenie.

Hunter nie protestował, cierpliwie zaczekał, aż strażnik wyjaśni swoim szefom, w czym problem.

– Rozumiem. Poczekamy. – Strażnik odłożył w końcu słuchawkę.

– I co? – spytał Hunter.

– Zaraz tu przyjdzie.

Hunter omiótł wzrokiem monitory.

– Ile macie kamer?

– Po jednej nad każdym barem, nad wejściem na parkiet i w korytarzach prowadzących do toalet, dwie przed patio i w sali dla VIP-ów oraz trzy nad parkietem – wyjaśnił Stu, pokazując na odpowiednie monitory.

Otworzyły się drzwi i do środka wszedł niski, mający nie więcej niż metr siedemdziesiąt, ubrany w idealnie odprasowany prążkowany garnitur, mężczyzna. Jego poorana bliznami po młodzieńczym trądziku twarz wyglądała jak gąbka. Gęste krzaczaste brwi upodobniały go do bohaterów kreskówek. Przedstawił się jako Tevcz Lopez, szef ochrony.

– Musimy przejrzeć wszystkie nagrania od zeszłego piątku. – Hunter przeszedł do rzeczy, nie tracąc czasu na wyjaśnienia.

– Czego dokładnie szukacie?

– W zeszły piątek porwano młodą kobietę. Mamy podstawy, by przypuszczać, że właśnie z tego klubu. Chcemy sprawdzić taśmy.

Tevez i Stu wyglądali na zmartwionych.

– Chyba mamy problem, detektywie – odezwał się Tevez.

– To znaczy?

– Trzymamy nagrania tylko przez dwa, najwyżej trzy dni, zeszły piątek został już skasowany.

– Co? Ale czemu? – Garcia był wściekły.

– Nie ma po co dłużej ich trzymać – wyjaśnił Tevez. – Jeśli przez cały wieczór nie dochodzi do bójek, z kasy nie giną pieniądze i nie ma śladów sprzedaży narkotyków, nie widzimy potrzeby, by je przechowywać. Mamy jakieś trzynaście kamer, z których każda zapisuje co wieczór obraz dwunastu, nawet do piętnastu godzin. To zajmuje sporo twardego dysku. Jeśli noc okazuje się bezproblemowa, kasujemy nagrania, żeby zrobić miejsce na kolejne.

Detektywi słuchali w osłupieniu. Prawdopodobnie jedyna szansa, by zobaczyć twarz mordercy, umknęła im z powodu małej pamięci twardego dysku. Hunter wiedział, że taka okazja już się nie powtórzy. Spojrzał na monitory.

– Czyli nie zgrywacie nic na płytki?

– Nie. Mówiłem już, że nie ma takiej potrzeby.

– Zaczekaj! Możecie przybliżyć obraz? – spytał Hunter, pokazując na górny monitor po lewej.

– Jasne. – Stu chwycił za pokrętło na panelu sterowniczym i obraz powiększył się trzykrotnie.

– Kto to? – Hunter wskazał na długowłosego mężczyznę siedzącego w sali dla VIP-ów naprzeciw D-Kinga i Jerome'a.

– To Pietro, jeden z naszych barmanów, ale nie powinno go tam być – odpowiedział Tevez.

– Musimy z nim pogadać.

– Jasne. Chcecie, żebym po niego zadzwonił?

Hunter rozejrzał się po pokoju, ale doszedł do wniosku, że to nie najlepsze miejsce na przesłuchanie.

– Macie jakieś inne pomieszczenie, które moglibyśmy wykorzystać?

– Mój gabinet, na końcu korytarza.

– Proszę poczekać, aż skończy rozmawiać z tym facetem. Będziemy w pańskim gabinecie. – Hunter postanowił nie wyjawiać, że już się poznali z D-Kingiem.

Gabinet Teveza był mały, ale urządzony ze smakiem. W głębi stało mahoniowe biurko, a po jego prawej stronie podświetlone neonami akwarium, które sprawiało, że pomieszczenie było dość przytulne. Całą wschodnią ścianę zajmowały półki z książkami i zdjęcia w ramkach. Muzyka była tu przytłumiona, ale wciąż słyszalna i wyczuwalna, bo podłoga pod ich stopami trzęsła się lekko, choć miarowo. Pietro przyszedł po pięciu minutach.

– Pan Lopez powiedział mi, że chcą panowie ze mną pogadać – powiedział, przedstawiwszy się.

– Zgadza się. O czym rozmawiałeś z Bobbym Prestonem? – Hunter postanowił walić prosto z mostu.

Po wyrazie twarzy Pietra zorientowali się, że nie ma pojęcia, o kim mówią.

– Z D-Kingiem. O czy rozmawiałeś z D-Kingiem?

– O tej dziewczynie? – Hunter wyciągnął zdjęcie.

Pietro był już porządnie zdenerwowany. Ni stąd, ni zowąd i D-King, i gliny pytają o Jenny.

– Tak. Chciał wiedzieć, czy rozmawialiśmy w piątek.

– A rozmawialiście?

– Tak, przez chwilę.

– Pamiętasz, o której godzinie?

– Około drugiej.

– O czym rozmawialiście?

Pietro miał wrażenie, jakby grał w jednym z odcinków *Strefy mroku*. D-King pytał go przed chwilą dokładnie o to samo.

– O niczym istotnym. Wyglądała na zmęczoną, więc zaproponowałem coś do picia. Rozmawialiśmy jakąś minutę. Musiałem wrócić do klientów.

– I zamówiła coś?

– Nie u mnie. Miała już ze sobą kieliszek szampana.

– Odeszła po tym, jak skończyliście rozmawiać?

– Nie od razu, stała jeszcze trochę przy barze. Powiedziała, że musi chwilę odpocząć. Wyglądała na zmęczoną.

– Zauważyłeś, żeby z kimś rozmawiała?

Znów pytanie, które zadał mu D-King.

– Jenny jest niezwykle atrakcyjną kobietą. Stojąc samotnie przy barze, przyciąga facetów jak magnes, więc zawsze się gdzieś koło niej kręcą, ale jeden gość...

– Tak?

– Był jakiś inny. Po pierwsze, miał na sobie elegancki drogi garnitur. Mało kto nosi tu garnitur, chyba że kierownictwo albo niektórzy goście z sali dla VIP-ów, zwłaszcza w piątkowe i sobotnie wieczory. Wyglądał, jakby chciał ją poderwać, ale nic z tego nie wyszło.

– Skąd wiesz?

– Nie był w jej typie. Owszem, Jenny lubi pogadać i poflirtować z mężczyznami, a czasem nawet z kobietami, ale nie należy do dziewcząt, które można poderwać ot tak – w knajpie. Rozmawiali przez kilka minut, a potem on wyszedł.

– Jak wyglądał?

– Trduno powiedzieć. Pamiętam tylko, że był wysoki i dobrze ubrany, a tak poza tym... – Pietro pokręcił głową – nie mam pamięci do twarzy.

– Widziałeś, żeby z kimś jeszcze rozmawiała?

– Nie przypominam sobie, ale to był piątkowy wieczór. Miałem kupę roboty. Mogłem nie zauważyć.

– Widziałeś może tego wysokiego, dobrze ubranego gościa wcześniej albo potem?

– Przykro mi – znów pokręcił głową. – Nie rzucił mi się w oczy. W piątek zapamiętałem go też tylko dlatego, że rozmawiał z Jenny.

– Wyszli razem?

– Nie widziałem, ale już wam mówiłem, to nie w stylu Jenny.

– Wyglądała na naćpaną albo pijaną?

– Nie, wcale. Tylko na zmęczoną.

Hunter wyjął wizytówkę z podniszczonego portfela.

– Jak tylko zobaczysz tu jeszcze tego wysokiego gościa, przerwij, cokolwiek będziesz robił, i zadzwoń do mnie.

– Jasne. Nie ma sprawy. – D-King poprosił dokładnie o to samo.

Pietro obejrzał obie strony wizytowki i włożył ją do kieszeni.

– Coś jej się stało, prawda?

Hunter zawahał się na moment, ale zdecydował, że jeśli Pietro pozna prawdę, będzie bardziej skłonny do współpracy.

– Nie żyje.

Barman zamknął na chwilę oczy. Ciężko mu było sobie wyobrazić, że już nigdy nie zobaczy jej uśmiechu i pełnego ciepła spojrzenia. Nigdy nie usłyszy tego miękkiego głosu.

– I myślicie, że zabił ją ten wysoki facet?

– Nie wiemy, ale wygląda na to, że rozmawiał z nią ostatni.

Pietro pokiwał głową, jakby dokładnie wiedział, co musi teraz zrobić.

33

Hunter i Garcia rozpoczęli poranek od wizyty w domu Slaterów w Brentwood.

– Kurczę, niezły – westchnął Garcia na widok imponującej budowli.

Nawet jak na wysokie standardy Hollywood dom robił wrażenie. Stojący przy końcu wąskiej dróżki, w cieniu porastających go dębów, ze swymi rzeźbionymi nadprożami i nieskazitelną bielą frontowej fasady wyróżniał się na tle luksusowych budynków sąsiedztwa. Do wschodniej ściany przylegał dwustanowiskowy garaż.

– Bycie prawnikiem ma swoje plusy – skwitował Hunter, parkując na podjeździe.

Wybrukowaną ścieżką doszli do schodów i po chwili naciskali już dzwonek na wyposażonym w kamerę domofonie.

– Tak? – Kilka sekund później usłyszeli kobiecy głos.

Obaj detektywi przedstawili się, wyciągając w stronę kamery swoje odznaki.

– Dajcie mi, panowie, chwilkę. – Głos był łagodny i niezwykle kobiecy, ale lekkie drżenie zdradzało długie godziny płaczu.

– Oczywiście.

Czekali dobrą minutę, nim usłyszeli kroki. Po chwili zza drzwi wyłoniła się bardzo atrakcyjna blondynka. Włosy w odcieniu złota upięte miała w kok, na twarzy delikatny makijaż, który nie zdołał jednak zakryć ciemnych cieni pod oczami, a na ustach szminkę w kolorze bladego różu. Hunter stawiał, że miała jakieś trzydzieści dwa lata. Ubrana była w idealnie dopasowaną czarną szyfonową sukienkę. Po wielu godzinach płaczu wyglądała na wykończoną.

– Witam. – Jej maniery pozostały bez zarzutu, postawa idealna. Już na wstępie dało się wyczuć, że traktuje innych odrobinę z góry.

– Dziękujemy, że zechciała się pani z nami spotkać, pani Slater. Mamy nadzieję, że nie przychodzimy nie w porę.

Catherine posłała im wymuszony uśmiech i zaprosiła do środka. W domu unosiła się woń świeczek zapachowych, najpewniej jaśminowych, ale wnętrze i tak sprawiało wrażenie chłodnego i bezosobowego. Na białych ścianach pozostały jeszcze bielsze kwadratowe ślady po wiszących tam wcześniej obrazach.

Zaprowadziła ich do pomieszczenia, które jak się domyślali, musiało być gabinetem. Półki na książki były już opróżnione, a kanapa i fotel przykryte folią. Do środka wpadało sporo światła, bo zasłony też już zostały ściągnięte. Całości obrazu zatytułowanego „przeprowadzka" dopełniały rozrzucone po całym pokoju kartony.

– Przepraszam za bałagan – powiedziała, ściągając folię i kładąc ją za masywnym, podsuniętym pod samo okno biurkiem. – Proszę, usiądźcie, panowie.

Hunter z Garcią usiedli na kanapie, a Catherine naprzeciw nich w fotelu.

Widząc zaciekawienie w oczach Huntera, uprzedziła jego pytanie.

– Wracam do Alabamy. Zamieszkam na razie u rodziców, przynajmniej dopóki nie zdecyduję co dalej. Nic mnie tu nie trzyma. Przeprowadziliśmy się do Los Angeles tylko po to, żeby George mógł przyjąć posadę w Tale & Josh – wyjaśniła łamiącym się, pełnym smutku głosem. – Może napijecie się panowie czegoś? Kawy, herbaty?

– Nie, dziękujemy.

Catherine spróbowała się uśmiechnąć, ale kąciki jej zaciśniętych ust ani drgnęły.

– George lubił napić się po południu herbaty – wyszeptała.

– Jak długo mieszka pani w LA, pani Slater?

– Dwa i pół roku. Proszę mi mówić po imieniu.

– A mąż od początku pracował w Tale & Josh?

– Tak – skinęła lekko głową.

– Miał jakiś ustalony porządek dnia, tygodnia? Nie mówię o pracy. To znaczy, czy odwiedzał regularnie jakieś inne miejsca: kluby sportowe, nocne, bary?

– George nigdy nie miał na nic czasu, ciągle pracował. Przynajmniej trzy razy w tygodniu do późna. Nie chodził na siłownię ani do żadnych klubów sportowych. Nigdy nie był entuzjastą sportu. – Catherine uciekła na moment spojrzeniem w stronę okna i wpatrywała się przed siebie. – Jedyną rozrywką były wtorkowe wieczory pokera. – Oczy się jej zaszkliły i sięgnęła po leżące na biurku pudełko chusteczek higienicznych.

Hunter i Garcia zerknęli na siebie porozumiewawczo.

– Wiesz, z kim grał w pokera? Ze znajomymi z pracy czy...

– Tak, z prawnikami ze swojej firmy. Może byli tam jeszcze jacyś inni ludzie, nie jestem pewna.

– Poznałaś kiedyś któregoś?

– Tak. Poznałam innych prawników z Tale & Josh.

– Chodzi mi o tych, z którymi grywał w pokera.

– Nigdy nie byłam tam z nim, jeśli o to wam chodzi. – Hunter wyczuwał w jej tonie arogancję.

– Wiesz, gdzie grywali? W klubie, w czyimś domu?

– George mówił, że co tydzień grają gdzieś indziej. Na zmiany.

– Naprawdę? A u was? Grali kiedyś?

– Nie. Nigdy bym na to nie pozwoliła.

– Dlaczego? – zdziwił się Garcia.

Catherine dalej walczyła ze łzami. Wciąż wyglądała na oszołomioną i odrobinę ogłuszoną.

– Jestem chrześcijanką, detektywie Hunter, i nie pochwalam hazardu. Chociaż George przysięgał, że nie grają na pieniądze, i tak nie pozwoliłabym mu zorganizować w naszym domu nawet partyjki.

– Nie na pieniądze?

– Nie. Mówił, że grają towarzysko. – Wyciągnęła z pudełka kolejną chusteczkę i przytknęła do kącików oczu. – Nie uprawiał hazardu od lat.

Garcia uniósł zdziwiony brwi.

– To kiedyś się tym zajmował?

– Lata temu. Ale przestał, gdy się poznaliśmy. Ja go o to poprosiłam.

– Grał w kasynach?

Zawahała się na moment, wyraźnie zawstydzona tym, co zamierza powiedzieć.

– Nie, wyścigi psów... chartów.

Hunter przełknął głośno ślinę.

– Charty? Na pewno? – Nie potrafił ukryć zaskoczenia.

Garcia poczuł dreszcze.

– I jesteś pewna, że przestał, że nie był ostatnio na żadnym wyścigu?

Catherine wydawała się oburzona samym pytaniem.

– Tak. Jestem pewna. Obiecał mi. Dlaczego miałby łamać obietnicę? – Pytanie było w zasadzie retoryczne.

– Może zamiast grać w pokera, obstawiał wyścigi przez Internet? – podsunął Garcia i momentalnie ugryzł się w język, zdając sobie sprawę, co insynuuje.

– Co? Po co miałby to robić? – obruszyła się Catherine.

– Catherine... – zaczął Hunter tym razem wyraźnie zmartwiony – prawie cały wczorajszy dzień spędziliśmy w firmie Tale & Josh, rozmawiając z każdym, kto miał kiedykolwiek styczność z George'em. Od prezesów po kuriera. Nikt nic nie wie o wtorkowych wieczorach gry w pokera.

– Co? Oczywiście, że wiedzą, muszą... – Drżenie głosu zdradziło, jak bardzo zszokowała ją ta wiadomość.

– Jesteś w stanie wymienić kogoś z nazwiska? Kogoś, kto myślisz, że mógł z nim grać?

– Nie wiem. -- Teraz była już kompletnie roztrzęsiona.

– Żadna z przesłuchanych przez nas osób nie grała nigdy w pokera z twoim mężem i nie słyszała o żadnych wtorkowych partyjkach.

– Kłamią, na pewno. – Ukryła twarz w dłoniach, nie potrafiąc już dłużej zapanować nad łzami. Kiedy ponownie na nich spojrzała, po policzkach czarnymi smugami spływał tusz. – Po co miałby mnie okłamywać?

– Może, tak jak mówił detektyw Garcia, wrócił do hazardu, ale wstydził się do tego przyznać?

– Nie. Nie zrobiłby tego. Już nie grał. Od lat – nie ustępowała.

Hunter podrapał się po głowie, szykując się do zadania kolejnego nieprzyjemnego pytania.

– Jak wam się układało? Czy to możliwe, że George kogoś miał?

Oburzona Catherine z trudem łapała powietrze.

– Co chce pan przez to powiedzieć? Że George miał romans? Że okłamywał mnie, by spędzać wtorkowe wieczory z inną kobietą?

– Przykro mi. Musimy brać pod uwagę każdy możliwy scenariusz, a romanse w Los Angeles to chleb powszedni.

– Ale George stąd nie pochodził. Był dobrym człowiekiem, dobrym mężem. Szanował mnie. Nasze małżeństwo było udane. – Przerwała, bo łzy płynęły teraz rzęsiście i musiała sięgnąć po kolejną chusteczkę. – Dlaczego mi to robicie? Powinniście szukać potwora, który zrobił te okropne rzeczy mojemu mężowi, a nie oskarżać go o niewierność.

– Przykro mi... naprawdę – zapewniał gryziony wyrzutami sumienia Hunter. – Zapewniam, że robimy wszystko co w naszej mocy.

– A nawet więcej... – dodał Garcia.

Obaj detektywi w milczeniu wpatrywali się w kobietę. Jej ból wydawał się tak namacalny, że pokój zrobił się nagle mały i mroczny.

– Powiedzieli mi, że George został zamordowany, że ktoś mu to zrobił, ale w jaki sposób? – W jej ton wkradała się powoli histeria. – Przecież nie został postrzelony, dźgnięty nożem, tylko zarażony jakimś śmiertelnym wirusem. Kto zabija w ten sposób i dlaczego? – Catherine rozsypała się na dobre. Twarz znów ukryła w dłoniach, całym jej ciałem wstrząsały dreszcze.

Hunter żałował, że nie może dodać nic, co przyniosłoby jej jakąś ulgę. Przecież nie powie jej, że ściga mordercę jej męża od dwóch lat i przez ten czas nie zbliżył się do niego ani na krok.

– Przepraszam. – Nic więcej nie przychodziło mu do głowy.

– Catherine – Garcia przejął pałeczkę – nie będziemy udawać, że znamy wszystkie odpowiedzi, ale daję ci moje słowo, że nie spoczniemy, póki go nie złapiemy.

– Przepraszam, to mnie przerosło. Bardzo go kochałam – zdołała wydusić, popłakując.

– Rozumiemy i nie będziemy zajmować ci więcej czasu. – Hunter podszedł do niej i podsunął wyjęty z kieszeni szkic podwójnego krzyża. – Widziałaś kiedyś ten symbol?

Przyglądała się przez kilka sekund.

– Nie... nigdy... A co to?

– Nic takiego, znaleźliśmy to w parku, niedaleko samochodu, więc chcieliśmy sprawdzić, czy może wygląda znajomo. Jeśli będziesz czegokolwiek potrzebować albo będziesz chciała porozmawiać, dzwoń śmiało. – Podał jej wizytówkę.

– Dziękuję – wyszeptała.

– Nie musisz nas odprowadzać.

34

Hunter nalał sobie kolejną filiżankę kawy z ekspresu. Garcia przyniósł specjalną odmianę, sprowadzoną prosto ze stanu Minas Gerais. Palono ją w niższej wyjściowej temperaturze, dzięki czemu nie dało się jej przypalić, uzyskując jednocześnie mocniejszy, ale i delikatniejszy smak. Hunter z miejsca się w niej zakochał.

Upił łyk i podszedł do Garcii stojącego pod korkową tablicą ze zdjęciami. Ostatnie przedstawiało martwego George'a Slatera.

– Co on ukrywa? – zastanawiał się na głos Garcia, szczypiąc palcami dolną wargę.

– Jedno jest pewne, nie było żadnych pokerowych wieczorów – stwierdził Hunter.

– Ta... ale co w takim razie robił? Najpierw myślałem, że zdradza żonę, ale...

– Ale kiedy wspomniała o wyścigach psów...

– No właśnie. To nie przypadek. Morderca o tym wiedział.

– Tak. Pytanie tylko, czy wiedział o jego przeszłości, czy o tym, że wrócił do hazardu?

– Nie mam pojęcia, ale musimy się dowiedzieć.

– Lucas mówił, że wyścigi są nielegalne w Kalifornii, prawda? – spytał Hunter.

– No tak. A czemu?

– Możesz sprawdzić, gdzie najbliżej można robić zakłady?

– Jasne, daj mi minutkę. – Garcia wrócił do swojego komputera.

Kliknął myszką kilka razy, postukał w klawiaturę i po chwili krzyknął:

– Arizona!

Hunter przygryzł dolną wargę zamyślony.

– To za daleko. Nie dałby rady pojechać na tor i wrócić tego samego wieczoru. Arizona odpada.

– Czyli jeśli wrócił do hazardu, obstawiał albo telefonicznie, albo przez Internet.

– A morderca nie wypatrzył go na torze.

– Musimy się dowiedzieć, skąd został porwany. Wiemy, że Jenny była w klubie. – Garcia znów wstał od biurka.

– Trzeba jeszcze raz przesłuchać tego wysokiego, chudego, łysiejącego kolesia z Tale & Josh. Jak on się nazywał?

– Peterson, imienia nie pamiętam. Dlaczego jego? – spytał Garcia.

– Bo wie więcej, niż nam powiedział.

– Dlaczego tak myślisz?

Hunter uśmiechnął się.

– Był wyraźnie zdenerwowany. Unikał kontaktu wzrokowego, wahał się, udzielając odpowiedzi, przygryzał dolną wargę, ilekroć pytaliśmy o coś wprost, dłonie mu się pociły. Zaufaj mi, on coś ukrywa.

– Złożymy mu niezapowiedzianą wizytę?

Hunter uśmiechnął się chytrze.

– Zostawmy to na jutro. W niedzielę łatwiej wziąć kogoś z zaskoczenia.

Garcia znów wpatrywał się w zdjęcia. Coś nie dawało mu spokoju.

– Myślisz, że się znali?

Hunter musiał się chwilę zastanowić nad odpowiedzią.

– Może. Była ekskluzywną prostytutką. Jeśli zdradzał żonę, a to wciąż bardzo prawdopodobna hipoteza, na pewno było go na nią stać.

– To samo sobie pomyślałem.

– Spróbujmy to sprawdzić. Znam kogoś, kto może nam pomóc.

– Kogo? D-King nie da nam listy klientów Jenny, a nie myślisz chyba o jego napakowanym ochroniarzu.

– Nie. Spytamy jedną z jego dziewcząt.

Garcia jakoś nie pomyślał o tym wcześniej.

– A co na razie wiemy o Jenny Farnborough? Mamy już raport? – spytał Hunter.

– Nie do końca. – Garcia wrócił do biurka.

Hunter nigdy nie widział tak wysprzątanego stanowiska pracy. Wszystkie papiery leżały w trzech równych kupkach po lewej stronie monitora, długopisy i ołówki były wetknięte w przegródki stojącego na biurku przybornika, posegregowane kolorami. Telefon i faks ustawione równiutko obok siebie, a wokół ani pyłku kurzu. Wszystko na swoim miejscu. To świadczyło o doskonałej organizacji i wydajności.

– Farnborough nie jest jakimś bardzo popularnym nazwiskiem, ale też nie na tyle rzadkim, żeby nam ułatwić sprawę – ciągnął Garcia. – D-King nie był pewien, skąd pochodzi. Wspominał o Idaho i Utah, więc to od nich zacząłem. W obu stanach znalazłem trzydzieści sześć osób o tym nazwisku. Dzwonię po szeryfach każdego z miast, ale na razie bez rezultatu.

– A jeśli D-King mylił się co do Idaho i Utah? – spytał Hunter.

– To czekają nas bardzo długie poszukiwania. Najprawdopodobniej uciekła, skądkolwiek pochodzi, by zostać kolejną gwiazdą Hollywood.

– Jak wszystkie – podsumował Hunter.

– Nie udało się, więc została prostytutką u naszego drania, D-Kinga.

– Witamy w Hollywood, miejscu spełnionych marzeń.

Garcia pokiwał głową.

– Czyli niełatwo będzie zidentyfikować ją po DNA?

– Nie, dopóki nie odnajdziemy jej rodziny.

– Nie uda się też z kartotekami dentystycznymi?

– Nie po tym, co jej zrobił.

Stali tak jeszcze chwilę w milczeniu, wpatrując się w zdjęcia. Hunter dopił kawę i zerknął na zegarek: 17.15. Wziął z krzesła marynarkę i odruchowo sprawdził kieszenie.

– Wychodzisz? – zdziwił się Garcia.

– Jestem już spóźniony na kolację. Muszę się wyłączyć, choćby na kilka godzin. Ty też powinieneś iść do domu, do żony, zjeść z nią kolację, zabrać ją do miasta, bzyknąć... Biedna kobieta.

Garcia roześmiał się.

– Dobra, dobra. Mam jeszcze kilka rzeczy do zrobienia. Kolacja mówisz? Ładna?

– Bardzo ładna. I bardzo seksowna. – Hunter wzruszył ramionami.

– To baw się dobrze, widzimy się jutro. – Garcia wrócił do szperania w papierach.

Hunter stanął w progu i spojrzał na niego. Przypomniał sobie podobną scenę, tylko że to on siedział wówczas przy biurku, a Scott stał przy drzwiach. Patrząc na Garcię, widział tę samą pasję, ten sam głód prawdy, który i jego zżerał niegdyś od środka; tę samą żądzę, która ocierała się o szaleństwo, z tą tylko różnicą, że on, w przeciwieństwie do Garcii, umiał już ją kontrolować.

– Idź już do domu, stary, odpuść, wrócimy do tego jutro.

– Jeszcze dziesięć minut. – Garcia puścił mu oczko i usiadł z powrotem przy komputerze.

35

Hunter nie cierpiał się spóźniać. Niestety, już gdy wychodził z budynku wydziału, wiedział, że nie będzie u Isabelli na czas. Choć nie był typem faceta, który przywiązuje większą wagę do swojego ubioru, zdążył w domu przymierzyć wszystkich siedem wyjściowych koszul, co kosztowało go dodatkową godzinę, nim ostatecznie zdecydował się na granatową, dobierając do niej czarne lewisy i nową skórzaną sportową marynarkę. Największym problemem okazały się buty. Wszystkie trzy pary miały co najmniej dziesięć lat. Nie mógł się nadziwić, jak czasochłonny może być wybór garderoby. Spryskał jeszcze twarz i szyję wodą kolońską i był wreszcie gotów do wyjścia.

Po drodze wstąpił do sklepu po wino, a że jego wiedza na temat alkoholi zaczynała się i kończyła na jednosłodowej whisky, zdał się w zupełności na doświadczenie sprzedawcy, który doradził mu Mas de Daumas Gassac z 1992 roku, z nadzieją że będzie pasować do dania, które przygotuje Isabella. Zresztą za tę cenę nie brał pod uwagę innej możliwości.

Hol wejściowy budynku w Glendale był gustownie udekorowany. Na ścianach wisiały obrazy olejne, a kwadratowy szklany stolik ustawiony na środku zdobił bukiet świeżych kwiatów. Hunter zerknął szybko w wiszące po prawej stronie lustro, upewniając się, że ma dobrze ułożone włosy. Obciągnął marynarkę i wszedł na pierwsze piętro. Zatrzymał się przed drzwiami z numerem 214. Z wnętrza dobiegała muzyka: spokojne bity, wyraźne linie basu i i delikatny saksofon tenorowy w tle – współczesny jazz. Bardzo go to ucieszyło. Nacisnął dzwonek.

Isabella upięła włosy w luźny kok pozwalający pojedynczym pasmom opadać swobodnie na ramiona. Szminka w kolorze bladej czerwieni i delikatnie pomalowane oczy świetnie kontrastowały z oliwkowym odcieniem jej opalonej skóry, podkreślając europejskie rysy. Miała na sobie obcisłą czerwoną jedwabną bluzkę i czarne dżinsy. Była bosa. Robert nie potrzebował rentgena, by stwierdzić, że nie ma też biustonosza.

– Cześć, spóźnianie stało się ostatnio bardzo modne. – Powitała go delikatnym cmoknięciem w usta.

– Przepraszam, nie mogłem dojść do ładu z fryzurą.

– Ty też? – roześmiała się, pokazując na własne włosy i ciągnąc go za rękę do środka.

W mieszkaniu unosił się przyjemny egzotyczny zapach. Salon oświetlała jedynie niewielka lampka stojąca na stoliku w rogu, tuż obok skórzanego, wygodnego, przynajmniej na pierwszy rzut oka, fotela.

– Mam nadzieję, że będzie pasowało do kolacji. Nie jestem ekspertem, jeśli chodzi o wina, więc zdałem się na gust sprzedawcy – wyjaśnił, podając jej butelkę.

Podsunęła ją w stronę światła, żeby przeczytać etykietę.

– No, no! Mas de Daumas Gassac... i to z 1992 roku. Jestem pod wrażeniem. Zapewniam, że pasuje do wszystkiego. Może kieliszek na początek?

– Jasne.

– Kieliszki są na stole, korkociąg tam. – Pokazała na niewielki barek przy oknie. – Kolacja będzie gotowa za chwilę. Rozgość się – dodała, znikając w kuchni i zostawiając Huntera, by zajął się winem.

Zdjął marynarkę, pamiętając, by wyjąć z niej pistolet. Wyciągnął korkociąg, otworzył wino i napełnił oba kieliszki gęstym czerwonym płynem.

Kiedy zauważył imponującą kolekcję płyt na stylowej szklanej półce przy barku, nie mógł się powstrzymać, by jej nie przejrzeć. Najwięcej było współczesnego jazzu, kilka starszych klasycznych kawałków – wszystkie ułożone w kolejności alfabetycznej. Znalazł też parę rockowych krążków z autografami wykonawców. A więc po kryjomu słucha też rocka. Kobieta w sam raz dla mnie, pomyślał z uśmiechem.

– Cokolwiek gotujesz, pachnie świetnie – pochwalił ją, wnosząc do kuchni kieliszki i podając jej jeden.

Zamieszała nim, potem powąchała wino, a dopiero na końcu uniosła do ust.

– Ojej! Tak jak myślałam, pyszne...

Hunter nie bardzo rozumiał sens całego rytuału, ale poszedł jej śladem. Zamieszał, powąchał, upił łyk.

– Niezłe.

Roześmiali się oboje.

Isabella wyciągnęła kieliszek w stronę Huntera.

– Za... miły wspólny wieczór. Miejmy nadzieję, bez niespodziewanych telefonów.

Hunter skinął głową i delikatnie stuknęli się kieliszkami.

Nie sądził, że wieczór okaże się równie udany. Isabella przygotowała cielęcinę z szynką parmeńską zapiekaną pod parmezanem. Spodziewał się raczej jakiejś tradycyjnej włoskiej potrawy z makaronem.

Prawie przez cały wieczór to ona opowiadała o sobie. Dorastała w Nowym Jorku. Jej rodzice przyjechali do Stanów w latach siedemdziesiątych. Prowadzili małą knajpkę w dzielnicy włoskiej. To w niej wraz z bratem spędziła niemal całe dzieciństwo i lata młodzieńcze. Przeprowadziła się do LA zaledwie pięć lat wcześniej, kiedy dostała pracę na Uniwersytecie Kalifornijskim. Wciąż odwiedzała rodzinę w Nowym Jorku, przynajmniej trzy razy w roku.

– Utrzymujesz kontakt z bratem? – spytał Hunter.

Nie odpowiedziała od razu. Wpatrywała się chwilę w trzymany w dłoni kieliszek.

– Mój brat nie żyje.

– Och. Przykro mi.

– W porządku. – Pokręciła lekko głową. – To stało się dawno temu.

– Kiedy byliście dziećmi?

Znów uciekła spojrzeniem, wbijając wzrok w kieliszek. Hunter czuł, że szuka właściwych słów.

– Był w piechocie morskiej. Wysłali go na wojnę, którą trudno nazwać naszą wojną. Do kraju, którego nazwy większość Amerykanów nawet nie potrafi wymówić.

Hunter zastanawiał się, czy powinien ciągnąć temat, ale Isabella go uprzedziła.

– To niesprawiedliwe, wiesz – rzuciła, sprzątnąwszy ze stołu.

– Ale co? – spytał, idąc za nią do kuchni z kieliszkami w dłoniach.

– To, że opowiedziałam ci w zasadzie całą historię życia, a ilekroć ja cię o coś pytam, dajesz mi wymijające odpowiedzi. Wszyscy detektywi tak mają? – spytała, odwracając się w stronę zlewu, by umyć naczynia.

– Poczekaj! Ja pozmywam! – Położył dłoń na jej ramieniu i delikatnie odsunął ją od zlewu.

Uśmiechnęła się i sięgnęła po swój kieliszek.

– Czyli nic mi o sobie nie opowiesz? – Po chwili spróbowała raz jeszcze.

Hunter dokończył zmywanie i odwrócił się w jej stronę.

– Jestem detektywem wydziału zabójstw policji Los Angeles, a jeszcze dokładniej jednostki o nazwie Special 1. Zajmujemy się tylko seryjnymi mordercami, sprawami najwyższej wagi i tymi, których rozwiązanie wymaga dużych nakładów czasu. Innymi słowy, na co dzień mam do czynienia albo z chorymi, brutalnymi, na wskroś złymi popaprańcami, albo ich ofiarami, zazwyczaj na wskroś martwymi. To co muszę oglądać, u normalnych ludzi wywołuje wymioty. Tak więc temat mojej pracy siłą rzeczy zabija każdą miłą pogawędkę. – Upił kolejny łyk wina. – Zaufaj mi, nie chcesz znać szczegółów.

– Dobrze. Nie rozmawiajmy więc o pracy. Powiedz coś o swoim dzieciństwie, o rodzinie.

– Nie ma zbyt wiele do opowiadania – uciął krótko.

Zrozumiała i dała spokój.

– W porządku. Lubię tajemniczych facetów.

Podobał się jej jego chłopięcy urok. Podeszła bliżej, zabrała mu kieliszek i odstawiła na kuchenny blat. Powoli zbliżyła twarz do jego twarzy, zatrzymując się w odległości zaledwie kilku centymetrów.

– A jak się relaksujesz? – wyszeptała seksownym głosem.

Hunter zesztywniał, czując na szyi jej ciepły oddech. Odsunął lekko głowę, by móc jej spojrzeć w oczy.

– A mogę pokazać?

Ich usta się spotkały. Hunter poczuł, jak jej język delikatnie oplata jego. Przyciągnął ją bliżej, poczuł na piersi jej twarde sutki. Popchnął ją w kierunku blatu i delikatnie podsadził. Zerwał z niej bluzkę i ukrył twarz w jej piersiach. Isabella odgięła do tyłu głowę i jęknęła z rozkoszy. Nie pozwoliła mu nawet odpiąć koszuli – zdecydowanym ruchem chwyciła ją obiema rękami i ściągnęła przez głowę, urywając przy okazji kilka guzików, które rozsypały się po blacie i podłodze. Znów do siebie przylgnęli, całując się jeszcze namiętniej. Jej czerwone paznokcie wbijały się w plecy Huntera z jednakową pasją i czułością.

Kochali się na blacie kuchennym, na podłodze, później przenieśli się do sypialni. Nim się sobą nasycili, niebo zdążyły rozjaśnić pierwsze promienie słońca.

– Jestem wykończona. – Isabella przeturlała się do Huntera i położyła głowę na jego piersi. – Ostatnim razem też byłeś niezły, ale od tamtej pory zrobiłeś ogromne postępy. – Lekko się uśmiechneła.

– No, myślę. – Hunter uniósł jcj podbródek i delikatnie odsunął spadający na oczy kosmyk.

Znów go pocałowała.

– Umieram z głodu. Może coś zjemy? I tak już czas na śniadanie.

– Dobry pomysł.

Wyskoczyli oboje z łóżka. Isabella zaczęła szukać w jednej z szuflad świeżej bielizny, a Hunter wrócił do kuchni, by pozbierać z podłogi swoje porozrzucane ubrania.

– A co się stało z bielizną w misie? – spytała, wchodząc do kuchni w samych koronkowych figach.

– Lepiej załóż coś jeszcze albo zaraz zaczniemy wszystko od początku. – Nie mógł spuścić z niej wzroku.

– To obietnica? – spytała, podnosząc z podłogi jego koszulę i zarzucając ją na siebie. Poradziła sobie z brakiem guzików, wiążąc ją w talii na supeł.

– Tak lepiej? – mrugnęła zalotnie.

Hunter głośno przełknął ślinę.

– Chyba podnieca mnie nawet bardziej.

– Doskonale. Ale najpierw zjedzmy śniadanie.

Otworzyła lodówkę i wyjęła kilka jajek, karton mleka, małą butelkę soku pomarańczowego i paczkę *hash browns*.

– Pomóc ci? – spytał Hunter.

– Nie, dzięki. Poza tym wiesz, jak się skończyła twoja pomoc ostatnim razem. – Nalała dwie szklanki soku pomarańczowego i podała mu jedną.

– Chyba masz rację. Poczekam w salonie. – Cmoknął ją w usta.

– Na co masz ochotę?

– Hmm, może jajecznica?

– Może być jajecznica.

Hunter wrócił do salonu i usiadł przy stole. Od chwili gdy zaczęły się kolejne morderstwa, po raz pierwszy udało mu się tak naprawdę na chwilę wyłączyć.

– Zostawiłeś je w kuchni. – Isabella przyniosła do salonu jego zniszczone buty. – Jak długo w nich chodzisz?

– Zbyt długo.

– No właśnie widać.

– Zbierałem się, żeby kupić nowe – skłamał.

– Powinieneś. We Włoszech ocenia się mężczyzn po ich obuwiu.

– Cholera, czyli jestem stary i brudny?

Wybuchnęła zaraźliwym śmiechem.

– Śniadanie będzie gotowe za kilka minut.

Hunter zdążył dopić sok pomarańczowy, nim wniosła do salonu tacę z jajecznicą, plackami, przyrumienionymi tostami i świeżo zaparzoną kawą.

– Kawa? Mówiłaś, że masz tylko herbatę.

– W zeszłym tygodniu. Miałam jednak dziwne przeczucie, że możesz zostać na noc, więc wczoraj kupiłam. Mam nadzieję, że będzie ci smakować. Nie znam się na kawach. Nie wiem, czy to dobra marka czy nie.

– Na pewno będzie dobra... Pachnie wspaniale – zapewnił ją.

– A to co? – spytała, wskazując na leżącą przed Hunterem kartkę papieru.

Czekając na śniadanie, Hunter zupełnie nieświadomie bazgrał po niej i gdzieś między szlaczkami narysował symbol podwójnego krzyża.

– Nic, tak sobie rysowałem.

– Zabawne.

– Co?

– To co narysowałeś. Już to gdzieś widziałam, myślałam, że coś znaczy.

36

Los Angeles to miasto imprez. Mieszkające tam gwiazdy rocka, aktorów, celebrytów, polityków i bogaczy łączy jedno: uwielbiają się bawić w błyskach fleszy.

Martin Young miał trzydzieści sześć lat, a na koncie miliony, których dorobił się, pośrednicząc w handlu nieruchomościami. Jego firma Young Estates specjalizowała się w rezydencjach dla najzamożniejszych, głównie w dzielnicach takich jak Beverly Hills, Bel Air, Malibu czy Venice Beach. Martin miał okazję poznać mnóstwo gwiazd show-biznesu. Sama Madonna przed wyprowadzką do Londynu sprzedała swój apartament w Los Angeles przez jego firmę. Pierwszy milion zarobił już po sześciu miesiącach, a dziś, po zaledwie dwóch latach, mógłby przejść na emeryturę, gdyby nagle przyszła mu na to ochota. Martin za bardzo się jednak rozkochał w pieniądzach i im więcej zarabiał, tym więcej pragnął. Stał się bezwzględnym biznesmenem, którego całe życie kręciło się wokół spraw firmy. No, może z wyjątkiem weekendów. W weekendy się bawił. Na całego. Raz w miesiącu wynajmował jakąś ekstrawagancką willę na obrzeżach miasta, zapraszał kilkoro bliskich znajomych, wynajmował prostytutki i kupował wszelkiego rodzaju narkotyki. Podobnie było zeszłej nocy.

Kiedy otworzył oczy, dobrą chwilę zajęło mu ustalenie, gdzie się tak właściwie znajduje. Najwyraźniej to coś, cokolwiek wziął kilkanaście godzin wcześniej, jeszcze nie przestało działać i w dalszym ciągu czuł się odrobinę ogłuszony. Rozejrzał się po pokoju, przyglądając się średniowiecznym ozdobom. Mrugnął kilka razy, żeby wyostrzyć wzrok i po chwili zaczął widzieć wyraźniej. Nad kominkiem, pod najdalszą ścianą, wisiały dwa skrzyżowane miecze, nad nimi umieszczona była rycerska tarcza, a po jej prawej stronie naturalnych rozmiarów zbroja. Podłogę przykrywały perskie dywany, a ściany obwieszone były gobelinami i obrazami angielskich książąt, lordów i królowych.

Usiadł z ogromnym wysiłkiem. Głowę miał ciężką, a w ustach gorzki posmak. Dopiero po chwili zorientował się, że spał w łożu z baldachimem otulony jedwabnym prześcieradłem i poduszkami. Cholera, przysnęło mi się na miejscówce króla Artura, pomyślał i zachichotał. Na stoliku nocnym, obok worka z białym proszkiem, leżały porozrzucane różne pigułki.

Właśnie tego mi trzeba, by nie dopadł mnie bolesny powrót do świadomości, pomyślał i na chybił trafił wybrał kilka tabletek, natychmiast wkładając je do ust. Rozejrzał się za czymś do popicia. Na podłodze przy łóżku stała otwarta, na wpół wypita butelka szampana. Upił duży łyk, potrząsając głową, by łatwiej przełknąć zwietrzały alkohol. Poczekał kilka minut, aż tabletki zaczną działać, a potem wyszedł z pokoju. Z podestu na schodach doskonale widać było znajdujący się na parterze salon. Na wiekowej kanapie i na dywanach spało dziewięciu, może dziesięciu mężczyzn. Kolejny oparty o fortepian, do tego dwie nagie prostytutki na podłodze. Wyglądali jak koczujący w parku kloszardzi. Martin chwiejnym krokiem ruszył w kierunku schodów. Mijając otwarty pokój po prawej, zerknął do środka. Nie było tam teraz nikogo. To zapewne pokój telewizyjny, pomyślał. Przytrzymując się balustrady, zaczął powoli schodzić, przystając na każdym stopniu. Nim doszedł do końca, dopadł go ogromny głód.

– Gdzie w tym koszmarnym domu jest, u diabła, kuchnia? – krzyknął, przyglądając się egzotycznym dekoracjom w holu.

Z pokoju na końcu niewielkiego korytarza po lewej dochodziły jakieś dźwięki. Ktoś nie spał.

Zataczając się, Martin dopadł drzwi. Pchnął je, ale ani drgnęły. Nie wiedział, czy się zacięły, czy może naparł zbyt słabo. Cofnął się o krok, a potem z impetem rzucił się na nie prawym barkiem, wkładając w ten ruch resztki energii, która mu jeszcze została. Drzwi puściły, a Martin wylądował na podłodze.

– Nic ci się nie stało, stary? – Duane, jego najlepszy kumpel, siedział przy stole naprzeciw dwulitrowej butelki wody.

Martin pozbierał się powoli z podłogi. Kuchnia była duża i w odróżnieniu od reszty domu gustownie i nowocześnie urządzona. Czarne włoskie marmurowe blaty doskonale kontrastowały z połyskującą podwójną lodówką z nierdzewnej stali, ustawioną w północnym rogu. Nad stołem, przy którym siedział Duane, wisiała cała kolekcja garnków i rondli.

– Tylko ty wstałeś? – spytał Duane, wyraźnie pobudzony.

– Nie widziałem nikogo prócz ciebie, ale wróciłem do świata żywych jakieś dziesięć minut temu.

– Rozejrzałeś się? Tu jest bosko. Bardziej jak w muzeum niż w domu, no może z wyjątkiem kuchni. Właściciel, kimkolwiek jest, ma najwidoczniej hopla na punkcie średniowiecznej Anglii. Tego badziewia jest tu na tony. – Duane wyrzucał z siebie słowa w tempie karabinu maszynowego.

– A ty uważasz je za boskie? – Mina Martina nie pozostawiała złudzeń, że nie podziela entuzjazmu kolegi.

– No tak, taki inny klimat.

Martina nie bardzo interesowało, co Duane myśli o domu. Gorączkowo czegoś szukał.

– Jest tu coś do zjedzenia? – spytał.

– Jasne, stary, całe mnóstwo żarcia, zajrzyj do lodówki.

W środku czekało wszystko, o czym głodny mógłby zamarzyć, od pączków i pianek do hot dogów i pieczonego kurczaka. Martin chwycił słoiki z masłem kakaowym, dżemem, dwie puszki wody sodowej i opakowanie pianek.

– A chleb? – spytał, odwracając się do przyjaciela.

– Tam. – Duane pokazał na stojący na blacie chlebak.

Martin porwał kilka kromek i szybko rozsmarował na nich masło orzechowe i dżem.

– Stary, nie przesadzaj z tym dżemem – zachichotał Duane. – Coś ty brał, hasz?

– Nie wiem, połknąłem kilka tabletek ze stolika na górze – rzucił między jednym zachłannym kęsem a drugim. Dżem ściekał mu z lewego kącika ust.

– Masz jazdę?

– Żebyś wiedział, jak cholera. A ty?

– Nie. Jestem na fenicyklidynie. Nie zmrużyłem oka, odkąd tu przyjechaliśmy. Dalej mnie nosi.

– A kiedy przyjechaliśmy? – Martin wyglądał na zdezorientowanego.

– Stary, ty rzeczywiście masz jeszcze niezłą jazdę. W piątek w nocy – wyjaśnił Duane ze śmiechem.

– A dzisiaj jest?

– Niedziela rano. – Duane zaśmiał się jeszcze głośniej.

– Rany, czyli nie śpisz już półtora dnia.

– Dokładnie – odparł Duane z dumą.

Martin pokiwał głową z dezaprobatą, wpakował do ust kilka pianek i pomaszerował w stronę chlebaka.

– Chcesz kanapkę z masłem orzechowym i dżemem?

– Nie. W ogóle nie chce mi się jeść, ale częstuj się, stary.

Martin wziął kolejną kromkę, nakładając jeszcze więcej dżemu.

– Pamiętasz, Mart, jak mówiłem, że mam dla ciebie niespodziankę?

Martin spojrzał na przyjaciela zaciekawiony.

– Nie, niczego takiego sobie nie przypominam.

– Otóż mam, chcesz ją teraz zobaczyć? – ekscytował się Duane.

Martin nie był pewien, czy to efekt działania narkotyków, czy rzeczywiście tak bardzo cieszył się z niespodzianki.

– Jasne, a co to? – rzucił średnio zainteresowany.

– Płyta DVD. Skoczę po nią, a ty dokończ sobie ten dżem. – Wskazał wymownie na prawie pusty słoik.

– DVD? – Martin wyglądał na zawiedzionego.

– Uwierz, spodoba ci się – obiecał Duane i wybiegł z kuchni, pozwalając Martinowi dokończyć kanapkę. Wrócił po kilku minutach z płytą w dłoni.

– Mam!

Martin zerknął na opakowanie. Nie miało okładki ani tytułu.

– Gdzie możemy ją puścić? – Duane ożywił się jeszcze bardziej.

– Chyba widziałem na górze pokój z olbrzymim płaskim telewizorem i zestawem kina domowego. – Kilkoma dużymi haustami dopił resztki wody sodowej. – Ale co takiego masz na tej płycie?

– Stary, to będzie niezła jazda. Rajcuje cię wiązanie, prawda? – ożywiony Duane przypominał jednego z bohaterów *Świata Wayne'a.*

Dla bliskich przyjaciół nie było tajemnicą, że Martin lubi związywanie i ostry seks.

– Masz płytkę ze związywaniem? – spytał tym razem z widocznym zainteresowaniem.

– Stary, ten filmik cię powali. To podobno jakieś ekstremalne gówno.

Martin wpatrywał się w pobudzonego Duane'a.

– Dawaj. Im ostrzejsza, tym lepsza. – Włożył do ust ostatnią piankę.

– Gdzie jest ten pokój z płaskim telewizorem?

– Gdzieś na górze. Znajdziemy go, nie martw się, tylko wezmę pączka.

Martin wrócił do kuchni i wyjął z lodówki pudełko z trzema czekoladowymi pączkami i kolejną puszkę wody sodowej, po czym obaj ruszyli na górę.

Pokój telewizyjny znaleźli bez trudu. Było to duże pomieszczenie z kilkoma skórzanymi i wyglądającymi na cholernie wygodne kanapami, największym płaskim telewizorem, jaki w życiu widzieli, i sprzętem DVD, który śmiało można by nazwać dziełem sztuki.

– Superowe! – przeżywał Duane, rzucając się na jeden z foteli niczym dzieciak na dmuchany zamek. – I jakie bajeranckie – dodał, wpatrując się w olbrzymi telewizor.

– Dawaj tę płytę i przestań zachowywać się jak smarkacz – rozkazał Martin.

Duane podał mu płytkę i usadowił się wygodnie w fotelu, czekając, aż Martin włoży ją do odtwarzacza. Pierwszą rzeczą, jaka rzuciła się Martinowi w oczy, była amatorska jakość filmiku – z całą pewnością nie była to żadna profesjonalna produkcja. W pierwszej scenie zobaczyli młodą, na oko nawet nie dwudziestopięcioletnią, kobietę przywiązaną do metalowego krzesła. Jej długie blond włosy były rozczochrane, jakby dopiero co wstała z łóżka. Biała bluzka brudna i przesiąknięta potem. Podarta krótka dżinsowa spódniczka odsłaniała pięknie opalone nogi. Na oczach miała opaskę, w ustach knebel, a czarne smugi tuszu do rzęs na policzkach zdradzały, że płakała. Szminkę na ustach miała rozmazaną i sprawiała wrażenie przerażonej i wycieńczonej. Pomieszczenie, w którym się znajdowała, miało jakieś dziewięć na siedem metrów. Ściany wyglądały, jakby ktoś je celowo podziurawił młotem oburęcznym. Jedynym meblem w pokoju, poza krzesłem, do którego ją przywiązano, był metalowy stół.

Były z nią dwie osoby, dwóch mężczyzn, ale nie było widać ich twarzy. Kamera pokazywała ich jedynie od pasa w dół. Zmęczenie nagle gdzieś uleciało z pobudzonego Martina.

– Takiego jeszcze nie widziałem – zauważył. – Odpuszczają sobie jakąkolwiek fabułę i od razu przechodzą do rzeczy, prawda?

– Wiedziałem, że ci się spodoba, stary.

Jeden z mężczyzn zbliżył się do przerażonej kobiety. Wybrzuszenie w ciemnych spodniach zdradzało wyraźną erekcję. Przysunął dłoń, by popieścić jej włosy, ale ledwo ich dotknął, kobieta gwałtownie odrzuciła głowę, próbując krzyczeć przez zaciśnięty w ustach knebel. Jej reakcja tylko rozjuszyła mężczyznę. Uderzył ją w lewy policzek z taką siłą, że aż podskoczyła na krześle.

– Nie stawiaj się, suko! – rozkazał władczym tonem.

Potem odwrócił się do swojego kompana, który podał mu nóż sprężynowy. Powoli i delikatnie przesunął ostrzem po prawym policzku dziewczyny. Kiedy poczuła zimny metal, wrzasnęła przeraźliwie, a spod opaski popłynęły łzy. Mężczyzna zbliżył ostrze do jej bluzki. Rozdarł ją jednym zdecydowanym ruchem, lekko przecinając skórę między piersiami, gdzie natychmiast zebrała się strużka krwi. Zawyła przerażona, za co otrzymała kolejne ciosy w twarz.

– Zamknij się, kurwo! – krzyknął mężczyzna.

Drugi z mężczyzn podszedł do otępiałej ze strachu kobiety i rozsunąwszy jej nogi, rozdarł spódnicę, odsłaniając prześwitujące czerwone majtki. Wyglądały na wilgotne. Podniecony Martin ułożył się wygodniej na kanapie.

W dalszej części filmu obaj mężczyźni dotykali kobiety i ocierali się członkami o jej ciało z coraz większą agresją, nad którą zdawali się momentami nie panować. Martinowi to nie przeszkadzało, chłonął film sekunda po sekundzie, aż do ostatniej sceny, kiedy to mężczyźni zdążyli już uwolnić dziewczynę z krzesła, rozebrać do naga i kilka razy zgwałcić.

Wtedy jeden z nich stanął za kobietą i zdarł jej z twarzy opaskę. Mrugała przez chwilę wściekle, próbując na powrót przywyknąć do światła, a gdy jej się to udało, jej wzrok padł na stojącego naprzeciw mężczyznę. Chwilę jej zajęło zrozumienie tego, co widzi, ale gdy to do niej dotarło, na jej twarzy odmalowało się przerażenie. Ten sam paniczny strach widoczny był na twarzy Martina.

– Jezu Chryste! – wrzasnął, zrywając się z kanapy. Całym jego ciałem wstrząsały dreszcze strachu.

Bez żadnego ostrzeżenia jeden z mężczyzn odgiął jej głowę do tyłu, odsłaniając szyję. Błyszczące ostrze noża wysunęło się znikąd. W jej oczach pojawił się jedynie ogromny smutek, kiedy zdała sobie sprawę z tego, co za chwilę nastąpi. Nie było już sensu walczyć.

– Chyba sobie, kurwa, żartujesz? – wychrypiał Martin z szeroko otwartymi z przerażenia oczami. Już nie był podniecony, ale wystraszony na śmierć.

Cięcie było szybkie i precyzyjne. Z rozharatanego od lewej do prawej gardła natychmiast buchnęła krew. Martin i Duane w życiu nie widzieli tyle krwi. Mężczyzna stojący z tyłu podtrzymał jej głowę, żeby kamera mogła zrobić zbliżenie na jej martwe oczy. W tle słychać było śmiech obu mężczyzn.

– Kurwa mać… Co to, kurwa, było? – Martin był na skraju histerii.

Duane też zdążył się zerwać na równe nogi. Jak zahipnotyzowany wpatrywał się w ekran telewizora.

– To jakiś film snuff? Przyniosłeś mi pierdolony film snuff? – Martin spojrzał na Duane'a.

– Nie miałem pojęcia – bronił się Duane, cofnąwszy się o krok. – Powiedzieli mi, że to jakieś ekstremalne BDSM, stary – dodał łamiącym się głosem blady jak śmierć Duane.

– Ekstremalne? – nie przestawał krzyczeć Martin. – Ona nie żyje, Duane. No tak, kurwa, można to uznać za ekstremalne. – Martin pocierał drżącymi dłońmi twarz, jakby próbował zetrzeć z oczu to, co przed chwilą widział. – Kim oni są?

– Co? – Duane był zdezorientowany.

– Powiedzieli ci ponoć, że to ekstremalne BDSM. Kto ci, do kurwy, powiedział? Skąd to masz?

– To ludzie z moich kontaktów. Wiesz, ci, od których można załatwić prochy albo dziewczyny.

– Nie, nie wiem. Ja nie mam takich kontaktów – wykrzyczał Martin i podszedł do odtwarzacza, żeby wciąż drżącą ręką wyjąć płytkę.

– Czemu tak się pieklisz? Nie mamy z tym nic wspólnego. Wyrzucamy płytkę i zapominamy o sprawie.

– Nie mogę, Duane.

– Czemu nie?

– Bo wiem, kim ona jest.

37

– Co? Jak to: już go widziałaś? Gdzie? Kiedy? – wyrzucił z siebie Hunter podniesionym o kilka decybeli głosem.

– Nie jestem pewna. Jakieś trzy, może cztery miesiące temu – odpowiedziała swobodnym tonem. – Nie jesz śniadania?

Hunter kompletnie stracił apetyt.

– Darujmy sobie na razie śniadanie. Muszę wiedzieć, gdzie widziałaś ten symbol. I kiedy. I muszę to wiedzieć teraz. – Chwycił ją za ramiona.

Isabella wpatrywała się w niego przestraszona.

– Przerażasz mnie, Robercie. O co u diabła chodzi? – spytała, próbując się uwolnić z uścisku.

Uświadomiwszy sobie, że zachowuje się jak szaleniec, natychmiast ją puścił.

– Przepraszam.

Odsunęła się od niego, zachowując bezpieczną odległość, jakby stał się nagle nieznajomym.

– O co właściwie chodzi? Co w ciebie wstąpiło, do cholery? – spytała wystraszona.

Hunter przeczesał powoli włosy, próbując się uspokoić. Isabella stała, czekając na jakieś sensowne wyjaśnienie.

– Usiądź, proszę. Wszystko ci wytłumaczę.

– Dziękuję, postoję.

Hunter wziął głęboki oddech.

– Skłamałem, mówiąc, że ten symbol nic nie znaczy.

– Tak też myślałam.

Hunter wyjaśnił jej znaczenie podwójnego krzyża, starając się wyjawić tylko tyle, ile uznał za stosowne. Powiedział o dwóch ostatnich morderstwach, ale ani słowem nie wspomniał o wcześniejszych. Skrawek papieru z namalowanym symbolem w jego wersji znaleziono na miejscu obu zbrodni, a nie wycięty na ciałach ofiar.

Isabella stała przez chwilę bez ruchu i w ciszy mu się przyglądała. Kiedy się wreszcie odezwała, jej głos wciąż drżał.

– Seryjny morderca? Chcesz mi powiedzieć, że być może stałam twarzą w twarz z seryjnym mordercą?

– Niekoniecznie – próbował ją uspokoić. – Według książkowej definicji seryjny morderca musi zamordować przynajmniej trzy osoby przy trzech różnych okazjach. Nasz morderca zabił do tej pory dwie – znów skłamał.

– I jest przez to mniej groźnym psychopatą?

Hunter nie odpowiedział.

– Isabello, musisz mi powiedzieć, co wiesz o tym symbolu. Gdzie go widziałaś? – Delikatnie zamknął jej dłonie we własnych.

– Nie jestem pewna. Za bardzo się teraz zdenerwowałam, żeby sobie przypomnieć.

– Spróbuj, proszę.

Uwolniła dłonie i przez chwilę masowała zamknięte powieki.

– Jakieś dwa, trzy miesiące temu – odezwała się w końcu – umówiłam się z koleżanką na drinka w knajpce. – Otworzyła oczy.

– Pamiętasz, co to była za knajpka? – spytał Hunter.

Pokręciła głową.

– Nie martw się. Możemy wrócić do tego później. Co było dalej?

– Siedziałyśmy przy barze i ona poszła do toalety.

– Zostałaś więc sama?

– Tak. Na minutę albo dwie.

– Mów dalej.

– Podszedł do mnie jakiś gość i spytał, czy może mi postawić drinka.

– Pamiętasz, jak wyglądał?

Wpatrywała się przez chwilę w podłogę.

– Był bardzo wysoki, miał jakiś metr osiemdziesiąt pięć, może metr dziewięćdziesiąt wzrostu. Łysy, wyglądał na silnego i wysportowanego, a jego oczy... – przerwała na moment.

– Co z nimi?

– Wydawały się jakieś dziwne.

– To znaczy?

– Zimne... pozbawione emocji... nawet budzące strach, jakby nienawidził mnie od chwili, gdy tylko na mnie spojrzał.

– Jakiego były koloru?

– Zielonego. To pamiętam doskonale.

– Może nosił szkła kontaktowe?

– Nie. Nie sadzę. Odcień wyglądał na naturalny.

– Dobra, a co powiedziałaś, kiedy zaproponował ci drinka?

– Podziękowałam, mówiąc, że mam już jednego.

– A co z symbolem?

– Podszedł bliżej, kładąc obie ręce na barze i spytał, czy jestem pewna. Mówił coś, żebym potraktowała to jako przyjacielskiego drinka. Tak czy inaczej, rękawy jego koszuli podsunęły się w górę, odsłaniając nadgarstki. Na obu miał wytatuowany ten symbol.

– Na obu nadgarstkach?

– Tak!

– Jesteś pewna, że to był ten sam symbol? – Hunter podsunął swój nagryzmolony rysunek.

– Tak, dokładnie taki sam. Spytałam go na nawet o te tatuaże.

– A dokładniej o co?

– Czy zostały mu może z wojska. Wiesz, marines albo inni wojskowi często tatuują sobie różne symbole, żeby pokazać swoje oddanie.

– I co ci odpowiedział?

– Wyraźnie nie chciał o tym rozmawiać. Szybko naciągnął z powrotem rękawy, bąkając coś, że to sprawa osobista.

– Pamiętasz coś jeszcze?

– Nie wyglądały mi na robotę profesjonalisty, raczej jakby sam je sobie zrobił igłą i atramentem.

– Jesteś pewna?

– Tak mi się wydawało.

– Mówił coś jeszcze? Przedstawił się? – Hunter wiedział, że i tak nie podałby prawdziwego imienia, ale mieliby przynajmniej jakiś punkt zaczepienia.

– Nie. Moje pytanie o tatuaże chyba go zdenerwowało. Przeprosił, że mi przeszkodził, czy coś takiego, i wyszedł.

– Chodzi ci o to, że wyszedł z baru czy po prostu odszedł gdzieś na bok?

– Nie jestem pewna. Chyba wyszedł z baru, nie pamiętam.

– Nie przejmuj się, świetnie ci idzie. A tatuaże, gdzie je miał dokładnie?

– Tutaj. – Isabella wskazała na wewnętrzną stronę nadgarstków.

– A jakiej były wielkości?

– Nie za duże, jakieś dwa i pół centymetra, zrobione ciemnym atramentem.

– Widziałaś go jeszcze potem?

– Nie.

– A jego głos? Pamiętasz coś charakterystycznego?

– Nie.

– Wróćmy jeszcze do baru. Spróbuj przypomnieć sobie nazwę.

Zamknęła oczy i wzięła głęboki oddech.

– Pamiętasz cokolwiek? Neon, jakąś dekorację na ścianie albo w której części miasta się znajdował?

– To było jakiś czas temu. Daj mi chwilę, spróbuję sobie przypomnieć.

Siedzieli w ciszy przez kilka minut.

– Jestem pewna, że to był któryś z barów przy plaży. – Zerknęła na niego.

– Dobra, spróbujmy inaczej. Zamiast myśleć o knajpie, pomyśl o znajomej, z którą wtedy byłaś. Twój mózg lepiej zarejestrował wieczór z przyjaciółką niż sam bar. A jedno może pociągnie za sobą drugie – zaproponował Hunter.

– Byłam z Pat. Długo się nie widziałyśmy – odpowiedziała, wbijając wzrok w podłogę.

Po kilku sekundach uśmiechnęła się promiennie.

– Miałeś rację. Myśląc o Pat, przypomniałam sobie. To było w Venice Beach, w Venice Whaler and Grill Bar.

– Znam tę knajpę. Byłem tam kilka razy – ożywił się Hunter. – Mogę spytać o coś jeszcze?

– Jasne. – Skinęła wolno głową.

– Myślisz, że mogłabyś stworzyć z naszym rysownikiem portret pamięciowy? To by nam ogromnie pomogło.

– Postaram się. – Nieśmiało wzruszyła ramionami.

Hunter przysunął się do niej i pocałował w usta.

– Przepraszam za swój wybuch. Kompletnie mnie zaskoczyłaś, mówiąc, że już ten symbol gdzieś widziałaś. To nasz pierwszy przełom w śledztwie.

– W porządku. – Odwzajemniła pocałunek.

Hunter chwycił zawiązany na biodrach supeł i pozbawiona guzików koszula opadła na podłogę. Ciągle jeszcze nie zjedli śniadania.

38

Zaczął się kolejny upalny dzień w Los Angeles z temperaturą przekraczającą trzydzieści stopni. Ulice tętniły życiem. Ludzie wyprowadzali psy, spacerowali albo włóczyli się bez celu.

Hunter wyszedł z mieszkania Isabelli w porze lunchu, zjadłszy wreszcie śniadanie. Ciągle była jeszcze odrobinę roztrzęsiona, ale obiecał jej, że wszystko będzie dobrze.

– Jezu! Jeśli to nasz gość, mogła być ofiarą – stwierdził Garcia, kiedy Hunter o wszystkim mu opowiedział.

– Wiem i po południu przywożę do niej portrecistę. Jak tylko załatwimy sprawę z tym, jak mu tam, Petersonem z Tale & Josh. Tak à propos, masz jego adres? – spytał Hunter.

– Tak, ulica Via Linda Street w Malibu – przeczytał Garcia z przyklejonej do monitora karteczki.

– Malibu powiadasz? – Hunter zmarszczył brwi.

Garcia skinął głową.

– Prawnicy też mogą najwidoczniej prowadzić wystawne życie.

– Na to wygląda. A jak tam z dziewczynami D-Kinga? Mamy coś nowego?

Od piątkowej rozmowy z D-Kingiem Hunter ciężko pracował nad kapitanem Bolterem, żeby ten zgodził się na dwudziestoczterogodzinną obserwację.

– Nasz człowiek śledził jedną po tym, jak wyszła z wczorajszej imprezy – odpowiedział Garcia, wyciągając z kieszeni kartkę.

– Doskonale. Możemy do niej wpaść, jak tylko wyjdziemy od Patersona. Jedziemy, ty prowadzisz.

Malibu to ponadczterdziestokilometrowy odcinek spektakularnej linii brzegowej leżącej na północny zachód od Los Angeles. Schronienia przed wścibskimi paparazzi szukają tu celebryci tacy jak Barbra Streisand, Tom Hanks, Dustin Hoffman, Pierce Brosnan i całe tabuny innych bogatych hollywoodzkich gwiazd.

Większą część drogi do domu Petersona przejechali w milczeniu. Myśli Huntera krążyły między niesamowitą nocą z Isabellą a zdumiewającym przełomem w śledztwie, który był jej zasługą. Czyżby naprawdę stała twarzą w twarz z mordercą? A jeśli tak, czy to możliwe, że nie był w przebraniu? I czy spłoszyła go, zauważając widoczne na nadgarstkach tatuaże? Hunter wiedział, że morderca niczego nie pozostawiał przypadkowi, ale istniała przecież niewielka szansa, że spotkanie Isabelli nie było jednak zaplanowane. Hunter czuł, że szczęście znów się do niego uśmiecha.

– To ta ulica – zakomunikował Garcia, skręcając w Via Linda.

– Numer cztery. – Hunter wskazał na bladoniebieski budynek, na podjeździe którego stały zaparkowane trzy samochody, w tym wyglądający na nowiutkiego chevy explorer.

Jak na standardy Malibu, dom Petersona niczym specjalnym się nie wyróżniał, ale jak na standardy Huntera i Garcii, był ogromny. Trawnik wokół nowoczesnego trzypiętrowego budynku był równiutko skoszony, niemal co do milimetra. Do masywnych drzwi wejściowych, przy podeście których starannie ułożone kwiaty zachwycały feerią kolorów, prowadziła wybrukowana ozdobną kostką ścieżka. Ktokolwiek zajmował się domem, był perfekcjonistą.

Hunter lubił element zaskoczenia. Umawianie się zawsze dawało przesłuchiwanemu szansę, by przygotować kłamstwa i przećwiczyć je sobie w głowie. Jeśli tylko była taka możliwość, wolał wpadać niezapowiedziany. Obecność gliniarza z wydziału zabójstw z całą masą pytań w zanadrzu musiała być dla przeciętnego obywatela stresująca.

Na drzwiach wejściowych odkryli mosiężną lwią głowę z wystającą z pyska kołatką.

– Dość ekscentryczne – skomentował Garcia i zapukał trzy razy. – Założę się, że na tyłach mają basen.

– To Malibu, stary! Basen to standard i dostajesz go w pakiecie, czy ci się to podoba czy nie.

Kilka sekund później drzwi otworzyła im jasnowłosa dziewczynka o ciemnych oczach, nie miała więcej niż dziesięć lat. Nie do końca tego się spodziewali.

– Cześć, maleńka, tatuś jest w domu? – spytał Garcia, z uśmiechem przykucając, by znaleźć się na jej poziomie.

Cofnęła się o krok, mierząc wzrokiem obu mężczyzn.

– Mogę spytać, kogo mam zaanonsować?

Garcię zaskoczyła jej elokwencja.

– Oczywiście. Jestem detektyw Garcia, a to detektyw Hunter. – Pokazał na kolegę.

– Mogliby się panowie wylegitymować? – spytała, przyglądając im się z powątpiewaniem.

Garcia nie mógł powstrzymać śmiechu.

– Jasne.

Obaj detektywi sięgnęli po odznaki i rozbawieni przyglądali się, jak dziewczynka uważnie je studiuje.

– Czy jest jakiś problem, panowie?

– Nie. Ale chcielibyśmy porozmawiać z twoim tatą, jeśli oczywiście nie masz nic przeciwko.

– Ja nie nazywam mojego ojca „tatą". Tak mówią tylko małe dzieci. Proszę tu zaczekać – rzuciła oschle i zamknęła im drzwi przed nosem.

– Co to było? – spytał Garcia Huntera.

Ten tylko wzruszył ramionami.

– Ile może mieć lat? Jakieś dziesięć? Wyobrażasz ją sobie, jak będzie miała pięćdziesiąt?

– To nie jej wina. – Hunter pokręcił głową. – Rodzice chcą pewnie, żeby zachowywała się poważniej niż na swój wiek. Prawdopodobnie nie wypuszczają jej na dwór, nie pozwalają, by miała zbyt wielu przyjaciół, i wymagają, by była wzorową uczennicą. Wyrządzają jej wielką krzywdę, nawet nie zdając sobie z tego sprawy.

Usłyszeli zbliżające się do drzwi kroki, tym razem osoby dorosłej. Po chwili drzwi się otworzyły i stanął przed nimi ten sam wysoki szczupły gość, z którym rozmawiali w Tale & Josh.

– Panie Peterson, rozmawialiśmy w piątek. Detektywi Garcia i Hunter – zaczął Garcia.

– Tak, oczywiście, pamiętam. O co chodzi, panowie? Już wam powiedziałem wszystko, co wiem.

– Mamy kilka dodatkowych pytań – tym razem odezwał się Hunter. – Chcielibyśmy wyjaśnić jeszcze parę spraw.

– I chcecie to robić w moim domu? – zdenerwował się Peterson.

– Jeśli mógłby pan nam poświęcić dziesięć minut...

– Jest niedziela, panowie – uciął Peterson. – Niedziele chciałbym spędzać z rodziną, w spokoju. Jeśli chcecie wyjaśnić jakieś dodatkowe sprawy, moja sekretarka chętnie umówi was na spotkanie. A teraz, jeśli panowie wybaczą – zaczął już zamykać drzwi, ale Hunter przeszkodził mu, wsuwając nogę w futrynę.

– Panie Peterson – zaczął, nim prawnik zdążył wyrazić swoje niezadowolenie – pańskiego kolegę, przyjaciela, zamordował jakiś maniak, który nie szanuje świętości typu niedziela z rodziną. Nie była to zemsta, a już na pewno nie było to przypadkowe morderstwo. Nie wiemy, kto będzie następną ofiarą, ale wiemy jedno: jeżeli go nie powstrzymamy, zginą kolejni ludzie – Hunter przerwał i spojrzał Petersonowi głęboko w oczy. – Też chciałbym mieć wolną niedzielę i spędzać ją z bliskimi, podobnie detektyw Garcia. – Garcia zmarszczywszy brwi, spojrzał na Huntera. – Ale próbujemy ocalić ludzkie życie. Dziesięć minut, nie prosimy o nic więcej.

Poirytowany Peterson zagryzł mocno wargi.

– W porządku. Ale nie rozmawiajmy tu. – Pokazał na drogę, przy której Garcia zaparkował. – Kochanie, wracam za dziesięć minut – krzyknął, nim zamknął za sobą drzwi.

Kiedy dochodzili do samochodu, Hunter odwrócił się i zerknął w stronę domu. Dziewczynka wpatrywała się w nich smutnymi oczami z okna na piętrze.

– Wspaniały dzieciak – powiedział.

– Tak, jest urocza – skwitował Peterson bez entuzjazmu.

– Przepiękny dzień. Nie wolałaby posiedzieć na basenie?

– Ma lekcje do odrobienia – odpowiedział Peterson stanowczym tonem.

– To nowy chevy explorer? – Hunter wskazał na samochód.

– Mam go już kilka miesięcy.

– Ile pali?

– Detektywie, nie przyszedł pan tu, żeby rozmawiać o mojej córce czy moim nowym samochodzie, więc proszę przejść do rzeczy.

Hunter skinął głową.

– Musimy dopytać o wtorkowe wieczory George'a. Wiemy, że nie grał w pokera. Jeśli cokolwiek obiło się panu w tym temacie o uszy, proszę nam powiedzieć.

Peterson wyciągnął z kieszeni paczkę papierosów, włożył jednego do ust i pozwolił mu przez chwilę dyndać swobodnie przyklejonemu do wargi.

– Pozwolą panowie? – spytał, podpalając go po chwili.

Hunter z Garcią niemal równocześnie wzruszyli ramionami.

– George był z natury skryty, pewne sprawy zatrzymywał dla siebie – odpowiedział, zaciągając się solidnie.

– Zauważył pan coś niezwykłego?

– Cóż... – Peterson przerwał.

– Tak? – naciskał Hunter.

– Myślę, że mógł mieć romans.

Hunter przyglądał się Petersonowi w milczeniu przez kilka sekund.

– Z kimś z biura?

– Nie. Na pewno nie.

– Skąd ta pewność?

– U nas nie ma kobiet prawników. A wszystkie sekretarki i asystentki to panie w sędziwym wieku.

– Co z tego? Wielu mężczyzn lubi starsze kobiety – wtrącił się Garcia.

– To by było zbyt duże ryzyko. Mogłoby go kosztować pracę. George nie był głupi – odpowiedział Peterson, kręcąc głową.

– To czemu uważa pan, że mógł mieć romans? – spytał Hunter.

– Kilka razy podsłuchałem przypadkiem jego rozmowy telefoniczne – Peterson wystarczająco silnie podkreślił słowo przypadkiem.

– I co pan usłyszał?

– Czułe słówka typu „tęsknię za tobą" czy „do zobaczenia wieczorem".

– Mógł przecież rozmawiać z żoną – podsunął Garcia.

– Wątpię – zaoponował Peterson, wykrzywiając usta na lewo, by wypuścić kłębek dymu.

– A niby dlaczego? – spytał Hunter.

– Słyszałem, jak rozmawia z żoną. Zupełnie inaczej, wiecie, bez czułych słówek, jakie szepcą sobie nowożeńcy. To nie była żona, jestem tego pewien. – Przerwał, by zaciągnąć się papierosem. – Większość tych tajemniczych telefonów miała miejsce właśnie we wtorki.

– Jest pan pewien?

– Tak. Więc kiedy przyszliście do firmy i zaczęliście dopytywać o wtorkowe wieczory pokera, domyśliłem się, że to było kłamstewko, którym karmił żonę. A ja nie chciałem być tym, który go wyda, więc trzymałem buzię na kłódkę. Jego żona ma teraz dość na głowie. Biedna kobieta.

– Poznał ją pan?

– Tak, spotkaliśmy się raz. To bardzo miła kobieta, uprzejma. Wysoko cenię sobie rodzinę, detektywie, wierzę też w Boga i nie pochwalam zdrady, ale tak czy inaczej, George na to nie zasłużył. Nawet jeśli oszukiwał żonę.

– A co z hazardem? Wiedział pan, że miał wcześniej problemy z hazardem?

– Nie miałem pojęcia! – Peterson wyglądał na szczerze zdziwionego.

– Słyszał pan kiedyś, żeby mówił coś o wyścigach psów, chartów?

Znów pokręcił głową.

– Obstawianie przez Internet?

– Jeśli zajmował się hazardem, musiał to robić naprawdę po cichu, nasi wspólnicy nie pochwalają tego typu rozrywek.

– Miał jakichś przyjaciół spoza firmy? Musiał mieć przecież innych znajomych. Poznał pan kiedyś któregoś z nich, no wie pan, gdzieś w klubie czy na imprezie?

– Nie, nigdy. Jedyną osobą, którą zabrał kiedykolwiek na służbową imprezę, była jego żona.

– A klienci?

– Z tego co wiem, stricte służbowe relacje. Nie angażował się w nic oprocz tego.

Przesłuchanie zaczynało przypominać syzyfową pracę.

– Czy jest coś jeszcze, o czym mógłby pan nam powiedzieć, zauważył pan coś szczególnego?

– Poza czułymi słówkami przez telefon... nie. Tak jak mówiłem, był dość skryty i pewne rzeczy zachowywał dla siebie.

– Był z kimś z firmy blisko? Miał jakiegoś kumpla?

– Nic mi o tym nie wiadomo. George raczej nie udzielał się towarzysko. Nigdy nie chodził z nami na drinka. Robił, co miał do zrobienia w biurze i tyle.

– Siedział do późna?

– Wszyscy czasem musimy zostać po godzinach, jeśli sprawa tego wymaga, ale nie dla rozrywki.

– Więc wierzy pan, że George miał romans jedynie na podstawie p r z y p a d k o w o podsłuchanej rozmowy telefonicznej?

Peterson pokiwał potakująco głową, wypuszczając kolejną chmurę dymu.

Hunter podrapał się po podbródku, zastanawiając się, czy jest sens ciągnąć tę rozmowę.

– Dziękujemy za pomoc. Jeśli coś jeszcze przyjdzie panu do głowy, proszę dać nam znać. – Podał mu wizytówkę.

Peterson zaciągnął się po raz ostatni papierosem, rzucił go na ziemię, pożegnał obu detektywów i ruszył w stronę domu.

– Panie Peterson! – zawołał za nim Hunter.

– Tak? – odwrócił się zirytowany

– Mamy taki ładny dzień. Niech się pan pobawi trochę z córką w ogrodzie. Może w coś pogracie? Niech ją pan weźmie na lody albo pączki. Cieszcie się wspólnie spędzanym czasem.

Dziewczynka wciąż obserwowała ich z okna na piętrze.

– Mówiłem już, że ma lekcje do odrobienia.

– Jest niedziela. Nie wydaje się panu, że należy jej się dzień wolnego?

– Próbuje mi pan mówić, detektywie, jak mam wychowywać córkę?

– Nie, broń Boże. To tylko taka rada, co robić, żeby jej nie stracić. Żeby nie dorastała, nienawidząc rodziców, jak wielu jej rówieśników w dzisiejszych czasach.

Hunter pomachał dziewczynce na pożegnanie. Odmachała z nieśmiałym uśmiechem.

– Tak jak pan powiedział, jest urocza – znów zwrócił się do Petersona – ale proszę nie zakładać, że tak będzie zawsze.

39

Kolejne mieszkanie, które musieli odwiedzić, znajdowało się przy Ocean Boulevard 535 w Santa Monica. Garcia zdecydował się na widokową trasę autostradą Pacific Coast Highway. To właśnie na tym malowniczym odcinku, ciągnącym się wzdłuż wybrzeża oceanu, kręcona jest większość reklam samochodowych. Droga biegnie od piaszczystych plaż południowej Kalifornii do poszarpanej linii brzegowej Wybrzeża Północno-Zachodniego, przecinając po drodze urokliwe nadmorskie miasteczka, liczne parki narodowe i rezerwaty przyrody.

Przy piekącym słońcu i temperaturze przekraczającej 35 stopni plaża w Santa Monica była zatłoczona. Gdyby tylko mogli, obaj detektywi zamówiliby chętnie zimne piwo w jednej z plażowych knajpek i na resztę dnia poddali się leniwej nadmorskiej atmosferze. Nie przyjechali tu jednak, by odpoczywać.

Dziewczyna nazywała się Rachel Blate, ale klienci znali ją jako Crystal. Hunter wiedział, że narkotykowy boss zmobilizuje wszystkie siły, byle znaleźć zabójcę Jenny, a ulice Los Angeles znał dużo lepiej od Huntera. Miał swoich ludzi w każdej, najczarniejszej nawet dziurze. Ale gdy tylko uda mu się cokolwiek znaleźć, Hunter chciał o tym wiedzieć.

Kiedy Garcia parkował samochód, sprawdził, co wiedzą na temat Rachel Blate.

– To wszystko? Nie mamy na nią nic więcej? – spytał, przeczytawszy jednostronicowy dokument, który dostał od Garcii.

– Tak, jest czysta, niekarana, niearesztowana. W bazie nie ma nawet jej odcisków palców. Wzorowa obywatelka.

Hunter skrzywił się, nie kryjąc rozczarowania. To oznaczało, że nie będzie mógł użyć małego policyjnego szantażu, żeby zmusić ją do współpracy.

Budynek o numerze 535 na obydwu detektywach zrobił niemałe wrażenie. Przeszklony dwunastopiętrowy apartamentowiec wznosił się dumnie przy Ocean Boulevard. Każde mieszkanie miało swój taras o powierzchni przynajmniej trzydziestu metrów kwadratowych. W holu powitały ich marmurowe podłogi, skórzane kanapy i żyrandol, który pasował bardziej do pałacu Buckingham aniżeli bloku w Santa Monica.

Rachel mieszkała pod numerem 44C, ale nim zdążyli spytać portiera o drogę, Garcia szturchnął delikatnie Huntera w ramię, głową kiwając w stronę windy. Wychodziła z niej właśnie atrakcyjna Afroamerykanka. Proste czarne włosy opadały jej swobodnie na ramiona. Miała na sobie obcisłe błękitne szorty i wetknięty w nie jasnożółty T-shirt. Zachwycała figurą modelki z rozkładówki Playboya. Okulary przeciwsłoneczne Gucciego chroniły jej twarz przed rażącymi promieniami słońca. Hunter od razu rozpoznał w niej jedną z dziewcząt siedzących przy stoliku D-Kinga w piątkowy wieczór.

Zaczekali, aż nieświadoma, że ją obserwują, minie ich i wyjdzie na ulicę. Dogonili ją po kilku krokach.

– Panna Blate? – spytał Hunter.

Zatrzymała się i zmierzyła wzrokiem obu detektywów.

– Cześć. Znamy się? – zaszczebiotała radośnie.

Hunter szybko wyciągnął odznakę. Garcia zrobił to samo.

– Może nam pani poświęcić kilka minut?

– Mam jakieś kłopoty? – spytała bez większego zainteresowania.

– Nie, absolutnie żadnych. Tak w zasadzie to chcielibyśmy porozmawiać o jednej z pani przyjaciółek.

– A o której?

– Jenny Farnborough.

Zmierzyła każdego z detektywów kilkusekundowym spojrzeniem.

– Nie mam pojęcia, o kim mówicie – roześmiała się.

– Oczywiście, że masz – Hunter nie był w nastroju, by bawić się w gierki. – Pracowała dla D-Kinga, tak jak ty. – Jego spojrzenie było zimne i stanowcze.

– D-Kinga? – zmarszczyła czoło i lekko potrząsnęła głową, jakby nie wiedziała, o kim mówią.

– Słuchaj. Wszyscy mamy za sobą długi tydzień i tak jak ty wolelibyśmy wylegiwać się teraz na plaży. Więc im szybciej skończymy te gadki szmatki, tym szybciej załatwimy, co mamy załatwić. Byliśmy w klubie Vanguard w piątek wieczorem, siedziałaś z nim, więc nie zgrywaj głupiej, nie do twarzy ci z tym, i jak już mówiłem, nic do ciebie nie mamy, potrzebujemy jedynie twojej pomocy.

Teraz już sobie przypomniała, skąd ich kojarzy. I to, że niebieskooki, świetnie zbudowany detektyw już wtedy wpadł jej w oko. Zdjęła okulary i założyła je na głowę, przytrzymując w ten sposób grzywkę. Wiedziała, że nie ma sensu zaprzeczać, że zna D-Kinga czy Jenny Farnborough. Jeśli chcieliby ją aresztować, już dawno by to zrobili.

– Dobra, ale nie widziałam Jenny, odkąd odeszła. Dlatego nie wiem, w czym mogłabym wam pomóc.

– Odeszła? – zdziwił się Garcia.

– Tak. Ponoć zdecydowała się wrócić w rodzinne strony, prawda?

– A skąd wiesz?

– Tak nam powiedziano.

– Kto? D-King?

Rachel wzięła głęboki oddech i przytrzymała powietrze w płucach na kilka sekund.

– Tak – powiedziała w końcu.

Hunter rozumiał, czemu D-King okłamał Rachel i pozostałe dziewczęta. Wpadłyby w panikę na wieść, że Jenny została porwana, torturowana i zamordowana. Przecież jest nie tylko ich szefem, ale też obrońcą i opiekunem. Zastanawiał się, ile może jej powiedzieć. Jeśli wyjawi, co naprawdę się wydarzyło, zasieje panikę w szeregach D-Kinga. Zdecydował, że lepiej zostawić sprawy po staremu, przynajmniej na razie.

– Widziałaś kiedyś tego mężczyznę? – Hunter wyciągnął fotografię George'a Slatera.

Rachel przyglądała się jej przez kilka sekund.

– Hmm... Nie jestem pewna.

– Spójrz raz jeszcze. – Hunter był za to pewien, że go rozpoznała, ale instynktownie zaprzeczyła.

– Może... w jakimś klubie albo na imprezie.

– Prywatnej imprezie?

– Tak, może na jednej z ekstremalnych, jeśli mnie pamięć nie myli. – Przygryzła dolną wargę, próbując coś jeszcze sobie przypomnieć. – Tak, jestem prawie pewna, lubił imprezy ekstremalne. Nie znam jego nazwiska, jeśli to wasze następne pytanie.

– Nie. Nie o to chciałem spytać – Hunter pokręcił głową. – Co to za imprezy ekstremalne?

– Tak je nazywamy. Niektórzy lubią się bawić, inni lubią się bawić ostro, a każdy ma jakieś fantazje, coś, co go podnieca. Imprezy ekstremalne to, najprościej mówiąc, fetyszystyczne orgie, na których można je spełnić.

– Jakiego typu fantazje? – Garcię chyba zaciekawił temat.

Rachel spojrzała na niego i podeszła krok bliżej.

– Wszystko, co cię podnieca, skarbie. – Przejechała palcem po jego twarzy, delikatnie pieszcząc policzek. – Lateksowe i gumowe stroje, wiązanie, ból... A może po prostu lubisz na ostro. – Puściła mu oczko.

Garcia cofnął się lekko zaczerwieniony i ewidentnie zażenowany.

– Przykro mi przerywać tę niezwykłą chwilę, ale co dokładnie dzieje się na tych imprezach?

Rachel oparła się o zaparkowany samochód.

– A czemu? Byłbyś zainteresowany?

Hunter zignorował jej pytanie.

– Rozumiem, że bywałaś na tego typu imprezach?

– Na kilku – rzuciła krótko.

– A Jenny?

– Też była na paru.

– Ile was zazwyczaj przychodzi? – spytał Garcia.

– Zależy od liczby gości, ale normalnie nasza dziesiątka, piętnastka, plus inni.

– Inni?

– To duże imprezy, dwudziestu, może trzydziestu gości. Potrzeba przynajmniej piętnaście do dwudziestu dziewcząt, no i facetów.

– Facetów?

Naiwność Garcii rozbawiła ją

– Tak kochaniutki, modele. Mówiłam, że ludzie miewają różne fantazje, w tym biseksualizm i homoseksualizm. Dostają, co lubią. Kręci cię to, co, kochaniutki?

Huntera rozśmieszyła zażenowana mina Garcii.

– Nie, oczywiście, że nie – zaprzeczył stanowczo.

– To dobrze. – Znów zalotnie puściła mu oczko.

– Pamiętasz może, czy Jenny i ten facet byli kiedyś na tej samej imprezie? – wtrącił Hunter.

– Być może. Trudno powiedzieć. Na tego typu imprezach każdy zabawia się z każdym, jeśli wiecie, co mam na myśli, ale pamiętam, że on zabawiał się z innymi facetami.

Obaj detektywi otwarli szeroko oczy ze zdziwienia.

– Widzę, że nie spodziewaliście się, że kręcą go faceci.

Garcia pokręcił głową.

– Jesteś pewna?

– Tak. Lubił też odgrywać scenki.

– Jak możemy się dostać na taką imprezę?

– Nie możecie. Chyba że macie zaproszenie. Nie ma płatnych wejściówek. Gospodarz, zazwyczaj jakiś bogaty świr, zatrudnia modeli i zaprasza, kogo chce. Nie jesteście jego kumplami, nie dostajecie zaproszeń – wyjaśniła.

Hunter obawiał się, że tak to może wyglądać.

– Czy te imprezy odbywają się we wtorki wieczorem?

– To nie jest tak, że są w jakiś szczególny dzień. Zależy chyba od tego, jaki dzień wybierze sobie bogaty świr.

– A była jakaś w zeszły wtorek?

– Jeśli tak, ja na niej nie pracowałam.

– Zauważyłaś kogoś dziwnego na którejś? – spytał Hunter.

Rachel roześmiała się.

– Oprócz gości, którzy chcą, żeby na nich sikać, związywać ich, bić, przypalać gorącym woskiem albo wsadzać im coś w tyłek?

– Tak, oprócz nich – odpowiedział Hunter.

– Nie, nikogo, kogo można by nazwać dziwniejszym.

– Czy poza modelkami są tam inne kobiety?

– Czasami. Widziałam, jak faceci przyprowadzają żony albo dziewczyny. Wygląda na to, że niektórzy żyją w dość liberalnych związkach – dopowiedziała ze śmiechem.

– Więc nikt jakoś specjalnie nie przykuł twojej uwagi?

– Nie skupiam się za bardzo na uczestnikach imprez. Odwalam swoją robotę, nie zwracając uwagi na wygląd. Dlatego robię to, co robię.

Hunter doskonale to rozumiał.

– Jenny mieszkała w twoim bloku?

– Nie. Nie wiem, gdzie mieszkała. Nie znam adresu żadnej z dziewcząt. D-King tak woli. Zresztą jej mieszkanie jest już i tak pewnie sprzątnięte.

– To znaczy?

– Wszystkie są jego własnością. Kiedy któraś odchodzi, zaraz jest nowa na jej miejsce. D-King dobrze się nami opiekuje.

– Widzę. – Garcia zapatrzył się w przeszklony apartamentowiec. – A co mógł zrobić z jej rzeczami? Oczywiście jeśli coś zostawiła.

– Większość i tak należy do niego. Urządza mieszkanie, daje nam ciuchy, perfumy, kosmetyki i wszystko, czego potrzebujemy. Wie, jak nas rozpieszczać.

Na chwilę zapadło milczenie.

– Mogę już iść? – Rachel zaczynała się niecierpliwić.

– Tak, dzięki za pomoc. Ach, jeszcze jedno – zawołał Hunter za oddalającą się kobietą.

Przystanęła i wzdychając głośno, odwróciła się do detektywów. Zdążyła już na powrót założyć okulary.

– Przypominasz sobie, żebyś widziała u kogoś taki tatuaż? – Pokazał jej rysunek małego podwójnego krzyża.

Zerknęła, zmarszczyła czoło i pokręciła głową.

– Nie, pierwszy raz go widzę.

– Jesteś pewna?

– W stu procentach.

– W porządku. Dzięki raz jeszcze.

Hunter zwinął kartkę, schował ją do kieszeni i wyciągnął wizytówkę.

– Jeśli zobaczysz kogoś, kto będzie miał taki albo podobny tatuaż lub jeśli gdziekolwiek rzuci ci się w oczy ten symbol, skontaktuj się, proszę, ze mną.

Wzięła wizytówkę i przyjrzała się jej z uśmiechem.

– Może i tak do ciebie zadzwonię.

– Chyba wpadłeś jej w oko. – Hunter poklepał Garcię po ramieniu, kiedy Rachel oddaliła się.

– Ja? To do ciebie zamierza zadzwonić. Może się spikniecie, a wtedy kto wie, czy nie zabierze cię na jedną z tych ekstremalnych imprez – odgryzł się Garcia.

40

Hunter leżał w ciemnościach, wpatrując się w sufit, zbyt głęboko pogrążony w myślach, by zasnąć. Czy to tak morderca wybierał ofiary? W barach, klubach, na przyjęciach? Ale przecież nie działał według żadnych schematów. Czegoś Hunterowi w tym wszystkim brakowało, tylko nie wiedział czego. Czuł się wyczerpany i pozbawiony energii. Nieważne, jak bardzo próbował, jego mózg nie chciał się wyłączyć na więcej niż kilka sekund. Zdawał sobie sprawę, że wpada w tę samą otchłań co poprzednim razem i że Garcia podąża jego śladem. Nie mógł na to pozwolić.

W pokoju panowała cisza, jedynym odgłosem był miarowy oddech śpiącej obok brunetki. Jej włosy były miękkie i błyszczące, a skóra niewiarygodnie gładka.

Po krótkiej rozmowie z Rachel Blate Hunter z Garcią wrócili do biura. Tam Hunter spotkał się z Patricią Phelps, portrecistką z wydziału zabójstw i razem pojechali do mieszkania Isabelli. Garcia został w biurze, tłumacząc, że musi jeszcze sprawdzić kilka rzeczy. Isabella ze wszystkich sił starała się jak najdokładniej przypomnieć sobie twarz wytatuowanego mężczyzny spotkanego przed kilkoma miesiącami. Zajęło jej to pięćdziesiąt pięć minut i trzy filiżanki herbaty, ale w końcu Patricii udało się naszkicować rysunek, który w opinii Isabelli bardzo przypominał tamtego mężczyznę.

Po wyjściu Patricii Isabella wystraszona tym, że być może stała oko w oko z mordercą, poprosiła Huntera, by został u niej na noc. Czuła się samotna, bezbronna i nie chciała nikogo innego poza Hunterem u swojego boku. Choć ten aż się palił, by wrócić do sprawy i zacząć analizować nowe, świeżo zdobyte informacje, nie mógł zostawić jej samej. Nie dzisiaj.

– Nie możesz zasnąć? – Hunter nie zauważył, że właśnie się obudziła. Odwrócił się do niej.

– Nie bardzo. Zresztą i tak nie sypiam zbyt wiele. Mówiłem ci o tym.

– Nie jesteś zmęczony?

– Moje ciało jest zmęczone, ale mózg jest pobudzony. I to on zawsze wygrywa.

Przytuliła się do niego i delikatnie pocałowała w usta.

– Cieszę się, że zostałeś.

Hunter uśmiechnął się, obserwując, jak walczy z opadającymi powiekami, i opiera głowę o jego nagi tors, zapadając ponownie w sen. Dawno już nie spędził dwóch nocy z rzędu z tą samą kobietą. Nie miał czasu na romanse ani potrzeby, by dzielić z kimś życie. I było mu z tym dobrze.

Delikatnie zsunął jej głowę na poduszkę i zgrabnie, nie budząc jej, wyskoczył z łóżka. W kuchni znalazł słoiczek z kawą, którą kupiła specjalnie dla niego i uśmiechnął się. Napełnił kubek świeżo zaparzoną mocną kawą i rzucił się na kanapę w salonie, wracając myślami do obu przesłuchań. Wyglądało na to, że wreszcie udało im się ustalić jakiś związek między dwiema ofiarami. Jenny i George znali się, tego był pewien. Seks, imprezy. Zamyślił się.

Czyżby morderstwa miały podłoże seksualne? Czyżby morderca polował na osoby rozwiązłe? Cóż, wciąż więcej było pytań niż odpowiedzi, ale Hunter czuł, że są coraz bliżej. Po raz pierwszy od rozpoczęcia sprawy czuł podekscytowanie. Po raz pierwszy mieli jakiś punkt wyjścia, może nawet twarz.

Upił kolejny łyk swojej mocnej kawy, zastanawiając się, ile kubków będzie potrzebował, żeby jakoś przetrwać dzień. Zerknął na zegarek: dochodziła szósta. Czas się zbierać.

Powoli otworzył drzwi sypialni, sprawdzając, co u Isabelli. Spała spokojnie. Wyszedł, nie budząc jej.

41

Hunter rzadko przyjeżdżał do biura przed ósmą, ale wydarzenia kilku ostatnich dni dały mu zastrzyk energii. Dziś czuł taką chęć działania jak pierwszego dnia pracy detektywa.

– Wracasz w ogóle do domu czy już tu zamieszkałeś? – spytał, ze zdziwieniem odkrywszy, że Garcia jest już za biurkiem.

– Kapitan chce się natychmiast z tobą widzieć – odpowiedział Garcia, ignorując jego zaczepkę.

Hunter zerknął na zegarek.

– Jest wpół do ósmej, żartujesz sobie?

– Wiem, ale dzwonił koło siódmej, zaraz po tym jak wszedłem.

– Jesteś tu od siódmej? Czy wy w ogóle sypiacie? – spytał, ściągając kurtkę. – Mówił, o co chodzi?

– Nie mnie.

– Czyżbyśmy nie oddali wczoraj raportu?

– Oddałem. Może kilka minut po dziesiątej, ale dostał go.

Hunter poczuł aromat świeżo zaparzonej brazylijskiej kawy. Właśnie tego było mu trzeba przed rozmową z kapitanem.

Piętro, na którym znajdowały się biura detektywów, było opustoszałe. Jedynie przy oknie stał detektyw Maurice. Na jego biurku i na podłodze obok walały się porozrzucane papiery. Sam Maurice wyglądał, jakby od kilku dni nie spał. Hunter kiwnął mu głową na przywitanie, ale ten zdawał się nawet nie zauważać jego obecności.

Hunter zapukał dwa razy do drzwi gabinetu kapitana.

– Wejść! – usłyszał donośny głos ze środka.

Choć było jeszcze wcześnie, w pokoju już panował zaduch. Nie działała klimatyzacja, wszystkie okna były pozamykane, a stojące wentylatory wyłączone. Kapitan siedział za biurkiem zaczytany w porannej prasie.

– Jest pan wcześnie – przywitał się Hunter.

– Zawsze jestem wcześnie – odpowiedział, podnosząc wzrok na Huntera.

– Chciał mnie pan widzieć?

– Tak. – Kapitan wysunął szufladę i wyjął z niej przygotowany przez Patricię szkic. – Chodź, zerknij na to. – Pokazał na monitor swojego komputera.

Hunter przepchnął się między dwoma masywnymi fotelami i stanął przy prawym boku kapitana. Na ekranie widniało kilka kombinacji stworzonych na podstawie rysunku Patricii: twarz z długimi włosami, krótko przystrzyżonymi, z brodą, wąsami, okularami – w sumie dwadzieścia różnych obrazków.

– Zrobiliśmy wszystkie wersje, które przyszły nam do głowy, i rozesłaliśmy do wszystkich posterunków w całym LA. Jeśli facet ciągle się gdzieś tu kręci, złapiemy go prędzej czy później.

– Oj, zapewne kręci się w pobliżu. Wiem to – odparł Hunter pewnym głosem. – Będziemy też sprawdzać bary i kluby, zaczynając od tych w Santa Monica. Przy odrobinie szczęścia może okaże się, że ktoś go niedawno widział.

– Dobrze...

Hunter wyczuwał, że kapitan jest skrępowany.

– Pewnie, że dobrze, ale coś chyba pana gryzie, kapitanie.

Kapitan Bolter podszedł do swojego ekspresu.

– Kawy?

Hunter pokręcił głową. Tylko raz naiwnie zgodził się spróbować kawy kapitana i przysiągł sobie, że już nigdy tego nie zrobi. Przyglądał się, jak szef nalewa sobie filiżankę i wrzuca do niej cztery kostki cukru.

– Kobieta, dzięki której mamy portret... Coś cię z nią łączy? Zaangażowałeś się w związek z potencjalnym świadkiem?

– Chwileczkę, kapitanie. Niech pan nawet nie zaczyna – przerwał mu Hunter, przybierając obronny ton. – Spotkaliśmy się kilka razy, ale to było, zanim dowiedziałem się, że miała styczność z potencjalnym podejrzanym. Poznaliśmy się w klubie i... nie jest w zasadzie nawet świadkiem. Bo niby czego?

– Wiesz, o czym mówię. Wiązanie się z kimś, kto tak czy inaczej jest zaangażowany w trwające śledztwo, jest w najlepszym wypadku ryzykowne, w najgorszym niezgodne z przepisami i nieodpowiedzialne.

– Spaliśmy ze sobą, kapitanie. To jeszcze nie oznacza zaangażowania. Zwłaszcza w LA. A ona nie ma nic wspólnego z trwającym śledztwem. Nie jest ani świadkiem, ani podejrzanym, ale naszym szczęśliwym trafem, którego prawdę mówiąc, kurewsko nam już było potrzeba.

– Czy tobie już zupełnie odbiło? – Ton kapitana był oschły i stanowczy. – Wiesz, jak działają seryjni mordercy. Co więcej, wiesz, jak działa nasz morderca. Tworzy profile psychologiczne swoich ofiar w ten sam sposób, w który my próbujemy stworzyć jego profil. Obserwuje je, czasem całymi miesiącami, bo wie, że jak wybierze niewłaściwą osobę, zabawa dobiegnie końca. Jeśli to nasz facet, to chyba nie wierzysz, że tak po prostu wpadł w knajpie na tę twoją panienkę?

To samo pytanie chodziło Hunterowi po głowie od chwili, gdy Isabella powiedziała mu o spotkaniu w Venice Whaler. Wiedział, że morderca działa niezwykle metodycznie, żadnych pomyłek, żadnych wpadek. Śledził swoje ofiary, studiował ich zwyczaje, rozkłady dnia, czekając na najlepszy moment, by zrobić kolejny ruch.

– Tak, kapitanie. Wiem, że być może tak właśnie wybiera swoje ofiary. Najpierw zaczepia je jakąś niezobowiązującą rozmową w barach, żeby zbadać grunt.

– I to cię nie martwi?

– Martwi mnie wszystko, co ma związek z tą sprawą, ale akurat ten incydent napawa mnie nadzieją.

– Nadzieją? Na mózg ci padło? – nie dowierzał kapitan, wpatrując się w Huntera szeroko otwartymi ze zdziwienia oczami.

– Ich spotkanie miało miejsce ponad dwa miesiące temu, kapitanie. Jeszcze zanim zaczął na nowo zabijać. Proszę pamiętać, że pierwszą ofiarę zabił trochę ponad tydzień temu. Może oceniał Isabellę i zdecydował, że nie tego szuka, więc odpuścił i znalazł kogoś innego.

– Kobietę bez twarzy?

Hunter kiwnął potakująco.

Kapitan Bolter upił łyk kawy i znów się skrzywił.

– Ale niby czemu? Czemu miałaby mu się nie spodobać? Mieszka przecież sama, prawda?

– Tak.

– To czyni z niej dość łatwy cel. Dlaczego miałby ją odrzucić? – Wrócił do ekspresu i dorzucił sobie jeszcze dwie kostki cukru.

– Tego nie wiem, ale właśnie dlatego powinienem trzymać się blisko. Muszę się dowiedzieć, dlaczego mu nie pasowała. Może jest zbyt pewna siebie. Isabella nie jest kobietą, której można wcisnąć kit. A może wystraszyło go to, że od razu spostrzegła jego tatuaże. Może zdał sobie sprawę, że jednak nie jest takim łatwym celem. – Hunter przerwał i po chwili dodał niepewnie: – Albo wciąż jest potencjalną ofiarą, tylko zostawia ją sobie na później.

Kapitan Bolter nie brał wcześniej pod uwagę tej możliwości.

– Tak myślisz? – spytał.

– Tu wszystko jest możliwe, kapitanie. Pan o tym wie i ja o tym wiem. Każdy może być jego następną ofiarą – zauważył.

Duchota w biurze zaczynała mu przeszkadzać.

– Mogę otworzyć okno?

– I wpuścić mi tu smog? O, nie!

– Nie jest panu gorąco?

– Nie. W sam raz.

– A może chociaż wentylator? Mogę jeden włączyć?

Kapitan założył obie ręce za głowę, splatając palce.

– Jeśli musisz.

– Dzięki. – Hunter włączył wentylator, ustawiając go na maksimum.

– Myślisz, że to mógł być nasz gość? – spytał kapitan.

– Trudno powiedzieć, ale na pewno warto pójść tym tropem.

– A jeśli to on, to popełnił pierwszy od trzech lat błąd.

– Czego zupełnie nie jest świadom.

Kapitan Bolter popatrzył na Huntera zdziwiony.

– Widzi pan, kapitanie, podszedł do kogoś w barze, by jak już mówiliśmy, wybadać grunt.

– Ale nie zakładał, że kobieta, do której podszedł, zostanie twoją dziewczyną. – Na twarzy kapitana pojawił się złośliwy uśmieszek.

– Nie jest moją dziewczyną – stanowczo zaprzeczył Hunter – ale zgadza się, nie zakładał, że się poznamy. I nigdy byśmy się nie dowiedzieli o ich spotkaniu, gdybym nieświadomie nie nagryzmolił symbolu podwójnego krzyża, czekając w jej salonie na śniadanie. Dlatego uważam, że to szczęśliwy zbieg okoliczności.

– Wiesz, że już niedługo prasa w końcu coś wywęszy. Jeśli jeszcze kogoś zamorduje, podchwycą to natychmiast, i to tylko kwestia czasu, aż jakiś mądraliński dziennikarz powiąże to ze sprawą Krucyfiksa. A wtedy jesteśmy skończeni.

– Mogę powiedzieć, że jesteśmy coraz bliżej, kapitanie. Musi mi pan tym razem zaufać.

Kapitan Bolter przeczesał palcami brodę, wbijając w Huntera ostre niczym brzytwa spojrzenie.

– Już kiedyś nie posłuchałem twoich racji i słono za to zapłaciłem. Cały wydział zapłacił. Wiem też, że nigdy sobie tego nie darowałeś. Mówię o tym producencie. Nazywał się John Spencer, prawda?

Hunter skinął głową, przytakując.

– Mówiliście mi z Wilsonem, że mamy niewłaściwego faceta, że Spencer nie byłby w stanie zamordować żony, że nie pasował do profilu psychologicznego. Chcieliście dalej prowadzić śledztwo, nawet gdy sprawę oficjalnie zamknięto, a ja wam zabroniłem. Dobrze o tym pamiętam, ba, to ja was prawie zawiesiłem. – Kapitan Bolter pochylił się nad biurkiem, kładąc oba łokcie na blacie i opierając głowę na zaciśniętych w pięści dłoniach. – Drugi raz nie popełnię tego błędu. Rób, cokolwiek uznasz za stosowne, Robercie. Tylko złap mi tego skurwysyna.

42

– Mamy wieści od doktora Wilsona – Garcia poinformował Huntera, gdy tylko ten wrócił do biura.

– Dawaj. – Hunter dolał sobie kawy.

– Tak jak podejrzewaliśmy, Catherine zidentyfikowała ciało drugiej ofiary. To jej mąż, George Slater. – Hunter nie zareagował, Garcia ciągnął więc dalej. – Co najmniej pięć dni potrwają badania DNA włosa znalezionego w samochodzie Slatera, ale potwierdzili, że to nie jego.

– Nieważne – odezwał się Hunter. – I tak nie mamy podejrzanego, żeby z czymś to DNA porównać.

– Prawda.

Dopiero teraz rzuciło się Hunterowi w oczy zmęczenie Garcii. Nawet na biurku miał mały bałagan.

– Wszystko gra, stary? Wyglądasz na skonanego.

Pytanie dotarło do niego dopiero po kilku sekundach.

– Tak, wszystko w porządku. Nie spałem zbyt wiele przez ostatnie kilka dni, to wszystko. – Przerwał, by potrzeć oczy. – Przeglądałem akta wszystkich wcześniejszych ofiar, próbując znaleźć jakieś powiązanie z nowymi.

– I znalazłeś coś?

– Jeszcze nie – odparł zrezygnowany. – Może tego nie ma w aktach. Może to coś, co przegapiliśmy w starym śledztwie.

– Przegapiliśmy? Co mogliśmy przegapić?

– Jakiś związek, coś, co łączyłoby wszystkie ofiary. Musi coś być, zawsze jest. Morderca nie może ich wybierać przypadkiem – irytował się Garcia.

– Bo co? Bo tak piszą w książkach? – Hunter pokazał na podręcznik psychologii sądowej leżący na biurku. – Pozwól, że coś ci powiem o związku między ofiarami, którego tak zawzięcie szukasz.

Też go szukałem, dokładnie tak jak ty, niczym drapieżnik wypatrujący swojej ofiary, i zżerało mnie od środka, tak samo jak ciebie. Ale musisz zrozumieć, że ten związek może istnieć tylko w głowie mordercy. Dla nas czy kogokolwiek innego może on nie mieć żadnego sensu, być jakimś zupełnie nieistotnym szczegółem, nie wiem... jak to, że we wszystkich nazwiskach powtarzają się trzy konkretne samogłoski, albo to, że w określony dzień tygodnia mają zwyczaj siadać na tej samej ławce w parku. Nieważne co, ważne, że mordercę doprowadza to do szału. Każe mu zabijać. Znalezienie związku nie jest najważniejszą rzeczą, jaką mamy do zrobienia. Jasne, zgadzam się, mogłoby nam pomóc, ale nie chcę, żebyś się przy tym spalał... jak ja kiedyś.

Garcia wyczuł ojcowski ton w głosie partnera.

– Niewiele nam pozostaje, stary, ale wiesz, że robimy, co się da. Nie zapominaj, że mamy do czynienia ze społecznym psychopatą, który czerpie niewyobrażalną przyjemność z porywania, torturowania i zabijania ludzi. Wartości, które my wyznajemy, są dla niego niczym.

Garcia ścisnął palcami przegrodę nosa, jakby próbował zatrzymać nadciągający nozdrzami ból głowy.

– Co noc, gdy zamykam oczy, widzę ich. Widzę Jenny Farnborough wpatrującą się we mnie swymi nieludzkimi oczami. Próbuje coś powiedzieć, ale nie umie wydać z siebie głosu. Widzę George'a Slatera przywiązanego do kierownicy, kaszlącego na mnie krwią, jego skórę pękającą jak folia bąbelkowa, słyszę jego ostatni oddech, ostatni krzyk o pomoc. I nic nie mogę na to poradzić. – Garcia uciekł wzrokiem od Huntera. – Czuję zapach śmierci drewnianej chaty, smród zgniłego mięsa z samochodu Slatera.

Hunter rozumiał, przez co przechodzi Garcia.

– Zaczynam przerażać Annę. Nie może spać przez moje rzucanie się i wiercenie na łóżku. Najwyraźniej zacząłem też mówić przez sen... przy tych niewielu okazjach, kiedy uda mi się zasnąć.

– Mówiłeś jej o sprawie?

– Nie. Wiem, że nie mogę tego zrobić, ale ona się boi. Jest inteligentna i doskonale mnie zna. Nie umiem nic przed nią ukryć. – Uśmiechnął się słabo. – Musisz ją kiedyś poznać, polubiłbyś ją.

– Na pewno.

– Poznaliśmy się w liceum. Złamała mi nos.

– Co? Żartujesz?

Garcia uśmiechnął się szerzej, kiwając głową.

– Moja paczka w szkole… cóż, byliśmy bandą dupków, nie da się ukryć. Zawsze rzucaliśmy kąśliwe uwagi w stronę wszystkich fajniejszych dziewczyn. Jedną z jej przyjaciółek doprowadziłem nawet kiedyś do łez. Któregoś dnia uczyłem się w bibliotece do egzaminu. Anna siedziała przy stoliku naprzeciw. Wymienialiśmy spojrzenia i uśmiechy, aż nagle wstała i podeszła do mnie. Bez słowa przyłożyła mi pięćsetstronicową książką w twardej oprawie. W twarz. Krew była wszędzie. A ja zakochałem się na zabój. Nie dałem jej spokoju, dopóki się ze mną nie umówiła.

– Już ją lubię – zaśmiał się Hunter.

– Zaproszę cię kiedyś do nas na obiad.

Hunter wciąż wyczuwał przygnębienie Garcii.

– Kiedy przyjechałem na miejsce zdarzenia przy pierwszym morderstwie Krucyfiksa, rzygałem po zaledwie trzydziestu sekundach – powiedział cicho. – Po tylu latach pracy detektywa myślałem, że jestem w stanie znieść wszystko, co rzuci mi pod nogi to miasto. Myliłem się. Koszmary zaczęły się prawie na samym początku i trwają do dziś.

– Nawet gdy myślałeś, że macie mordercę?

Hunter pokręcił głową.

– Złapanie mordercy uśmierza ból, ale nie jest w stanie wymazać z pamięci tego, co widziałeś.

Zapadła kłopotliwa cisza.

– Przy pierwszym morderstwie przyjechał na miejsce zbrodni jeden taki żółtodziób, świeżo przyjęty do policji, nie pracował dłużej niż dwa miesiące – przypomniał sobie Hunter. – Nie poradził sobie z tym, co zobaczył. Po dwóch miesiącach terapii z policyjnym psychologiem złożył wymówienie.

– A jak ty sobie z tym radzisz? – spytał Garcia.

– Żyję z dnia na dzień, od jednego koszmaru do drugiego – odpowiedział Hunter ze smutkiem w oczach.

43

Musiała przyznać sama przed sobą, że się denerwuje. Może nawet bardziej, niż wcześniej sądziła. Becky większą część dnia spędziła, jednym okiem zerkając na monitor komputera, a drugim na zegar. Nie wiedziała, czy to strach czy podekscytowanie, ale odkąd wstała rano z łóżka, żołądek miała ściśnięty. Z wielkim trudem skupiała się na pracy, robiąc sobie więcej przerw niż zazwyczaj, ale dzisiejszy dzień różnił się od pozostałych, przynajmniej dla Becky.

Wyszła z głównego oddziału The Union Bank of California przy ulicy Figueroa o 17.30, co też nie było dla niej typowe. Posada doradcy finansowego zobowiązywała, często więc siedziała w pracy do siódmej, nawet ósmej. Dziś jednak nawet szef udzielił jej kilku rad, co powinna, a czego nie powinna robić, i szczerze się ucieszył, widząc, że wychodzi wcześniej niż zazwyczaj.

Nawet przy takim natężeniu ruchu na drogach wciąż miała czas, żeby wpaść do domu i wziąć szybki prysznic. Chciała też przymierzyć małą czarną, którą kupiła specjalnie na tę okazję podczas przerwy na lunch. Myśląc o nowej sukience i zastanawiając się, jak upiąć włosy, znów poczuła zdenerwowanie. Włączyła radio z nadzieją, że muzyka pomoże jej się uspokoić.

Przecież to nie jest chyba aż takie trudne. Niewiele mogło się zmienić od czasu, gdy ostatni raz umówiła się na randkę. No ale to było przecież prawie pięć lat temu. Pamiętała to jednak doskonale. Jak mogłaby zapomnieć? Mężczyzna, z którym umówiła się tamtego wieczoru, został przecież w końcu jej mężem.

Becky poznała Iana Taskera w pracy. Uroczy blondyn, metr osiemdziesiąt wzrostu, z burzą loków na głowie, odziedziczył właśnie po zmarłym ojcu, milionerze, całkiem spore pieniądze. Jako że był jedynakiem, a jego matka zmarła, gdy miał zaledwie pięć lat, stał się jedynym spadkobiercą ojcowskiej fortuny.

Ian nie umiał obchodzić się z pieniędzmi i najchętniej przepuściłby wszystko w Las Vegas albo Atlantic City na blackjacka i ruletkę. Poszedł jednak, nie wiedzieć czemu, za radą swego najlepszego przyjaciela i postanowił część pieniędzy zainwestować.

Był zielony w kwestii finansów. Nigdy nie udało mu się zaoszczędzić ani grosza, nie mówiąc już o pomnażaniu pieniędzy, ale i tu przyjaciel przyszedł mu z pomocą, podsuwając program „Zatroszcz się o swoją fortunę", oferowany przez The Union Bank of California.

Biorąc pod uwagę sumę, jaką Ian zamierzał zainwestować, bank z przyjemnością przydzielił mu Rebeccę Morris jako osobistego doradcę finansowego.

Ich związek miał początkowo czysto służbowy charakter, ale nieporadność finansowa Iana i jego urocze błękitne oczy zupełnie rozbroiły Becky. Fascynacja była obustronna. Ianowi też wpadła w oko urocza, mająca metr siedemdziesiąt, zabawna, atrakcyjna, energiczna, cholernie inteligentna brunetka z dowcipem ostrym jak brzytwa. Tydzień wystarczył, by zaczął się skupiać nie na przygotowywanych przez nią finansowych ekspertyzach, ale na niej samej. Wydzwaniał do niej codziennie, prosząc o analizy rynkowe, rady i sugestie, właściwie o cokolwiek, byle usłyszeć jej głos.

Choć był typem playboya i kobieciarza, w obecności Becky jego arogancja i pewność siebie gdzieś znikały. Była inna od krwiopijczych kobiet, które próbowały go usidlić. Jej zainteresowanie jego pieniędzmi wydawało się czysto służbowe. Prawie dwa tygodnie zbierał się na odwagę, żeby zaprosić ją na pierwszą randkę.

Klienci, w większości żonaci, niejednokrotnie próbowali się umawiać z Becky, ta jednak każdorazowo grzecznie odmawiała. W przypadku Iana, przymykając oko na reputację kobieciarza, która nie obiecywała za wiele, zdecydowała się złamać własną zasadę: „Nigdy nie umawiaj się z klientem".

Trudno sobie wyobrazić bardziej romantyczny wieczór. Ian wybrał małą restauracyjkę przy plaży w Venice Beach. Kiedy okazało się, że wynajął cały lokal, Becky nie wiedziała, co o tym myśleć. Chciał jej zaimponować czy może rzeczywiście zależało mu na romantycznej atmosferze? Szybko znalazła się pod urokiem jego chłopięcego sposobu bycia, energii, ze zdumieniem odkrywając, jak wielką przyjemność sprawia jej przebywanie w jego towarzystwie. Może i Ian miał w sobie trochę z narcyza, ale był też dowcipny, serdeczny i rozrywkowy.

Pierwsza randka pociągnęła za sobą kolejne i z każdym spotkaniem bardziej się do siebie zbliżali. Oświadczyny zwaliły ją z nóg. Kiedy w przerwie meczu Lakersów poprosił ją przed kamerami o rękę, Becky została najszczęśliwszą kobietą w Los Angeles.

Choć oponował, ona uparła się na podpisanie intercyzy, tłumacząc, że zakochała się w nim, a nie w jego pieniądzach.

Po ślubie niewiele się zmieniło. Układało się im wręcz idealnie. Ian okazał się niezwykle opiekuńczym i troskliwym mężem, a Becky miała wrażenie, że żyje w bajce. Dwa lata minęły niczym piękny sen, w którym była szczęśliwa, żyła u boku kochającego męża, sen, w którym była kochana. Jednak sprawy przybrały wkrótce dramatyczny obrót.

Jakieś dwa i pół roku temu nieszczęśliwym trafem Ian znalazł się w niewłaściwym miejscu o niewłaściwym czasie. W drodze z piątkowego golfa zatrzymał się na prośbę Becky w sklepie monopolowym, by kupić butelkę czerwonego wina.

Patrząc na ubogi asortyment i zastanawiając się, którą butelkę wybrać, nie zauważył dwóch mężczyzn z maskami hokejowymi na twarzach, którzy właśnie weszli do sklepu. Nie wiedział też, że sklep ten obrabowano już kilkakrotnie, zaledwie w ciągu ostatniego miesiąca aż dwa razy. Mający dość policyjnej nieudolności właściciel zdecydował, że skoro stróże prawa nie są w stanie ochronić jego własności, sam musi zadbać o bezpieczeństwo.

Kiedy Ian wybrał w końcu australijskiego shiraza, usłyszał dochodzący od strony lady hałas. Początkowo myślał, że to jakiś klient awanturuje się z właścicielem, ale kłótnia stawała się coraz ostrzejsza. Dyskretnie zerknął zza regału z winami. W scenie, którą zobaczył, było trochę tragedii i odrobina komizmu. Dwóch zamaskowanych mężczyzn mierzyło z broni do stojącego za ladą właściciela, który z kolei wymachiwał trzymaną w dłoniach dubeltówką od jednego bandyty do drugiego.

Ian zrobił instynktownie krok w tył, próbując się schować za regałem z brandy i whisky, a ponieważ był zdenerwowany, potknął się i uderzył w niego, z głośnym hałasem zrzucając na ziemię dwie butelki. To zwróciło uwagę całej trójki i dwaj zamaskowani mężczyźni w panice otwarli ogień w jego stronę. Korzystając z momentu nieuwagi bandytów, właściciel szybko oddał pierwszy strzał w stronę mężczyzny stojącego bliżej drzwi. Siła pocisku odrzuciła rabusia, odrywając mu głowę. Szkło z rozwalonych drzwi wejściowych posypało się na nich niczym grad. Na widok pozbawionego głowy ciała przyjaciela, upadającego na podłogę, drugi z mężczyzn wpadł w panikę. Nim właściciel zdążył w niego wycelować, oddał dwa strzały w jego brzuch.

Właściciel zatoczył się, ale wkładając w to resztki sił, zdążył jeszcze pociągnąć za spust.

Wcześniejsze kule zdołały jakoś ominąć Iana, trafiając w butelki brandy i whisky. Spanikowany Ian potknął się jednak po raz kolejny, tym razem zupełnie tracąc równowagę. Instynktownie spróbował się czegoś złapać. Jednak jedynym, czego mógł dosięgnąć, był sam regał, który zwalił się na niego niczym tona cegieł, łamiąc się na jego kolanach. Butelki roztrzaskały się o ziemię. Ianowi udałoby się wyjść z tej przygody cało, gdyby upadający regał nie zahaczył o umieszczony na ścianie zbiornik ze środkiem owadobójczym, który pękł, zalewając podłogę rzęsistym deszczem. Alkoholowy koktajl, w którym leżał, zapalił się jak benzyna.

Światła zmieniły się na zielone i Becky ruszyła, usilnie walcząc z napływającymi do oczu łzami. Nie była na randce od dwóch i pół roku i wcale nie miała pewności, czy jest już na to gotowa. Strata Iana wciąż bolała.

Jeffa poznała w miejscowym supermarkecie, w którym dwa razy w tygodniu po pracy kupowała jedzenie i wino. Spotkali się przypadkiem. Becky męczyła się, żeby wybrać dojrzałego melona do sałatki według nowego przepisu. Chodziła tak między owocami, podnosząc je, ściskając i potrząsając przy uchu.

– Szuka pani tego z niespodzianką w środku? – To były pierwsze słowa Jeffa.

Uśmiechnęła się.

– Gram na perkusji. Z melonów można zrobić doskonałe marakasy.

Jeff zmarszczył czoło.

– Serio?

– Przepraszam. Mam specyficzne poczucie humoru. Cierpkie jak ocet. Szukam po prostu dobrego, dojrzałego melona.

– Potrząsanie nic pani nie da. – W jego głosie nie było śladu protekcjonalności. – Sekret leży w zapachu. Niech pani sprawdzi, niektóre mają słodszy, bardziej dojrzały zapach. – Podniósł jeden z owoców i powąchał. – Ale nie może być zbyt słodki, bo to będzie oznaczać, że nie jest już pierwszej świeżości. – Wyciągnął rękę, podając jej trzymany w dłoni owoc.

Spróbowała jego techniki. Poczuła ciepły, słodki zapach. Jeff puścił jej oczko i odszedł robić dalej zakupy.

W ciągu następnych kilku tygodni wpadali na siebie kilkakrotnie. Podczas tych spotkań to Becky głównie mówiła i żartowała, a Jeff słuchał i śmiał się. Pierwsze skrzypce grała zdecydowanie ona i jej poczucie humoru.

Po kilku miesiącach supermarketowych spotkań Jeff odważył się wreszcie zaprosić ją na randkę. Wahała się początkowo, ale w końcu przyjęła zaproszenie.

Umówili się na poniedziałek w restauracji Belweder w Santa Monica o 20.30.

44

Washington Square znajduje się na końcowym odcinku Washington Boulevard, przy samej plaży. To właśnie tam mieści się większość znanych klubów i restauracji, w tym Whaler. W poniedziałkowe wieczory nie było tu może tylu ludzi co w weekendy, ale kolorowy tłum szortów i plażowych koszul szczelnie otaczał cały bar. Panowała przyjemna, relaksująca atmosfera. Nietrudno było zrozumieć, dlaczego Isabella wybrała właśnie ten klub na wieczornego drinka.

Hunter z Garcią dotarli tam o wpół do szóstej i w ciągu godziny zdążyli przepytać cały personel, w tym dwóch szefów kuchni i portiera, ale z każdą kolejną rozmową tylko rosła ich frustracja. Długie włosy, krótkie włosy, broda, bez brody, nieważne – nikomu nic nie mówiła żadna z komputerowych symulacji.

Po przesłuchaniu pracowników zagadnęli kilkoro klientów, ale i to, jak się Hunter zresztą spodziewał, nie dało żadnych rezultatów. Morderca był zbyt ostrożny, zbyt przygotowany, nie ryzykował i Hunter miał nieodparte wrażenie, że wyławianie ofiar spośród klienteli popularnego klubu kompletnie nie było w jego stylu. Wiązało się ze zbyt dużym niebezpieczeństwem, ryzykiem, w grę wchodziło zbyt wiele czynników, których nie był w stanie kontrolować.

Zostawili menadżerowi klubu szkice i ruszyli do kolejnej knajpy na liście: Big Dean's Cafe. Efekty były identyczne. Żadna z przepytywanych osób nie pamiętała nikogo, kto przypominałby którąkolwiek z symulacji.

– Mam wrażenie, że znowu szukamy wiatru w polu – zmartwił się Garcia.

– Tak z reguły wygląda ściganie psychopatów. Witaj w naszym świecie – z kwaśnym uśmiechem odpowiedział Hunter. –

Frustracja to nasz nieodłączny kompan. Musisz się przyzwyczaić i nauczyć jakoś z nią żyć.

Dochodziła ósma, kiedy dotarli wreszcie do ostatniego klubu, który zaplanowali dzisiaj odwiedzić: Rusty's Surf Ranch. Wnętrze wykończone było drewnem w odcieniu buku. Za niewielkim barem jeden kelner z uśmiechem na ustach obsługiwał głośny tłum klientów.

Hunter z Garcią zaczęli właśnie od niego. Półtorej godziny później cały personel został przesłuchany, wszystkim pokazali zdjęcia – i nic. Garcia nie potrafił ukryć rozczarowania.

– Naprawdę liczyłem dzisiaj na jakiś przełom – westchnął i od razu dodał: – No dobra, może nie od razu przełom, ale że choć trochę ruszymy do przodu. – Przetarł zmęczone oczy.

Hunter rozejrzał się po części restauracyjnej w poszukiwaniu wolnego stolika. Cztery osoby właśnie szykowały się do wyjścia.

– Nie jesteś głodny? Ja bym coś zjadł. Siądziemy? – Pokazał na wolny stolik, po czym obaj ruszyli w jego stronę.

W milczeniu studiowali kartę dań. Hunter nie potrafił się zdecydować:

– Tak w zasadzie to umieram z głodu, mógłbym zjeść połowę menu.

– Nie wątpię, ale ja jakoś nie mam apetytu. Wezmę sałatkę cesarską – obojętnym tonem rzucił Garcia.

– Sałatkę? – Hunter nie krył rozbawienia. – Jak jakaś dbająca o linię panienka? Zamów jakieś normalne żarcie – upierał się.

Garcia niechętnie otworzył menu.

– Dobra, sałatka cesarska z kurczakiem, lepiej, mamo?

– I do tego żeberka z grilla.

– Chcesz mnie utuczyć? Nie zjem tyle.

– Utuczyć cię? Nie muszę, już jesteś dużą panienką – roześmiał się Hunter.

Podeszła kelnerka, by przyjąć zamówienie. Hunter poprosił o sałatkę cesarską z grillowanymi żeberkami, kanapkę California Burger i smażone kalmary, a do tego dwa piwa. Siedzieli w milczeniu, Hunter rozglądał się wokół, badawczo mierząc wzrokiem klientów przy sąsiednich stolikach. Garcia zerknął na niego zdziwiony, po czym nachylił się nad stolikiem, opierając oba łokcie o blat, i odezwał się tak cicho, jakby miał mu wyjawić jakiś sekret.

– Coś się dzieje?

Hunter popatrzył na niego.

– Nie, wszystko gra – odpowiedział spokojnym tonem.

– Wyglądasz, jakbyś coś albo kogoś zobaczył.

– Ach, o to chodzi. Zawsze tak robię w miejscach publicznych, to taki rodzaj ćwiczenia, którego uczyli nas na zajęciach z psychologii kryminalnej.

– Serio? Co to za ćwiczenie?

– Czasem urządzaliśmy sobie takie zawody. Wychodziliśmy gdzieś, do restauracji, baru, klubu i każdy wybierał sobie z tłumu jakąś osobę. Musiał ją przez kilka minut obserwować, a potem stworzyć jak najdokładniejszy profil psychologiczny.

– Obserwując ją tylko przez kilka minut?

– Zgadza się.

– Pokaż mi.

– Co mam ci pokazać? Po co?

– Chcę zobaczyć, jak to działa.

Hunter wahał się przez chwilę.

– Dobra, wybierz kogoś.

Garcia zaczął się rozglądać dookoła, ale jego spojrzenie wciąż uciekało w stronę baru, przy którym siedziały dwie atrakcyjne kobiety: jedna brunetka, druga blondynka. Blondynka była dużo bardziej rozmowna od koleżanki. To na nią padł wybór.

– Tam, przy barze. Widzisz te dwie dziewczyny? Wybieram blondynkę.

Hunter spojrzał na dziewczynę. Przyglądał się mowie jej ciała, ruchom, obserwował sposób mówienia, śmiania się i nie minęła minuta, gdy zaczął relacjonować pierwsze wnioski.

– Dobra. Doskonale zdaje sobie sprawę z własnej atrakcyjności. Jest też cholernie pewna siebie i robi wszystko, by zwrócić na siebie uwagę.

– Czekaj no! Skąd wiesz? – przerwał mu Garcia.

– Nosi dużo odważniejsze ciuchy niż jej koleżanka. Przeczesała też już cztery razy włosy palcami, co jest oczywistym sygnałem mówiącym „zauważ mnie", do tego ukradkiem przegląda się co chwilę w szklanym regale z alkoholami.

Garcia spojrzał na nią.

– Masz rację. Znów się w nim przejrzała.

Hunter uśmiechnął się i ciągnął dalej:

– Jej rodzice są bogaci i jest z tego bardzo dumna. Nie kryje się z tym specjalnie i doskonale wie, jaki zrobić użytek z ich pieniędzy.

– Czemu tak myślisz?

– Pije szampana w barze, w którym dziewięćdziesiąt pięć procent klientów zamawia piwo.

– Może coś świętuje.

– Nie – zaooponował Hunter stanowczo.

– Skąd wiesz?

– Bo ona pije szampana, a jej koleżanka piwo. Gdyby świętowały, obie piłyby szampana. No i nie wznoszą toastów. Zawsze wznosi się toasty, kiedy się coś oblewa.

Garcia uśmiechnął się, a Hunter kontynuował:

– Jej ciuchy i torebka są markowe. Nie schowała kluczyków do torebki, ale zostawiła je na barze, na widoku, prawdopodobnie dlatego, że breloczek zdradza jakąś prestiżową markę, na przykład BMW. Nie ma obrączki, zresztą i tak jest za młoda, żeby być mężatką albo mieć dobrą, dochodową pracę, więc musi mieć pieniądze z innego źródła.

– Mów dalej. – Garcii spodobało się ćwiczenie.

– Na szyi ma wyłożony diamentami wisiorek z literką „W". Stawiałbym, że ma na imię albo Wendy, albo Whitney, to dwa najpopularniejsze wśród bogaczy Los Angeles imiona na literę „W". Uwielbia flirtować, to jeszcze dodatkowo łechce jej ego, ale woli dojrzalszych mężczyzn.

– Teraz to sobie dopowiadasz.

– Nie. Odwzajemnia tylko spojrzenia starszych facetów, kompletnie ignorując próby flirtu ze strony młodszych.

– Nieprawda. Cały czas zerka na faceta obok, a jest przecież młody.

– Nie zerka na niego, ale na wystającą z kieszeni jego koszuli paczkę papierosów. Prawdopodobnie niedawno rzuciła palenie.

Garcia wstał, szczerząc zęby w uśmiechu.

– Co robisz?

– Sprawdzam, czy rzeczywiście jesteś taki dobry.

– Przepraszam, nie macie może panie odstąpić papierosa? – spytał obu kobiet, spoglądając jednak na blondynkę.

Uśmiechnęła się do niego czarująco.

– Przykro mi, ale rzuciłam dwa miesiące temu.

– Naprawdę? Ja też próbuję, ale nie jest łatwo. – Garcia odpowiedział uśmiechem i przeniósł wzrok na leżące na barze kluczyki. – Jeździsz mercedesem?

– Tak, od kilku tygodni – zaszczebiotała podekscytowana.

– Super, klasa C?

– Nie, SLK kabriolet.

– Doskonały wybór.

– Wiem. Kocham swój samochód.

– A tak w ogóle, mam na imię Carlos – dodał, wyciągając rękę.

– A ja Wendy, a to moja koleżanka Barbara. – Wskazała na brunetkę.

– Miło było was poznać. Bawcie się dobrze – z uśmiechem pożegnał obie dziewczyny i wrócił do stolika.

– Dobra. Teraz to naprawdę jestem pod wrażeniem – powiedział, siadając. – Jedno wiem na pewno, nigdy nie zagram z tobą w pokera – dodał ze śmiechem.

Kiedy Garcia testował umiejętności Huntera, kelnerka zdążyła podać im obiad.

– Byłem głodniejszy, niż myślałem – zdziwił się Garcia, pochłonąwszy i sałatkę, i żeberka.

Poczekał, aż Hunter skończy przeżuwać swojego burgera, i spytał:

– Czemu zostałeś gliną? To znaczy, mógłbyś być profilerem, wiesz... pracować w FBI.

Hunter upił łyk piwa i wytarł usta chusteczką.

– A myślisz, że praca dla FBI jest lepsza od pracy w wydziale zabójstw?

– Tego nie powiedziałem – zaprotestował Garcia. – Chodzi mi o to, że miałeś wybór, ale zdecydowałeś się zostać detektywem.

Znam mnóstwo gliniarzy, którzy zabiliby za szansę pracy dla federalnych.

– A ty?

– Ja nie, mnie to zupełnie nie kręci – odparł Garcia, patrząc mu w oczy.

– A niby czemu?

– Dla mnie to banda przereklamowanych kolesiów, którzy uważają się za lepszych tylko dlatego, że noszą tanie czarne garnitury, okulary przeciwsłoneczne i mają słuchawki w uchu.

– Pierwszego dnia też myślałem, że chcesz być agentem FBI. Miałeś na sobie tani garnitur. – Hunter uśmiechnął się złośliwie.

– Hej! Wcale nie był tani. Lubię go, zresztą to mój jedyny garnitur.

– Tak myślałem. – Hunter roześmiał się głośno. – Początkowo myślałem, że zostanę profilerem kryminalnym. Po doktoracie wydawało się to najrozsądniejszym wyborem.

– Tak. Słyszałem, że byłeś cudownym dzieckiem, prawdziwym geniuszem w swoim fachu.

– Skończyłem po prostu trochę wcześniej szkołę – zbagatelizował sprawę Hunter.

– A to prawda, że napisałeś książkę, której używają w FBI jak poradnika?

– Nie książkę, tylko pracę doktorską. Ale tak, wydano ją drukiem, i z tego co ostatnio słyszałem, federalni ciągle z niej korzystają.

– To robi wrażenie. – Garcia odsunął na bok talerz. – Więc czemu nie zostałeś profilerem w FBI?

– Całe dzieciństwo spędziłem nad książkami. W zasadzie nie robiłem nic innego, tylko czytałem. Chyba po prostu znudził mi się akademicki styl życia. Potrzebowałem dreszczyku emocji – wyjaśnił Hunter, choć była to jedynie połowa prawdy.

– FBI nie było dla ciebie wystarczająco ekscytujące? – Garcia uśmiechnął się z powątpiewaniem.

– Profilerzy FBI nie pracują w terenie, tylko za biurkiem. Nie o taką ekscytację mi chodziło. No i nie miałem ochoty tracić tych resztek rozumu, które mi jeszcze zostały.

– To znaczy?

– Mózg współczesnego człowieka nie został przystosowany, by wychodzić z procesu stawania się profilerem kryminalnym bez szwanku. Ktokolwiek decyduje się narazić go na tego rodzaju presję, zapłaci za to, i to słono.

Garcia nie do końca rozumiał.

– No bo widzisz, istnieją tak w zasadzie dwie szkoły, dwie główne teorie, które odnoszą się do tworzenia profili psychologicznych. Niektórzy psycholodzy wierzą, że zło jest czymś wrodzonym, że pojawiamy się na świecie z pewną dysfunkcją mózgu, która odpowiada za obsceniczne akty przemocy.

– Czyli wierzą, że zło jest chorobą? – dedukował Garcia.

– Właśnie – ciągnął Hunter. – Inni twierdzą, że przykładni obywatele stają się socjopatami na skutek serii wydarzeń i okoliczności, które mają wpływ na ich życie. Innymi słowy, jeśli jako dziecko doświadczyłeś przemocy, jeśli byłeś wykorzystywany albo znęcano się nad tobą, istnieje spora szansa, że powielisz podobne zachowania w przyszłości. Nadążasz?

Garcia przytaknął i rozsiadł się wygodniej na krześle.

– Dobra, czyli w skrócie: praca profilera polega na próbie zrozumienia, dlaczego dany kryminalista zachowuje się w taki, a nie inny sposób, na wyczuciu go, odkryciu, co go napędza. Profilerzy starają się myśleć i zachowywać jak przestępcy.

– Tyle to się domyślałem.

– OK. A więc jeśli profilerowi uda się wejść w rolę kryminalisty, będzie mógł przewidzieć jego następny krok, ale uda mu się to tylko wtedy, gdy naprawdę wczuje się w jego życie. – Hunter upił łyk piwa. – Jeśli zapomnimy o pierwszej teorii, bo jeśli zło jest czymś wrodzonym, nic na to nie poradzimy, i przyjmiemy do wiadomości fakt, że nie zawsze możemy cofnąć się w czasie, by prześledzić pełne agresji i przemocy dzieciństwo, co nam pozostaje? Tylko teraźniejsze życie kryminalisty, i w tym tkwi istota tworzenia profili. Staramy się zgadnąć, jak może ono wyglądać. Gdzie dana osoba mieszka, bywa, co robi.

– Zgadnąć? – Garcia nie dowierzał.

– Na tym to polega. Dedukujesz na podstawie znalezionych na miejscu zbrodni dowodów. Problem w tym, że gdy zbyt długo podążamy krok w krok za takimi wykolejeńcami, zachowując się jak oni, myśląc jak oni, zanurzając się głęboko w ich pokręcone umysły, zostają nam blizny... mentalne blizny. I czasami profiler może zboczyć z drogi.

– To znaczy?

– Upodobnić się do mordercy. – Hunter uciekł na moment spojrzeniem. Po chwili dodał ze smutkiem: – Były takie przypadki, że profilerzy pracujący przy sadystycznych seksualnych aktach przemocy sami popadali w obsesję na punkcie brutalnego seksu albo wręcz przeciwnie – na samą myśl o cielesnym zbliżeniu dostawali mdłości. Inni stawali się agresywni. Niektórzy nawet popełniali podobne zbrodnie. Mózg ludzki to wciąż niewyjaśniona tajemnica, a jeśli znęcamy się nad nim zbyt długo... – Hunter nie musiał kończyć zdania. – Zdecydowałem się więc znęcać nad nim w nieco inny sposób, zostając detektywem wydziału zabójstw. – Z uśmiechem dokończył piwo.

– No to rzeczywiście zrobiłeś mu dobrze. – Roześmiali się oboje.

Jakieś półtora kilometra dalej, w restauracji Belweder, elegancko ubrany mężczyzna przeglądał się w wiszącym w holu wejściowym lustrze. Miał na sobie skrojony na miarę włoski garnitur i świeżo wypastowane buty. Blond peruka również leżała bez zarzutu. Dzięki szkłom kontaktowym jego oczy przybrały intensywny zielony kolor.

Z miejsca, w którym stał, widział ją siedzącą przy barze. W swojej małej czarnej wyglądała przepięknie.

Czyżby dostrzegał zdenerwowanie, a może podekscytowanie? Nie był pewien.

Pracował nad nią tyle czasu, całymi miesiącami, karmiąc ją kłamstwami, zdobywając jej zaufanie. Dziś wreszcie przyniesie to efekt. Zawsze przynosi.

– Dzień dobry panu, czeka pan na kogoś?

W milczeniu wpatrywał się w kierowniczkę sali.

– Proszę pana?

Zerknął ponownie w stronę kobiety przy barze. Wiedział, że będzie wprost idealna.

– Proszę pana?

– Umówiłem się ze znajomą. Tą panią, która siedzi przy barze – odpowiedział w końcu z uprzejmym uśmiechem.

– Doskonale, w takim razie proszę za mną.

45

W każdy piątkowy wieczór przez klub Vanguard przewijają się tłumy, ale dzisiaj knajpa biła wszelkie rekordy. Nie było gdzie palca włożyć. Wszystko dlatego, że na wieczór zaplanowano jedyny w Los Angeles występ sławnego holenderskiego DJ-a – Tiësto.

Choć koncert miał się zacząć dopiero około północy, klub już pękał w szwach, a zabawa rozkręciła się na dobre. Idealny moment na to, co sobie zaplanował. Im więcej ludzi, tym mniejsza szansa, że ktoś go zauważy.

Pieczołowicie hodowany przez ostatnie sześć dni zarost trochę zmienił mu kształt twarzy. Przebranie dopełnił modną czapeczką bejsbolową, profesjonalną czarną peruką i stylową, bardzo kolorową koszulą.

Dziś skupiał się tylko na jednym – musiał coś dostarczyć. Miał to od sześciu dni i przez cały czas zastanawiał się, co powinien z tym zrobić. Biznesmeni nie słyną może ze szczerości, a Bóg jeden wie, że on tym bardziej nie był z gatunku tych najbardziej uczciwych, ale są rzeczy, nad którymi nie da się tak po prostu przejść do porządku dziennego. Musiał działać.

Stał przy sali dla VIP-ów, przyglądając się roztańczonemu tłumowi, błądząc wzrokiem po parkiecie w poszukiwaniu kogoś, kto mógłby go rozpoznać – nikogo takiego nie dojrzał.

Włożył rękę do kieszeni i wymacał schowany tam przedmiot. Zimny dreszcz przebiegł mu natychmiast wzdłuż kręgosłupa, od kości ogonowej po sam kark. Szybko wyciągnął rękę.

– Stary, potrzebujesz czegoś?

Stał przed nim ciemnowłosy chłopak, nie starszy niż dwudziestotrzyletni. Zmrużył oczy, jakby próbował coś dostrzec.

– Co?

– No wiesz, stary, to rave... Nie chcesz jakiegoś dopalacza?

– Nie, dzięki – odpowiedział, zrozumiawszy wreszcie, o co chodzi chłopakowi.

– Lepiej weź teraz, stary, zanim się zacznie – namawiał chłopak, rzucając bujną grzywą ciemnych włosów w stronę parkietu.

– Nie. Nie chcę.

– Jakbyś zmienił zdanie, będę w pobliżu. – Chłopak zakręcił palcem w powietrzu i odszedł.

Upił łyk jacka daniel'sa z colą i podrapał się po swędzącej go brodzie. Muzyka nagle ucichła, a parkiet zalała fala świateł i laserów. Kłęby dymu wydobywające się z sufitu wypełniły wnętrze kolorową mgłą. Tłum skakał i krzyczał. Był gotów na powitanie gościa wieczoru.

To była jego szansa. Wszyscy skupieni są na scenie i nikt nie zauważy, jak coś podrzuca. Zostawił drinka i zaczął się przedzierać przez spragnionych klientów do najdalszej części baru. Nawet barman przerwał na moment swoją pracę.

– Panie i panowie, czekamy na to cały wieczór. Jedyny taki występ w Los Angeles. Proszę się rozgrzać do tańca i przygotować na niezłą imprezę. Klub Vanguard z dumą prezentuje jedno z najbardziej znanych nazwisk w świecie muzyki house... Tiësto!!!

Tłum szalał. Kolorowe lasery krążyły nad sceną.

Szybko wyciągnął zawiniątko z kieszeni, pochylił się nad barem i upuścił je. Gdy tylko spadło na podłogę, natychmiast się oddalił, szczęśliwy, że wreszcie się go pozbył. Był pewien, że nikt tego nie widział.

Piętnaście minut później drugi z barmanów znalazł pakunek. Pędząc na drugi koniec baru, żeby obsłużyć wyjątkowo głośnego klienta, poczuł coś nierównego pod stopami. Na podłodze dojrzał kwadratowe zawiniątko. Schylił się i podniósł je.

– Hej, Pietro! – zawołał do kolegi.

Pietro skończył obsługiwać dwie młode atrakcyjne dziewczyny i szedł właśnie w jego stronę.

– Twoje?

Pietro wziął opakowanie z rąk Todda i przyjrzał mu się.

– Skąd to masz?

– Znalazłem na podłodze, tam. – Pokazał na drugi koniec baru.

– Widziałeś, kto to upuścił?

– Nie, stary. Mogło tam leżeć już jakiś czas. Zauważyłem dopiero, gdy na to nadepnąłem.

Pietro przyjrzał się dokładnie szczelnie opakowanemu przedmiotowi. Trudno było stwierdzić co to, ale napis nie pozostawiał wątpliwości co do adresata – „DLA D-KINGA”.

46

Idąc schodami do sali dla VIP-ów, zastanawiał się, czemu to on ma odgrywać rolę posłańca. Pomieszczenie było po brzegi wypełnione celebrytami klasy B. Pietro przepchnął się przez głośny tłum, kierując się w stronę ostatniego stolika po prawej – stolika D-Kinga. Stojący tuż obok swojego szefa Jerome zdążył już dostrzec długowłosego barmana.

– Jakiś problem?

– Ktoś zostawił to w barze – wyjaśnił Pietro, podając kwadratowy pakunek byłemu bokserowi, który przyglądał mu się ze zdumieniem.

– Zaczekaj tu.

Pietro obserwował, jak napakowany ochroniarz wraca do stolika, nachyla się nad swoim szefem i szepcze mu coś do ucha, podając pakunek. Kilka sekund później dali mu sygnał, by podszedł. Wiedział, że nie ma powodu, by się denerwować, a jednak czuł ucisk w klatce piersiowej.

– Skąd to masz? – spytał D-King, nie podnosząc się z miejsca.

– Z baru. Ktoś to zostawił.

– Ktoś tak po prostu zostawił pakunek i sobie poszedł czy dał go tobie?

– Ani jedno, ani drugie. Ktoś wrzucił tę paczkę za bar, gdzie znalazł ją Todd, drugi barman.

– Ale nie widział, kto ją wrzucił?

– Mówi, że nie.

– Kiedy ją znalazł?

– Jakieś pięć minut temu, ale równie dobrze mogła tam leżeć dłużej. Jesteśmy dzisiaj zawaleni robotą, a Todd mówi, że zauważył ją tylko dlatego, że na nią nadepnął.

D-King przyglądał się stojącemu przed nim mężczyźnie przez kilka sekund.

– Dobra – machnął ręką, pozwalając barmanowi odejść.

– Mogę to otworzyć, szefie? Uwielbiam otwierać prezenty – spytała jedna z trójki siedzących przy stoliku dziewcząt.

– Jasne, otwieraj.

Jednym ruchem rozdarła papier, ale pełen podekscytowania uśmiech gdzieś się ulotnił, kiedy zobaczyła zawartość.

– Płyta? – prychnęła rozczarowana.

– O co, kurwa, chodzi? – D-King wziął ją do rąk i obejrzał z obu stron.

– Płytka DVD – stwierdził bez cienia zainteresowania.

– Kiepsko. Miałam nadzieję, że to diamenty – odezwała się druga z dziewcząt.

– Coś jeszcze tam jest – powiedział Jerome, zauważywszy wśród rozdartego papieru małą białą karteczkę.

D-King sięgnął po nią i przeczytał w milczeniu.

Przykro mi.

– Co tam jest napisane?

– Może pójdziecie wszystkie trochę potańczyć – odpowiedział D-King – wróćcie za jakieś dwadzieścia minut.

Wiedziały, że to nie była prośba. Wszystkie trzy pospiesznie wstały od stolika i po chwili wmieszały się w tłum tańczących.

– Mamy odtwarzacz w limuzynie, prawda? – spytał D-King, teraz już wyraźnie zaintrygowany.

– Taa – przytaknął Jerome.

– To idziemy obejrzeć.

– Jasne, szefie. – Jerome wyciągnął telefon z kieszeni swego markowego garnituru. – Warren, podjedź autem od tyłu. Nie, jeszcze nie wracamy, musimy coś sprawdzić.

D-King miał słabość do samochodów i wcale się z tym nie krył. W skład jego kolekcji wchodziły: ford GT, ferrari 430 spider, aston martin vanguish S i najnowszy nabytek – dwunastoosobowa limuzyna Hummer.

Po pięciu minutach byli już na tyłach klubu Vanguard.

– Coś się stało, szefie? – spytał Warren czekający przy otwartych tylnych drzwiach prawie dziewięciometrowego samochodu.

– Nie, wszystko w porządku. Musimy tylko na coś zerknąć.

D-King i Jerome wskoczyli do tyłu i zaczekali, aż Warren zamknie za nimi drzwi.

Niewielki panel przy głównym siedzeniu pełen był przycisków i pokręteł, które dawały pasażerowi pełną kontrolę nad natężeniem i kolorem oświetlenia, dźwiękiem, ustawieniem głośników, najnowocześniejszym systemem DVD i wreszcie ukrytym schowkiem mieszczącym niewielki arsenał broni.

D-King umościł się wygodnie na siedzeniu i szybko nacisnął jeden z przycisków. Drzwiczki drewnianej szafki po prawej stronie rozsunęły się, ukazując malutki odtwarzacz DVD, do którego natychmiast włożyli płytę. Ścianka oddzielająca tył samochodu od kabiny kierowcy podjechała w górę, a na całą jej szerokość wysunął się z sufitu gigantyczny ekran.

Po chwili pojawiły się na nim pierwsze rozmazane obrazy i Jerome usilnie starał się połapać, o co w tym wszystkim chodzi.

W opuszczonym, brudnym pokoju siedziała z opaską na oczach zakneblowana młoda kobieta. Ubranie miała częściowo podarte.

– Co to ma być, do kurwy nędzy? – spytał wciąż skołowany Jerome.

– Czekaj. – D-King sięgnął po pilota i przewinął kawałek. Obrazy przeskakiwały w szaleńczym tempie przez kolejnych kilka sekund. Po chwili znów przycisnął „play". W milczeniu przyglądali się, jak dwóch mężczyzn znęca się fizycznie i słownie nad młodą przerażoną dziewczyną.

– To jest chore, szefie. Ktoś robi sobie z pana jaja – rzucił krótko Jerome, odwracając wzrok od ekranu i szykując się do opuszczenia luksusowej limuzyny.

– Zaczekaj chwilę. – D-King powstrzymał ochroniarza, nim ten zdążył otworzyć drzwi. Czuł, że coś jest nie tak. Znów przewinął kawałek. Kiedy puścił film, przemoc i znęcanie się jeszcze przybrały na sile.

– Cholera, szefie, proszę to wyłączyć, bo się porzygam – oponował Jerome.

D-King uniósł rękę, dając mu znać, by siedział chwilę cicho. Przewinął jeszcze odrobinę, puszczając film tuż przed końcową sceną.

Kiedy dwóch tajemniczych bohaterów odpowiednio się ustawiło, D-King zdążył przewidzieć finał. Jerome, choć dalej nie miał zielonego pojęcia, o co w tym wszystkim chodzi, nie odrywał wzroku od ekranu. Dziewczynie zdarto wreszcie opaskę.

– Co do kurwy? – krzyknął Jerome, odskakując od ekranu. Kamera zrobiła zbliżenie jej twarzy. – To Jenny?! – Nie wiadomo było, czy zadaje pytanie, czy stwierdza fakt.

D-King zorientował się, kim jest kobieta dobrą minutę wcześniej. Gniew sączył się wszystkimi porami jego ciała. W śmiertelnej ciszy obserwowali, jak nóż, gładko niczym miecz bushido papier ryżowy, przecina jej szyję. Kamera zrobiła zbliżenie bezradnego spojrzenia jej umierających oczu i krwi tryskającej ze śmiertelnej rany.

– Co się dzieje, szefie? – Jerome krzyczał.

D-King siedział w milczeniu, dopóki film nie dobiegł końca. Kiedy się odezwał, jego głos był lodowaty:

– A jak myślisz, Jerome? Właśnie widzieliśmy, jak ktoś torturuje i zabija Jenny.

– Ale to się nie zgadza. Detektywi mówili, że nie miała śladów po kuli czy po nożu i że ktoś obdarł ją ze skóry. A tu ktoś poderżnął jej gardło.

– Detektywi powiedzieli, że dziewczynę ze zdjęcia ktoś obdarł ze skóry, a my myśleliśmy, że to Jenny. Pomyliliśmy się.

Jerome ukrył twarz w dłoniach.

– Ale się popierdoliło, szefie.

– Słuchaj mnie. – D-King pstryknął palcami dwa razy, żeby zwrócić uwagę Jerome'a. – Nie zamierzam się z nimi cackać. Chcę tych dwóch z filmu – wysyczał z taką wściekłością, że Jerome'a przeszły ciarki – Chcę skurwysyna, który to nakręcił, właściciela tej rudery i tego, kto stoi za całym tym pierdolonym przedstawieniem, rozumiesz?

– Rozumiem, szefie – odpowiedział Jerome, odzyskując panowanie nad sobą.

– Nie rozpowiadaj nic na ulicy, żeby ich nie przestraszyć. Wykorzystaj tylko zaufanych ludzi. Chcę ich szybko i najlepiej żywych. Nieważne, komu będziesz musiał zapłacić. Nieważne ile. Masz ich dorwać za wszelką cenę.

– A gliny? – spytał Jerome. – Chyba powinniśmy im powiedzieć, że ta dziewczyna ze zdjęcia to nie Jenny.

D-King zastanawiał się przez chwilę.

– Masz rację, ale chcę ich dorwać pierwszy. Dopiero wtedy skontaktuję się z policją.

47

Minęło już kilka dni, a wycieczki po barach i klubach nie przyniosły żadnych rezultatów. Sprawdzili wszystkie knajpy w Santa Monica, częściowo również w Long Beach, ale efekt był ten sam. Pozostałe tropy również prowadziły donikąd. Podobnie jak w przypadku poprzednich morderstw Krucyfiksa nie potrafili odkryć żadnego związku między ofiarami. Istniała możliwość, że George i Jenny znali się z jednej z seksimprez, ale wciąż nie mogli potwierdzić tożsamości pierwszej ofiary. Nikt nie mógł zagwarantować, że kobietą bez twarzy była faktycznie Jenny Farnborough. Carlosowi wciąż nie udało się odnaleźć jej rodziny, ani w Idaho, ani w Utah. Opierali się jedynie na hipotezach, a kapitan Bolter nie znosił hipotez. Chciał faktów.

Wiedzieli, że każdy kolejny bezowocny dzień przybliża ich do chwili, gdy otrzymają kolejny telefon – a ten oznaczać będzie następną ofiarę. Wszyscy, z komendantem włącznie, zaczynali tracić cierpliwość. Komendant żądał wyników od kapitana Boltera, ten zaś od swoich dwóch detektywów.

Ciężar śledztwa zaczynał ich powoli przygniatać. Garcia od kilku dni prawie nie widywał Anny. Hunter zamienił z Isabellą zaledwie kilka słów przez telefon, nie miał głowy do romantycznych schadzek. Czas działał na ich niekorzyść, i doskonale o tym wiedzieli.

Choć Hunter przyjechał do biura wcześnie, Garcia już siedział za biurkiem.

– Mamy coś nowego – powitał go od progu.

– Zrób mi dobrze i powiedz, że ktoś rozpoznał faceta ze szkiców.

– Aż tak pięknie to nie jest – odpowiedział Garcia, już mniej podekscytowany.

– Dobra, mów wreszcie.

– Doktor Winston przysłał mi przed chwilą wyniki DNA włosa znalezionego w samochodzie George'a Slatera.

– W końcu. No i?

– Nie dało się wyodrębnić kodu DNA, bo we włosie nie było żadnych mieszków.

– Czyli nie wypadł sam. Został odcięty, a nie wyrwany.

– Zgadza się.

– Więc nie mamy tak w zasadzie nic?

– Nie do końca. Włos pokryty był chemikaliami, dzięki którym laboratorium mogło ustalić, skąd pochodził.

– I?

– To włos europejski.

– Z peruki! – powiedział Hunter, otwierając oczy szeroko ze zdziwienia.

– Skąd wiesz, że włos europejski oznacza perukę?

– Dużo czytam.

– No tak, ciągle o tym zapominam. – Parsknął cynicznie. – A wracając do sprawy, jeśli pominąć peruki z włosów syntetycznych, na rynku dostępne są trzy podstawowe typy: z prawdziwych włosów, z ludzkich włosów i z włosów europejskich. W przemyśle perukarskim pojęcia „włosy prawdziwe" i „włosy ludzkie" odnoszą się do włosów azjatyckich, z których po chemicznej obróbce usuwa się oryginalny kolor i farbuje tak, by wyglądały na włosy europejskie. Proces ten niszczy strukturę włosa, ale dość łatwo go przeprowadzić i nie kosztuje zbyt wiele. Natomiast włosy europejskie... – Garcia pokręcił głową – tych nie poddaje się praktycznie żadnej obróbce. Pochodzą głównie z Europy Wschodniej. Nie farbuje się ich, a jedynie nakłada wysokiej jakości odżywki, by zapewnić im długowieczność. Są niemal identyczne jak naturalne włosy.

– Ale też kosztują – stwierdził Hunter.

– I to niemało, ceny zaczynają się od czterech tysięcy wzwyż.

– Phi – zagwizdał Hunter, siadając.

– No właśnie. Robi się je na zamówienie. Trwa to miesiąc lub dwa, a to oznacza, że trzeba zostawić sprzedawcy adres albo jakiś numer kontaktowy – uśmiechnął się z satysfakcją Garcia. – Nie może być przecież w Los Angeles zbyt wiele takich punktów.

– Catherine?

– Co z Catherine?

– Czy sprawdzałeś Catherine Slater? Może ona nosi perukę? Jak wiele innych kobiet. Stać ją.

– Nie, jeszcze nie. – Entuzjazm Garcii trochę przygasł. – Zaraz się tym zajmę, ale jeśli okaże się, że nie nosi peruki, nie uważasz, że dobrze byłoby się skontaktować ze wszystkimi punktami, które sprzedają peruki z włosów europejskich?

Hunter podrapał się w podbródek.

– Możemy spróbować. Tylko myślę, że nasz morderca jest na to za sprytny.

– Za sprytny na co?

– Mówiłeś, że robi się je na zamówienie?

– Tak.

– Ale założę się, że zawsze mają jedną czy dwie na wystawie. Nasz gość nie byłby na tyle głupi, żeby składać zamówienie i zostawiać po sobie ślad. Wziąłby po prostu jedną z wystawy, zapłacił gotówką i tyle. Pamiętaj, że nie zależy mu na żadnej konkretnej, nie kupuje jej przecież, żeby dobrze wyglądać. – Hunter wstał i podszedł do ekspresu. – I jeszcze jedno.

– Co?

– Internet – odpowiedział Hunter.

Garcia się skrzywił.

– Internet, choć pomocny, czasem może utrudnić nam życie – wyjaśnił Hunter. – Myślę, że jeszcze kilka lat temu moglibyśmy się zabrać za sprawdzanie wszystkich perukarzy i pewnie przy odrobinie szczęścia natrafilibyśmy na coś, co zaprowadziłoby nas do mordercy, ale dziś... – Nalał sobie filiżankę kawy. – Dziś można ją sobie zamówić przez Internet z dowolnego kraju świata i mieć w ciągu tygodnia. Mógł ją sprowadzić z Japonii, Australii albo bezpośrednio z Europy Wschodniej – przerwał, bo w głowie zaświtała mu jeszcze jedna myśl. – Do tego dochodzi jeszcze eBay, mógł tam ją kupić od prywatnego właściciela i nikt nie musiał nawet o tym wiedzieć. Pamiętaj, że jest cholernie sprytny.

Garcia musiał przyznać Hunterowi rację. Każdy półgłówek może dziś kupić przez Internet niemal wszystko i zostawić tak znikome ślady, że namierzenie go graniczyć będzie z cudem. Wystarczy wiedzieć, gdzie najlepiej robić zakupy.

– Może jednak szczęście się do nas uśmiechnie i okaże się, że nas nie docenił i zamówił jednak perukę w sklepie – pocieszał się Garcia.

– Może. Nie odrzucam żadnej możliwości. Tak na wszelki wypadek sprawdzimy wszystkich perukarzy.

– Chciałem zbliżyć się do niego choć o krok, nim będziemy musieli powiesić kolejne zdjęcie na tej cholernej tablicy. – Pokazał na zapełniony fotografiami korek.

Hunter stał przez chwilę nieruchomo, przyglądając się zdjęciom.

– Dobrze się czujesz? – spytał Garcia po minucie milczenia. – Nawet nie mrugasz.

Hunter uniósł rękę, pokazując Garcii, by dał mu jeszcze chwilę.

– Czegoś tu brakuje – odezwał się w końcu.

Garcia odwrócił się i zerknął na tablicę. Były na niej wszystkie zdjęcia. Przecież nikt niczego nie ruszał.

– Czego brakuje?

– Jeszcze jednej ofiary.

48

– O czym ty do diabła mówisz? Jak to: brakuje nam jednej ofiary? Mamy wszystkie: siedem z pierwszej serii i dwie nowe. – Garcia przeniósł wzrok z tablicy na Huntera.

– Mamy ofiarę, której nie naznaczył, której nie wyciął na szyi symbolu Krucyfiksa, o morderstwie której nie poinformował mnie przez telefon. Ofiarę, której nie zabił.

– Ofiarę, której nie zabił? Naćpałeś się? Przecież to się nie trzyma kupy.

– Nieprawda. Nie zabił jej tak jak pozostałych ofiar... ale zginęła przez niego.

– Czy ty w ogóle słyszysz, co opowiadasz? Zwariowałeś? Kogo nie zabił?

Hunter spojrzał wreszcie na Garcię.

– Mike'a Farloe'a.

– Mike'a Farloe'a? – powtórzył Garcia kompletnie skołowany.

– Prawdziwy morderca wrobił go, byśmy myśleli, że to Farloe był Krucyfiksem, pamiętasz? Wspomniałem o tym nawet, kiedy zadzwonił po odnalezieniu kobiety bez twarzy, ale z jakiegoś powodu później mi to umknęło.

– Rzeczywiście, pamiętam. Stałem przecież obok.

– Wrabiając go, zrobił z niego ofiarę.

– Chociaż własnoręcznie nie zadał śmiertelnego ciosu – zgodził się Garcia.

– Nieważne, Farloe jest jego ofiarą. – Hunter wrócił do biurka i zaczął wertować papiery. – Dobra, co wiemy o mordercy?

– Nic – prawie roześmiał się Garcia.

– Nieprawda. Wiemy, że działa metodycznie, jest inteligentny, pragmatyczny i bardzo, bardzo skrupulatnie wybiera swoje ofiary.

– Zgoda – przytaknął Garcia, nie do końca przekonany.

– Morderca nie wybrał sobie Mike'a Farloe'a tak na chybił trafił. Podobnie jak w przypadku pozostałych ofiar, musiał on pasować do pewnego profilu, profilu mordercy. A dokładniej do profilu seryjnego sadystycznego fanatyka religijnego.

Teoria Huntera zaczynała nabierać sensu.

– Żebyście uwierzyli, że facet, którego aresztowaliście, rzeczywiście jest mordercą.

– Właśnie. Morderca jest sprytny, ale zdaje sobie sprawę, że my też nie jesteśmy głupi. Nie dalibyśmy się nabrać na pierwszą lepszą osobę, którą by nam podsunął. Musiał dobrze wybrać. Kogoś przekonującego. Kogoś, komu uwierzymy. Nie mógł trafić lepiej.

Garcia zaczesał włosy do tyłu i zebrał je w cienki kucyk.

– Mike Farloe był notowany?

– Żebyś wiedział. Za młodu co chwila lądował w poprawczaku... Trzy wyroki za publiczne obnażanie się. Uwielbiał rozbierać się przed dzieciakami.

– Pedofil? – skrzywił się Garcia.

– I to przez duże „P". Siedział prawie dwa lata za obmacywanie dwunastolatka w miejskiej toalecie.

Garcia pokręcił głową.

– A gdzie się szuka gości takich jak Mike Farloe? – ciągnął Hunter.

– Może poznał go wcześniej – strzelał Garcia.

– Możliwe, choć wątpię w to. Mike był typem samotnika, mieszkał sam, nie miał żony, dziewczyny, dzieci. Pracował jako śmieciarz, a większość wolnego czasu spędzał zamknięty w swoim małym brudnym pokoiku, czytając Biblię. Facet nie miał życia towarzyskiego.

– A może z kartoteki medycznej? Mógł mieć do niej dostęp. Wiemy przecież, że ma ogromną wiedzę lekarską, nawet doktor Winston powiedział, że wcale by się nie zdziwił, gdyby okazało się, że jest chirurgiem.

Hunter pokiwał potakująco głową.

– Dokładnie to samo sobie pomyślałem.

– A spotkania religijne, kościoły? Jeśli do jakichś chodził, może morderca właśnie tam go sobie upatrzył?

– To też sprawdzimy.

– Co jeszcze wiemy o Mike'u Farloe? – spytał Garcia.

– Niewiele. Nie mieliśmy podstaw, by drążyć głębiej. Przyznał się, pamiętasz?

– Tak, i tu wracamy do pierwszego pytania: czemu miałby się przyznawać do potwornych zbrodni, których nie popełnił, i dostać za nie karę śmierci?

– Żeby jakoś zakończyć swoje życie – zdecydował Hunter.

– Co proszę?

– Są ludzie, którzy nie mają wystarczająco odwagi, żeby popełnić samobójstwo. Kupują więc broń i chodzą po ulicach, wymachując nią. Przyjeżdża policja, każe im odłożyć spluwę, a oni wymachują nią jeszcze bardziej, żeby dostać kulkę w łeb.

– Samobójstwo przy pomocy policji.

– No właśnie. Tu mamy ten sam schemat. Tak jak mówiłem, Mike był samotnikiem, nie miał przyjaciół, życia towarzyskiego ani żadnych perspektyw na zmiany. Najwyraźniej wiedział o morderstwach Krucyfiksa.

– Wszyscy wiedzieli, już prasa się o to postarała.

– Nie zdziwi cię zatem to, że wielu religijnych fanatyków popierało to, co robił Krucyfiks? Wierzyli, że w słusznej sprawie zabijał grzeszników.

– Mike był jednym z nich – dokończył Garcia.

– Pewnie stał na czele fanklubu.

Garcia roześmiał się.

– Tak czy siak, dla nich był kimś w rodzaju bohatera, kimś wykonującym robotę Boga. I nagle Mike'owi nadarzyła się okazja, by przeistoczyć się w swojego idola.

– Chyba dostać za niego po dupie.

– Bez różnicy. Dla reszty świata Mike Farloe mógł istnieć jako Krucyfiks. Jego mroczna przeszłość mogła odejść w zapomnienie. Będą o nim pisali w książkach, studenci będą się o nim uczyć na zajęciach z kryminologii. Po śmierci okryje się sławą, której brakowało mu za życia.

– Ale mówiłeś, że Mike znał pewne szczegóły z życia ofiar, które mógł znać tylko morderca... jak na przykład powody, dla których zostali zamordowani. Mówił, że jedna z ofiar puszczała się dla awansu. Skąd wiedziałby takie rzeczy?

– Morderca mu powiedział – wywnioskował Hunter.

– Co?

– Pomyśl tylko. Jesteś mordercą i chcesz, żeby ktoś inny odpowiedział za to, co zrobiłeś. Wreszcie znalazłeś odpowiednią osobę. Zaprzyjaźniłeś się z nią.

– Co nie było chyba zbyt trudne, biorąc pod uwagę to, że Farloe nie miał żadnych przyjaciół.

– Zgadza się. Wasze rozmowy krążą wokół morderstw Krucyfiksa. Tego, jak wspaniałą robotę odwala, pozbywając się grzeszników. Karmisz go plotkami: „Słyszałem, że jedna z ofiar była zarażoną prostytutką, a inna pieprzyła się z każdym w firmie, byle dostać awans" – dodał Hunter zmienionym głosem, próbując się wczuć w rolę mordercy.

– Przygotowując go na chwilę, kiedy zostanie złapany – wtrącił Garcia.

Hunter zagryzł wargę i skinął potakująco głową.

– Tylko czemu nie powiedział mu o wycinanym na szyjach ofiar symbolu?

– Bo nie wiedział o tym nikt poza samym mordercą i garstką pracujących przy śledztwie policjantów. Wzbudziłoby to jego podejrzenia.

– Farloe zorientowałby się, że jest prawdziwym mordercą.

– Możliwe, ale średnio prawdopodobne. Mike pomyślałby po prostu, że facet ściemnia.

– Czemu?

– A jak myślisz, skąd Mike w ogóle wiedział o morderstwach Krucyfiksa?

– Z gazet.

– No właśnie. Pewnie przeczytał wszystko, czym zalewała czytelników prasa. I wierzył w każde słowo. Ludzie ślepo ufają mediom. Mówiąc Mike'owi, że wszystko co przeczytał, to kupa gówna, odsunąłby go od siebie, zamiast zdobyć zaufanie. Jak myślisz, komu uwierzy przeciętny człowiek: gazetom i telewizji czy spotkanemu na ulicy nieznajomemu?

Garcia zastanowił się chwilę.

– Masz rację.

Hunter skinął głową.

– Morderca wiedział, jak zdobyć zaufanie Mike'a Farloe'a.

– Myślisz, że liczył na to, że się przyzna?

– Może. Sam nie wiem.

– Nie miał nic do stracenia – zamyślił się Garcia, coś jednak nie dawało mu spokoju. – Ale dlaczego?

Hunter zmiażdżył go spojrzeniem.

– Słyszałeś, co mówiłem? Właśnie ci wytłumaczyłem dlaczego.

– Chodzi mi o to, dlaczego tak właściwie go wrobił?

Hunter zamilkł i przez chwilę wpatrywał się w swój kubek.

– Właśnie nad tym samym się zastanawiam. Po co się wrabia innych?

– Z zemsty?

– Nie w prawdziwym życiu.

– Co?

– W filmach hollywoodzkich owszem, ale w prawdziwym życiu ludzie darowują sobie tego typu bzdety. Idą, do kogo mają iść i kulka w łeb. Po co zadawać sobie tyle trudu z wrabianiem kogoś? No i Mike zginął przez zastrzyk, czyli nie nacierpiał się jakoś specjalnie. Gdyby naszemu mordercy zależało, żeby cierpiał, sam by się nim zajął.

– Prawda – zgodził się Garcia.

– To po co jeszcze się kogoś wrabia?

– Żeby zamknąć śledztwo.

– Możliwe.

– Może początkowo zamierzał zamordować jedynie siedem ofiar. – Garcia nalał sobie szklankę wody. – Kiedy skończył, co sobie zaplanował, nie chciał zostawiać otwartego śledztwa, ryzykując, że jakiś glina natrafi po latach na dowody, które mogą zaprowadzić do niego. Lepiej kogoś wrobić. Śledztwo zamknięte, a jemu wszystko uchodzi płazem.

– A teraz zmienił zdanie i zamierza zabić kolejną siódemkę?

Garcia zmarszczył czoło.

– Może.

– Nie kupuję tego. On ma jakiś plan, którego się trzyma od samego początku. Jeśli go nie złapiemy, zanim go wykona, zniknie i już nigdy o nim nie usłyszymy – powiedział posępnym tonem Hunter.

– Zanim aresztowano Farloe'a, mieliście innych podejrzanych, rozpracowywaliście kogoś? – przerwał ciszę Garcia.

Hunter zaprzeczył, kręcąc głową.

– Kompletnie nic?

– Już ci mówiłem, nie mieliśmy nic, żadnych podejrzanych, żadnych tropów. Ale wiem, do czego zmierzasz. Jeślibyśmy się zbliżali do właściwej osoby, wrobienie Mike'a trochę by nas zbiło z tropu.

– No właśnie. I zamknęłoby śledztwo. Po co je ciągnąć, jeśli ma się podejrzanego z całą masą obciążających go dowodów?

– Ale nie mieliśmy żadnych podejrzanych.

– Ale morderca o tym nie wiedział. Chyba że miał swoją wtyczkę w policji.

– Niewiele osób o tym wiedziało i wszystkie były godne zaufania.

– Dobra, więc może jednak nieświadomie zacząłeś się zbliżać do mordercy?

Mięsień na szczęce Huntera drgnął.

– Do niczego się nie zbliżaliśmy. Nie mieliśmy nic poza siedmioma ciałami i zżerającą nas frustracją – odpowiedział Hunter, wpatrując się nieobecnym spojrzeniem w okno. – Ale jeszcze raz przejrzymy akta... od dwóch miesięcy przed aresztowaniem. Zobaczymy, czy coś tam jest.

– Jest jeszcze jedna możliwość. – Garcia zaczął wertować leżące na biurku papiery.

– Jaka?

– Ile upłynęło czasu od chwili aresztowania Farloe'a do kolejnego morderstwa?

– Półtora roku.

– A co, jeśli morderca wrobił go, bo wiedział, że przez jakiś czas będzie wyłączony z działania? Na przykład trafi za kratki za jakieś inne drobne wykroczenia.

Hunter usiadł wygodniej na krześle i skrzyżował ręce na piersiach.

– Problem w tym, że musiałby wiedzieć o tym wcześniej. Wrobienie kogoś wymaga czasu, no i musiał wpierw znaleźć właściwą osobę. Skąd niby wiedziałby o ewentualnym aresztowaniu tak wcześnie? Ale... – Hunter wycelował palec wskazujący w Garcię.

– Co?

– Operacja! – wykrzyknął Hunter. – Może miał zaplanowaną jakąś operację? To mógłby wiedzieć na tyle wcześniej.

– Ale nie działał przez ponad rok. Jaka operacja uziemia cię na tak długo?

– Choćby operacja kręgosłupa, biodra, jakikolwiek zabieg, który wymaga rehabilitacji, by odzyskać sprawność ruchową i siłę. Nasz morderca potrzebuje jej dużo, żeby popełniać takie zbrodnie. Nie uderzyłby ponownie, gdyby nie był w stu procentach na nogach. Lepiej przygotujmy listę szpitali i gabinetów fizjoterapeutycznych.

Garcia już otwierał wyszukiwarkę.

49

Resztę dnia spędzili na grzebaniu w życiorysie Mike'a Farloe'a. Jego kartoteka była bogata, ale występki niespecjalnie brutalne, w większości wyroki za obnażanie się, molestowanie, ale bez użycia przemocy, no i pedofilię. Kawał skurwysyna, ale nieagresywnego. Podczas ostatniej odsiadki odnalazł Boga i po wyjściu zaczął na ulicach nauczać Ewangelii wszystkich tych, którzy zechcieli go posłuchać, i nie tylko.

W kartotece medycznej nie znaleźli niczego nadzwyczajnego. Kilka chorób wenerycznych i połamane podczas ulicznych bijatyk kości. Żadnych śladów zaburzeń psychicznych. Nic, co by go wyróżniało. Musieli więc założyć, że morderca nie wybrał go ani na podstawie kartoteki medycznej, ani policyjnej. Szukali jeszcze sekt religijnych, do których Farloe mógł należeć, ale dochodziło wpół do dwunastej, a oni wciąż byli w punkcie wyjścia.

Garcia sprawdził, która godzina, i zaparkował samochód pod blokiem. Znów minęła północ. W ciągu ostatnich kilku tygodni ani razu nie udało mu się wrócić wcześniej. Wiedział, że nic na to nie poradzi. Jego praca wymagała poświęceń i był na nie przygotowany. Tego samego nie można było powiedzieć o Annie.

Posiedział chwilę otulony ciemnościami parkingu, zerkając w okna mieszkania na pierwszym piętrze. W salonie wciąż paliło się światło. Anna nie spała.

Prosił ją, żeby się nie martwiła, tłumacząc, że to bardzo skomplikowana sprawa i będzie musiał pracować po godzinach, ale nie chciała słuchać. Wiedział, że wolałaby, żeby był prawnikiem, lekarzem, tak naprawdę kimkolwiek, byle nie detektywem wydziału zabójstw policji w Los Angeles.

Powoli ruszył wzdłuż rzędu zaparkowanych samochodów w stronę budynku. Chociaż był pewien, że Anna jeszcze nie zasnęła, otworzył drzwi tak cicho, jak tylko się dało.

Leżała na niebieskiej sofie naprzeciw ustawionego na wschodniej ścianie telewizora. Miała na sobie cienką białą koszulę nocną. Włosy z jednej strony przyklapnięte. Oczy zamknięte, ale podniosła powieki, gdy tylko wszedł do mieszkania.

– Cześć, kochanie – przywitał się zmęczonym głosem.

Usiadła na kanapie po turecku. Jej mąż wyglądał inaczej. Każdej kolejnej nocy wyglądał na starszego i bardziej zmęczonego. Pracował w wydziale zabójstw zaledwie miesiąc, a jej wydawało się, że to całe lata.

– Cześć, jak się czujesz, skarbie? – spytała cicho.

– W porządku, tylko zmęczony.

– Jesteś głodny? Jadłeś coś? W lodówce jest jedzenie. Musisz coś zjeść – nalegała.

Garcia nie był głodny. W zasadzie to stracił apetyt w chwili, gdy wszedł kilka tygodni temu do tamtej drewnianej chaty, ale nie chciał odmawiać Annie.

– Zjem trochę.

Oboje poszli do kuchni. Garcia usiadł przy niewielkim stole, a Anna wyciągnęła z lodówki talerz i włożyła go do mikrofalówki.

– Chcesz piwo? – spytała, ponownie otwierając lodówkę.

– W zasadzie to napiłbym się szkockiej.

– Nie będzie pasować do jedzenia. Teraz napij się piwa, a jak później będziesz miał ochotę... – Podała mu butelkę budweisera i usiadła naprzeciw. Ciszę przerwał alarm mikrofalówki oznajmiający, że jego późna kolacja jest gotowa.

Anna ugotowała jedną z jego ulubionych potraw: ryż z czarną brazylijską fasolą, kurczakiem i warzywami, ale on wmusił w siebie zaledwie trzy widelce, nim zaczął przesuwać bezwiednie jedzenie z jednego końca talerza na drugi, nawet nie podnosząc widelca do ust.

– Coś nie tak z kurczakiem?

– Nie, kochanie. Wiesz, że uwielbiam twoją kuchnię. Po prostu nie jestem tak głodny, jak myślałem.

Bez żadnego ostrzeżenia Anna ukryła twarz w dłoniach i wybuchnęła płaczem.

Garcia zerwał się z krzesła i przykląkł przy niej.

– Anno, co się stało? – Spróbował podnieść jej głowę z dłoni.

Minęło kilka sekund, nim spojrzała w końcu na niego smutnymi, pełnymi łez oczami.

– Boję się.

– Czego się boisz? – wystraszył się Garcia.

– Tego, co ta nowa praca robi z tobą... z nami.

– To znaczy?

– Popatrz na siebie. Nie wyspałeś się od tygodni. Przy tych nielicznych okazjach, kiedy rzeczywiście śpisz, budzisz się po kilku minutach zlany potem, prawie z krzykiem. Nie jesz. Schudłeś tak, że wyglądasz, jakbyś był chory, a na mnie nawet nie patrzysz, nie mówiąc już o rozmowie.

– Przepraszam, kochanie. Wiesz, że nie mogę z tobą rozmawiać na temat prowadzonego śledztwa. – Spróbował ją objąć, ale odsunęła go.

– Wcale nie chcę, żebyś mi mówił o szczegółach śledztwa, ale snujesz się po domu jak duch. Prawie cię nie widuję. Nic już razem nie robimy. Nawet drobne rzeczy, takie jak wspólny posiłek, stały się luksusem. Wychodzisz przed świtem i wracasz o nieprzyzwoicie późnych godzinach. Każdego kolejnego dnia wyglądasz, jakbyś zostawił w pracy jakąś część swojego życia. Stajemy się sobie obcy. Co będzie za pół roku, za rok? – spytała, wycierając płynące po policzkach łzy.

Garcię rozczulił ten widok. Chciał wziąć ją w ramiona i pocieszyć, ale prawda była taka, że on też się bał. Nie tylko o siebie, ale o wszystkich innych. Na wolności pozostawał morderca czerpiący przyjemność z zadawania tak ogromnego cierpienia, jakie tylko ofiara zdoła znieść. Morderca niezważający na rasę, religię, klasę społeczną, na nic. Każdy mógł być następną ofiarą, również Anna. Czuł bezsilność.

– Nie płacz, kochanie. Proszę. Wszystko się ułoży – powiedział, delikatnie głaszcząc ją po włosach. – Śledztwo idzie w dobrym kierunku i przy odrobinie szczęścia niedługo zamkniemy sprawę. – Nie był pewien, czy sam sobie wierzy.

– Przepraszam – odezwała się wciąż zalana łzami. – Ale żadna ze spraw, nad którymi pracowałeś, nie odbijała się na tobie w ten sposób.

Garcia nie wiedział, co powiedzieć.

– Boję się tego, co może z tobą zrobić. Nie chcę cię stracić. – Znów zaczęła płakać.

– Nie stracisz mnie, maleńka. Kocham cię. – Pocałował ją w policzek i starł resztki łez. – Obiecuję, że wszystko się ułoży.

Anna chciała mu wierzyć, ale w jej oczach nie było przekonania.

– Chodź, idziemy do łóżka. – Pomógł jej wstać.

Oboje podnieśli się powoli. Przytulił ją i pocałował.

– Zgaszę tylko światło w salonie – powiedziała.

– Dobrze, ja włożę naczynia do zmywarki.

Garcia wyrzucił resztki jedzenia i przepłukał talerz.

– O Boże! – Z salonu dobiegł głos Anny.

Garcia rzucił talerz na zmywarkę i wybiegł z kuchni.

– Co się stało?

Anna stała przy oknie.

– Tam na dole ktoś stał i wpatrywał się we mnie.

– Co? Gdzie? – spytał Garcia, wyglądając na wyludnione ulicę i parking.

– Na dole, między tamtymi dwoma samochodami. – Pokazała na zaparkowane w połowie ulicy auta.

Garcia ponownie wyjrzał przez okno.

– Nic nie widzę, zresztą tam jest strasznie ciemno. Jesteś pewna, że kogoś widziałaś?

– Tak. Widziałam kogoś, kto się we mnie wpatrywał.

– Jesteś pewna?

– Tak, patrzył prosto na mnie.

– Patrzył? To był facet?

– Nie jestem pewna. Tak mi się wydaje.

– Może to był kot czy coś takiego.

– To nie był kot, Carlosie. Ktoś gapił się na nasze mieszkanie! – upierała się coraz bardziej roztrzęsiona.

– Na nasze mieszkanie? Może patrzył po prostu na budynek.

– Patrzył na mnie, jestem pewna. Czułam to i cholernie mnie tym przestraszył.

– Może to któryś z dzieciaków sąsiadów. Wiesz, że lubią się włóczyć po nocach.

– Dzieciaki sąsiadów nie straszą mnie w ten sposób. – Jej oczy znów zwilgotniały.

– Dobra. Chcesz, żebym zszedł na dół i się rozejrzał?

– Nie! Zostań ze mną, proszę.

Garcia przytulił jej drżące ciało do siebie.

– Jestem tu, maleńka. Jesteś po prostu zmęczona i zdenerwowana. To na pewno nic takiego. Chodź, idziemy się położyć.

Ukryta w cieniu parkingu postać ze złowieszczym uśmieszkiem na ustach obserwowała, jak objęci odchodzą od okna.

50

Podzielili się zadaniami. Garcia miał przejrzeć stare akta sprawy, którą prowadził Hunter ze Scottem, cofając się do okresu na trzy miesiące przed aresztowaniem Farloe'a. Miał też posprawdzać perukarzy i ośrodki rehabilitacyjne. Hunter wziął na siebie szpitale. Zastanawiał się, czy nie wystosować odpowiednich próśb o udostępnienie listy pacjentów, którzy mieli operacje jakieś dwa miesiące po aresztowaniu Farloe'a. Chodziło mu o zabiegi z długim okresem rekonwalescencji, zwłaszcza te wymagające rehabilitacji. Z doświadczenia wiedział jednak, że drogą papierkową, niezależnie od tego, jak bardzo sprawa nie cierpiała zwłoki, cała procedura mogła zająć kilka tygodni. Żeby to jakoś przyspieszyć, postanowił sam objechać te w centrum, a do reszty wysłać pisma.

Zadanie było czasochłonne i szło mu wolno. Najpierw musieli zawęzić listę zabiegów do tych, które wymagały tak długiej rehabilitacji, a potem cofnąć się jakiś rok, półtora, żeby znaleźć kartoteki medyczne.

Hunter nie zdziwił się zbytnio, odkrywszy, że sposób archiwizacji szpitalnych danych zakrawa na parodię: część kartotek poupychana gdzieś na zatęchłych zagraconych zapleczach, inne zapisane w nieposegregowanych plikach komputerowych, a pozostałe przechowywane w bazach danych, do których mało kto potrafił się dostać. W sumie archiwizacja w wydziale zabójstw wcale nie wygląda dużo lepiej, pomyślał.

Męczył się już od ósmej trzydzieści. W południe temperatura sięgnęła niemal czterdziestu stopni, a niewietrzone pomieszczenia jeszcze dodatkowo uprzykrzały mu życie. Późnym popołudniem był mokrusieńki od potu, a udało mu się załatwić zaledwie trzy szpitale.

– Pływałeś? – spytał Garcia na widok jego koszuli.

– Spróbuj posiedzieć kilka godzin w zagraconym, niemiłosiernie małym pomieszczeniu w piwnicach szpitala, a zobaczymy, jak będziesz wyglądał – warknął Hunter nierozbawiony dowcipem.

– Zdjęcie koszuli na pewno by nie zaszkodziło. Jak w ogóle poszło?

Hunter pomachał brązową kopertą.

– Listy pacjentów z trzech szpitali. Niewiele, ale dobre i to na początek.

– A to co? – spytał Garcia, pokazując na kartonowe pudełko pod lewym ramieniem Huntera.

– Tylko buty – odparł Hunter.

– Widzę, że szalejesz z kasą.

– No właśnie nie. Zobaczyłem je na wystawie jednego ze sklepów obok szpitala. Zamykają go w tym tygodniu i cały towar wyprzedają za bezcen. Dałem za nie grosze.

– Serio? Mogę zerknąć? – spytał zaciekawiony Garcia.

– Jasne. – Hunter podał mu pudełko.

– No, no. Fajne – ocenił, obejrzawszy buty z każdej możliwej strony – a komu jak komu, ale tobie się cholernie przydadzą – dodał, wskazując na jego stare buty.

– Muszę je rozchodzić. Skóra jest dość sztywna.

– Przy robionych ostatnio kilometrach nie powinieneś mieć problemów. – Garcia odłożył buty do pudełka i podał je Hunterowi.

– A jak tobie poszło? – Hunter wrócił do spraw bieżących.

– Udało mi się skontaktować z Catherine Slater. Nie nosi peruk.

– Świetnie. A co z perukarzami?

Garcia skrzywił się i pokręcił głową.

– Jeśli chcemy listy klientów, którzy zamówili peruki z włosów europejskich z któregokolwiek z zakładów, będziemy musieli załatwić nakaz sądowy.

– Nakaz?

– Nie ujawnią listy swoich klientów. Wymówka jest niezmiennie ta sama: prawo klientów do prywatności, bo przecież nie ucieszyliby się, że fakt noszenia przez nich peruk podaje się do publicznej wiadomości.

– Do publicznej wiadomości? My tu prowadzimy śledztwo w sprawie o morderstwo. Ani nie jesteśmy z prasy, ani nie sprzedajemy tych ciekawostek tabloidom – denerwował się Hunter.

– Nieważne, nie ma nakazu, nie ma listy klientów.

Hunter rzucił kopertę na biurko, zawiesił marynarkę na poręczy krzesła i podszedł do wentylatora.

– Nie mogę uwierzyć w to, co wyprawiają. Próbujemy złapać sadystę, którego kolejną ofiarą może być równie dobrze ktoś z ich rodziny, ale zamiast chęci współpracy dostajemy co? Wrogość i niechęć. Nagle to my jesteśmy ci źli. Przyznać się, że jesteśmy glinami, to jakby dać im w twarz. Nagle zamykają się wszystkie drzwi, i to na kłódkę. – Hunter wrócił do biurka. – Porozmawiam z kapitanem Bolterem. Dostaniemy ten pierdolony nakaz i listę... – Hunter zauważył, że Garcia jest dziwnie nieobecny. – Coś cię meczy.

– Męczy mnie włos znaleziony w samochodzie Slatera.

– A dokładniej?

– Nie znaleziono nic innego, prawda? Żadnych odcisków, włókien, tylko jeden włos z peruki.

– I myślisz, że to do niego niepodobne, no nie? – domyślił się Hunter. – Morderca pucuje cały samochód po każdej zbrodni, a teraz zostawia jeden włos?

– Nigdy niczego wcześniej nie spieprzył, dlaczego miałby to zrobić teraz?

– Może to nie było niedopatrzenie.

Garcia trochę się wahał.

– Tylko co? Myślisz, że chce, byśmy go złapali?

– Wręcz przeciwnie. Może sobie z nami pogrywa, tak jak to robił wcześniej.

Garcia w dalszym ciągu nie wyglądał na przekonanego.

– Wie, że nie możemy sobie pozwolić na przejście nad tym do porządku dziennego. Wie, że będziemy to sprawdzać, odwiedzać każdego perukarza w LA, marnując czas i środki.

– Czyli uważasz, że specjalnie go zostawił?

Hunter kiwnął potakująco głową.

– Żeby nas spowolnić. By miał czas zaplanować kolejne morderstwo. Jest coraz bliższy finału – dodał cicho.

– Jakiego finału?

– Te morderstwa mają dla niego jakieś znaczenie – wyjaśnił Hunter. – Mówiłem ci, jestem pewien, że założył sobie jakiś plan, i coś mi mówi, że jest coraz bliżej wykonania go.

– I wierzysz, że jeśli go nie złapiemy, zanim go ukończy, to nigdy go nie złapiemy? Że tak po prostu zniknie?

Hunter przytaknął.

– No to złapmy go – odpowiedział Garcia, pokazując na brązową kopertę z danymi szpitalnymi.

Hunter się uśmiechnął.

– Najpierw musimy odrzucić wszystkie osoby poniżej dwudziestego i powyżej pięćdziesiątego roku życia. A potem przyjrzymy się tym, którzy zostaną. Może na coś trafimy.

– Jasne, podaj mi listę.

– Przejrzałeś stare akta?

– Jeszcze nie skończyłem.

Hunter zamyślił się na moment.

– O co chodzi? – spytał Garcia.

– Mnie też coś męczy. Może morderca wrobił Mike'a Farloe'a, żeby nas zmylić. Może popełnił błąd i musiał go zatuszować.

– Błąd?

– Niewykluczone. Może ma to jakiś związek z ostatnią ofiarą. Tą zamordowaną tuż przed aresztowaniem Farloe'a. Pamiętam, to była młoda prawniczka. Masz jej akta?

– Powinny gdzieś tu być. – Garcia zaczął grzebać w stercie leżących na biurku papierów.

Rozmowę przerwał im sygnał nadchodzącego faksu. Garcia poczekał na wydruk i przyglądał mu się dłuższą chwilę, nim się odezwał:

– *Você tá de sacanagem.*

Hunter i bez znajomości portugalskiego wiedział, że nie są to dobre wieści.

51

Hunter wpatrywał się w swego partnera wyczekująco, podczas gdy ten nie spuszczał oczu z faksu i mamrotał coś pod nosem po portugalsku.

– O co chodzi, u diabła? – nie wytrzymał w końcu.

Garcia wyciągnął w jego kierunku biało-czarne zdjęcie kobiety. Hunter dopiero po chwili zorientował się, na co patrzy.

– To Jenny Farnborough?

Garcia pokręcił głową.

– Nie, to Vicky Baker.

– Kto?

– Victoria Baker, wiek dwadzieścia dwa lata, menadżerka siłowni o nazwie 24 Hour Fitness w Santa Monica Boulevard. – Garcia przeczytał na głos podpis.

– Kojarzę tę siłownię – powiedział Hunter.

– Najwyraźniej miała wyjechać do Kanady drugiego lipca.

– I wyjechała?

– Nie napisali.

– Kto nam to przysłał?

– Logan z wydziału osób zaginionych. W systemie dalej jest informacja, że szukamy osób podobnych do wygenerowanego komputerowo zdjęcia, które dostaliśmy od doktora Winstona, pamiętasz?

Hunter kiwnął głową.

Ponieważ w dalszym ciągu nie udało się zidentyfikować pierwszej ofiary, jej dane cały czas wiszą w systemie, a ten porównuje je z wprowadzanymi na bieżąco nowymi profilami.

– Kiedy zgłoszono zaginięcie?

Garcia sprawdził informacje na odwrocie.

– Dwa dni temu.

– Kto to zrobił?

Garcia znów sprawdził.

– Joe Bowman, kierownik siłowni.

Hunter wziął od Garcii wydruk i przyglądał mu się przez chwilę. Podobieństwo było wyraźne, ale z drugiej strony, wysokie blondynki wyrastają na każdym rogu LA niczym grzyby po deszczu. W kobiecie ze zdjęcia z łatwością można by się dopatrzyć i Jenny Farnborough, i Vicky Baker. Chcąc jak najszybciej zidentyfikować pierwszą ofiarę, założyli po prostu, że to Jenny Farnborough.

– A kiedy Jenny zniknęła z klubu Vanguard? – spytał Hunter.

Garcia przewertował leżące na biurku papiery.

– Pierwszego lipca. Vicky zniknęła dzień później.

– Wcale nie musiała zniknąć drugiego. Równie dobrze mogła wejść na pokład samolotu do Kanady i tam zapaść się pod ziemię albo wrócić i zaginąć dopiero potem – tego nie wiemy. Zadzwońmy do tej siłowni i sprawdźmy, czy niejaki Joe Bowman jest w pracy. Jeśli tak, natychmiast tam jedziemy. Znam dyrektora izby celnej portu lotniczego LAX, to mój stary kumpel. Skontaktuję się z nim, żeby sprawdzić, czy wsiadła do samolotu.

Garcia wrócił szybko do komputera i po kilku kliknięciach myszką był już na stronie siłowni. Wykręcił numer, usiadł i oparł się na krześle, niecierpliwie wyczekując, aż ktoś po drugiej stronie podniesie słuchawkę. Po trzech sygnałach i zaledwie pięciu wymienionych zdaniach wiedział już wszystko, czego potrzebował.

– Pracuje do wpół do dwunastej – poinformował Huntera, odkładając słuchawkę.

– Chodźmy, ty prowadzisz. Zadzwonię tylko jeszcze do Trevora.

Trevor Grizbeck był dyrektorem izby celnej portu lotniczego LAX. Hunter wiedział, że żadnym sposobem nie zmuszą linii lotniczych, by bez nakazu udostępniły im listy pasażerów, a on nie miał czasu na papierki. Nie pozostawało nic innego, jak poprosić znajomego o przysługę.

Choć słońce dawno już zniknęło za horyzontem, wciąż było tak samo gorąco. Hunter raz po raz czytał na nowo faks z informacjami o Victorii Baker, ale nadal cała sprawa wydawała się zbyt surrealistyczna, by być prawdziwą.

Kiedy podjechali pod siłownię w Santa Monica, zadzwoniła komórka Huntera.

– Trevor, i co masz dla mnie?

– Jak wiesz, nie mam dostępu do list pasażerów, tylko do dokumentów z odprawy. Tak dla pewności sprawdziłem wszystkie od pierwszego do dwunastego lipca. Victoria Baker nie przechodziła kontroli paszportowej.

– Czyli nie wsiadła na pokład samolotu?

– Na to wygląda.

– Dzięki, stary.

– Nie ma sprawy. Do usłyszenia. Odezwij się czasem.

Hunter z odznaką w dłoni przecisnął się przez tłum przed wejściem i podszedł prosto do recepcji.

– Czy Joe Bowman jest tutaj kierownikiem? – wystrzelił, jeszcze nim którakolwiek z dwóch recepcjonistek miała szansę choć zerknąć na odznakę.

– Tak – nieśmiało odparła jedna z nich.

– Musimy z nim porozmawiać! – Jego głos był stanowczy.

Obaj detektywi przyglądali się, jak blondynka pospiesznie podnosi słuchawkę i wybiera bezpośredni numer kierownika. Powiedziała coś przyciszonym głosem.

– Trish, poradzisz tu sobie przez chwilę sama? – spytała, odwracając się do czerwonowłosej piegowatej koleżanki o błękitnych oczach.

– Jasne – ta odpowiedziała z delikatnym teksańskim akcentem.

Blondynka przycisnęła jakiś guzik za ladą i jedna z bramek obrotowych zaświeciła się na zielono.

– Mogą panowie wejść – zaprosiła ich do środka. – Proszę za mną.

Biuro kierownika znajdowało się na tyłach siłowni. Recepcjonistka zapukała trzy razy i w drzwiach pojawiła się sylwetka atrakcyjnego Afroamerykanina. Był wyższy od Huntera o jakieś pięć centymetrów i co najmniej dziewięć kilo cięższy, z czego wszystko stanowiły mięśnie. Miał na sobie czarny obcisły T-shirt, na oko o dwa rozmiary za mały, a krótko przystrzyżone włosy sprawiały, że wyglądał niczym sierżant w wojsku. Przedstawił się jako Joe Bowman.

– Domyślam się, że chodzi o Vicky – odezwał się, zapraszając ich do środka.

– Zgadza się – potwierdził Hunter, kiedy zajmowali z Garcią dwa skórzane krzesła naprzeciw imponującego biało-czarnego biurka, za którym usiadł Bowman.

Hunter przyglądał mu się przez kilka sekund.

– Skądś pana kojarzę, nie spotkaliśmy się już gdzieś? – spytał, mrużąc oczy, jakby usilnie próbował go gdzieś przypisać.

Bowman też mu się przez chwilę przyglądał.

– Nie sądzę, a przynajmniej nie przypominam sobie.

Hunter wzruszył ramionami i przeszedł do rzeczy:

– To pan zgłosił zaginięcie Victorii Baker, prawda? – spytał.

– Tak.

– A na jakiej podstawie?

Bowman podniósł wzrok i uśmiechnął się niepewnie.

– Ponieważ zaginęła – wolno i wyraźnie wyartykułował każde słów.

Cwaniak, pomyślał Hunter.

– Pytam: dlaczego pan? Jest pan jej mężem, facetem, kochankiem?

Bowman spojrzał na wciąż stojącą w progu recepcjonistkę.

– To wszystko, Carey. Dam sobie już radę.

Kobieta w milczeniu opuściła pokój, zamykając za sobą drzwi.

Bowman wrócił do pytania detektywów:

– Nie jestem jej mężem, facetem ani kochankiem. Mam żonę. – Pokazał na stojące na biurku zdjęcie brunetki o krótkich włosach i pięknym uśmiechu.

Gdyby nie smutek w jego oczach, Huntera może i przekonałoby zdjęcie.

– Miała być z powrotem w pracy dwudziestego szóstego, ale się nie pojawiła. To do niej niepodobne. Jest bardzo odpowiedzialną osobą, profesjonalistką, nie chodzi na zwolnienia, nie bierze urlopu, nigdy się nie spóźnia.

– Ale czemu pan, a nie jej rodzina, mąż?

– Nie ma męża i z nikim się obecnie nie spotyka. Jej rodzina mieszka w Kanadzie. Właśnie tam leciała, żeby się z nimi zobaczyć. Mieszka sama w niewielkim wynajętym mieszkaniu kilkanaście kilometrów stąd.

– Jej rodzina się z panem kontaktowała? – spytał Hunter. – Jeśli na nią czekali, nie powinno ich zmartwić to, że się nie pojawiła?

Bowman zdenerwowany spojrzał na Huntera.

– Nie wiedzieli, że się do nich wybiera. To miała być niespodzianka. Jak to: nie pojawiła się?

– Sprawdziliśmy z liniami lotniczymi, nie weszła na pokład samolotu.

– O Boże! – Bowman przeczesał palcami włosy. – Czyli nie wiadomo, co się z nią działo przez cały ten czas?

– Mówił pan, że miała wrócić dwudziestego szóstego zeszłego miesiąca, ale zaginięcie zgłosił pan dopiero dwa dni temu: trzydziestego pierwszego. Dlaczego czekał pan aż pięć dni?

– Bo dopiero wtedy wróciłem z Europy. Byłem na zawodach kulturystycznych.

– Kiedy pan wyjeżdżał? – spytał Garcia.

– Dwa dni po niej. – Przyglądał się swoim drżącym dłoniom. – Ostatni raz rozmawialiśmy tego dnia, kiedy miała lecieć do Kanady – wyszeptał ze smutkiem w głosie.

– Po co pan dzwonił? Przecież to tylko pracownica? – naciskał Hunter.

Joe Bowman był zmieszany. Próbował zamaskować zakłopotanie uśmiechem, ale nie bardzo mu to wychodziło. Hunter przysunął krzesło bliżej biurka, pochylił się, oba łokcie opierając na blacie.

– Wiesz, Joe, pora wyjaśnić parę spraw. Była kimś więcej niż pracownicą, prawda?

Cisza.

– Słuchaj, nie jesteśmy stróżami moralności ani wierności małżeńskiej. Nie przyszliśmy tu pytać, jak układa ci się z żoną. – Wskazał na ramkę ze zdjęciem. – A Victoria Baker mogła wpaść w niezłe tarapaty i chcemy jej jedynie pomóc. Do tego potrzebujemy jednak twojej współpracy. Cokolwiek nam powiesz, zostanie między nami. Jeśli coś dla ciebie znaczy, pomóż nam. – Hunter uśmiechnął się zachęcająco.

Bowman wahał się jeszcze przez chwilę, wpatrując się w zdjęcie żony.

– Kochamy się. – Poddał się w końcu.

Hunter nie spuszczał z niego wzroku, czekając na ciąg dalszy.

– Przymierzamy się, żeby razem zamieszkać.

Garcia otworzył szeroko oczy ze zdziwienia.

– A co z żoną? – spytał.

Bowman przetarł powoli oczy prawą ręką i dopiero po chwili odpowiedział:

– Moje małżeństwo umarło kilka lat temu. – Znów wpatrywał się w zdjęcie. – Nie ma już miłości, nie potrafimy ze sobą rozmawiać... Staliśmy się sobie zupełnie obcy. Próbowaliśmy to jakoś połatać w zeszłym roku, ale tak naprawdę nie było czego. – W jego głosie była pewność i odrobina smutku.

– Kiedy zacząłeś się spotykać z Vicky?

– Jakieś osiem miesięcy temu. Ona ma coś w sobie... Zaraża pogodą ducha. Dzięki niej znów jestem szczęśliwy. Więc kilka miesięcy temu zdecydowałem się poprosić żonę o rozwód i robić to, co mnie uszczęśliwia, czyli być z Vicky.

– Vicky wiedziała? Powiedziałeś jej o tych planach?

– Tak, właśnie dlatego leciała do Kanady.

Hunter spojrzał na niego pytająco.

– Chciała powiedzieć rodzicom, że myśli o tym, by ze mną zamieszkać. Liczyła na ich błogosławieństwo.

Hunter nie wyglądał na przekonanego.

– Pochodzi z rodziny o bardzo tradycyjnych poglądach – wyjaśnił Bowman. – Chciała, by mnie zaakceptowali.

– Żeby zaakceptowali fakt, że zamierza zamieszkać z żonatym facetem? – spytał zaintrygowany Garcia.

– Nie. – Hunter uprzedził Bowmana. – Z Afroamerykaninem – dopowiedział.

– Z czarnym – poprawił go Bowman. – Lubimy, jak mówią o nas „czarni". Tacy właśnie jesteśmy i nie uważam tego słowa za obraźliwe. Jeśli o mnie chodzi, cała ta poprawność polityczna to jedna wielka ściema, ale masz rację. Jej rodzina mogła nie zaakceptować takiego związku.

– I nie rozmawiałeś z nią podczas pobytu w Europie?

– Nie... Choć powinienem był zadzwonić – dodał już dużo ciszej.

– A dlaczego nie?

– Tak chciała. Powiedziała, że potrzebuje czasu, żeby jakoś ich z tym oswoić. Wiedziałem, że ma wrócić trzydziestego pierwszego, więc próbowałem dzwonić do niej z Europy, ale telefon milczał. Z miejsca, gdzie byłem, nic nie mogłem zrobić. A kiedy wróciłem, wpadłem w panikę i zadzwoniłem na policję.

– Mówiłeś, że mieszka niedaleko stąd? – spytał Hunter.

– Tak, przy North Croft Avenue.

– Masz klucze do jej mieszkania?

– Nie, nie mam. – Bowman spuścił wzrok. – Ale mówiłem już to wszystko policji.

– Masz na myśli policjantów z wydziału osób zaginionych?

– Tak.

– My nie zajmujemy się zaginięciami. Jesteśmy z wydziału zabójstw.

Bowman spojrzał na niego zaskoczony i wystraszony.

– Zabójstw?

Hunter wyjął szkic, który sporządziła Isabella wraz ze wszystkimi dwudziestoma wersjami i rozłożył je na biurku.

– Widziałeś kiedyś tego mężczyznę?

Bowman podniósł rysunki drżącymi dłońmi.

– Nie. A kto to?

Bez słowa Hunter wyjął komputerową symulację portretu pierwszej ofiary i położył na biurku.

Joe wpatrywał się w nią zdezorientowany. Wzrokiem prosił o wyjaśnienie.

– Po co wam komputerowy portret Vicky? – spytał drżącym głosem, do oczu powoli napływały mu łzy. – Co to ma wspólnego z zaginięciem Vicky? Co robią u mnie detektywi wydziału zabójstw? Po co wam jej komputerowy portret?

– Jej zniknięcie może mieć związek z innym prowadzonym przez nas śledztwem – wyjaśnił Garcia.

– Śledztwo w sprawie morderstwa? Myślicie, że może nie żyć? – dopytywał chrapliwym ze strachu głosem.

– Jeszcze nie wiemy.

– O mój Boże! Kto mógłby chcieć skrzywdzić Vicky? To najsłodsza osoba na świecie.

– Nie wyciągajmy jeszcze pochopnych wniosków – Hunter spróbował go uspokoić. – A co do tego gościa – wskazał na szkic – jesteś pewien, że nigdy go nie widziałeś?

– Jeśli chodził na naszą siłownię, trzeba by spytać recepcjonistek.

– Proszę się nie martwić, zapytamy. Będziemy też potrzebować adresu Vicky.

Joe w milczeniu zapisał jej adres i podał karteczkę Hunterowi.

– Chodziliście po knajpach, klubach? Często imprezowaliście? – spytał Hunter.

Bowman spojrzał na niego zbity z tropu.

– Nie, w ogóle. Ze względu na moją sytuację nie mogliśmy się za bardzo afiszować z naszym związkiem.

Hunter pokiwał głową ze zrozumieniem.

– A ona wychodziła gdzieś sama albo z przyjaciółmi?

– Nic mi o tym nie wiadomo – odpowiedział z wahaniem.

– Wiesz może, czy brała udział w jakichś niekonwencjonalnych imprezach? – wtrącił się Garcia.

I Bowman, i Hunter spojrzeli na niego równie zdziwieni. Żaden z nich nie do końca wiedział, co chciał powiedzieć przez „niekonwencjonalne imprezy".

– Chyba nie bardzo rozumiem.

Hunter był ciekaw, jak też jego partner wybrnie z tego niefortunnego sformułowania. Garcia zaś, zdecydowawszy, że nie ma sensu owijać w bawełnę, ciągnął:

– Kręciły ją seksimprezy, BDSM? Była fetyszystką... tego typu sprawy?

– Co to w ogóle za pytanie? – obruszył się Bowman. – Pytasz mnie, czy Vicki była zboczona?

– Nie. Tylko czy kręciły ją takie rzeczy?

– Nie, nie kręciły.

Hunter zdecydował się wtrącić.

– Ma pieniądze? To znaczy, czy dużo zarabia?

Bowman przeniósł wzrok na Huntera z miną „a co to ma do rzeczy".

– Stać ją na drogie rzeczy? – próbował wyjaśnić Hunter.

– Jakie rzeczy? Narkotyki? – Bowman dalej nie bardzo rozumiał.

– Nie, kosmetyki: balsamy, kremy, środki do makijażu, wiesz, kobiece bzdety.

– No nie jest może bogata, przynajmniej jak na standardy Los Angeles, ale powiedziałbym, że zarabia wystarczająco. A jeśli chodzi o kosmetyki, wydaje na nie fortunę. Widziałem kiedyś, jak płaci trzysta dolarów za przeciwzmarszczkowy krem na noc, a słoiczek był wielkości gumy do żucia.

Hunter uniósł brwi ze zdziwienia.

– A to nie wszystko – ciągnął Bowman. – Czterysta dolarów za szwajcarski krem pod oczy, sto pięćdziesiąt za butelkę zmywacza do paznokci, nie licząc tego, co wydaje na manicure, pedicure, balsamy, kosmetyczkę i spa. Może się obejść bez jedzenia, ale nie bez swoich środków piękności. Vicky jest próżna. Może zbyt próżna.

– Czy ma tu jakąś szafkę albo miejsce, gdzie trzyma swoje rzeczy?

– Tak. Wszyscy pracownicy mają przypisane szafki. Zachęcamy ich, by sobie poćwiczyli.

– Świetnie. Możemy zobaczyć jej szafkę?

– Ma elektroniczny zamek na czterocyfrowy kod. Tylko Vicky go zna.

– Tak, ale jestem pewien, że macie też swój wewnętrzny, uniwersalny, który otwiera wszystkie.

Bowman skrzywił się, nie do końca przekonany, czy powinien go użyć.

– Nie potrzebujecie nakazu, żeby przeszukać jej rzeczy?

– Próbujemy ją odnaleźć, a nie wsadzić do więzienia. Zdobycie nakazu może potrwać dzień albo dwa, a my tracimy cenny czas – wyjaśnił Hunter.

– Jej szafka jest w damskiej szatni.

– Potrzebujemy dosłownie pięciu minut, więc powiedz tylko kobietom, które są w środku, żeby się zasłoniły.

Zapadła cisza.

– Czas ucieka – ponaglił Hunter.

– Dobra. – Bowman w końcu skapitulował. – Dajcie mi pięć minut. Poproszę jedną z recepcjonistek, by to ogłosiła.

Hunter przyglądał się Bowmanowi, kiedy rozmawiał przez stacjonarny telefon stojący na biurku.

– Jesteś pewien, że się już gdzieś nie spotkaliśmy? Naprawdę wyglądasz znajomo.

– Pojawiłem się w kilku gazetach kulturystycznych. Startuję w zawodach. Też wyglądasz na wysportowanego. Kupujesz jakieś magazyny fitness?

Hunter pstryknął palcami w powietrzu.

– Raz czy dwa kupiłem. To pewnie tam cię widziałem.

Bowman uśmiechnął się bez entuzjazmu.

Dziesięć minut później detektywi stali w damskiej szatni przed szafką z numerem 365. Bowman wbił sześciocyfrowy kod, który łamał wszystkie zabezpieczenia. Lampka przy zamku mignęła na zielono i drzwiczki się otworzyły. Hunter założył rękawiczki, które zabrał z samochodu Garcii i zaczął przeglądać jej rzeczy.

W środku nie było zbyt wiele: para butów treningowych, dwie pary skarpet, krótkie spodenki, koszulka i rękawice do podnoszenia ciężarów. Na szczycie tej sterty znalazł to, czego potrzebował. Puszkę dezodorantu i szczotkę do włosów. Podniósł oba przedmioty i włożył do plastikowego worka.

Bowman przyglądał im się w milczeniu, zastanawiając się, dlaczego zabierają tylko te dwie rzeczy.

52

Kiedy o ósmej wieczorem doktor Winston kończył pracę, zadzwonił Hunter. Trzeba było zbadać DNA z dezodorantu i szczotki do włosów.

Hunter wiedział, że wyniki będą za pięć dni, no może trzy, jeśli napiszą, że sprawa jest superpilna, ale odciski palców można było zbadać od razu. Doktor Winston obiecał, że na nich poczeka.

Hunter cieszył się, że nie musieli przebywać w piwnicy, gdzie przechowywano oba ciała. Wystarczająco nieswojo czuł się w budynku koronera, a podziemia przyprawiały go dodatkowo o gęsią skórkę. Laboratorium znajdowało się na parterze. Doktor Winston poprosił Ricarda Pinheiro, technika, żeby został dłużej, by pomóc mu z odciskami. Hunter podał mu puszkę dezodorantu i przyglądał się, jak pokrywa ją dwutlenkiem tytanu. Na gładkiej metalowej powierzchni reakcja była natychmiastowa i ich oczom ukazały się odciski palców.

Ricardo usunął nadmiar proszku i zaczął przenosić je na przygotowane czyste folie.

– Na pierwszy rzut oka powiedziałbym, że mamy tu trzy różne zestawy odcisków. – Ricardo rzadko się mylił. Położył pierwsze folie daktyloskopijne pod mikroskopem i zaczął je analizować. – Tak, trzy różne, ale jeden dominuje – oświadczył po minucie zerkania w mikroskop.

– Sprawdźmy więc najpierw ten dominujący – zdecydował doktor Winston. – Możesz je przerzucić na komputer?

– Jasne – odpowiedział Ricardo, przenosząc je na jeden z mikroskopów wideo, podłączonych bezpośrednio do laboratoryjnych komputerów. Zrobił zdjęcia każdego odcisku, a oprogramowanie momentalnie wyświetliło powiększony obraz na monitorze.

– Chcesz, żebym porównał je z kartoteką policyjną? – spytał Ricardo.

– Nie, porównaj je z tymi. – Doktor Winston podał mu przenośną pamięć USB, na której miał odciski palców pierwszej ofiary.

Ricardo otworzył zdjęcie, kliknął kilka razy myszką i po chwili miał już oba obrazy obok siebie. Uruchomił program, po czym nacisnął „porównaj".

Po chwili pojawiło się na ekranie mnóstwo czerwonych kropek wskazujących podobieństwa. Nie minęło nawet pięć sekund, a na dole monitora wyświetlił się wynik: identyfikacja pomyślna.

– Tak, to ta sama osoba – potwierdził Ricardo.

– Wreszcie możemy oficjalnie zidentyfikować ofiarę – oznajmił doktor Winston. – A kto to, powiedz raz jeszcze?

– Nazywała się Victoria Baker. Pochodziła z Kanady. W LA mieszkała od czterech lat – odpowiedział Garcia.

Hunter nie odwracał wzroku od wyświetlonych na monitorze odcisków.

– Pozostałe dwa zestawy sprawdźcie w razie czego z kartoteką policyjną – powiedział i zamilkł, wyraźnie się nad czymś zastanawiając. Odezwał się dopiero, gdy wsiedli z Garcią do samochodu.

– No i wracamy do punktu wyjścia, jeśli chodzi o związek między ofiarami. To eliminuje naszą hipotezę z seksimprezami. George Slater najprawdopodobniej nigdy nawet nie słyszał o Victorii Baker.

Garcia przejechał dłońmi po twarzy, przecierając oczy.

– Wiem.

– Musimy się dowiedzieć, skąd została porwana, i przeszukać jej mieszkanie. Może to nas na coś naprowadzi, ale najwcześniej jutro uda nam się załatwić nakaz.

Garcia przytaknął.

– Trzeba też skontaktować się z jej rodziną.

Hunter kiwnął głową. Do tego akurat żadnemu się nie paliło.

– Zajmę się tym jutro – obiecał.

Kiedy Garcia parkował pod budynkiem wydziału, Hunter zastanawiał się, czy wygląda na równie zmęczonego i pokonanego jak jego partner.

– Pogadam z kapitanem Bolterem i miejmy nadzieję, że na rano będziemy mieli nakaz – westchnął. – Przyjadę jutro gdzieś o wpół do jedenastej, wcześniej wstąpię do jeszcze jednego szpitala po listę pacjentów.

Garcia oparł głowę o zagłówek i wziął głęboki oddech.

– Jedź do domu, stary – powiedział Hunter, zerkając na zegarek. – Nie ma jeszcze nawet dziewiątej. Spędź wieczór z żoną. Potrzebujesz tego. Ona też. Nic już dzisiaj nie zrobimy.

W biurze zawsze było coś do roboty, ale Hunter miał rację. Żadnej ze spraw nie uda im się zamknąć dzisiejszego wieczoru. Garcia przypomniał sobie wydarzenia poprzedniej nocy i doszedł do wniosku, że przyda się choć raz w tygodniu wrócić do domu, nim Anna się położy. Pracowali niczym w kasynie, nie zważając na porę dnia i nocy. Nawet krótka przerwa dobrze mu zrobi.

– Dobra, Anna się ucieszy.

– No widzisz. Kup jej po drodze jakieś kwiaty. Ale nie tani bukiecik, tylko coś naprawdę ładnego. Pamiętaj, że kupując prezent danej osobie, pokazujesz, jak dobrze ją znasz, więc kup jej coś, co na pewno jej się spodoba. – Hunter uśmiechnął się, chcąc dodać mu otuchy.

53

Garcia poszedł za radą Huntera i wstąpił do malutkiego sklepu wielobranżowego o nazwie Markey's, który znajdował się przy North Rampart Boulevard. Mieli tam prawie wszystko, od kwiatów poprzez alkohole do całkiem przyzwoitej kawy i kanapek z kotletem. Jeszcze kiedy pracował na posterunku, wpadał tu dość często. Musiał trochę zboczyć z codziennej trasy do domu, ale był pewien, że Anna doceni ten gest.

Wysoka atrakcyjna blondynka powitała go zza lady szerokim uśmiechem, odsłaniając rząd równiusieńkich zębów. Odwzajemnił uśmiech i przeczesał włosy, by poprawić swoją prezencję.

Zdecydował, że kupi butelkę dobrego wina i kwiaty. Dawno już nie mieli okazji napić się wspólnie, a wiedział, że Anna bardzo lubi rioję. Kwiaty wystawione były tuż przy wejściu, ale zignorował je na moment.

– Przepraszam, gdzie znajdę wina?

– Z tyłu – odpowiedziała blondynka, ponownie się uśmiechając.

Mieli imponujący wybór, problem w tym, że Garcia nie był koneserem. Postawił na cenę. Im droższe, tym lepsze, pomyślał. Wrócił do kwiatów i wybrał ładnie ułożony bukiet czerwonych róż.

– To chyba wszystko – powiedział, kładąc obie rzeczy na ladzie.

– To będzie 40.95.

Wyciągnął trzy banknoty dwudziestodolarowe.

– Szczęściara z niej – powiedziała kasjerka, wydając mu resztę.

– Przepraszam?

– Dziewczyna, dla której są te kwiaty... jest szczęściarą. – Znów się uśmiechnęła, a Garcia dopiero teraz zauważył, jaka była młoda i ładna.

– Dziękuję. – Zaczerwienił się.

– Mieszka pan w pobliżu?

– Eee... nie. Musiałem kupić kilka rzeczy. Mam wasz sklep po drodze z pracy – skłamał.

– Och, szkoda. Ale może mógłby pan jeszcze kiedyś wpaść?

Garcia nie wiedział, co odpowiedzieć. Uśmiechnął się zawstydzony.

Podchodząc do samochodu, wciąż nie mógł uwierzyć, że kasjerka próbowała go poderwać. Dawno już mu się to nie zdarzyło.

Poza nowiusieńkim vanem Chevy na parkingu było pusto. Otworzył drzwi od strony pasażera i ostrożnie położył na siedzeniu kwiaty, myślami błądząc wśród wydarzeń mijającego dnia. Wciąż nie rozumiał ogromnego podobieństwa między Jenny Farnborough a Vicky Baker. Nie wierzył w przypadki, jak również w to, że zniknięcie obu kobiet w tym samym czasie było zaplanowane. Morderca nie trzymał swych ofiar zbyt długo przy życiu. Kiedy już którąś porwał, torturował ją i zabijał w ciągu kilku dni. Vicky Baker była ofiarą. Jenny Farnborough najwyraźniej po prostu zniknęła, pomyślał.

Nagle przypomniał sobie, że puścili przecież ogon za D-Kingiem. Przy błyskawicznie rozwijającej się akcji ostatnich kilku godzin zupełnie o tym zapomniał. Będzie ich musiał odwołać, bo teraz nie było już chyba sensu go śledzić. Wyciągnął telefon i zaczął szukać w książce telefonicznej właściwego numeru. Tak bardzo był zamyślony, że nie zauważył czającej się za nim sylwetki. Zbyt późno dostrzegł jej cień rzucony na maskę swojego wypucowanego samochodu. Nim zdążył się odwrócić i spojrzeć w twarz napastnika, poczuł gwałtowne ukłucie w szyję.

Narkotyk zadziałał niemal natychmiast. Obraz przed oczami zaczął się rozmazywać, kolana zrobiły się miękkie. Upuścił telefon, który z hukiem roztrzaskał się na chodniku. Próbował chwycić się drzwi samochodu, żeby utrzymać równowagę, ale było już za późno – nieznajoma postać wlokła go w stronę zaparkowanego obok vana.

54

Jerome miał jeszcze dzisiaj do załatwienia jedną rzecz: odnalezienie pewnej osoby. Potem mógł wreszcie wrócić do domu, by stawić czoła kolejnej, pełnej koszmarów nocy. D-Kingowi zależało teraz tylko na jednym – odszukaniu mężczyzn, którzy porwali Jenny.

Niejeden człowiek umarł na oczach Jerome'a. Rozstawali się z tym światem na różne sposoby, wielu zginęło z jego rąk, ale Jerome jakoś nigdy nie miał z tym problemu. Twarze konających nie stawały mu przed oczami tak jak sceny z płyty obejrzanej w limuzynie D-Kinga. Obraz torturowanej Jenny nie chciał go opuścić. Nie mógł spać, jeść. Tęsknił za nią. Była jego ulubienicą – zawsze uśmiechnięta, zawsze pozytywnie nastawiona do świata. Nieważne, jak źle wyglądały sprawy, zawsze umiała znaleźć dobrą stronę medalu, dostrzec w całej sytuacji coś zabawnego.

Jerome rozpracowywał sprawę już od dwóch tygodni. Obdzwonił wszystkich informatorów. Trafiał od jednej szumowiny do drugiej. Dziś na liście miał kolejnego męta społecznego – ćpuna o imieniu Daryl.

Interes filmów snuff ciasno oplatała pajęczyna tajemnicy. Nikt nic nie wiedział, a nawet jeśli, i tak nie chciał o tym mówić. Jerome dowiedział się, że sam Daryl nie jest w to zamieszany, ale mógł się natknąć na coś, co pomoże mu znaleźć jakiś trop.

Daryl mieszkał na ulicy, sypiał w każdej możliwej dziurze, która mogła mu zapewnić schronienie na noc. Dziś okupował luksusowe ruiny w połowie wyburzonego budynku w południowym Los Angeles z grupą innych bezdomnych narkomanów. Jerome musiał go tylko znaleźć.

Czekał cierpliwie, obserwując ruderę z bezpiecznej odległości. Dostał dość dokładny opis gościa, ale odnosił wrażenie, że tutejsi ludzie niewiele się od siebie różnią. Na korzyść Jerome'a działał jednak jego wzrost: poszukiwany facet miał ponoć ponad metr dziewięćdziesiąt, więc nie powinno być ciężko go wypatrzeć.

Dopiero kilka minut po pierwszej zauważył wysoką postać niezdarnie wlekącą się w stronę ruin budynku. Jerome przyspieszył kroku, by go dogonić.

– Daryl?

Mężczyzna zatrzymał się i obrócił w jego stronę. Miał na sobie brudne podarte ciuchy. Ogoloną głowę pokrywały blizny i strupy. Nie mył się i nie golił zapewne od kilku dni. Wyglądał na przestraszonego.

– A kto chce wiedzieć?

– Przyjaciel.

Mężczyzna zmierzył Jerome'a podejrzliwym wzrokiem. Choć na dzisiejszy wieczór Jerome zrezygnował ze swojego garnituru za tysiąc dolarów na rzecz T-shirtu i niebieskich dżinsów, wciąż był za dobrze ubrany jak na tę dzielnicę.

– Jaki przyjaciel? – spytał, cofając się o krok.

– Taki, który może ci pomóc – odpowiedział Jerome, wyciągając z kieszeni celofanowy woreczek z brązowym proszkiem i obserwując, jak facetowi zaczynają się świecić oczy.

– Czego chcesz, stary? – spytał, wciąż sceptycznie nastawiony.

– Chcę wiedzieć, czy masz na imię Daryl czy nie.

– A jeśli tak, dostanę ten woreczek?

– Zależy, czy powiesz mi to, co chcę wiedzieć.

Dryblas podszedł bliżej i Jerome ze zdziwieniem odkrył, jaki jest słaby. Jeśli będzie taka potrzeba, nie namęczy się zbytnio, próbując wycisnąć z niego informacje siłą.

– Jesteś gliną?

– Wyglądam na gliniarza? – Jerome niejednokrotnie zastanawiał się już, po co ludzie zadają tego typu pytania, tak jakby działający pod przykrywką policjant miał im odpowiedzieć: „Masz mnie, rzeczywiście jestem gliną".

– Dzisiaj już nie wiadomo, kto jest gliną, a kto nie.

– Nie jestem gliną. To jesteś Daryl czy nie?

Mężczyzna wahał się przez moment, wpatrując się w woreczek z brązowym proszkiem.

– Tak, to ja.

Ogromna jest siła łapówki, pomyślał Jerome.

– Dobra, to teraz możemy pogadać – powiedział, chowając narkotyk do kieszeni.

Daryl wyglądał jak zawiedziony mały chłopiec, któremu właśnie zabrano lizaka

– O czym chcesz gadać?

– O tym, co wiesz.

Daryl nie wyglądał na przekonanego.

– A co niby mam wiedzieć?

Jerome wciąż wyczuwał wrogość. Potrzeba więcej zachęty.

– Jesteś pewnie głodny, ja też chętnie bym coś zjadł i napił się kawy. Za rogiem jest całodobowy bar. Może tam pogadamy? Ja stawiam.

Daryl wahał się przez sekundę, ale w końcu odpowiedział:

– Tak, przydałoby się jedzenie i kawa.

Szli w milczeniu. Daryl zawsze dwa kroki przed Jerome'em. Weszli do pustego lokalu i usiedli przy stoliku w głębi. Jerome zamówił kawę i naleśniki, które konsumował bez pośpiechu, a Daryl podwójnego cheeseburgera z frytkami, które pochłonął w mgnieniu oka.

– Chcesz jeszcze? – spytał Jerome.

Daryl dopił ostatni łyk piwa korzennego i beknął głośno.

– Nie, dzięki. Dokładnie tyle było mi trzeba. To co chcesz wiedzieć?

Jerome rozsiadł się wygodniej, pokazując, że jest zupełnie rozluźniony.

– Potrzebuję informacji na temat pewnych ludzi.

– Ludzi? Jakich ludzi?

– Nie za przyjemnych.

Daryl podrapał się po gęstej brodzie, a potem po krzywym nosie.

– Innych nie znam – odpowiedział z półuśmiechem.

– Z tego co słyszałem, wiesz, gdzie mogę ich znaleźć.

Daryl uniósł brwi.

– Musisz mi powiedzieć coś więcej, stary.

Jerome przysunął się bliżej, oparł się o stół. Poczekał, aż Daryl zrobi to samo.

– Wiesz, co to są filmy snuff? – spytał szeptem.

Daryl podskoczył jak oparzony, prawie wylewając kawę na Jerome'a.

– Pieprz się, człowieku. Wiedziałem, że to jakaś ściema. Ja nic nie wiem.

– Słyszałem coś innego.

– No to źle słyszałeś. Kto ci, kurwa, nagadał takich bzdur?

– Nieważne. Chodzi o to, że muszę się dowiedzieć, co wiesz.

– Nic nie wiem, człowieku – bronił się, żywo gestykulując i uciekając wzrokiem.

– Słuchaj, możemy to załatwić na dwa sposoby. – Jerome przerwał i wyciągnął ten sam woreczek z proszkiem, który pokazywał mu wcześniej. – Powiesz mi, co chcę wiedzieć, a dostaniesz dziesięć takich.

Daryl zaczął się wiercić na krześle.

– Dziesięć?

– Tak.

Nigdy nie miał tyle heroiny. Mógłby nawet część sprzedać i trochę na tym zarobić. Nerwowo oblizał popękane usta.

– Nie mam z tym nic wspólnego.

– Nigdy nie mówiłem, że masz. Musisz mi po prostu powiedzieć, co wiesz.

Daryl zaczął się pocić. Potrzebował działki.

– Goście, którzy się tym zajmują to... niebezpieczni skurwiele. Jeśli dowiedzą się, że coś pisnąłem, już nie żyję.

– Nie jeśli ja wcześniej ich dorwę. Nie będziesz się już musiał nimi martwić.

Daryl przejechał rękami po ustach, jakby próbował coś z nich zetrzeć.

– Rozumiem, że ten drugi sposób będzie raczej bolesny?

– Dla ciebie... tak.

Daryl wziął głęboki oddech i powoli wypuścił powietrze.

– Nie znam żadnych nazwisk ani innych rzeczy.

– Nie potrzebuję nazwisk.

– Nie miałem ostatnio szczęścia – zaczął niskim, smutnym głosem. – Rzadko jadam posiłki, które nie składają się z resztek czyjegoś stołu. Gdybym mógł codziennie brać prysznic, robiłbym to, ale to niełatwe, gdy jest się kompletnie spłukanym. Zazwyczaj śpię gdzie popadnie, czasem udaje mi się znaleźć jakieś zadaszone schronienie.

Jerome słuchał.

– Kilka miesięcy temu pijany i naćpany wylądowałem w jakiejś opuszczonej fabryce w Gardenie.

– W Gardenie? To przecież kawał od centrum? – przerwał mu Jerome.

– Często się przemieszczam, to jedna z zalet bycia bezdomnym. – Zmusił się do uśmiechu. – Na tyłach głównego budynku wciąż można znaleźć zadaszone pomieszczenia, więc tam zasnąłem. Obudził mnie hałas nadjeżdżającego samochodu. Nie mam pojęcia, która mogła być godzina, przypuszczam, że późno, bo wciąż było ciemno. Tak czy siak, z czystej ciekawości wyjrzałem przez dziurę w ścianie.

– I co zobaczyłeś?

– Czterech kolesiów wyciągających z furgonetki związaną kobietę.

– Gdzie ją zabrali?

– Poszli nieutwardzoną ścieżką na tyły. Zaciekawiony zacząłem ich śledzić. Nie wiedziałem, że budynek jest podpiwniczony, ale okazało się, że tak. Na końcu ścieżki znajdowały się ciężkie żelazne drzwi. Poczekałem pięć minut, nim zszedłem za nimi na dół.

– I?

– Brudno, szczury, gówna i śmierdziało jak ze ścieków.

Taka informacja padająca z ust Daryla wydawała się bezcenna.

– Oni mają tam wszystko ustawione, stary. Światła, kamery i takie tam. Pomieszczenie jest zdewastowane, w ścianach jest pełno dziur, mogłem bez problemu podglądać.

– I co robili?

– Myślałem, stary, że będą kręcić pornosa. Przywiązali dziewczynę do krzesła. Kopała, krzyczała, broniła się, ale oni bili ją tylko mocniej. Dwóch obsługiwało kamerę, a pozostała dwójka zajęła się dziewczyną. Ale to nie był pornos, stary. – Głos Daryla osłabł. – Jak już ją przestali bić i pieprzyć, podcięli jej gardło. Rozharatali ją jak dynię na Halloween, bez żadnych efektów specjalnych. – Wzrokiem błądził gdzieś daleko, jakby wciąż miał przed oczami tamte obrazy. – A po wszystkim śmiali się, jakby właśnie skończyli mecz koszykówki. To było chore.

– I co zrobiłeś?

– Wpadłem w panikę, ale wiedziałem, że jeśli mnie usłyszą, będę następny. Wymknąłem się, kiedy po sobie sprzątali, i przeczekałem ukryty w fabryce do rana. Już tam nie wróciłem.

– Ale pamiętasz, gdzie to było?

– O, tak – odpowiedział, kiwając potakująco głową.

– No to jedziemy. – Jerome wyjął dwudziestodolarowy banknot z kieszeni i położył na stoliku.

– Gdzie?

– Do Gardeny, do tej starej fabryki.

– Stary, nic nie mówiłeś o jechaniu dokądkolwiek.

– Teraz mówię.

– No nie wiem. Powiedziałem ci wszystko. Taka była umowa. Chyba zasłużyłem sobie na woreczki?

– Jeśli chcesz je dostać, musisz mnie tam zaprowadzić.

– To nie fair, stary, nie tak się umawialiśmy.

– Zmieniam umowę – odpowiedział Jerome stanowczym tonem.

Daryl wiedział, że nie ma wyboru. Potrzebował działki, cholernie jej potrzebował.

– Dobra, ale jeśli ci skurwiele tam będą, zostaję w samochodzie.

– Chcę tylko zobaczyć, gdzie to jest.

55

Budził się bardzo powoli, bo wokół panowała absolutna ciemność. W obolałym ciele wciąż czuł resztki narkotyku. Dudniący ból głowy powoli rozlewał się w kierunku szyi i łopatek, a każdy najmniejszy ruch wywoływał niewyobrażalne cierpienie. Próbował dojść do tego, co się tak właściwie stało, i ustalić, gdzie się znajduje, ale jego wspomnienia wciąż były mgliste.

Leżał tak jeszcze chwilę skołowany, nim w pamięci pojawiły się pierwsze obrazy.

Przypominał sobie sklep, atrakcyjną blondynkę, wybieranie wina i kwiatów dla Anny. Nie zadzwonił, żeby dać jej znać, że wróci wcześniej. Nie będzie się go spodziewać.

Pamiętał cień, który pojawił się nagle w lusterku jego samochodu, ale nie zdążył się odwrócić, by zobaczyć twarz. Potem był tylko nagły ból szyi, a później już nic.

Wysilając wzrok w panujących ciemnościach, próbował zrozumieć, gdzie jest, ale jakoś nic sensownego nie przychodziło mu do głowy. Powietrze było wilgotne, a wokół unosił się odór.

Nie miał pojęcia, na jak długo stracił przytomność. Chciał spojrzeć na zegarek, ale nie potrafił sobie poradzić z rękoma.

– Halo! – zawołał słabym głosem. – Halo! – krzyknął głośniej, ale jego głos odbił się tylko echem od ścian. Kiedy spróbował usiąść, poczuł, że coś ściska mu kostkę. Chciał to usunąć, ale cokolwiek to było, trzymało mocno. Pomacał.

Łańcuch. Gruby łańcuch przymocowany do ściany z cegły. Pociągnął go ze wszystkich sił, ale bez efektu.

– Jest tam ktoś?

Cisza.

Wziął głęboki oddech, próbując zapanować nad zdenerwowaniem. Musiał się uspokoić i zacząć trzeźwo myśleć.

Co się stało? Dlaczego zostałem zaatakowany?

Ktoś zabrał mu broń, ale zostawił odznakę i portfel. Nagle dotarło do niego, kim może być ta osoba, i na samą myśl dostał dreszczy.

Morderca – morderca o pseudonimie Krucyfiks.

Jeśli tak, to już jest w zasadzie martwy. Nikt go nie znajdzie, dopóki morderca z nim nie skończy.

Zamknął oczy i pomyślał o Annie.

Nigdy jej tak naprawdę nie powiedział, jak bardzo ją kocha i jak bardzo będzie mu jej brakować. Żałował, że nie zapewnił jej lepszego życia. Czegoś więcej niż wieczne wyczekiwanie i zastanawianie się, czy jej mąż wróci do domu. Życia, w którym nie musiałaby rywalizować o względy ukochanego z jego pracą.

– Weź się do kupy, Carlos, jeszcze żyjesz – wyszeptał do siebie.

Musiał jakoś rozpoznać otoczenie, dowiedzieć się, gdzie jest. Raz jeszcze dotknął obwiązanego wokół kostki łańcucha i postanowił sprawdzić, ile kroków jest w stanie zrobić. Wstał, czując, że nogi ma naprawdę słabe. Szybko oparł się o najbliższą ścianę. W obu eksplodowały tysiące igieł. Stał tak chwilę, czekając, aż krew zacznie prawidłowo krążyć po całym ciele.

Przesuwając powoli rękoma po ścianie, zaczął przemieszczać się w lewą stronę. Ściany z cegły były wilgotne, ale sprawiały wrażenie solidnych. Przeszedł zaledwie półtora metra, nim napotkał kolejną ścianę. Kierował się w dalszym ciągu na lewo, ale nim doszedł do końca, zatrzymał go przywiązany do nogi łańcuch. Wyciągnął maksymalnie dłoń i dotknął trzeciej ściany. Zawrócił i poszedł w przeciwnym kierunku. Po chwili natknął się na coś, co w dotyku przypominało ciężkie drewniane drzwi. Zaczął w nie walić obiema pięściami, ale efektem był jedynie głuchy łomot. Gdziekolwiek się znajdował, było to najwyraźniej dość solidne więzienie.

Wracał do punktu, z którego zaczął, kiedy nagle coś kopnął. Instynktownie się cofnął i czekał, ale nic się nie wydarzyło. Przykucnął i zaczął macać podłogę. Jego palce na coś natrafiły – na plastikową, wypełnioną płynem butelkę.

Odkręcił korek i powąchał. Żadnego zapachu. Zanurzył palec wskazujący. Płyn wyglądał na wodę. W tym momencie dało o sobie znać ogromne pragnienie. Nieufnie podsunął palec do ust i delikatnie polizał czubkiem języka – żadnego smaku, jak woda.

Może morderca wcale nie chciał go zabijać, przynajmniej jeszcze nie teraz. Przecież wielu zwyrodnialców przetrzymywało swoje ofiary przez dłuższy okres, zanim je w końcu zabijali. Jeśli Garcia miał mieć jakieś szanse w bezpośredniej potyczce, musiał odzyskać siły. Raz jeszcze zanurzył palec wskazujący i ponownie polizał go czubkiem języka. Był pewien, że to woda. Powoli podniósł do ust butelkę i upił mały łyk. Przytrzymał go w ustach przez chwilę, szukając jakiegoś dziwnego posmaku. Nic. W końcu go połknął i na moment znalazł się w niebie.

Odczekał jakieś dwie minuty, spodziewając się ostrej reakcji żołądka, ale nic takiego nie nastąpiło. Szybko upił kolejne trzy albo cztery łyki. Woda nie była zimna, ale napełniła go życiem.

Zakręcił korek i usiadł okrakiem na podłodze, z butelką między nogami. Drzwi stanowiły jedyne wejście i wyjście z pomieszczenia i miał nadzieję, że raczej prędzej niż później zostaną w końcu otwarte. Potrzebował planu, ale nie zdążył sobie żadnego wypracować.

Po piętnastu minutach zaczął odczuwać senność. Uderzał się dłońmi po twarzy, ze wszystkich sił starając się nie zasnąć, bez rezultatu. Coraz słabszy, chwycił butelkę i cisnął nią z impetem w ścianę. Dotarło bowiem do niego, że właśnie dobrowolnie wypił narkotyk.

56

Po kolejnej ciężkiej nocy Hunter obudził się o piątej. Zdołał się zdrzemnąć parę razy w różnych odstępach czasu, ale nigdy nie na dłużej niż dwadzieścia minut. Siedział w kuchni, próbując zaradzić dudnieniu w głowie szklanką soku pomarańczowego i kilkoma silnymi tabletkami przeciwbólowymi.

Chciał wstać dzisiaj wcześnie, ale bez przesady, nie o piątej rano. Zamierzał zdobyć jeszcze jedną listę pacjentów, zanim spotka się w biurze z Carlosem. Porównywanie wczorajszych list z danymi oraz ze zdjęciem nie przyniosło żadnych efektów, ale zostało jeszcze kilka szpitali i ośrodków rehabilitacyjnych, dlatego starał się nie tracić nadziei.

Zorientował się właśnie, że czeka go kilka pieszych wędrówek dających świetną okazję do rozchodzenia nowych butów. Kiedy spacerował w kółko po salonie, czuł, że są odrobinę sztywne, wiedział jednak, że po jednym, może dwóch dniach wędrówek po LA problem zniknie.

W następnym szpitalu sprawy ciągnęły się równie wolno co w tych odwiedzonych dzień wcześniej. Kolejny zagracony mały pokoik, kolejny system archiwizacji, który wymagał kryptografa.

– Po jaką cholerę szpitale mają komputery, skoro nikt nie wie, jak ich używać? – przeklął pod nosem, gdy wreszcie udało mu się zdobyć potrzebne dokumenty.

Gdy piętnaście po dziesiątej znalazł się wreszcie w biurze, nie zwrócił szczególnej uwagi na nieobecność Carlosa. Założył po prostu, że partner zdaje właśnie na dole codzienny raport kapitanowi Bolterowi.

Rzucił kopertę z listą nazwisk na biurko i przyglądał się przez chwilę pokrytej zdjęciami korkowej tablicy. Przed zejściem na dół potrzebował kubka brazylijskiej kawy. Zauważył, że Carlos jej jeszcze nie zrobił. Dziwne, pomyślał, pamiętając, że to pierwsza rzecz, za jaką bierze się jego partner tuż po przekroczeniu progu biura.

Sam zaparzył kawę.

– Nowe buty? – spytał detektyw Lucas, widząc go na dole.

Nie zareagował na zaczepkę.

Pozostali detektywi wychylili się zza biurek, by rzucić okiem.

– Nowe, nie? Ktoś tu się wykosztował – drwił dalej Lucas.

– Kupuję nowe buty regularnie co dziesięć lat, a ty nie dajesz mi żyć, jakbym codziennie miał nową parę – prychnął Hunter.

Nim Lucas miał szansę się odgryźć, zadzwoniła komórka Huntera.

– Detektyw Hunter, słucham.

– Witaj, Robercie, mam dla ciebie niespodziankę. Kiedy rozmawiałeś ostatnio ze swoim partnerem?

57

59, 58, 57... Hunter gapił się na wyświetlacz nad głową Garcii. Serce waliło mu młotem i choć w środku panowała duchota niczym w saunie, on czuł chłód. Przerażające, przyprawiające o dreszcze zimno promieniujące gdzieś ze środka.

Wybierz któryś z przycisków, którykolwiek. Czarny, biały, niebieski albo czerwony. Kolory przesuwały mu się przed oczyma niczym obrazy psychodelicznego filmu. Spojrzał na przybitego do krzyża Garcię. Krew z poranionej cierniową koroną głowy ściekała mu po twarzy.

To bardzo prosta gra, zapewnił przecież głos płynący z magnetofonu. Jeśli wybierze odpowiedni przycisk, drzwi klatki z pleksiglasu otworzą się, dostanie się do Garcii i będzie mógł go stamtąd wyciągnąć. Ale jeśli nie trafi, nieprzerwany strumień prądu o wysokim napięciu popłynie wprost do korony z drutu kolczastego na głowie przyjaciela. A jakby tego było mało, gdy na podłączonym do serca Garcii monitorze pokaże się płaska linia, umieszczony za klatką materiał wybuchowy ulegnie detonacji, puszczając z dymem całe pomieszczenie. Garcia chyba znów stracił przytomność.

– Stary, zostań ze mną – krzyknął Hunter, waląc pięściami w szybę.

Żadnego ruchu, żadnej odpowiedzi.

– Carlos... – głośny krzyk odbił się echem od ścian piwnicy.

Tym razem Garcia lekko poruszył głową.

Hunter ponownie sprawdził wyświetlacz. Czas uciekał.

43, 42, 41...

– Stary, proszę, zostań ze mną – powiedział raz jeszcze, nim zaczął się rozglądać po pomieszczeniu w poszukiwaniu jakichś wskazówek, czegokolwiek, co pomogłoby mu wybrać właściwy przycisk. Nic takiego nie znalazł.

Niecałe dwa miesiące. Garcia zaczął pracować w wydziale zabójstw niecałe dwa miesiące temu. Czemu to mnie go przydzielili? Hunter przeklął. To nie powinna być jego pierwsza sprawa.

Ciałem Garcii wstrząsnęły drgawki, sprowadzając Roberta do rzeczywistości.

32, 31, 30...

Ile krwi zdążył stracić? Nawet jeśli uda mi się go stąd wyciągnąć, może nie przeżyć. Miał nadzieję, że Garcia jest silniejszy, niż na to wygląda.

Kilka sekund dzieliło go od śmierci. Odgadnięcie właściwego przycisku wydawało się graniczyć z cudem. Zostawał mu tylko ślepy strzał. Miał serdecznie dość gierek, w których przewagę miał zawsze morderca. Nie miał przecież żadnej gwarancji, że tym razem mówi prawdę. Może żaden przycisk nie otwiera klatki. Może czeka go pewna śmierć.

Odwrócił się w stronę drzwi. Wciąż mógł jeszcze ujść z życiem.

– Jeśli tu zostanę, już nie żyję – wyszeptał.

Przez ułamek sekundy zapomniał o wszystkim, w co przez całe życie wierzył, i zaczął rozważać ucieczkę. Na samą myśl zrobiło mu się niedobrze ze wstydu.

Kurwa, o czym ja właściwie myślę. Przecież jeszcze żyjemy.

15, 14, 13...

– Cholera! – Przycisnął mocno palcami powieki. – Skup się, wybierz guzik, Robercie – popędzał sam siebie. – Kolory, czemu wybrał akurat kolory? Przecież mógł przyciski oznaczyć cyframi, dlaczego wybrał kolory?

Wiedział, że czas ucieka.

Znów się ze mną bawi, jak przy wyścigu...

Nagle zamarł z przerażenia. Wyścigi psów! Jaki kolor miał zwycięzca? Próbował się skupić. Pamiętał, że był to numer dwa, ale jakiego koloru był jego strój?

– Kurwa, jakiego koloru był zwycięzca? – krzyknął w akcie desperacji.

Odwrócił wzrok od wyświetlacza i spojrzał na Garcię, który znów odzyskał przytomność.

6, 5, 4...

– Przykro mi – wyszeptał ze smutkiem w oczach. Już miał wcisnąć przycisk na chybił trafił, kiedy zobaczył, że Garcia porusza ustami. Nie był w stanie wydać z siebie żadnego dźwięku, ale bez problemu można było wyczytać z ruchu jego warg:

– Niebieski.

Hunter nie miał czasu na wahanie. Wcisnął niebieski przycisk.

2...

Sekundnik na wyświetlaczu stanął. Z klatki doszedł go brzęczący dźwięk i drzwi puściły. Na twarzy Huntera zagościł szeroki uśmiech.

– A niech mnie! – Wbiegł do środka i delikatnie uniósł zakrwawiony podbródek Garcii. – Trzymaj się, stary.

Szybko rozejrzał się po wnętrzu klatki. Dłonie Garcii przybite były do drewnianego krzyża. Sam nie zdoła go uwolnić. Musi sprowadzić pomoc.

– Cholera, znajdź zasięg, znajdź zasięg – krzyczał, wybierając numer. W słuchawce panowała jednak cisza. Będzie musiał wyjść wyżej.

– Trzymaj się, stary. Pójdę sprowadzić pomoc. Zaraz wracam – rzucił, ale Garcia znów stracił przytomność.

Wyszedł z klatki i skierował się w stronę drzwi, ale zatrzymał go dziwny dźwięk, jakby piknięcie.

Stanął i odwrócił się. Po chwili szeroko otworzył oczy w niemym przerażeniu.

– Ktoś robi sobie chyba jaja...

58

Na wyświetlaczu ponownie zaczęło się odliczanie.

59, 58, 57...

– Przecież wybrałem właściwy przycisk. Taka była, kurwa, umowa! – krzyczał na cały głos. Biegiem wrócił do klatki i raz jeszcze przyjrzał się przybitemu do krzyża Garcii. Nie miał szans, by go uwolnić. Gwoździe dziurawiące dłonie partnera wbite były zbyt głęboko w drewno. Nagle zauważył, że krzyż składa się jakby z dwóch warstw.

42, 41, 40...

Można by spróbować oderwać zewnętrzną i spróbować wynieść ją razem z Garcią. To była jego jedyna szansa.

33, 32, 31...

Nie miał czasu się zastanawiać. Szybko włożył rękę pod wierzchnią warstwę lewego ramienia krzyża. Z doświadczenia w podnoszeniu ciężarów wiedział, że całą siłę musi przenieść na nogi i spróbować się nimi zaprzeć. Ustawił stopy, przyklęknął i szarpnął jednym zdecydowanym ruchem, w który włożył całą siłę. Zdziwił się, jak łatwo udało mu się ją oderwać.

Drzwi klatki wciąż były otwarte, ale wiedział, że będzie musiał przechylić krzyż, żeby się w nich zmieścić. Pochylił się w lewo, najniżej jak potrafił. Garcia wydał z siebie stłumiony jęk, ale trik akrobatyczny zadziałał. Udało im się wyjść z klatki. Teraz musieli dojść do drzwi.

20, 19, 18...

Obolałe stopy powoli zaczynały odmawiać współpracy, ciężar na plecach zaczynał go coraz bardziej przygniatać.

– Jeszcze tylko kilka kroków – wyszeptał.

Lewe kolano nie wytrzymało jednak naporu i Hunter runął

na betonową podłogę. W nodze eksplodował palący ból, przyprawiając go na kilka sekund o zawrót głowy – kilka cennych sekund. Krzyż miał na szczęście w dalszym ciągu na ramionach.

Nie miał pojęcia, ile mu jeszcze zostało czasu. Bał się odwrócić i spojrzeć na wyświetlacz. Wiedział, że musi się jak najprędzej podnieść. Zaparł się na prawej nodze i z krzykiem zdołał wstać.

9, 8, 7...

W końcu doszedł do drzwi. Znów musiał przechylić krzyż, ale tym razem nie mógł przenieść ciężaru na lewą nogę. Opierając się na prawej, powtórzył manewr sprzed kilku sekund. Zawył z bólu, modląc się, by wytrzymać jeszcze kilka kroków. Z wycieńczenia zbierało mu się wymioty, walczył z niewyobrażalnym bólem. Jego uścisk się rozluźniał – powoli upuszczał krzyż

Jeszcze tylko krok.

Użył ostatnich rezerw siły, żeby przecisnąć się przez próg.

Czas dobiegł końca.

Pozwolił, by żelazne drzwi zatrzasnęły się za nimi z hukiem, prosząc Boga, by okazały się wystarczająco solidne i zatrzymały eksplozję. Puścił krzyż i opadł na swojego partnera, ochraniając go niczym żywa tarcza. Zamknąwszy oczy, czekał na wybuch.

59

Karetka z piskiem opon zatrzymała się przed wejściem na oddział ratunkowy. Trzy pielęgniarki w pełnej gotowości czekały już na zewnątrz. Na widok pierwszych noszy zamarły z przerażenia. Miały przed sobą półnagiego mężczyznę z koroną cierniową na głowie, przybitego do naturalnych rozmiarów drewnianego krzyża. Krew lała się strumieniami z jego otwartych ran.

– Jezu Chryste! – wysapała ta, która pierwsza podeszła do mężczyzny.

Drugi z mężczyzna cały pokryty był kurzem, jakby wyciągnięto go przed chwilą spod zawalonego budynku.

– Nic mi nie jest. Zostawcie mnie! – krzyczał głośno. Próbował usiąść, ale powstrzymywali go sanitariusze. – Zabierać łapy – nie przestawał się awanturować.

– Już się zajęliśmy pańskim przyjacielem. Proszę się uspokoić i dać się zbadać lekarzom. Wszystko będzie dobrze.

Hunter w milczeniu odprowadził wzrokiem nosze znikające za podwójnymi drzwiami na końcu korytarza.

Otworzywszy oczy, usilnie próbował zrozumieć, co się właściwie stało. Przez kilka sekund wszystko było zamazane, ale po chwili zdołał skupić wzrok na białych ścianach. Poczuł zawroty głowy i palące pragnienie.

– Dobrze, że się pan obudził. – Kobiecy głos był miękki i pełen słodyczy.

Z ogromnym wysiłkiem zdołał odwrócić głowę w stronę, z której dochodził.

– Jak się pan czuje?

– Chce mi się pić.

– Proszę. – Ze stojącego tuż obok łóżka metalowego dzbanka nalała wody do plastikowego kubka. Hunter pił łapczywie, krzywiąc się z bólu, bo woda paliła mu gardło.

– Dobrze się pan czuje? – spytała zaniepokojona pielęgniarka.

– Boli mnie gardło – wyszeptał z wysiłkiem.

– To normalne. Zmierzę panu temperaturę – powiedziała, podając mu cienki szklany termometr.

– Nie mam gorączki – zaprotestował, odsuwając termometr od ust. Wreszcie sobie przypomniał, gdzie jest i co się wydarzyło. Spróbował usiąść, ale pokój wywinął mu nagle przed oczami jakiegoś dziwnego fikołka.

– Spokojnie, proszę pana. – Pielęgniarka powstrzymała go, kładąc rękę na klatce piersiowej. – Proszę odpoczywać.

– Muszę się stąd zbierać.

– Może później. Najpierw ja się panem zajmę.

– Nie, najpierw musi mnie pani posłuchać. Mój przyjaciel... co z nim?

– Jaki przyjaciel?

– Ten przybity do pierdolonego krzyża. Nie wierzę, że go pani przegapiła. Wyglądał jak Jezus Chrystus. Kojarzy pani? Koleś, co miał umrzeć za nasze grzechy. – Znów spróbował usiąść. W głowie mu dudniło.

Drzwi się otworzyły i w progu stanął kapitan Bolter.

– Już daje pani popalić?

Pielęgniarka obdarzyła kapitana śnieżnobiałym uśmiechem.

– Kapitanie, gdzie jest Carlos? Co z nim?

– Może nas pani zostawić na moment samych? – poprosił kapitan, wchodząc do środka.

Hunter poczekał, aż kobieta wyjdzie z sali.

– Przeżył? Muszę go zobaczyć. – Znów spróbował wstać, ale i tym razem opadł bezradnie na łóżko.

– Nigdzie nie idziesz – stanowczo zaprotestował kapitan Bolter.

– Niech pan mówi, kapitanie. Żyje?

– Tak.

– Jak się czuje? – nie przestawał dopytywać.

– Stracił dużo krwi, lekarze mówią o wstrząsie krwotocznym

IV stopnia. Przeprowadzili transfuzję, ale niewiele więcej mogą zrobić. Trzeba czekać, aż sam zacznie walczyć.

– Sam zacznie walczyć? – drżącym głosem zapytał Hunter.

– Jego stan jest stabilny, ale nie odzyskał przytomności. Nie nazywają go jeszcze śpiączką. Parametry życiowe są słabe, bardzo słabe. Leży na oddziale intensywnej terapii.

Hunter ukrył twarz w dłoniach.

– Carlos jest silny, wyjdzie z tego – zapewnił go kapitan.

– Muszę iść go zobaczyć.

– Na razie nigdzie nie pójdziesz. Co tam się, do cholery, wydarzyło, Robercie? Prawie straciłem dwóch detektywów za jednym zamachem, a nawet nie mam pojęcia, co się stało.

– A jak się panu, do cholery, wydaje? Morderca zapolował na Carlosa.

– Ale dlaczego? Chcesz powiedzieć, że postawił sobie nowe, ambitniejsze cele i teraz będzie mordował policjantów? Przecież to nie o nas mu chodzi.

– Serio? To może mi pan powie, o co mu tak właściwie chodzi?

Kapitan Bolter odwrócił wzrok.

– Ścigam go od ponad trzech lat i wiem tylko, że chodzi mu o zabijanie i torturowanie. Nieważne, kurwa jego mać, kogo. To była kolejna z jego gierek, tylko że tym razem rola pionka przypadła Carlosowi. – Próbował podnieść głos, ale bezskutecznie.

– Powiedz mi, co się właściwie wydarzyło – poprosił kapitan.

Hunter ze szczegółami opowiedział całe zajście, od momentu gdy otrzymał telefon, do chwili gdy zamknął oczy, czekając na eksplozję.

– Dlaczego do mnie nie zadzwoniłeś? Dlaczego nie zadzwoniłeś po wsparcie?

– Bo morderca tak sobie życzył, a ja nie zamierzałem ryzykować życia Carlosa.

– To bez sensu. Jeśli udało ci się pokonać go w jego własnej grze, czemu uruchomił detonator?

Hunter milczał i wpatrywał się w podłogę.

– Chciał mieć pewność, że obaj zginiecie – odpowiedział za niego kapitan Bolter.

– Nie sądzę.

– To po co uruchamiałby na nowo bombę?

– Dowody.

– Co?

– Całe pomieszczenie pełne było dowodów. Magnetofon, klatka, materiał wybuchowy, mechanizm zamykający drzwi, wózek inwalidzki. Jedna eksplozja i nie mamy nic.

Kapitan nie wyglądał na przekonanego.

– Wierzchnią warstwę krzyża zbyt łatwo udało się oderwać. Przypuszczam więc, że została czymś nasmarowana – ciągnął Hunter. – To wszystko było za proste. Morderca użył dokładnie tyle ładunku, żeby wysadzić tylko pralnię. Zdołaliśmy odejść od drzwi na jakieś pół metra. Gdyby chciał, byśmy zginęli, wysadziłby całą piwnicę, nie dając nam szansy ucieczki. Eksplozja nie miała nas zabić.

– Więc zna się na ładunkach wybuchowych?

– Przynajmniej trochę. – Hunter skinął głową. – Sama bomba nie była jakimś cudem techniki. Nic wymyślnego w stylu terrorystów. Jasne, że potrzebował podstawowej wiedzy, żeby poskładać ją do kupy i zbudować system odpalania, ale nie musiał być wcale ekspertem.

– Ale skąd ją, do cholery, w ogóle wziął?

– Kapitanie, żyjemy w Ameryce – roześmiał się gorzko Hunter – kraju, gdzie za pieniądze dostanie się wszystko, czego dusza zapragnie. Przy odpowiednich kontaktach i gotówce w kieszeni można kupić sobie broń przeciwlotniczą, a co tu mówić o niewielkiej ilości ładunków wybuchowych do wysadzenia piwnicy. Jeśli ma choć trochę wiedzy chemicznej, mógł ją zrobić sam przy użyciu stosunkowo łatwych do zdobycia substancji.

Kapitan kręcił przez chwilę głową w milczeniu.

– Trzeba będzie się trochę pokajać, wiesz o tym? Prasa już się na to rzuciła. Wybuch, ukrzyżowany żywcem detektyw. Zaczął się prawdziwy cyrk, a z nas zrobili klaunów.

Hunter nie wiedział, co odpowiedzieć. Pokój przestał mu w końcu wirować przed oczami i znów spróbował wstać. Kiedy stopami dotknął ziemi, jęknął głośno. Nowe buty głęboko poraniły mu stopy.

– Gdzie się wybierasz, do cholery? – zdenerwował się kapitan Bolter.

– Muszę zobaczyć Carlosa. Gdzie on jest?

Kapitan przeczesał palcami wąsy, mierząc Huntera ostrym spojrzeniem.

– Mówiłem, na OIOM-ie. Chodź, zaprowadzę cię.

Przechodząc koło wiszącego na ścianie niewielkiego lustra, Hunter zerknął na swoje odbicie. Wyglądał jak śmierć. Bladą i zmęczoną twarz pokrywały setki małych cięć. Oczy przekrwione. Dolna warga spuchnięta i zniekształcona. W prawym kąciku zaschnięta krew. W jedno popołudnie postarzał się o jakieś dziesięć lat.

– Ty jesteś zapewne Anna – przywitał się, wchodząc do pokoju w kształcie litery L.

Przy łóżku Garcii siedziała krótko obcięta, ciemnowłosa kobieta. Jej twarz była zapuchnięta, a orzechowe oczy czerwone od płaczu.

– A ty Robert. – W jej głosie słychać było zmęczenie.

Spróbował się uśmiechnąć, ale mięśnie policzków odmówiły współpracy.

– Przykro mi, że spotykamy się w takich okolicznościach. – Wyciągnął w jej stronę wciąż drżącą dłoń.

Uścisnęła ją delikatnie, na nowo zalewając się łzami. Cała trójka w milczeniu patrzyła na nieprzytomnego Garcię. Leżał płasko pod cienkim kocem. Wychodzące z ust, nosa i rąk rurki, podpięte do dwóch urządzeń, ciasno oplatały całe łóżko. Głowę i ręce miał szczelnie obandażowane, twarz pociętą i posiniaczoną. Hunter wzdrygnął się na widok ustawionego w rogu monitora pracy serca.

Garcia wyglądał na spokojnego i bezbronnego. Hunter podszedł bliżej i położył mu dłoń na ramieniu.

– Stary, dasz radę, to proste – zaczął mówić do niego szeptem. – Najtrudniejsze zadanie już za nami. Udało nam się stamtąd wyjść, stary. Pokonaliśmy go. Pokonaliśmy go w jego własnej grze... Ty i ja.

Jeszcze przez chwilę przytrzymał dłoń na jego ramieniu, a potem odwrócił się do Anny.

– Jest silny. Wyjdzie z tego bez szwanku. Pewnie musi to po prostu odespać.

Anna nie odpowiedziała, znów zaczęła płakać. Hunter zaś pochylił się nad Garcią, najwyraźniej czegoś szukając.

– Coś nie tak? – spytał kapitan.

Hunter pokręcił głową i delikatnie nacisnął poduszkę tuż przy szyi Garcii, uważając, by nie urazić głowy. Delikatnie przejechał palcem po karku partnera.

– Daj spokój, on ma odpoczywać, ty zresztą też – pogonił go kapitan, kierując się w stronę drzwi.

Hunter chciał powiedzieć coś jeszcze Annie, ale nie potrafił znaleźć właściwych słów. W milczeniu poszedł za kapitanem. Odezwał się dopiero, gdy wrócili do jego sali.

– Nie miał symbolu.

– Co?

– Garcia nie miał na karku nacięcia. Morderca go nie naznaczył.

– I niby o czym ma to świadczyć?

– O tym, że nie miał zginąć.

– Nie miał zginąć? Przecież mogłeś wybrać niewłaściwy przycisk.

Tego Hunter nie potrafił wytłumaczyć. Próbował się skupić, ale uniemożliwiał mu to pulsujący ból głowy. Pokój znowu zaczął wirować, przysiadł więc na łóżku.

– Będziesz musiał wprowadzić Matta i Doyle'a w szczegóły – po chwili kapitan ciszę przerwał.

– Co? O czym pan mówi?

– Zabieram wam sprawę. Znasz protokół. Sprawę przejmą Matt i Doyle. Chcę, żebyś przekazał im wszystko, co masz i wiesz na ten temat.

– Pieprzyć protokół, kapitanie. To stek bzdur...

– Wiesz, że nie mogę ci pozwolić ciągnąć tego śledztwa. Z jakiegoś niezrozumiałego powodu morderca się do ciebie przywiązał: telefony, zwracanie się po imieniu, gierki. Jeszcze chwilę, a wybierzecie się gdzieś na drinka. On cię za dobrze zna.

– No właśnie. Odsunięcie mnie może go tylko jeszcze bardziej rozwścieczyć. A wtedy nie wiadomo, co zrobi.

– Teraz też nie wiemy, co robi. Nic na niego nie mamy, i dobrze o tym wiesz. Trzy lata śledztwa i gówno. Może wprowadzenie dwóch nowych osób ze świeżym spojrzeniem wcale nie jest głupim pomysłem.

– A może lepiej, żebym to ja zaczął dokładnie tam, gdzie skończyłem. Jesteśmy coraz bliżej, kapitanie. Carlos i ja byliśmy na tropie czegoś, co na pewno nas do niego zaprowadzi.

– Świetnie, to możesz wtajemniczyć w ten trop Matta i Doyle'a.

– To moje śledztwo, moje i Carlosa.

– Czy tobie już kompletnie odbiło? Eksplozja uszkodziła ci mózg? Pozwól, że sprowadzę cię na ziemię – rozzłościł się kapitan. – Carlos leży na oddziale intensywnej opieki w półśpiączce. Druty na głowie miał wbite tak głęboko, że poharatały mu czaszkę. W dłoniach czterocentymetrowe gwoździe. Trochę to potrwa, nim weźmie do ręki długopis, a co dopiero broń. Jesteś psychologiem, więc doskonale wiesz, z jaką traumą przyjdzie mu się uporać, jeśli w ogóle mu się to uda. To była jego pierwsza sprawa.

– Myśli pan, że o tym nie wiem, kapitanie?

– Na chwilę obecną nie masz partnera. Nie mam ci kogo przydzielić, a nawet gdybym miał... nie zrobiłbym tego. Nie teraz.

Hunter wycelował palec wskazujący w kapitana.

– A jeszcze kilka dni temu zapewniał pan, że nie popełni tego samego błędu co w przypadku sprawy Johna Spencera. Ponoć wyrzucał pan sobie, że nie wierzył, kiedy upierałem się, że jest niewinny. Ponoć żałował pan, że nie pozwolił mi kontynuować śledztwa...

– To nie jest sprawa Spencera – przerwał mu kapitan. – Nie mamy w areszcie niewinnego człowieka. Nikogo nie mamy, i to jest naszym największym problemem. Tylko zwłoki. I to co chwila nowe.

– Popełnia pan kolejny błąd, kapitanie. Niech mnie pan nie odsuwa od śledztwa.

Kapitan Bolter wziął głęboki oddech, uciekając wzrokiem.

– O co chodzi, kapitanie?

– Posłuchaj, Robercie. Wiesz, że ufam twoim instynktom. I żałuję, że nie wierzyłem im w przeszłości. Masz w tych sprawach jakiś siódmy zmysł, ale teraz nie ja tu już decyduję.

– To znaczy?

– Wszyscy, od burmistrza po komendanta policji, próbują mi się dobrać do tyłka. Domagają się odpowiedzi, a ja ich nie mam.

To oni kontrolują teraz całą operację, ja nie mam nic do gadania. Sprawy wymknęły się spod kontroli. Mówi się o włączeniu w to FBI. Przy odrobinie szczęścia może nie stracę posady.

Hunter przetarł dłońmi twarz.

– Odsuwanie mnie od śledztwa to błąd.

– No cóż, nie pierwszy, jaki popełniliśmy w tej sprawie, prawda?

W drzwiach stanęła filigranowa ciemnowłosa pielęgniarka.

– Panowie, jesteście w szpitalu, a nie na meczu Lakersów. Może powinnam znów dać panu solidną dawkę środków uspokajających? – zwróciła się do Huntera.

– Raczej nie. – Hunter zerwał się łóżka. – Gdzie jest moje ubranie?

– Powinien pan zostać na przynajmniej dwudziestoczterogodzinnej obserwacji – zaczęła tłumaczyć pielęgniarka.

– Nie ma szans, maleńka, więc lepiej się przesuń i pokaż mi, gdzie są moje ciuchy.

Pielęgniarka patrzyła wyczekująco na kapitana Boltera, ale ten nie przyszedł jej z pomocą. Z wahaniem wskazała na małą szafę stojącą po prawej stronie drzwi.

– Tam.

– Już nie będziemy hałasować – dopowiedział kapitan, wymownie patrząc w stronę drzwi. Poczekał, aż zdenerwowana pielęgniarka wyjdzie z sali.

– Weź kilka dni wolnego, Robercie.

– Co?

– Musisz odpocząć. Gdy tylko wprowadzisz Matta i Doyle'a w sprawę, wybierz się na urlop.

– Zawiesza mnie pan?

– Nie. Mówię tylko, żebyś wziął sobie trochę wolnego.

– Potrzebuje mnie pan przy tym śledztwie.

– Chcę, żebyś wprowadził kolegów w szczegóły i wybrał się na urlop. To nie jest prośba, Robercie. Weź wolne, doprowadź się do porządku, zapomnij o tej sprawie. Zrobiłeś wszystko, co było w twojej mocy. Jak wrócisz, pogadamy co dalej. – Kapitan Bolter zatrzymał się w progu. – Gdybym był na twoim miejscu, posłuchałbym pielęgniarki. Może to niegłupi pomysł, żebyś został na noc w szpitalu.

– To też rozkaz? – spytał sarkastycznie Hunter, udając, że salutuje.

– Nie, tylko sugestia. Ale martwię się.

– O co?

– O ciebie. Morderca zaatakował Carlosa. Ty możesz być następny.

– Gdyby chciał mnie zabić, już bym nie żył.

– Może chce cię zabić dopiero teraz, co tłumaczyłoby ładunki wybuchowe. Może znudziły go już gierki i teraz chce ciebie.

– To niech spróbuje – rzucił Hunter.

– No tak. Ty to jesteś gość, niestraszna ci śmierć. Naprawdę twardziel z ciebie.

Hunter uciekał wzrokiem przed spojrzeniem kapitana.

– Nie jesteś, Robercie, superbohaterem. Co byś zrobił, gdyby to dzisiaj się na ciebie zaczaił? Wyciągnął miecz świetlny spod peleryny?

– A niby czemu miałby to robić?

– By dokończyć to, co zaczął.

Hunter nie wiedział, co odpowiedzieć. Gapił się na swoje gołe, pokryte pęcherzami stopy.

– Wiem, Robercie, że jesteś silny. Bóg mi świadkiem, że gdybyś startował w pojedynku na rękę, postawiłbym na ciebie wszystkie pieniądze, ale teraz nie jesteś w szczytowej formie, ani fizycznej, ani psychicznej. Jeśli zechce cię zaatakować w ciągu kilku najbliższych dni, będzie miał nad tobą sporą przewagę.

Hunter musiał przyznać kapitanowi rację. Po plecach przebiegł mu nieprzyjemny dreszcz.

– Przemyśl to sobie, Robercie, nie jesteś niezniszczalny. Zostań na noc w szpitalu. Tu przynajmniej ktoś może mieć na ciebie oko.

– Nie potrzebuję niańki, kapitanie – odpowiedział, podchodząc do okna.

Kapitan Bolter doskonale wiedział, jak trudno przekonać Huntera do czegokolwiek. Nieraz przez to przechodził.

Hunter wyglądał na zatłoczony szpitalny parking.

– A mój samochód? Co się stało z moim samochodem?

– Odholowaliśmy go pod wydział. Jak chcesz, mogę ci go jutro przywieźć – spróbował ostatni raz.

Hunter odwrócił się do niego.

– Nie zostanę tu na noc, kapitanie. Wpadnę po niego w drodze do domu – zadecydował.

– Jak chcesz, nie będę się więcej z tobą kłócił. Na jutro i pojutrze weź wolne, a potem wprowadź Matta i Doyle'a w szczegóły śledztwa.

Wyszedł z sali, głośno zatrzaskując za sobą drzwi.

60

Hunter wysiadł z taksówki i spojrzał na wznoszący się przed nim budynek wydziału zabójstw. Bolała go każda najmniejsza część ciała. Musiał odpocząć, ale w żadnym wypadku nie mógł zostać na noc w szpitalu.

Dręczyły go wyrzuty sumienia. Powinien być teraz przy Garcii, powinien zostać z nim w szpitalu, ale cóż by to dało? Czuwała przy nim żona – był w dobrych rękach. No i wróci tam przecież z samego rana.

Zawroty głowy prawie minęły, ale nie czuł się jeszcze na siłach, by prowadzić samochód. Może potrzebował po prostu kubka mocnej kawy.

Pozwolił, by drzwi biura powoli się za nim zamknęły, i stając na środku, wpatrywał się w pokrytą zdjęciami korkową tablicę. Dziewięć ofiar, którym nie zdołał pomóc, a był o przyciśnięcie guzika od powiększenia tego grona o kolejne dwie.

Na wspomnienie starej pralni w pokoju powiało chłodem. Dreszcz przeszedł go, gdy uświadomił sobie, jak bliscy byli z Garcią śmierci. W gardle czuł ucisk.

Niespiesznie przygotował dzbanek z kawą, dokładnie tak, jak go uczył Garcia. To tylko przywołało kolejne wspomnienia.

Dlaczego Carlos? Po co porywał policjanta? Dlaczego Garcię, a nie jego? I żadnego nacięcia, podpisu, symbolu podwójnego krzyża na karku. Może Garcia wcale nie miał zginąć, a może nie było sensu naznaczać ofiary, skoro eksplozja i tak miała wszystko zniszczyć? Hunter był pewien, że morderca od samego początku działał według przygotowanego wcześniej planu, i może kapitan miał rację, może osiągnął już wszystko, co zamierzał, i brakowało mu ostatniego elementu układanki – jego.

Nalał sobie pełen kubek kawy i usiadł za biurkiem, może już po raz ostatni. Nowa lista pacjentów, którą udało mu się zdobyć rano, wciąż leżała nietknięta na biurku. Normalnie już dawno włączyłby komputer i zaczął porównywać ją z policyjną kartoteką. Ale nie dziś. Został pokonany. To morderca wygrał. Nieważne, co będzie dalej, nawet jeśli dwóm nowym detektywom uda się go złapać, Robert Hunter poniósł porażkę.

Dotknął dolnej wargi i poczuł, jak wciąż pulsuje pod opuszkami palców. Usiadł wygodniej w fotelu, oparł głowę o zagłówek i zamknął oczy. Potrzebował odpoczynku, ale nie był pewien, czy uda mu się zasnąć. Może powinien się dziś upić do nieprzytomności, z pewnością ukoiłoby to trochę ból.

Zaczął masować skronie, zastanawiając się, co robić dalej. Brakowało mu świeżego powietrza, musiał wyjść z budynku. Może wycieczka do wydziału zabójstw wcale nie była najlepszym pomysłem – bynajmniej nie dzisiaj.

Z zamyślenia wyrwał go dźwięk telefonu.

– Hunter przy telefonie – odebrał bez entuzjazmu.

– Hunter, tu Steven.

Hunter kompletnie zapomniał o ogonie, jaki posłali za D-Kingiem. Przecież Steven i dwóch innych detektywów nie spuszczali z niego oka przez całą dobę.

– Świetnie, że dzwonisz – odpowiedział, zamykając oczy. – Zapomniałem odwołać całą akcję. Możecie dać sobie spokój. To był fałszywy trop.

– Dzięki wielkie, że teraz mi o tym mówisz – zirytował się Steven.

– Sorry, stary, ale tyle się dzisiaj działo, że najzwyczajniej w świecie nie miałem czasu.

– To nie chcesz wiedzieć, na co się dzisiaj zapowiada?

– Na co?

– Nie jestem pewien, ale wygląda na coś wielkiego.

61

Steven wytłumaczył Hunterowi, jak dojechać do Gardeny. Spotkali się przed nieczynną fabryką.

– Jezu, co ci się stało? – spytał Steven na widok jego pokiereszowanej twarzy.

– Długa historia. Co się dzieje?

Steven podał mu lornetkę.

– Patrz tam, na tyły budynku.

Hunter popatrzył w stronę, którą pokazywał Steven.

– Jest za ciemno. Na co mam, u diabła, patrzeć?

– Bliżej północnej ściany. Dokładnie tam. – Wyciągnął palec w stronę głównego budynku.

– Czekaj no... Co to, furgonetka? – spytał podekscytowany Hunter.

– Furgonetka D-Kinga. On i czwórka jego kolesiów zaparkowali tam półtorej godziny temu i zejściem w dół udali się na tyły budynku. Mieli przy sobie mały składzik amunicji.

Zaciekawienie Huntera rosło.

– O co tu chodzi?

– Nie wiem, ale podzieliliśmy się tak, żeby obserwować i D-Kinga, i jego prawą rękę, tego mięśniaka olbrzyma.

– No i co?

– Coś się musiało stać kilka dni temu, bo od tamtej pory biegają jak oszalali, szukając czegoś lub kogoś. I najwyraźniej właśnie to znaleźli.

Hunter rzucił jeszcze raz okiem na tyły głównego budynku. D-King dalej nie wie, że pierwszą ofiarą wcale nie była Jenny, pomyślał. Dalej ściga mordercę i może udało mu się wpaść na jakiś trop.

– Gdzie reszta ekipy?

– Zwolniłem ich. Powiedziałeś, że już nie musimy obserwować twojego przyjaciela dilera. A ściągnąłem cię tu, bo pomyślałem, że może cię to zainteresować. Ja się zmywam.

– Czekaj jeszcze, gdzie dokładnie poszli?

– Widzisz tę wąską ścieżkę na tyłach głównego budynku? – Jeszcze raz pokazał w stronę fabryki. – Tam idź. Ale chyba ci odbiło, jeśli zamierzasz zejść tam sam. Gdzie się podział twój nowy partner?

Hunter zawahał się na moment.

– Już tu jedzie – odpowiedział niezbyt przekonująco.

– Chcesz, żebym zadzwonił po wsparcie?

– Nie. Dam sobie radę. – Zdawał sobie sprawę, że kapitan Bolter dostałby szału, gdyby po ich niedawnej rozmowie zadzwonił nagle po wsparcie.

– Jak chcesz.

Hunter odprowadził go wzrokiem do nieoznakowanego samochodu, który po chwili odpalił, znikając w mroku.

– Co ja do cholery wyprawiam? – spytał głośno sam siebie, sprawdzając broń. – Mało ci wrażeń jak na jeden dzień? – Wyciągnął ze schowka małą latarkę i poszedł w kierunku ścieżki, którą pokazał mu Steven.

62

Zabłocona ścieżka zaprowadziła Huntera do ukrytych wśród bujnych zarośli ciężkich żelaznych drzwi. Za progiem napotkał prowadzące w dół schody. Zatrzymał się na chwilę, nasłuchując jakichkolwiek dźwięków.

Cisza.

Ostrożnie zaczął schodzić w dół.

Powietrze w środku było ciężkie, zatęchłe i wilgotne. Zakrztusił się. Miał nadzieję, że nikt nie usłyszał jego kaszlu.

– Czyżby powtórka z rozrywki? – wyszeptał. – Kolejna rudera, kolejna ciemna piwnica...

Schody prowadziły do wąskiego, wylanego betonem korytarza. Na podłodze walał się gruz.

Im niżej schodził, tym wyraźniej docierały do niego głosy – głosy kilku osób, wzburzone głosy. Zapach zgnilizny zaczynał się mieszać ze smrodem jakichś surowych ścieków. Pod nogami pałętały się szczury.

– Kurwa, nienawidzę szczurów – wycedził przez zaciśnięte zęby.

Doszedł do okrągłego pomieszczenia, na środku którego znajdowała się w połowie zdemolowana kwadratowa konstrukcja o dziurawych ścianach. Z wnętrza dochodziły głosy. Wyłączył latarkę i podszedł kilka kroków, uważając, by nie potknąć się o walające się po podłodze cegły. Na lewo, zaledwie metr od głównej ściany, dostrzegł worki z cementem. Przykucnął za nimi, próbując coś dojrzeć przez dziury w ścianach. W środku panował ruch, ale z tego miejsca trudno było dostrzec coś więcej.

Głosy stawały się donośniejsze. Wyłowił z nich słowa D-Kinga:

– Nie chcemy zrobić ci krzywdy, ale uratować od tych skurwieli. Jesteś wolna, to już koniec. Zdejmę ci teraz opaskę i wyjmę knebel, dobrze? Nie bój się. Nie zrobię ci krzywdy.

Co tam się do cholery dzieje, zastanawiał się Hunter. Musi podejść bliżej. Zrobił kilka kroków, ustawiając się tak, by jak najlepiej widzieć przez jedną z większych dziur. Pod ścianą stało z rękami za głową trzech mężczyzn. Jeden z nich był całkiem nagi, a jego plecy pokrywał ogromny tatuaż ukrzyżowanego Jezusa. D-King klęczał na środku pokoju przed przerażoną brunetką, na oko dwudziestokilkuletnią. Była przywiązana do krzesła, zakneblowana, oczy miała zasłonięte opaską. Resztki jej sukienki były brudne i poszarpane. Stanik rozerwany. Na piersiach wokół brodawek widniały świeże ślady po przypalaniu papierosem, gdzieniegdzie zdążyły się już zrobić wypełnione płynem pęcherze. Siedziała w rozkroku z obiema nogami przywiązanymi do nóg krzesła. Podwinięta sukienka odsłaniała pokryte śladami po papierosach krocze. Włosy miała poklejone jakąś cieczą, która wyglądała na krew, dolną wargę rozciętą i spuchniętą.

Hunter przyglądał się, jak D-King staje za jej plecami i odwiązuje opaskę. Kobieta mrugnęła kilka razy, gdy do jej oczu dotarł silny strumień światła. Kiedy D-King usunął wrzynający się w kąciki ust knebel, zaczęła wściekle kaszleć.

D-King wyjął z kieszeni chusteczkę higieniczną i wytarł z jej twarzy resztki tuszu do rzęs i krwi. Gdy jeden z jego ludzi uwolnił jej ręce i nogi, na nowo wybuchnęła płaczem. Jej ciałem wstrząsały spazmy, ale tym razem na skutek mieszaniny strachu i ulgi.

– Jak masz na imię? – spytał.

– Becky – wydusiła z siebie, łkając.

– Wszystko będzie dobrze, Becky. Zabierzemy cię stąd – zapewnił, pomagając jej wstać.

Nie była jednak w stanie sama ustać na nogach i podtrzymana przez D-Kinga w pasie opadła z powrotem na krzesło.

– Powolutku... nogi masz jeszcze słabe. Musisz wstawać powoli. – Odwrócił się do jednego ze swoich ludzi: – Znajdź coś, żeby ją okryć.

Mężczyzna rozejrzał się wokół, ale nie było nic odpowiedniego.

– Weź to! – Hunter rozpoznał głos Jerome'a, którego poznali z Garcią w klubie. Olbrzym zdjął koszulę i podał ją D-Kingowi. Na drobnej budowy, niskiej kobiecie wyglądała niemal jak sukienka.

– Wszystko będzie dobrze, Becky. To już koniec – powiedział D-King do dziewczyny, a potem dużo ostrzejszym tonem rzucił w stronę jednego ze swoich ludzi: – Zabierz ją na górę, posadź w samochodzie i nie odstępuj nawet na krok.

Hunter najciszej jak umiał zanurkował głębiej za worki z cementem. Panujące w piwnicy ciemności działały na jego korzyść. Przez szparę między workami zobaczył kolejnego postawnego mężczyznę wychodzącego na zewnątrz z przerażoną Becky w ramionach.

– Ze mną nic ci nie grozi, Becky – uspokajał ją.

Hunter poczekał, aż znikną na schodach, i znów podszedł bliżej.

– Czyli wierzysz w Jezusa, jak widzę? – warknął D-King, podchodząc do nagiego wytatuowanego mężczyzny.

Ten nie odpowiedział.

Zdzielił mężczyznę w plecy drewnianą kolbą dubeltówki. Uderzenie powaliło go na ziemię. Jego kolega odwrócił się instynktownie, ale nim zdążył cokolwiek zrobić, dostał od Jerome'a w twarz pistoletem maszynowym Uzi. Krew trysnęła na ścianę, na podłogę upadły dwa wybite zęby.

– Kto, do kurwy nędzy, pozwolił ci się ruszyć? – krzyknął z wściekłością D-King.

Cholera, Steve nie żartował, mówiąc, że mają ze sobą składzik amunicji, pomyślał Hunter.

– Ile lat ma dziewczyna: dwadzieścia osiem, dziewięć? – D-King kopnął leżącego mężczyznę w brzuch. – Wstawaj i odwróć się, skurwielu! – Zaczął maszerować przed przerażonymi mężczyznami.

– Wiecie, kim jestem? – Pytanie zawisło na moment w powietrzu, nim najniższy z trójki kiwnął głową potakująco. D-King przyglądał im się przez moment z niedowierzaniem. Po chwili spokojnym już głosem kontynuował:

– A więc wiecie, kim jestem, a i tak porwaliście jedną z moich dziewcząt, zgwałciliście ją, torturowaliście, a potem zabiliście?

Żaden nie odpowiedział.

– Cholera, właśnie nadaliście słowu „głupota" zupełnie nowy wymiar. Wy dwaj, rozbierać się! – rozkazał tym, którzy mieli jeszcze na sobie ubrania.

Wpatrywali się w niego skołowani.

– Głusi jesteście? Macie się rozebrać – powtórzył Jerome, uderzając tego w okularach w brzuch.

– No nie! Potrzeba chyba lupy, żeby coś tam dojrzeć – drwił D-King, patrząc na ich nagie ciała. – Nic dziwnego, że macie problem ze znalezieniem panienek. Przywiązać ich do krzeseł, dokładnie w ten sam sposób co ich ofiary.

Klik. Hunter od razu rozpoznał odgłos odbezpieczanej tuż za nim broni. Sekundę później poczuł chłodną lufę przyciśniętą do tyłu głowy.

– Nawet nie waż się ruszyć – rozkazał głos.

63

Drzwi przed nim otworzyły się i wciśnięto go do środka. Na głowie cały czas czuł lufę pistoletu.

– Znalazłem tego śmiecia, jak węszył na zewnątrz. Miał przy sobie to – powiedział mężczyzna, rzucając na podłogę zabraną Hunterowi broń.

– Detektyw Hunter, no proszę, co za niespodzianka.

– Detektyw? – zdziwił się Warren, który znalazł i przyprowadził Huntera.

– Co ci się, u diabła, stało? – spytał D-King, przyglądając się jego pociętej i posiniaczonej twarzy.

– Na mnie niech szef nie patrzy. – Warren uniósł w górę obie ręce. – Kiedy go znalazłem, już tak wyglądał.

Hunter rozejrzał się wokół. Całe pomieszczenie oświetlone było profesjonalnym, zasilanym bateriami sprzętem, a podłoga wyłożona plastikową folią. W rogu stało krzesło, do którego przywiązana była wcześniej Becky. Na małym stoliku przy ścianie za D-Kingiem leżał zestaw noży. W drugim rogu ustawiony był statyw z kamerą, a za nim dwa dodatkowe krzesła. Hunter natychmiast zorientował się, gdzie jest.

– Doskonałe miejsce na kręcenie filmów snuff. – Wbił wzrok w D-Kinga.

– Bystry jesteś – odpowiedział D-King, ale widząc pogardę w oczach Huntera, natychmiast dodał: – No chyba nie myślisz, że to ja się w to bawię? O, nie!

Huter spojrzał na trójkę nagich mężczyzn stojących pod ścianą, a potem na rozebranego od pasa w dół Jerome'a.

– Co chłopcy, szykuje się mała imprezka? Gra wstępna już się chyba zaczęła – zadrwił.

– Widzę, że świetnie się pan bawi? – zauważył D-King, wymachując bronią. – Co pan tu, do diabła, robi, detektywie?

– Byłem akurat w sąsiedztwie, a to jedna z moich ulubionych miejscówek.

– Chłopie, masz tak przesrane, że na twoim miejscu darowałbym sobie żarty – ostrzegł go Jerome.

Hunter znów spojrzał na trójkę mężczyzn.

– Dalej mi pan nie odpowiedział, detektywie – odezwał się D-King – co pan do cholery tu robi?

Hunter milczał.

– Czekaj no. – D-King zmrużył oczy. – Sprytnie to sobie pan wykombinował, detektywie. To ja miałem odwalić za pana całą robotę.

Jerome nie bardzo rozumiał, o czym szef mówi.

– Wiedział, że zrobię wszystko, byle odnaleźć tego, kto skrzywdził Jenny i chodził za mną krok w krok, czekając, aż odwalę najgorszą robotę na ulicy, żeby mógł się nagle zjawić i zebrać laury.

– Nie do końca – odpowiedział Hunter.

– No to mam dla pana złe wieści, detektywie. Jenny nie jest dziewczyną z pańskiego zdjęcia. Nie dorwał jej wasz psychopata, ale tych trzech skurwysynów. – Pokazał na nagich mężczyzn. – Zgwałcili ją, torturowali, posuwali ją, a potem podcięli jej gardło. Mam to wszystko nagrane na płytce. – Na nowo wstąpiła w niego złość i z całej siły zdzielił lufą wytatuowanego mężczyznę w dolną część brzucha. Hunter tylko patrzył.

– Przywiąż ich do krzeseł – rozkazał D-King Warrenowi.

– Jest pan policjantem, proszę coś zrobić – skamlał ten w okularach.

– Stul pysk, skurwysynu – warknął Warren, uderzając go w twarz.

– On ma rację – odezwał się Hunter. – Nie mogę tak po prostu pozwolić, byście sami wymierzyli sprawiedliwość.

– Proszę się w to nie mieszać, detektywie. To nie pańskie przedstawienie.

– Właśnie zrobiło się moim przedstawieniem.

D-King rozejrzał się po pokoju z drwiącym uśmieszkiem.

– Chyba jest nas trochę więcej, detektywie. I co pan zrobi?

– Szefie, a jak ma wsparcie? – spytał Jerome.

– Nie ma. Gdyby miał, dawno by tu byli – odparł D-King, rzucając w stronę Huntera triumfalny uśmiech. – Związać ich! – powtórzył.

Kilka minut później cała trójka siedziała przywiązana do ustawionych na środku krzeseł.

– Słuchaj, jeszcze nic złego nie zrobiliście. – Hunter zrobił krok w stronę D-Kinga. – Sprawy jeszcze nie wymknęły się spod kontroli. Pozwól, żeby wymiar sprawiedliwości się nimi zajął. Zgniją w więzieniu.

– Gdybym był tobą, stałbym w miejscu – odezwał się Warren, celując bronią w głowę Huntera.

– Gdybyś był mną, nie byłbyś taki brzydki – odgryzł się Hunter. – Wiem, że jesteś wkurzony o to, co zrobili Jenny – zwrócił się do D-Kinga – ale możemy rozwiązać sprawę tak, jak trzeba.

D-King wybuchł głośnym śmiechem.

– Jakoś słowo „wkurzony" nie do końca oddaje moje uczucia. A sprawę zamierzam rozwiązać dokładnie tak, jak trzeba. Przecież doskonale pan wie, detektywie, że prawo zachowa ich przy życiu. Odwrócą jak zawsze kota ogonem, wyciągając arsenał prawniczych bzdur. Zresztą aresztując ich, musiałbyś aresztować i nas, a na to nie ma szans. Przykro mi, detektywie Hunter, ale zajmiemy się nimi po naszemu.

– Nie mogę tak stać i patrzeć, jak ich zabijasz.

– To niech pan zamknie oczy. Zresztą i tak nie powinno tu pana być. Ci ludzie bogacą się na porywaniu, gwałceniu i zabijaniu kobiet.

Hunter roześmiał się nerwowo.

– I kto to mówi.

– Chyba nie wrzucasz mnie do jednego worka z tymi śmieciami? Nie zmuszam moich dziewcząt do pracy, nie zmuszam też ich klientów, by je wynajmowali. To, co robią ci goście, z jakiejkolwiek strony by na to spojrzeć, jest chore. Rozejrzyj się. Widzisz jakieś podobieństwo do tego, czym ja się zajmuję?

Nagle, zupełnie niespodziewanie, ściana za D-Kingiem otworzyła się i wyskoczył zza niej wysoki łysy mężczyzna z pistoletami

Desert Eagle kalibru 50 w obu dłoniach. Oczy miał szeroko otwarte, źrenice rozszerzone, czerwony nos, a na twarzy żądzę mordu i obłąkanie.

Nikt nie zdążył zareagować. Kiedy posypał się grad pocisków, Hunter skorzystał z okazji i zanurkował na podłogę w poszukiwaniu swojej broni.

Salwa strzałów zdawała się nie mieć ani żadnego konkretnego celu, ani kierunku. Jedna z filmowych lamp eksplodowała z głośnym hukiem. Wszystkich zdezorientowała na ułamek sekundy zmiana oświetlenia. D-King instynktownie padł na podłogę, unikając tym samym kuli, która świsnęła mu przed nosem, trafiając ostatecznie w ścianę. Słyszał wrzaski trafionego Warrena, który leżał na ziemi, zakrywając twarz dłońmi. Spomiędzy palców ciekła mu krew.

Tylko Jerome stał bez ruchu, niczym nieustraszony żołnierz gotów na rychłą śmierć. Nacisnął na spust swojego pistoletu maszynowego, precyzyjnie trafiając w cel. Ciałem intruza szarpało gwałtownie przy każdym z pocisków i padł na ziemię. Siła strzału była tak duża, że prawie oderwała mu nogi. Cała wymiana ognia nie trwała dłużej niż dziesięć sekund.

Kiedy strzały ucichły, ich echo zastąpiły wrzaski przerażonych nagich mężczyzn. Dziwnym trafem żadnemu nic się nie stało.

– Stulić pyski, kurwa jego mać! – wrzasnął Warren, celując w nich swoim uzi.

– Spokojnie, stary – krzyknął D-King, mierząc bronią w stronę przed chwilą odkrytych drzwi. – Nie stanowią żadnego zagrożenia. Sprawdźcie jego! – Pokazał na okaleczone ciało intruza.

Warren wciąż leżał na ziemi, ręce i koszulę miał umazane krwią.

Hunter zdążył wstać, dzierżąc w dłoni swój pistolet. – Dobra, a teraz wszyscy ręce do góry.

D-King z Jerome'em odwrócili wzrok od drzwi i spojrzeli na Huntera.

– Detektywie, nie czas na takie głupoty. Może więcej ich się tam schowało. Na razie nic do pana nie mam, ale jeśli będę musiał, zabiję jak psa. Niech pan pamięta, że jest nas więcej.

Hunter nie przestawał celować w D-Kinga. Mechanizm spustowy jego broni został tak przerobiony, by zapewnić minimalny opór języka, który zresztą, z tego co wiedział, i tak był mniejszy o 25 gramów niż w dubeltówce. Mógł więc spokojnie zakładać, że jest w stanie oddać strzał o dobrą sekundę szybciej. Pozostawał jednak Warren ze swoim uzi, co stanowiło większy problem. Ale przecież nie byli wrogami. Nie chciał wszczynać kolejnej strzelaniny. I na pewno nie zamierzał ryzykować oberwania kulki w obronie trzech nagich sukinsynów. Opuścił broń.

– Dobra, zabezpieczam teren.

– Warren, odezwij się, co z tobą? Dostałeś? – krzyknął D-King, nie przestając mierzyć w Huntera.

Warren zawył jak zranione zwierzę, tym samym dając znać, że żyje.

– Ten tu jest martwy – stwierdził Jerome, stając nad bezwładnym ciałem.

D-King odwrócił się w stronę przywiązanych do krzeseł mężczyzn.

– Ktoś się tam jeszcze schował?

Żaden nie odpowiedział.

– Czy ktoś tam się jeszcze schował? – powtórzył, przyciskając lufę pistoletu do głowy mężczyzny z tatuażem na plecach.

– Nie – odezwał się w końcu najniższy.

D-King kiwnął na Jerome'a. Ten załadował nowy magazynek i ostrożnie wszedł do pomieszczenia.

– Czysto – krzyknął po kilku sekundach.

– Muszę sprawdzić, co z Warrenem. Jerome, pilnuj detektywa.

Jerome wycelował w niego pistolet, Hunter odwdzięczył się tym samym.

D-King położył swoją śrutówkę na ziemi i przykląkł przy Warrenie.

– Dobra, daj mi zobaczyć. Weź ręce.

Warren ostrożnie odsunął ręce od twarzy. D-King wytarł krew swoją koszulą, żeby móc się lepiej przyjrzeć ranie. Twarz Warrena przecięta była w dwóch miejscach: na czole i lewym policzku.

– Nie dostał kulki – stwierdził D-King, zbadawszy go. – To

mi wygląda na odłamki ściany. Przeżyjesz. – Zdjął koszulę i włożył w dłonie Warrena. – Masz, przyciśnij do ran.

– Szefie, musi szef to zobaczyć.

Coś w głosie Jerome'a zaniepokoiło D-Kinga.

– Co?

– Musi szef sam zobaczyć.

64

D-King podniósł swoją śrutówkę i podszedł do drzwi. Stanął jak wryty, rozglądając się wokół z niedowierzaniem.

– Co, do kurwy? – wyszeptał. – Detektywie, proszę spojrzeć.

Hunter ostrożnie do nich dołączył.

Zakamuflowany pokój był w dużo lepszym stanie niż pomieszczenie, w którym się dotąd znajdowali. Pomalowany na niebiesko sufit zdobiły fluorescencyjne gwiazdki. Ściany były w jeszcze żywszych kolorach, w całości ozdobione rysunkami – smoków, czarodziejów, koni, koboldów... Wiszące drewniane półki pełne były przeróżnych zabawek – lalek, samochodów, figurek. Na podłodze porozrzucano zabawki. Po lewej stronie stał konik na biegunach, a przy zachodniej ścianie statyw z kamerą.

Hunter poczuł ukłucie w piersiach. Odwrócił wzrok i spojrzał na równie zaskoczonego D-Kinga.

– Dzieci – wyszeptał, choć gniew w jego głosie był tak wyraźny, jakby krzyczał.

D-King nie odrywał wzroku od dekoracji. Minęło ze trzydzieści sekund, nim odwrócił się do Huntera.

– Dzieci? – głos mu się łamał. – Dzieci? – Tym razem wykrzyczał pytanie i popędził z powrotem do pierwszego pomieszczenia. Smutek zastąpiła niepohamowana wściekłość.

– Człowieku, to jest chore – pokręcił głową Jerome.

– Robicie to dzieciom? Co z was za skurwiele? – krzyczał D-King, stając przed trójką mężczyzn. Żadnej odpowiedzi, żaden nie śmiał spojrzeć mu w oczy.

Hunter utkwił wzrok w mężczyznach. Było mu już wszystko jedno.

– Niech pan pozwoli, że coś panu powiem, detektywie Hunter. – D-King aż kipiał z wściekłości. – Wychowałem się na ulicy. Od zawsze miałem do czynienia z różnymi draniami. Jeśli czegokolwiek się nauczyłem, to tego, że tu sami załatwiamy swoje sprawy. Większość skurwieli nie boi się, że zostanie złapana. Więzienie to letni obóz. Taki drugi dom z dala od domu. Mają tam swoich kolesiów, narkotyki i suki. Prawie jak na ulicy. Ale posraliby się ze strachu w gacie, gdyby to ulica chciała wymierzyć im sprawiedliwość. U nas sami jesteśmy ławą przysięgłych, sędzią i katem. Nic tu po panu i pana prawie. Zapłacą za to, co zrobili Jenny, i nie uda się panu nam przeszkodzić.

To było coś więcej niż wściekłość. Hunter miał nosa, przeczuwając, że Jenny była kimś ważniejszym niż jedną z jego dziewcząt.

Spojrzał na trójkę mężczyzn. Na ich twarzach gościły bezczelne uśmieszki – jakby wiedzieli, że będzie ich musiał aresztować, bo przecież tak mówi prawo, a on jest w końcu gliniarzem.

Poczuł ogromne zmęczenie. Miał dość. Nie powinno go tu nawet być. To nie miało żadnego związku ze sprawą Krucyfiksa i był to wyłącznie problem D-Kinga.

– Pieprzyć przepisy – wyszeptał. – Nie było mnie tu.

D-King skinął głową i w milczeniu przyglądał się, jak Hunter chowa broń i idzie w stronę drzwi.

– Czekaj – krzyknął mężczyzna z tatuażem na plecach. – Nie możesz tak sobie pójść. A co z naszymi prawami?

Hunter nie zatrzymał się ani nawet nie odwrócił, zamykając za sobą drzwi.

– Prawami? – ożywił się D-King, szczerząc zęby do mężczyzn. – Ja wam pokażę wasze prawa!

– Co robimy z tym miejscem i z nimi? – zapytał Jerome, wskazując głową na mężczyzn.

– Spal wszystko, a ich zabieramy. Musimy wyciągnąć z nich, kto był pomysłodawcą.

– Myślisz, że będą gadać?

– Oj, będą, zapewniam cię. Jeśli tak ich kręci zadawanie bólu, zaserwujemy im takie same pieszczoty przez dziesięć kolejnych dni. – Przerażający uśmieszek na twarzy D-Kinga nawet Jerome'a przyprawił o gęsią skórkę.

***

Siedząc w samochodzie, Hunter spoglądał na wciąż drżące dłonie. Walczył z niepokojem i niepewnością. Był w końcu detektywem, stróżem prawa, co przed momentem kompletnie zlekceważył. Serce podpowiadało mu, że postąpił właściwie, ale sumienie głośno protestowało. Po głowie wciąż chodziły mu słowa D-Kinga: „U nas sami jesteśmy ławą przysięgłych, sędzią i katem".

Hunter wstrzymał oddech.

– Wiedziałem – powiedział drżącym głosem. – Wiedziałem, że gdzieś już te słowa słyszałem.

65

Z walącym sercem pognał do wydziału. Musiał sprawdzić stare akta.

Wchodząc do biura na ostatnim piętrze, cieszył się, że jest ono odseparowane od gabinetów pozostałych detektywów. Nie chciał, by ktoś mu teraz przeszkadzał. Chciał być sam.

Zamknął drzwi na klucz i włączył komputer.

– Obym tylko miał rację. Żebym tylko miał rację – powtarzał, wchodząc do kalifornijskiej bazy danych Departamentu Sprawiedliwości. Pospiesznie wystukał na klawiaturze nazwisko i kliknął „szukaj". Czekając na wynik, wpatrywał się bezmyślnie w ikonkę klepsydry migającą na ekranie. Sekundy wydawały się minutami.

– No dalej! – popędzał komputer, nerwowo maszerując przed biurkiem.

Dwie minuty później wyszukiwanie zostało zakończone, a na ekranie pojawił się komunikat „Nie odnaleziono szukanej frazy".

– Cholera!

Spróbował ponownie, tym razem cofając się o kilka lat. Wiedział, że ma rację. Wiedział, że to o to chodzi.

Kiedy na monitorze pojawiła się znajoma klepsydra, znów zaczął nerwowo chodzić po pokoju. Jego niepokój sięgał zenitu. Przystanął przed tablicą korkową i popatrzył na zdjęcia. Wiedział, że tam gdzieś czai się rozwiązanie.

Przeszukiwanie zostało zakończone i na monitorze wyskoczyły dane.

– No właśnie! – krzyknął zadowolony i usiadł do biurka, by przyjrzeć im się dokładniej. Kiedy znalazł to, czego szukał, zamarł.

– Co to, kurwa, jakieś żarty?

Siedział chwilę w milczeniu, zastanawiając się, co dalej robić.

– Drzewa genealogiczne – powtarzał – drzewa genealogiczne ofiar...

Przy pierwszym śledztwie próbowali ze Scottem wszystkiego, by ustalić jakiś związek między ofiarami. Sprawdzali nawet drzewa genealogiczne niektórych. Pamiętał, że gdzieś je tu miał. Zaczął wertować leżącą na biurku stertę dokumentów ze starego śledztwa.

– Mam! – ucieszył się, kiedy znalazł właściwą listę. Przyglądał się jej przez kilka minut, a kiedy odnalazł to, czego szukał, wrócił do komputera i wstukał nowe nazwisko. Kiedy zawęził kryteria wyszukiwania, wynik był niemal natychmiastowy.

Kolejne trafienie i kolejne.

Hunter przetarł zmęczone powieki. Bolał go każdy najmniejszy mięsień ciała, ale odkrycie wlało w niego nowe pokłady energii. Wreszcie wiedział, dlaczego nie byli w stanie ustalić związku między ofiarami.

– Jakim cudem to przeoczyłem? – Zaciśniętymi pięściami uderzał się w czoło.

Wiedział dlaczego. To była sprawa sprzed kilku lat. Był jeszcze wtedy zwykłym funkcjonariuszem. A żeby dojrzeć związek, trzeba było się cofnąć trzy pokolenia. A w niektórych przypadkach nie wystarczy ograniczyć się tylko do rodziny. Gdyby nie znajomo brzmiące słowa D-Kinga, nigdy by na to nie wpadł. Nawet by o tym nie pomyślał.

Zatrzymał się przy biurku Garcii. Poczuł nieprzyjemny ścisk w gardle i przejmujący smutek na myśl, że jego partner leży teraz w szpitalu w półśpiączce, a on nic nie może na to poradzić. Przypomniał sobie pełne smutku oczy Anny, czekającej przy łóżku męża na jakiekolwiek oznaki życia. Kochała go ponad wszystko. Nie ma silniejszych więzów aniżeli rodzinne. Hunter zamarł na tę myśl. Włosy zjeżyły mu się na głowie.

– O Boże!

Wrócił czym prędzej do komputera i przez następną godzinę pożerał wzrokiem stronę po stronie, z coraz większą gorliwością i rosnącym osłupieniem. Powoli wszystko zaczynało układać się logiczną całość.

Protokoły aresztowania... tatuaże – przypominał sobie. Kilka minut później wpatrywał się w protokół aresztowania, który wyszukał w bazie samego wydziału, protokół z bardzo starej sprawy.

– Niemożliwe – powtarzał jak w transie. Ogarnęła go mieszanina strachu i podekscytowania. Nagle przypomniał sobie coś, co zobaczył kilka tygodni temu, i poczuł, jak wywraca mu się żołądek. – Boże, jaki ja byłem ślepy – wyszeptał, nim wrócił do komputera, by sprawdzić jeszcze jedną, ostatnią rzecz. Nazwisko, które ostatecznie mogło połączyć wszystkie elementy układanki.

– Miałem ją przed nosem – powtarzał, wpatrując się jak zahipnotyzowany w monitor komputera – miałem odpowiedź przed samym nosem.

Potrzebował jeszcze potwierdzenia od policji z San Francisco. Po rozmowie z podkomisarzem Morrisem czekał niecierpliwie, aż ten przyśle mu faksem protokół aresztowania. Kiedy pół godziny później przyszedł dokument, Hunter wpatrywał się w niego w milczeniu. Jego umysł próbował się bronić przed rzeczywistością. Choć fotografia była stara, nie miał wątpliwości – znał tę osobę.

Dowody. To na nich opiera się każde dochodzenie. Problem w tym, że Hunter nie miał ani jednego. Doskonale wiedział, że w żaden sposób nie udałoby mu się powiązać osoby ze zdjęcia z którymkolwiek z morderstw Krucyfiksa.

Jego niemal stuprocentowa pewność nie miała tu nic do rzeczy. Bez dowodów nie miał tak naprawdę nic. Jeszcze raz zerknął na zegarek i sięgnął po telefon, by zadzwonić jeszcze tylko w jedno miejsce.

66

Hunter jechał powoli, zupełnie nie zważając na wyprzedzające go samochody i kierowców ciskających przekleństwa przez otwarte okna.

Zaparkował pod swoim blokiem i oparł na moment głowę na kierownicy. Ból głowy tylko się nasilił i wiedział, że środki przeciwbólowe nic tu nie pomogą. Sprawdził jeszcze, czy nie ma nieodebranych połączeń czy wiadomości, i wysiadł z samochodu. Poinstruował cały personel szpitala, by do niego zadzwoniono, gdyby tylko Garcia odzyskał przytomność, ale miał nieodparte przeczucie, że nie zdarzy się to dzisiejszej nocy.

Wszedł do pustego mieszkania, zamknął za sobą drzwi i oparł się o nie na chwilę. Przytłaczająca samotność bijąca z salonu dodatkowo go jeszcze przygnębiła.

Kompletnie odrętwiały automatycznie poszedł do kuchni, otworzył lodówkę i tępo wpatrywał się w jej zawartość. Żołądek powinien się domagać jedzenia, nie miał przecież nic w ustach od rana, ale jakoś w ogóle nie odczuwał głodu. Tak naprawdę to marzył o prysznicu, który rozmasuje napięte mięśnie i pomoże się rozluźnić. Kąpiel będzie musiała jednak poczekać. Najpierw podwójna szkocka.

Gapiąc się na butelki w barku, nie mógł się zdecydować. Uśmiechnął się w końcu na widok trzydziestoletniej aberlour – potrzebował czegoś mocnego. Napełnił połowę szklanki, rezygnując z lodu.

– Im mocniejsza, tym lepsza – powiedział na głos i opadł na sfatygowaną kanapę w salonie. Przytknięty do ust silny trunek podziałał na niego ożywczo. Drobne ranki wokół ust zaczęły palić, ale czerpał przyjemność z tego bólu.

Oparł głowę i szeroko otworzył oczy ze strachu przed obrazami, jakie czaiły się pod zamkniętymi powiekami. Kilka minut wpatrywał się w sufit, czekając, aż alkohol zwiotczy język i usta. Wiedział, że za chwilę znieczuli całe ciało.

Wstał i podszedł do okna. Ulica na zewnątrz wyglądała spokojnie. Odwrócił się, by raz jeszcze zerknąć na pusty salon. Jego ciało powoli się rozluźniało. Upił kolejny łyk whisky i sprawdził telefon, naciskając kilka klawiszy, by upewnić się, że działa jak należy.

Wrócił do kuchni, usiadł przy stole i odstawił szklankę. Opierając się mocniej o niewygodne drewniane krzesło, potarł dłońmi twarz. Nagle usłyszał jakieś skrzypienie dochodzące z przedpokoju. Poczuł dreszcz biegnący z prędkością światła po całym kręgosłupie. Tam ktoś jest!

Zerwał się na równe nogi i natychmiast poczuł, jak pokój zaczyna mu wirować przed oczami. Nogi powoli odmawiały posłuszeństwa. Musiał się oprzeć o blat kuchenny. Zdezorientowany spojrzał na pustą butelkę po whisky. *Narkotyk*.

Nim upadł na podłogę, dojrzał jeszcze wyłaniającą się z cienia postać.

67

Powoli otworzył oczy, ale niewiele to zmieniło – wokół panowały nieprzeniknione ciemności. Wciąż był oszołomiony i dokuczały mu zawroty głowy. Jakikolwiek narkotyk dodano do jego whisky, zwalił go z nóg w ciągu kilku minut. Najpierw dotarło do niego, że siedzi przywiązany do niewygodnego krzesła. Ręce miał związane razem z tyłu, nogi przywiązane do nóg krzesła. Próbował się wyswobodzić, jednak kolejne wysiłki kończyły się fiaskiem. Wszystko go bolało, ale nie miał chyba żadnych złamań – przynajmniej jeszcze nie. Odczuwał pragnienie, silne pragnienie.

Nie miał pojęcia, jak długo był nieprzytomny. Z trudem przywoływał w pamięci kolejne obrazy, starając się przypomnieć sobie, co się wydarzyło. Spróbował się uspokoić, i wtedy poczuł nagle coś znajomego. Rozejrzał się w ciemności i choć nie mógł dojrzeć niczego konkretnego, już wiedział, gdzie jest. Nie opuścił nawet mieszkania. Wciąż był we własnym salonie.

Znów spróbował się ruszyć, ale ręce i nogi miał zbyt ciasno związane. Chciał krzyknąć, ale głos uwiązł mu w gardle. Nie zdawał sobie sprawy, że jest aż tak słaby. Nagle poczuł mrożącą krew w żyłach obecność kogoś jeszcze.

– Widzę, że się obudziłeś.

Słysząc ten sam metaliczny głos, który prześladował go przez trzy lata, a teraz odbijał się echem od ścian pokoju, zesztywniał. Słowa dochodziły gdzieś zza jego pleców, z jakiegoś głośnika. Dziwnie było znaleźć się wreszcie w obecności mordercy. Samego Krucyfiksa.

Spróbował się odwrócić, wyginając szyję do granic możliwości, ale w ciemnościach nie mógł dojrzeć twarzy swojego napastnika.

– Cierpliwości, Robercie. To już ostatni rozdział. Przynajmniej dla ciebie. Dziś wszystko się skończy. Właśnie tu. Ty jesteś ostatni.

Potwierdziło się to, co odkrył w biurze – od początku chodziło o zemstę.

Usłyszał brzęk metalu o metal. Narzędzia chirurgiczne, domyślił się. Zamarł ze strachu, choć bardzo próbował się uspokoić. Doskonale znał psychikę morderców, zwłaszcza seryjnych. Nade wszystko pragnęli, by ich zrozumiano. Dla nich zbrodnie coś znaczyły, służyły jakimś celom, chcieli więc, by ofiary wiedziały, że ich śmierć nie idzie na marne. W kluczowym momencie zawsze wyjaśniali swoje motywy.

– Dzisiaj zapłacisz za to, co zrobiłeś.

Ostatnie słowa brzmiały dziwnie znajomo. Głos dochodzący zza jego pleców był głośny i wyraźny – nie metaliczny, nie zniekształcony przez żadne urządzenie. Hunter nie musiał szukać w pamięci, nie musiał się zastanawiać. Znał go, i to świetnie. Nagle ciemności zniknęły. Oślepiony falą światła nie mógł jednak nic dojrzeć. Zmrużył oczy, czekając, aż źrenice się przyzwyczają. Z zamazanego obrazu wyłoniła się wreszcie znajoma sylwetka.

68

Wydawało mu się, że całe wieki minęły, nim skupił na dobre wzrok, ale gdy tylko mu się to udało, wiedział już, że jego przeczucia okazały się słuszne. Co dziwne, wcale nie chciał w to uwierzyć. Nie spuszczał wzroku ze stojącej tuż obok osoby.

– Patrząc na twoją minę, zakładam, że raczej się tego nie spodziewałeś – spytała słodkim jak zawsze głosem.

Hunter chciałby się mylić, ale im dłużej na nią patrzył, tym elementy układanki bardziej zaczynały do siebie pasować. Zdołał wyszeptać tylko jedno słowo:

– Isabella.

Posłała mu uśmiech, ten sam co zawsze, tym razem podszyty jednak czymś jeszcze. Jakimś ukrytym złem.

– Myślałam, że się ucieszysz na mój widok. – Po włoskim akcencie nie było śladu. W ogóle wydawała się kimś zupełnie innym. Tak jakby Isabella, którą znał, zniknęła, a zastąpiła ją zupełnie obca osoba.

Hunter wpatrywał się w nią z niezmienionym wyrazem twarzy. Wreszcie dopasował ostatni element układanki.

– Zasłużyłaś na Oscara. Twój włoski akcent był genialny.

Ukłoniła się w odpowiedzi na komplement.

– Sztuczka z telefonem w restauracji też była niczego sobie. Idealne alibi – dodał, przypomniawszy sobie telefon od mordercy, który dostał podczas ich pierwszego lunchu. – Nagranie ustawione na konkretną godzinę, proste, a jakże efektywne.

Przez jej twarz przemknął cień uśmiechu.

– Pozwól, że się przedstawię... – powiedziała poważnym tonem.

– Brenda... – przerwał jej Hunter słabym, zachrypniętym głosem. – Brenda Spencer, siostra Johna Spencera. Producenta muzycznego.

Spojrzała na niego niepewna i zdziwiona.

– Doktor Brenda Spencer, jeśli pozwolisz – poprawiła go.

– Doktor medycyny – uściślił.

– Jeśli musisz wiedzieć... chirurg. – Uśmiechnęła się złośliwie.

– To wszystko to była zemsta za śmierć twojego brata? – spytał Hunter, choć znał już odpowiedź.

– Brawo, Robercie – odpowiedziała z przesadnym entuzjazmem, klaszcząc w dłonie, jak małe dziecko ucieszone widokiem niespodziewanego prezentu.

Upiorna cisza, która potem nastąpiła, zdawała się trwać całe wieki.

– Przecież popełnił samobójstwo w swojej celi – powiedział w końcu Hunter.

– Popełnił samobójstwo, bo zawaliłeś swoją pieprzoną robotę. – Trudno było nie zauważyć gniewu w jej głosie. – Chronić i pomagać obywatelom? Dobre sobie. Był niewinny, i ty o tym wiedziałeś. – Przerwała, pozwalając słowom zawisnąć między nimi w powietrzu. – Mówił ci wiele razy, że nie mógłby skrzywdzić Lindy. Kochał ją. Miłością, której ty nigdy nie zrozumiesz. – Zamilkła, zbierając się w sobie. – Przesłuchiwałeś go. Wiedziałeś, że był niewinny, a mimo to pozwoliłeś, by go skazano. Mogłeś coś zrobić, ale zamiast tego posłałeś niewinnego człowieka na śmierć.

Hunter przypomniał sobie ich wspólny obiad. Kłamała we wszystkim, co dotyczyło jej życia, ale wspomniała o bracie, który nie żyje. Wymknęło jej się. Szybko zmyśliła na poczekaniu historyjkę o marines, opowiadając, jak to jej brat służył w obronie kraju. Wtedy się nie zorientował, choć w jej oczach nie widział wówczas smutku, ale wściekłość.

– Nie mogłem nic zrobić. – Zastanawiał się, czy nie powiedzieć jej, jak próbował przekonać innych do swojego zdania, stwierdził jednak, że nie ma to już najmniejszego sensu. I tak nic by to już nie zmieniło.

– Gdybyś prowadził śledztwo jak należy, znalazłbyś prawdziwego mordercę, zanim mój brat stracił rozum, zanim się powiesił. Ale ty przestałeś szukać.

– Nie możesz winić policji za śmierć brata.

– Nie winię policji. Tylko ciebie.

– W końcu złapalibyśmy prawdziwego mordercę i twój brat byłby wolny.

– Nie, nie złapalibyście. – W jej głosie znów pojawił się gniew. – Jak niby mieliście go znaleźć, skoro nie szukaliście? Zamknęliście sprawę, bo pierwsze, poszlakowe dowody wskazały na Johna, i to wystarczyło tobie i twojemu partnerowi. Nie było sensu dochodzić prawdy. Kolejna zakończona sukcesem sprawa w karierze detektywów gwiazdorów. Znowu dostałeś pochwałę, i tylko to się liczyło. Został skazany, Robercie, za morderstwo. Dostał karę śmierci za coś, czego nie zrobił. A co z zasadą domniemania niewinności? Jakoś nikt o niej nie pamiętał, nie wspominając już żałosnego tłumaczenia ławników. Mojemu bratu przypięto etykietkę potwora, pałającego zazdrością krwiożerczego potwora. – Przerwała, by zaczerpnąć powietrza. – A ja straciłam całą rodzinę, przez ciebie, twojego głupiego partnera i pieprzonych, bezużytecznych ławników. Nie byliby w stanie dostrzec prawdy, nawet gdyby podano im ją pod sam nos na tacy. – Jej oczy płonęły wściekłością.

Hunter patrzył na nią pytająco.

– Dwadzieścia dni po samobójstwie Johna moja matka umarła z żalu. Wiesz, jak się umiera z żalu?

Hunter nie odpowiedział.

– Nie jadła, nie mówiła, nie ruszała się. Przesiadywała w swoim pokoju ze zdjęciem Johna w dłoniach. Płakała, dopóki starczało jej łez. Udręka i cierpienie zżerały ją od środka, aż była za słaba, by się im oprzeć.

Hunter w milczeniu obserwował, jak Isabella spaceruje po pokoju.

– Ale na tym się nie skończyło. – Jej ton był posępny i złowrogi. – Trzydzieści pięć lat, Robercie. Moi rodzice byli trzydzieści pięć lat po ślubie. Ojciec stracił w tak krótkim czasie syna i żonę, nic dziwnego, że i jego dopadł w końcu bezgraniczny smutek.

Hunter domyślał się, co było dalej.

– Dwadzieścia pięć dni po pogrzebie mamy, kiedy złapano już prawdziwego mordercę, pogrążył się w prawdziwej depresji i poszedł w ślady brata. Zostałam sama... znowu. – Jej gniew rósł z każdą minutą.

– Więc postanowiłaś się zemścić na ławnikach – dokończył Hunter wciąż słabym głosem.

– W końcu się domyśliłeś – potwierdziła spokojnie. – Może słynny Robert Wspaniały wcale nie jest taki wspaniały.

– Ale postanowiłaś nie krzywdzić ich samych, tylko ich bliskich. Kogoś, kogo kochali – domyślił się Hunter.

– Czyż zemsta nie jest słodka? – odpowiedziała ze złowrogim uśmiechem na twarzy. – Oko za oko, Robercie. Zaserwowałam im to samo. Złamane serce, samotność, pustkę. Chciałam, by odczuwali stratę tak samo mocno jak ja i by każdy dzień był nieustającą walką.

Nie wszystkie ofiary były spokrewnione z ławnikami ze sprawy Spencera. Łatwo się domyślić dlaczego. Niektórzy byli kochankami – zakazane miłości, owiane tajemnicą romanse, nawet homoseksualne, ukrywane przed światem związki, które nigdy nie ujrzały światła dziennego. A jednak to były właśnie osoby, które ofiary kochały najbardziej.

– Poświęciłam swoje życie na wyszukiwanie właściwych, najbliższych im ludzi. Śledziłam ich, poznawałam ich codzienne nawyki, by odkryć to, czego potrzebowałam: miejsca, gdzie lubili spędzać czas, sekrety z przeszłości. Poszłam nawet na jakąś obrzydliwą seksimprezę, żeby zbliżyć się do jednego z nich. Muszę jednak przyznać, że obserwowanie, jak cierpią z każdym kolejnym morderstwem, dawało mi nowe siły do działania.

Hunter patrzył na nią ze smutkiem.

– Tak, obserwowałam ich po morderstwach – wyjaśniła. – Ich ból dodawał mi sił. Trójka ławników popełniła samobójstwo, wiedziałeś o tym? Nie byli w stanie poradzić sobie ze stratą i bólem, zupełnie jak moi rodzice. – Zaśmiała się szatańskim śmiechem, który wypełnił cały pokój. – Żeby pokazać niekompetencję policji, zostawiałam wskazówkę przy każdej kolejnej ofierze, a wy i tak nie umieliście mnie złapać.

– Symbol podwójnego krzyża na karkach ofiar – powiedział Hunter.

Skinęła głową.

– Taki sam, jaki miał twój brat?

Spojrzała na niego zdziwiona.

– Sprawdziłem dokumentację z aresztowania. Pamiętam, że jeden z funkcjonariuszy wspomniał w notatce o tatuażach, ale nie opisał ich szczegółowo. Musiałem sprawdzić w protokole sekcji zwłok, jak wyglądały. Jednym z nich był podwójny krzyż na karku. Każdą z ofiar piętnowałaś symbolem swojego brata.

– No proszę, spryciarz z ciebie. Sama mu ten krzyż wytatuowałam – oznajmiła z dumą. – John kochał ból.

Hunter czuł, że powietrze w pokoju staje się coraz chłodniejsze. Przyjemność, z jaką Brenda opowiadała o zadawanym bratu bólu, przyprawiała go o dreszcze.

– Tylko po co wrabiałaś Mike'a Farloe'a? On nie miał nic wspólnego z tą sprawą – spytał Hunter, szukając odpowiedzi na ostatnie trapiące go pytania.

– Od początku był częścią mojego planu – odparła rzeczowym tonem. – Trzeba było wrobić kogoś wiarygodnego po ostatnim morderstwie, żeby skończyło się węszenie. Sprawa zamknięta, wszyscy szczęśliwi. – Rzuciła mu promienny uśmiech. – Niestety, natrafiłam na niewielką przeszkodę. No i musiałam przyspieszyć całą akcję z wrabianiem.

– Siódma ofiara – zorientował się Hunter.

– Wow! Rzeczywiście szybko łapiesz. – Była pod wrażeniem.

Mike'a Farloe'a aresztowano tuż po znalezieniu siódmej ofiary, świetnie rokującej młodej prawniczki, córki jednego z ławników. W tym przypadku pokrewieństwo było najbliższe i Hunter z Wilsonem prędzej czy później by to odkryli. Tylko po co szukać związku między ofiarami, skoro ma się w areszcie podejrzanego, który się do wszystkiego przyznaje? Wraz z aresztowaniem Mike'a śledztwo umarło śmiercią naturalną.

– Miała być moją ostatnią ofiarą – prychnęła Brenda – tylko skąd mogłam wiedzieć, że miała fotograficzną pamięć? Podczas pierwszego spotkania natychmiast mnie rozpoznała. Pamiętała mnie z sali sądowej, nawet to, w co byłam wówczas ubrana. Stała się bezpośrednim zagrożeniem i musiałam zmienić kolejność.

A potem potrzebowałam czasu, żeby przeorganizować swój plan. Od początku chciałam na koniec kogoś wrobić. Mike'a Farloe'a znalazłam na ulicy, gdzie wałęsał się, głosząc ewangelię. To było tuż po morderstwie tego gnojka księgowego.

Piąta ofiara, pomyślał Hunter.

– Z Farloe'em nie było problemu. Chory pedofil zapatrzony w Krucyfiksa. Przygotowywałam go kilka miesięcy, karmiąc wszystkimi potrzebnymi informacjami, dzięki którym miał brzmieć przekonująco, kiedy go złapiecie. Wiedziałam, że był gotów. – Wzruszyła ramionami. – Nie liczyłam co prawda, że się przyzna. To był taki niespodziewany bonus, który na dobre zamknął śledztwo. Właśnie tego było mi trzeba. – Zachichotała. – A dzięki jego aresztowaniu mogłam się zająć kolejną osobą z listy. Głównym winnym moich wszystkich cierpień... twoim skretyniałym partnerem.

Hunter zamarł z przerażenia.

– Och, zapomniałam. – Na jej twarzy zastygł sztuczny uśmiech. – Nie wiedziałeś, że to moja sprawka, prawda?

– Co było twoją sprawką? – spytał Hunter łamiącym się głosem.

– Ta mała eksplozja łódki.

Hunter poczuł, jak ściska go w żołądku.

– Kiedy sprawa Krucyfiksa została zamknięta, nie zdziwiło mnie, że obaj wzięliście urlop. Należał wam się po tak długim śledztwie. A ja musiałam tylko pojechać za twoim partnerem. – Przerwała, obserwując wstręt malujący się na twarzy Huntera. – Nie wiesz pewnie, że sami zaprosili mnie na łódkę? Jak to, policjant nie pomógłby komuś w potrzebie, i to jeszcze kobiecie? Kiedy już dostałam się na pokład, samo morderstwo okazało się dziecinnie proste. Związałam go, tak jak ciebie, i kazałam mu patrzyć. Patrzeć, jak ta mała suka cierpi. Było tyle krwi, Robercie – delektowała się jego cierpieniem. – I tak, zanim spytasz, wiedziałam, że była twoją jedyną kuzynką. To jeszcze potęgowało przyjemność.

Hunter poczuł nudności, treści żołądkowe powoli zaczynały podchodzić mu do gardła.

– Błagał, żebym jej nie zabijała. Chciał oddać swoje życie, byle ją uratować, całkowite poświęcić się w imię miłości. Ale mnie to nie wystarczyło. Jego życie i tak zależało tylko ode mnie. – Po krótkiej chwili milczenia kontynuowała. – Umierała powoli, podczas gdy on zawodził jak małe dziecko. Nie zabiłam go od razu, wiesz? Pozwoliłam, by jeszcze kilka godzin tonął w swoim smutku. A potem przeniosłam tylko parę kanistrów ze swojej łodzi, upozorowałam wyciek, nastawiłam czasowy zapalnik i... bum. Ogień strawił wszystkie ślady, które mogłam zostawić.

Zadowolenie w jej głosie mroziło krew w żyłach.

– A potem najwiekszą przyjemnością było obserwowanie, jak staczasz się na samo dno. Piękny widok. Myślałam, że też się zabijesz po ich śmierci. Że poddasz się i palniesz sobie w łeb. Byłeś całkiem blisko.

Hunter nie wiedział, co odpowiedzieć.

– Ale wtedy dostałeś nowego partnera i zaczęło wyglądać na to, że wychodzisz na prostą. Na liście została mi jeszcze dwójka, nie licząc ciebie, więc doszłam do wniosku, że czas powrócić do naszej gry. – Przeczesała niedbale włosy. – Trudno było cię podejść. Samotnik z ciebie. Bez żony, dziewczyny. Żadnych dzieci, kochanek, rodziny. Tak więc stworzyłam Isabellę, zdzirę, która miała cię poderwać w jakiejś obskurnej knajpie. Rozkochać w sobie. – Jej arogancja stawała się nie do zniesienia.

– Masz pojęcie, jak to jest pójść do łóżka z kimś, kogo nienawidzisz? Pozwolić, by cię dotykał, całował? – Skrzywiła się z obrzydzeniem. – Cały czas przechodziły mnie ciarki. Za każdym razem gdy mnie dotykałeś, odczuwałam to jak gwałt. A gdy wychodziłeś, godzinami szorowałam się pod prysznicem, aż skóra robiła się czerwona. – Wzięła głęboki oddech, by się uspokoić. – Miałeś się w niej zakochać. To dla niej miałeś zaryzykować swoje życie. To ona miała ci złamać serce, a potem cię zabić. Widzisz tę ironię, Robercie? Ale ty uciekasz od miłości jak diabeł od święconej wody. Nie dostrzegłeś, jaka była wyjątkowa, prawda? Może jeszcze niewystarczająco dobra dla ciebie? Tak myślisz? Mała delikatna Isabella nie dorastała do pięt wspaniałemu Robertowi Hunterowi? O to chodziło? – Wykrzywiła twarz niczym obrażona mała dziewczynka.

– Popełniłem błąd. Powinienem był spędzać więcej czasu z Isabellą.

Brenda przez chwilę patrzyła mu głęboko w oczy.

– Wiem, o co ci chodzi. Myślisz, że gdybyś spędzał z nią więcej czasu, szybciej byś ją rozszyfrował. – Roześmiała się głośno. – Mam dla ciebie w takim razie złą wiadomość, Robercie: mógłbyś z nią spędzić kilka miesięcy, a i tak niczego byś się nie domyślił. Isabella była perfekcyjna. To znaczy, perfekcyjnie ją dopracowałam. Zanim zdecydowałam się do ciebie zbliżyć, przez prawie rok żyłam jej życiem. Nauczyłam się odpowiednich manier i nawyków. Zaczęłam od podstaw. Nowe życie, nowe mieszkanie, nowe wszystko. W psychologii to się chyba nazywa immersja. Wiesz co to, Robercie, prawda? Stałam się tak w zasadzie dwiema osobami. I w żaden sposób nie dało się mnie powiązać z Isabellą.

Hunter wiedział, że ma rację. Sposób chodzenia, gesty, postawa. Wszystko było inne.

– Może i jesteś dobry, Robercie, ale nie jesteś jasnowidzem. Nie zobaczysz czegoś, czego nie ma. Nikt nie zobaczy. A Isabella nie miała wpadek, błędów, potknięć, przejęzyczeń. Mówiłam już, że dopracowałam ją perfekcyjnie – przerwała na moment, by dać Hunterowi czas na refleksję. – Tak czy siak, miałam coraz mniej czasu. Musiałam trochę zmienić swój plan. Skoro nie zakochałeś się w Isabelli, trzeba było znaleźć kogoś na jej miejsce. Kogoś, dla kogo byłbyś gotów zaryzykować życie, kogoś, na kim by ci zależało, ale nie ma nikogo takiego, Robercie. Najbliższą osobą był twój partner, więc wybór był oczywisty. Musiałam działać szybko.

Hunter przypomniał sobie o leżącym w śpiączce Garcii. Niczemu nie był winien poza tym, że przydzielono mu go jako partnera.

– Muszę przyznać, że trochę się wahałam. Nie byłam pewna, czy zechcesz zaryzykować dla niego swoje życie. Nie podejrzewałam, że będziesz zdolny do takiego poświęcenia. Myślałam, że zostawisz go i pozwolisz, by umarł. Byłam pewna, że będziesz ratował własną skórę. – Szturchnęła go lekceważąco w ramię. – Robert męczennik, co? Niezły dowcip!

Różnica między Brendą a Isabellą była porażająca. Hunter przyglądał się przez chwilę jej ruchom. Była coraz bardziej wzburzona.

– Ale jakimś cudem udało ci się pokonać mechanizm, i to dwa razy, i uratować partnera. Nieźle ci poszło, ale nie myślałeś chyba, że uda ci się pokonać mnie? – spytała, pochylając się nad Hunterem ze złośliwym uśmieszkiem na twarzy. – Ze mną nigdy nie uda ci się wygrać, Robercie. Jestem lepsza. Inteligentniejsza. Szybsza. I nie popełniam błędów. Do pięt mi nie dorastasz. Mój plan był perfekcyjny. Ja jestem perfekcyjna.

Spacerując wokół krzesła, zniknęła nagle Hunterowi z oczu. Zza pleców doszedł go wyraźny dźwięk ostrzonego noża i serce podeszło mu do gardła. Wiedział, że jego czas dobiegł końca. Brenda szykowała się właśnie do ostatniego morderstwa.

69

– Wreszcie nadszedł czas, żebyś zapłacił za to, co zrobiłeś. Za swoją nieudolność i wszystkie cierpienia, których mi przysporzyłeś, Robercie. Wygląda na to, że mamy dla siebie kilka dni. Założę się, że po dzisiejszym dniu kapitan kazał ci wziąć trochę wolnego. Nikt nie będzie zdziwiony, jeśli nie odezwiesz się w najbliższym czasie. Twój partner jest wyłączony z działań. Nikt nie będzie za tobą tęsknił, Robercie. Zanim zaczną cię szukać... – Nie musiała kończyć.

– Pozwól, że krótko nakreślę scenariusz. Najpierw cię uśpię, żeby zająć się gardłem. Nie będzie to żadna skomplikowana operacja. Prosty zabieg zerwania strun głosowych. Przecież nie będziesz mi tu krzyczał przez dwa dni.

Wrrr. Zza pleców doszedł go przeszywający dźwięk elektrycznej wiertarki. Wziął głęboki oddech, czuł, że ogarnia go panika.

– Potem – ciągnęła – jak już odzyskasz przytomność, zacznę wiercić dziury w rzepkach, kostkach i stawach łokciowych. Pokruszę twoje kości na setki małych kawałków. Każdy najmniejszy ruch, nawet oddychanie, będzie się wiązał z niewyobrażalnym bólem. Będę się nim rozkoszować przez kilka godzin, nim przejdę dalej.

Hunter zamknął oczy, próbując zapanować nad spazmami, które targały całym jego ciałem.

– Potem zajmę się oczami, zębami, genitaliami i odsłoniętymi fragmentami ciała. – Wyszczerzyła zęby w uśmiechu. – I żebyś sobie nie myślał, że na tym koniec. Gwarantuję, że będziesz cierpiał do ostatniej sekundy.

Hunter spróbował się odwrócić, wyciągając szyję najdalej jak umiał, ale nie mógł jej dojrzeć. Zaczynał mieć poważne wątpliwości. Strach opanował go na dobre i powoli żałował swojej decyzji. Może jego plan wcale się nie powiedzie?

– Ale najpierw muszę zrobić coś jeszcze – wyszeptała Brenda.

Nagle poczuł, jak gwałtownym ruchem odgarnia z tyłu jego włosy. Szarpnął do przodu głowę, próbował walczyć, ale nie miał na to siły. Kiedy przyłożyła stalowe ostrze do jego karku, poczuł najpierw lodowate zimno, a zaraz potem zalewającą go falę gorąca. Rana nie była pewnie głęboka, ale wystarczająca, by zostawić bliznę.

Podwójny krucyfiks, pomyślał. Znamię, które znaczyło, że zaraz zginie.

– Zaczekaj... – krzyknął. Głos wciąż mu się łamał, w suchym gardle okrutnie paliło. Musi coś zrobić, by zyskać na czasie. – Nie chcesz wiedzieć, gdzie popełniłaś błąd? I dlaczego przegrasz tę rozgrywkę?

Poczuł, że oddala ostrze od jego karku. Złowieszczy śmiech odbił się echem od wszystkich czterech ścian maleńkiego salonu.

– Nawet nie umiesz blefować, Robercie. Nie popełniłam ani jednego błędu. Dopilnowałam wszystkiego. Mój plan był perfekcyjny – odpowiedziała protekcjonalnym tonem. – A ty zaczynasz mieć chyba omamy. Pozwól, że powiem ci, jak wygląda sytuacja. Jesteś tu sam, związany i słaby jak zranione zwierzę. To ja mam w ręku nóż, a w rękawie wszystkie asy, więc niby jakim sposobem miałabym przegrać?

– No widzisz, nie do końca masz rację – zaczął Hunter, odwracając się do tyłu i czując na karku szczypiącą ranę – bo kiedy odkryłem dzisiaj, że chodziło o zemstę, kiedy dowiedziałem się o ławnikach i o tym, kim naprawdę jesteś, wpadłem na coś jeszcze: dziś są urodziny twojego brata.

Brenda stanęła naprzeciw niego. Spoglądała zaintrygowana, nie wypuszczając noża z dłoni.

– Więc domyśliłem się, że właśnie tak chciałaś to rozegrać – ciągnął Hunter. – Ostatniego aktu zemsty miałaś dokonać w jego urodziny. To miał być idealny finał morderczej serii.

– Bardzo dobrze, Robercie – przyznała, klaszcząc w dłonie. – Szkoda tylko, że wziąłeś się do roboty dopiero w dzień swojej śmierci.

– Więc – dodał szybko – zanim wyszedłem z pracy, zadzwoniłem do kapitana, o wszystkim mu powiedziałem, a on przydzielił mi ochronę.

Brenda skrzywiła się. Najwyraźniej zasiał w niej odrobinę niepewności.

– Kiedy wróciłem do domu, od razu wiedziałem, że coś jest nie tak, że ktoś tu był. Tym kimś musiałaś być ty. Wiedziałaś, że wypiję po przyjściu drinka czy dwa, więc dodałaś narkotyk do każdej butelki whisky, bo nie miałaś pewności, którą wybiorę. Szkoda, że nie odłożyłaś ich na swoje miejsce.

Spojrzenie Brendy powędrowało w stronę barku, a potem z powrotem na Huntera.

– Ustawiam je w ten sam sposób od lat. Nigdy inaczej.

– Skoro wiedziałeś, że jest w nich narkotyk, po co piłeś? – spytała zuchwale.

– Bo wiedziałem, że nie chcesz mnie w ten sposób zabić. To nie w twoim stylu. To nie byłaby prawdziwa zemsta, gdybyś zabiła mnie, nie wyjaśniając dlaczego.

Hunter czuł, że Brenda zaczyna się denerwować. Serce waliło mu w piersiach jak oszalałe, ale starał się mówić spokojnym głosem.

– Wiedziałem, że byłaś w moim mieszkaniu, wyczułem twoją obecność. Domyśliłem się też, że będziesz mnie obserwować, dlatego przycisnąłem kilka klawiszy w telefonie, udając, że sprawdzam nieodebrane połączenia, a tak naprawdę zadzwoniłem do kapitana. Sprawdź moją kieszeń, przekonasz się, że telefon jest cały czas włączony. Wyjrzyj przez okno, a zobaczysz, że cały budynek jest otoczony. Nie uciekniesz stąd. To koniec.

Spojrzała w stronę okna, teraz już podenerwowana. Nie doceniła go i zaczynało to do niej docierać.

– Blefujesz – powtórzyła, ale w jej głos wdzierała się powoli panika.

– Wyjrzyj.

Stała w dalszym ciągu nieruchomo. Ręka jej drżała z nadmiaru adrenaliny.

– To jeszcze nie koniec! – wrzasnęła z wściekłością, odwracając się w stronę Huntera.

Nagle drzwi wejściowe runęły z głośnym trzaskiem. W powietrze wzbiły się kawałki drewna z wyrwanej futryny. W ułamku sekundy w progu pojawiło się trzech policjantów z jednostki specjalnej, a na klatce piersiowej Brendy trzy laserowe punkciki rzucane przez wycelowaną w nią broń.

– Odłóż nóż, natychmiast! – rozkazał pierwszy z policjantów, ale ona zdążyła przyklęknąć za Hunterem, osłaniając w ten sposób większą część swojego ciała. Nóż trzymała teraz obiema dłońmi tuż przy jego gardle, jakby miała zamiar rozpłatać je za moment jednym zdecydowanym cięciem. Jeśli ona zginie, on również.

– Opuśćcie broń – poprosił Hunter.

– Nie możemy – odpowiedział natychmiast jeden z policjantów.

Hunter wiedział, że nie ma szans, by się wycofali, żyli dla chwil takich jak ta.

– Isabello, posłuchaj mnie... – poprosił szeptem. Celowo nie użył jej prawdziwego imienia. Miał nadzieję, że zostało w niej jeszcze coś z Isabelli. – Tych gości aż palce świerzbią, żeby nacisnąć spust. Nie zawahają się mnie poświęcić, żeby się dobrać do ciebie. – Hunter starał się, by jego głos był spokojny. – Proszę, nie pozwól, żeby tak to się skończyło. Są ludzie, którzy mogą ci pomóc, którzy chcą ci pomóc. Rozumiem, przez jakie cierpienia musiałaś przejść, ale ból nie musi trwać wiecznie.

– Nigdy nie zrozumiesz mojego cierpienia – wyszeptała.

– Rozumiem je. Sama mówiłaś, że śmierć partnera i kuzynki prawie mnie zabiła. Sięgnąłem dna, ale się podniosłem. Daj nam szansę, byśmy pomogli tobie.

– Naprawdę chcesz mi pomóc? – W jej głosie była teraz nutka czułości.

– Tak. Pozwól mi.

– Tak jak pomogłeś dziś swojemu partnerowi, Robercie? – spytała z włoskim akcentem. Hunter czuł, że kobieta, z którą rozmawia, nie jest już Brendą.

Poczuł przyciskane coraz mocniej ostrze noża i pękającą pod jego naciskiem skórę.

– Zrobiłbyś dla mnie to samo, Robercie? – wyszeptała w jego prawe ucho. – Zaryzykowałbyś własne życie, żeby ratować moje?

– Masz trzy sekundy, żeby rzucić nóż. Jeśli nie, strzelamy – powtórzył policjant ostrym tonem.

Hunter wiedział, że ma mało czasu.

– Nie odpowiesz mi? – naciskała.

– Tak... – wyszeptał. – Zaryzykowałbym dla ciebie własne życie.

Uśmiechnęła się lekko, odsuwając od jego karku nóż. W ułamku sekundy wstała i nim policjanci zdążyli odbezpieczyć broń, wbiła go sobie głęboko w brzuch. Ostry metal gładko i z chirurgiczną precyzją przebił skórę i mięśnie. Hunter poczuł na szyi ciepły płyn.

– Nie... – wychrypiał.

– O cholera! – krzyknął policjant, zniżając broń. – Dawać tu sanitariuszy, natychmiast! – rozkazał.

Wszyscy pędem rzucili się w stronę Huntera i leżącej na podłodze Brendy.

Kałuża krwi rosła w zastraszającym tempie. Jeden z policjantów szybko uwolnił detektywa, który upadł na kolana, dygocąc.

– Wszystko w porządku?

Hunter nie odpowiedział. Wpatrywał się w bezwładne ciało Brendy. Policjant trzymał jej głowę w swoich dłoniach. Hunter czuł uciekające z niej życie. Spojrzenie funkcjonariusza tylko potwierdziło to, co i tak już wiedział.

70

Cztery dni później

Hunter powoli otworzył drzwi do sali Garcii i zerknął do środka. Przy łóżku partnera stała Anna i delikatnie gładziła jego ramię.

– Śpi? – spytał szeptem.

– Nie – odpowiedział Garcia słabym głosem, odwracając się w stronę drzwi.

Hunter uśmiechnął się szeroko i wszedł do środka. Pod pachą miał pudełko czekoladek.

– Masz dla mnie prezent? – wystraszył się Garcia.

– No coś ty. To dla Anny – odpowiedział, podając jej czekoladki.

– Och! Dziękuję. – Pocałowała go w policzek.

– Co tu się dzieje? – spytał Garcia. – Czekoladki, pocałunki... Jeszcze chwila, a zaczniesz przychodzić na kolacje.

– Przyjdzie – potwierdziła Anna. – Już go zaprosiłam. Jak tylko wyjdziesz ze szpitala. – Uśmiechnęła się promiennie.

– Jak się czujesz, partnerze? – spytał Hunter.

Garcia spojrzał na swoje zabandażowane dłonie.

– Jeśli nie liczyć dziur w rękach, poharatanej głowy i uczucia, że zrzucono mnie przed chwilą z mostu Golden Gate, to jak nowo narodzony. A co u ciebie?

– Podobnie – odparł bez przekonania.

Garcia spojrzał na Annę, która natychmiast zrozumiała sygnał.

– Zostawię was na chwilę samych. I tak chciałam iść do kawiarni – powiedziała, całując Garcię delikatnie w usta. – Pójdę się zaopiekować pewnymi czekoladkami – rzuciła przekornie.

– Zostaw mi trochę – poprosił Garcia, puszczając jej oczko.

– Słyszałem, że ją złapałeś – powiedział Garcia, gdy wyszła.

– Słyszałem, że niewiele pamiętasz – odpowiedział Hunter.

Garcia pokręcił lekko głową.

– Nie pamiętam niczego konkretnego. Miewam lekkie przebłyski, ale nie potrafiłbym zidentyfikować napastnika, jeśli o to ci chodzi.

Hunter pokiwał głową. Garcia dostrzegł cień smutku w jego oczach.

– Rozwiązałem sprawę, ale nie złapałem jej – powiedział, podchodząc bliżej.

– Jak to zrobiłeś?

– Joe Bowman mi pomógł.

Garcia zmarszczył czoło, próbując skojarzyć nazwisko.

– Ten z siłowni? Napakowany sterydami?

Hunter pokiwał głową potakująco.

– Wiedziałem, że już go gdzieś wcześniej widziałem, ale przekonał mnie, że pewnie w którejś z gazet. Coś mi dopiero zaświtało, kiedy D-King wspomniał o byciu ławnikami, sędzią i katem.

– D-King? – zdziwił się Garcia. – Ten handlarz narkotyków?

– Długa historia. Później ci opowiem. Ale właśnie te słowa przypomniały mi o sprawie Spencera. John był jednym z ławników. Wyglądał wówczas zupełnie inaczej – niższy, drobniejszej postury, ale wiedziałem, że to on.

Garcia przyglądał mu się z zaciekawieniem.

– Wtedy odkryłem, że wszystkie ofiary miały jakieś powiązania z ławnikami. Niektórzy byli członkami rodziny, inni kochankami, tak jak Victoria Baker. Pamiętasz? Była kochanką Bowmana. Facet jest przecież żonaty.

– A George Slater? – spytał Garcia.

– Miał kochanka geja. Rafael był jednym z ławników. Wczoraj z nim rozmawialiśmy.

– Żona Slatera wie?

– Nie sądzę. Nie widzę potrzeby, żeby jej mówić. To by ją jeszcze dobiło.

– Zgadzam się. No i mieliśmy rację, podejrzewając romans.

Hunter kiwnął potakująco głową.

– Miałem problem z wytypowaniem mordercy. Wiedziałem, że chodzi o sprawę Spencera i o zemstę, tylko kto mógłby to zrobić.

– Ktoś z rodziny – wtrącił Garcia.

– Nie ma silniejszych więzów – zgodził się Hunter. – Ale okazało się, że została mu już tylko siostra... adoptowana siostra.

– Adoptowana?

Hunter znów przytaknął.

– Brenda została adoptowana dopiero w wieku dziewięciu lat. Nie była sierotą. Departament Zdrowia i Opieki Społecznej odebrał ją znęcającemu się nad nią ojcu. Rodzina Johna przyjęła ją, dając miłość, której nigdy wcześniej nie zaznała. Ich śmierć przywołała zapomniane, zepchnięte gdzieś w podświadomość obrazy, zrodziła przerażenie na myśl, że znów została sama. Przypomniała krzywdy, jakich doznała w dzieciństwie, i strach, że zostanie zwrócona starej rodzinie.

Garcia nie wyglądał na przekonanego.

– W takich właśnie traumatycznych sytuacjach mózg nie rozróżnia wieku. Po prostu przywołuje pochowane wspomnienia. I tak cały strach i złość, jakie odczuwała w dzieciństwie, powróciły ze zdwojoną siłą. Stała się znowu małą samotną dziewczynką. A to mogło obudzić gniew, jakieś ukryte głęboko zło. Obwiniała wszystkich zaangażowanych w śledztwo o to, że zabrali jej rodzinę. Zwłaszcza sędziego, Scotta i mnie. Musiała wymierzyć nam karę.

– Kiedy się zorientowałeś, że to Isabella?

– Gdy odkryłem, że chodzi o sprawę Spencera. Skoro jedyną żyjącą krewną była jego siostra, wystarczyło się dowiedzieć kto to. Bez problemu odkryłem, że była karana krótko po śmierci ojca.

– Karana?

– W San Francisco. To tam mieszkała. Po śmierci ojca wpadła w szał i najwyraźniej postradała zmysły. Odbiło jej, zdemolowała swoje mieszkanie i prawie zabiła chłopaka, z którym wówczas mieszkała.

– Aresztowali ją? – Garcia bardziej stwierdził, niż spytał.

– Tak, a potem umieścili na kilka lat w szpitalu psychiatrycznym Langley Porter. Skontaktowałem się z policją w San Francisco, a oni przysłali mi protokół zatrzymania. Na zdjęciu wyglądała zupełnie inaczej. Miała inną długość i kolor włosów. Sprawiała wrażenie starszej, jakby to, przez co przeszła, wyssało z niej całe życie. Ale już wiedziałem, że to ona.

Hunter podszedł do okna i wyjrzał na zewnątrz. Pogoda była idealna, na niebie ani jednej chmurki.

– A potem przypomniałem sobie jej płyty i jeśli miałem jeszcze wówczas jakiekolwiek wątpliwości, momentalnie zniknęły.

– Płyty?

– Kiedy zaprosiła mnie do siebie na kolację, jakoś tak odruchowo zacząłem je przeglądać. W większości byli tam sami wykonawcy jazzowi, z wyjątkiem kilku rockowych albumów. Na każdym był autograf, i to nie muzyków ani zespołów, ale producenta: Johna Spencera. Tylko że wtedy nie wiedziałem, że nigdy nie podpisywał swoich albumów prawdziwym imieniem i nazwiskiem. W środowisku muzycznym nie funkcjonował jako John Spencer, tylko Specter J. Dopiero w Internecie znalazłem ten pseudonim artystyczny. Dlatego kiedy tamtego wieczoru przeczytałem podpis, nic mi nie powiedział. Dedykacja brzmiała „Od Big B z wyrazami nieustającej miłości". Myślałem, że to jeden z tych dziwnych przydomków, jakie nadają sobie dzisiejsi artyści, wiesz, coś jak Puffy, LL Cool J, Specter J. Nie wpadłem na to, że Big B może oznaczać coś innego.

– Big Brother, czyli starszy brat – domyślił się Garcia.

Hunter przytaknął.

– John Spencer był od niej o rok starszy.

– Zamknięcie w psychiatryku dało jej mnóstwo czasu, żeby dopracować plan.

– Kilka lat – potwierdził Hunter.

– I to by wyjaśniało, dlaczego tyle czasu upłynęło między sprawą Spencera a pierwszym morderstwem Krucyfiksa.

Hunter znów kiwnął potakująco głową.

– A wczoraj dowiedziałem się jeszcze o jej wojskowej przeszłości.

– Wojskowej?

– Tak jakby. Była chirurgiem, bardzo utalentowanym, z tego co się dowiedziałem. Na początku kariery spędziła dwa lata w Bośni i Hercegowinie, pomagając armii amerykańskiej w leczeniu ofiar min lądowych.

– Żartujesz? – Garcia uniósł brwi zaskoczony, a po chwili zrozumiał. – Ładunki wybuchowe!

– To tam się wszystkiego nauczyła. Musiała w ramach szkolenia poznać i zrozumieć mechanizmy detonowania min, ładunków wybuchowych, prędkości i siłę... tego typu rzeczy. Przestudiowała każdą dostępną instrukcję obsługi.

– Czyli wystarczyło wiedzieć, gdzie szukać i z kim pogadać, żeby dostać wszystkie potrzebne surowce.

– Właśnie.

Po chwili milczenia Garcia spytał, choć właściwie domyślał się odpowiedzi:

– A rysopis, który nam dała?

– Chciała nas zmylić. Tamtej nocy jakoś tak automatycznie nabazgrałem symbol podwójnego krzyża na kartce papieru. Mój zaabsorbowany sprawą mózg wysłał najwidoczniej jakiś podświadomy sygnał. Isabe... – przerwał i po zastanowieniu poprawił się – Brenda była sprytna i po chwili namysłu postanowiła wykorzystać nadarzającą się okazję i pomieszać nam trochę szyki. Dlatego na poczekaniu wymyśliła historyjkę z facetem spotkanym w barze, który miał mieć na nadgarstkach wytatuowany symbol. Wystarczyło jeszcze dać nam zmyślony rysopis i już śledztwo poszło w złym kierunku.

– Zmarnowaliśmy kilka tygodni, szukając gościa pasującego do rysopisu.

– A zmarnowalibyśmy jeszcze więcej – zgodził się Hunter – bo nie mieliśmy powodów, by jej nie wierzyć. Myśleliśmy, że wszystko zmierza ku dobremu.

– A skąd wiedziałeś, że zaczai się na ciebie właśnie tamtej nocy?

– Z trzech powodów. Po pierwsze, nie został ani jeden ławnik, na którym mogłaby się zemścić.

– Ale przecież zamordowała tylko dziewięć osób, a na ławie przysięgłych zasiada dwanaście.

– Trójka zmarła wcześniej z przyczyn naturalnych. Już nie miała jak ich skrzywdzić. Scott, mój partner i drugi z aresztujących detektywów też nie żyją. – Przerwał na moment, przypomniawszy sobie wyznanie Brendy, wziął głęboki oddech i dodał: – Zostałem tylko ja.

– Nie do pozazdroszczenia – zażartował Garcia.

– Po drugie, to był dzień urodzin Johna, a tym samym data ostatecznego rozrachunku, który miał być prezentem dla brata i jej rodziny.

– A po trzecie? – spytał Garcia po chwili milczenia. – Mówiłeś o trzech powodach.

– Krzyż, do którego byłeś przybity i który niosłem na swoich ramionach.

– Hmm? Nie łapię. – Garcia zaczął się wiercić w łóżku, szukając wygodniejszej pozycji.

– Idealna analogia do ostatniego dnia na ziemi.

Garcia zastanowił się.

– No tak. Niosłeś krzyż jak Jezus ostatniego dnia na ziemi – pojął po chwili.

Hunter pokiwał głową.

– Wiedziałem, że mam tylko kilka godzin, żeby coś wymyślić. Byłem pewien, że spróbuje mnie dopaść.

Hunter odwrócił się w stronę okna. Zatopiony w myślach wpatrywał się chwilę w dal. Delikatnie przejechał palcami po karku, wyczuwając zgrubienie, które nie zdążyło się jeszcze zagoić.

– Skoro miałeś tak silne przeczucie, że to Isabella, po co było to wszystko? Po co ryzykowałeś życie, pozwalając się podejść? Czemu jej po prostu nie aresztowałeś? – Garcia na nowo zaczął się wiercić w pościeli.

– Nie miałem dowodów, tylko przeczucie. Jakąś szaloną teorię o zemście. Przecież wiesz, że nic nie mieliśmy, ani DNA, ani odcisków, nic, co wiązałoby ją z którąkolwiek ofiarą czy miejscem zbrodni. Gdybyśmy ją aresztowali, wszystko uszłoby jej płazem, i tyle byśmy ją widzieli. Nie pozostawało mi nic innego, jak pozwolić jej się odwiedzić.

– I tak zastawiłeś pułapkę. Niebezpieczną pułapkę.

Hunter znów skinął głową.

– Nic innego nie przyszło mi do głowy. Miałem mało czasu.

– Wciąż nie wierzę, że była zdolna do popełnienia tych wszystkich morderstw, do wyrządzenia takiego zła.

– Nigdy nie będziemy mieli co do tego pewności, ale kiedy zostawała sam na sam z ofiarami, musiała się stawać zupełnie inną osobą. Zaczynała płonąć wściekłością i emanować złem. Była zdolna do wszystkiego. To wiem. Widziałem to w jej oczach. Czułem tę furię wszystkimi zmysłami.

Garcia przyglądał się przez chwilę partnerowi w milczeniu.

– Wszystko gra? – spytał.

– Tak – odpowiedział Hunter. – Cieszę się, że jest już po wszystkim.

– No coś ty. – Garcia dotknął obiema dłońmi zabandażowanej głowy.

Roześmiali się obaj.

– Mam tylko nadzieję, że kapitan Bolter nie posadzi mnie teraz za biurkiem.

– Nie ma szans – zapewnił go Hunter. – Jesteś moim partnerem. Jeśli mam ścigać złych chłopców, idziesz ze mną.

Garcia uśmiechnął się.

– Dzięki, Robercie – powiedział Garcia już poważniejszym tonem.

– Nie ma za co. Nie pozwoliłbym mu dać ci papierkowej roboty.

– Nie za to... Za to, że zaryzykowałeś własne życie, żeby mnie ratować.

Hunter oparł delikatnie dłoń na ramieniu partnera. Nic nie powiedział. Nie było takiej potrzeby.

Doktor Winston otworzył drzwi, wpuszczając kapitana Boltera do sali sekcyjnej w podziemiach biura koronera.

– I co tu mamy? – Kapitan Bolter od razu przeszedł do rzeczy.

Pomieszczenie, w którym przeprowadza się autopsje, przyprawiało go, jak wszystkich, o ciarki i im szybciej stąd wyjdzie, tym lepiej.

– Przyczyną śmierci była rozległa rana brzucha, uszkodzenia jelit i tętnicy, które spowodowały obfite krwawienie. Po wbiciu noża zdołała nim jeszcze poruszyć w obie strony. Rozpłatała sobie wnętrzości jak japońscy samurajowie – wyjaśnił doktor Winston, wskazując na leżące na metalowym stole ciało.

– Popełniła seppuku?

– Nie do końca, choć osiągnęła podobny efekt: pewność, że za minutę będzie martwa. Zero szans na przeżycie.

Przez chwilę wpatrywali się obaj w ciało w milczeniu.

– Muszę powiedzieć – odezwał się w końcu kapitan – że cieszę się, że to już koniec.

– Ja też – odpowiedział doktor Winston z uśmiechem. – A jak tam Carlos? – zmienił temat.

– Dobrzeje. Z czasem dojdzie do siebie.

– A Robert?

– Jest jeszcze trochę trzepnięty. Ma pretensje do siebie, że wcześniej nie poskładał wszystkiego do kupy.

– To zrozumiałe. Za bardzo się do niego zbliżyła. Emocjonalnie i fizycznie. Ale nie znam innego detektywa, który wyszedłby z czegoś takiego cało.

– Ja też nie.

Kapitan znów spojrzał w stronę ciała.

– Cóż, nasza morderczyni nie żyje, Robert będzie już za tydzień pracował nad kolejną sprawą.

– W to nie wątpię, ale tak czy siak, nie po to tu pana wezwałem.

Kapitan Bolter spojrzał na niego zaintrygowany.

– Robert będzie chciał zobaczyć raport z sekcji.

– I?

– Chyba powinienem go zmienić.

– Ale czemu?

Doktor Winston podniósł z biurka kartkę papieru i podał ją policjantowi. Kapitan przeczytał ją uważnie, mniej więcej w połowie strony otwierając szeroko oczy ze zdziwienia.

– Jest pan pewien, doktorze?

– Na sto procent.

– Ile miało?

– Oceniając po rozmiarach embrionu, nie więcej niż cztery, pięć tygodni.

Kapitan Bolter przeczesał ręką włosy i raz jeszcze przeczytał raport.

– Jakoś wtedy się poznali.

– Tak właśnie myślałem – odpowiedział doktor.

– Ma pan pewność, że to jego?

– Nie... trzeba by zrobić testy DNA, ale była skupiona raczej na jednym i trudno mi uwierzyć, że sypiała przy tym z kim popadnie. Wszystko co robiła, zmierzało do pomszczenia śmierci rodziny i dobrania się do Roberta.

Kapitan Bolter odłożył raport z powrotem na biurko. Milczał jeszcze chwilę, nim wreszcie powiedział:

– Mogłoby mu to zaszkodzić.

– Zgadzam się. To ostatnia rzecz, jakiej teraz potrzebuje.

– Kto jeszcze o tym wie?

– Tylko pan i ja.

– I niech tak zostanie. Proszę zmienić raport – zadecydował kapitan.

– Słyszałem, że dostaniesz pochwałę od komendanta i samego burmistrza – powiedział Garcia, kiedy Hunter nalewał sobie do szklanki wody ze stojącego przy łóżku dzbanka.

– Ty też.

Garcia uniósł zdziwiony brwi.

– Jesteśmy partnerami, zapomniałeś? Razem pracowaliśmy nad sprawą.

Garcia uśmiechnął się.

– Nieźle jak na pierwszą sprawę w wydziale zabójstw, detektywie – dokuczał mu Hunter.

– Nieźle jak na kogoś, kto może teraz używać obu dłoni jako gwizdków. – Garcia uniósł obie ręce, przyłożył je do ust i zaczął wydawać świszczące dźwięki.

Obaj wybuchnęli śmiechem. Po chwili ich uwagę przykuło ciche pukanie do drzwi.

– Słyszę wasz śmiech z połowy korytarza – powiedziała Anna, wchodząc do sali. – Cieszę się, że znów jesteście w dobrym nastroju.

– My też – odpowiedział Hunter, kładąc dłoń na ramieniu Garcii. – My też.

Koniec